四川历史名人丛书 小说系列

蜀山风流
千古石室说文翁

吴华章 ······ 著

四川文艺出版社

图书在版编目（CIP）数据

蜀山风流：千古石室说文翁 / 吴华章著. — 成都：
四川文艺出版社，2022.11
（四川历史名人丛书小说系列）
ISBN 978-7-5411-6494-1

Ⅰ. ①蜀… Ⅱ. ①吴… Ⅲ. ①长篇历史小说—中国—
当代 Ⅳ. ①I247.5

中国版本图书馆 CIP 数据核字（2022）第 198949 号

SHUSHAN FENGLIU：QIANGU SHISHI SHUO WENWENG

蜀山风流：千古石室说文翁

吴华章　著

出 品 人	谭清洁
编辑统筹	罗月婷
责任编辑	李小敏
内文设计	史小燕
封面设计	魏晓舸
责任校对	段　敏
责任印制	桑　蓉

出版发行　四川文艺出版社（成都市锦江区三色路 238 号）
网　　址　www.scwys.com
电　　话　028-86361802（发行部）　　028-86361781（编辑部）

邮购地址　成都市锦江区三色路 238 号四川文艺出版社邮购部　610023
排　　版　四川胜翔数码印务设计有限公司
印　　刷　成都蜀通印务有限责任公司
成品尺寸　168mm×238mm　　　　　开　　本　16 开
印　　张　18.5　　　　　　　　　　字　　数　300 千
版　　次　2023 年 7 月第一版　　　　印　　次　2023 年 7 月第一次印刷
书　　号　ISBN 978-7-5411-6494-1
定　　价　65.00 元

四川历史名人（第二批）丛书
编委会名单

主　　任：罗　勇

副主任：李　强　　陈大利　　王华光　　马晓峰

委　　员：谭继和　　何一民　　段　渝　　高大伦　　霍　巍

　　　　　张志烈　　祁和晖　　林　建　　杨　政　　黄立新

　　　　　唐海涛　　常　青　　泽仁扎西　　侯安国

　　　　　张庆宁　　李　云　　蒋咏宁　　张纪亮

四川历史名人（第二批）丛书总序
——传承巴蜀文脉，让历史名人"活"起来

文化是民族的血脉。文化兴国运兴，文化强民族强。

党的十八大以来，习近平总书记以政治家的战略眼光，以唯物主义的科学态度，从中华文化的思想内涵、道德精髓、现代价值和传承理念等方面多维度、系统化地阐述了对待中华文化的根本态度和思想观点。他将中华优秀传统文化提升到"中华民族的基因""中华民族的根和魂"的崭新高度，指出"一个国家、一个民族不能没有灵魂"，要"加强对中华优秀传统文化的挖掘和阐发"，努力实现传统文化的"创造性转化、创新性发展"。

中华文化源远流长，积淀着中华民族最深沉的精神追求，是中华民族独特的精神标识，为中华民族生生不息、发展壮大提供了丰厚滋养。与古印度、古埃及、古巴比伦文明相较中华文明至今仍然喷涌和焕发着蓬勃的生机。四川作为中华文明的重要发源地之一，历史文化源通流畅、悠久深厚。旧石器时代，巴蜀大地便

有了巫山人和资阳人的活动，2021年公布的全国十大考古发现之一的稻城皮洛遗址，为研究早期人类迁徙提供了丰富材料。新石器时代，巴蜀创造了独特的灰陶文化、玉器文化和青铜文明。以宝墩文化为代表的古城遗址，昭示着城市文明的诞生；三星堆和金沙遗址，展示了古蜀文明的不同凡响；秦并巴蜀，开启了与中原文化的融通。汉文翁守蜀，兴学成都，蜀地人才济济，文风大盛。此后，四川具有影响力的文人学者，代不乏人。文学方面，汉司马相如、王褒、扬雄，唐陈子昂、李白、薛涛，宋苏洵、苏轼、苏辙，元虞集，明杨慎，清李调元、张问陶，现当代巴金、郭沫若等，堪称巨擘；史学方面，晋陈寿、常璩，宋范祖禹、张唐英、李焘、李心传等，名史俱传；蜀学传承，汉严遵，宋三苏、张栻、魏了翁，晚清民国刘沅、廖平、宋育仁等，统序不断，各领风骚。此外，经过一代代巴蜀人的筚路蓝缕、薪火相传，还创造了道教文化、三国文化、武术文化、川酒文化、川菜文化、川剧文化、蜀锦文化、藏羌彝民族文化等，都玄妙神奇、浩博精深。瑰丽多姿的巴蜀文化，是中华文化的重要组成部分，是四川人的根脉，是推动四川文化走向辉煌未来的重要基础。记得来路，不忘初心，我们要以"为往圣继绝学"的使命担当，担负起传承历史的使命和继往开来的重任，大力推动巴蜀文化的传承、接续与转化，让巴蜀文化的优秀基因代代相传。

"四川历史名人文化传承创新工程"是深入贯彻习近平新时代中国特色社会主义思想，践行"两个结合"，推动中华优秀传统文化创造性转化、创新性发展的生动实践。自2016年10月提出方案，2017年启动实施，推出首批十位四川历史名人，彰显了历史名人的当代价值，推动了中华优秀传统文化传承发展。2020年6月，经多个领域权威专家学者的多次评议，又推出文翁、司马相如、陈寿、常璩、陈子昂、薛涛、格萨尔王、张栻、秦九韶、李调元等十位第二批四川历史名人。这十位名人，从汉代到清代，来自政治、文学、思想、教育、科学、史学等领域，和首批历史名人一样，他们是四川历史上名人巨匠的杰出代表，在各自领域造诣很高，贡献突出：文翁化蜀兴公学，千秋播德馨；相如雄才书大赋，《汉书》称"辞宗"。陈寿会通古今写三国，并迁双固创史体；张栻融合儒道办书院，超熹迈谦新理学。薛涛通音律、善辩慧、工诗赋，女中豪杰；格萨尔王征南北、开疆土、安民生，旷世英雄。陈子昂提倡兴寄风骨，横制颓波，天下质文翕然一变；李调元钟情乡邦文献，复兴蜀学，有清学术旗鼓重振。常璩失意不愤，潜心历史、地理、人物，撰《华阳国志》，成就中国方志鼻祖；秦九韶在官偷闲，精研天文、历律、算术，著《数书九章》，站上世界数学顶峰。

"四川历史名人丛书"的编纂出版，是深入贯彻落实中央《关于加强和改进出版工作的意见》和中办、国办《关于推进新时代古籍工作的意见》精神，推动四川出版高质量发展的重大举措，是传承巴蜀文明、建设文化强省、振兴四川出版的品牌工程。其目的是深入挖掘历史名人的思想精髓，凝练时代所需的精神价值，增强川人的历史记忆，延续中华文化的巴蜀脉络，推动中华文化传承创新，为实现中华民族伟大复兴提供精神力量。

"四川历史名人丛书"的编纂出版，始终坚持正确的政治方向、出版导向、价值取向，深入挖掘名人的精神品质、道德风范，正面阐释名人著述的核心思想，借以增强川人的文化自信，激发川人了解家乡、热爱家乡、建设家乡的澎湃力量；始终坚守中华文化立场，着力传承中华文化的经典元素和优秀因子，促进人民在理想信念、价值理念、道德观念上团结一致；始终秉承辩证唯物主义和历史唯物主义观点，用客观、公正、多维的眼光去观察历史名人，还原全面、真实、立体的历史人物，塑造历史名人的优秀形象，展示四川文化的独特魅力，让历史名人文化为今天的社会发展提供精神动能。

"四川历史名人丛书"的编纂出版，注重在创新上下功夫，遵循出版规律，把握时代脉搏，用国际视野、百姓视角、现代意识、文化思维，将思想性、知识性、艺术性、可读性有机结合，找到与读者的共振点，打造有文化高度、历史厚度、现代热度的文化精品，经得起读者检验，经得起学者检验，经得起社会检验，经得起历史检验；注重在质量和水平上下功夫，立足原创、新创、精创，努力打造史实精准、思想精深、内容精彩、语言精妙、制作精美的文化精品，全面提升四川出版的知名度和美誉度，为建设文化强省、助推治蜀兴川再上新台阶提供思想引领、舆论推动、精神鼓励和文化支撑，为增强中华文化影响力贡献四川力量。

"四川历史名人丛书"编委会

2022 年 4 月 5 日

目录

第一章　桂花酿

一

　　八月底，成都平原迎来了又一个晴日，一扫阴霾，天朗气清，太阳带着一团光晕，洒下缕缕金光。整个蜀郡都沐浴在这温和煦暖的阳光里，山川河流尽皆散发出慵懒倦怠的气息。

　　此时正是酿酒的最好时节，家家户户一片忙碌。整个郡城，空气中弥漫着桂花酿的馥郁酒香。甘洌的蜀黍酒香，羼杂着浓浓的桂花香，沁人每一个毛孔，直达五脏六腑。郡城的每个人都仿佛浸泡在甘洌香甜的美酒里，变得更加温软和细腻。这座城，就像一只硕大的酒坛子，装满了桂花酿，酒香四溢，光是这香味，就已令人微醺，似醉似醒，欲罢不能。

　　整个郡城，似乎在等待一场好醉。

　　桂花酿是蜀郡有名的方物，酒香浓郁芬芳，入口绵柔，甘甜细腻，自成一格，与巴郡清酒风味迥异，难分轩轾。达官显贵，富商巨贾，无不重金以求。

　　蜀郡太守官邸，幽深宽敞的后院里，经氏夫人正带领家人酿酒。要趁着好天气，再赶做一批蜀黍桂花酿，以足够太守官邸的人饮用大半年。几个男仆女婢正忙着烧火，蒸煮蜀黍。经氏挽起衣袖，和几个婢女一起忙着把早先晒干的

001

桂花泡在清水里。一粒粒晒干的桂花在清水中慢慢舒展开来，变得更加滋润、饱满，充满诗意与灵气。

待蜀黍蒸煮到生熟软硬合适，就被倾倒在一张宽大的竹席上，均匀摊开。蒸煮过的蜀黍，颗粒饱满，色泽鲜红，晶莹水润。一团团热气从中散发，丝丝缕缕的水汽便氤氲开来。

经氏利索地将泡发好的桂花均匀地拌进已经冷却的蜀黍，装进陶坛，洒上酒曲，迅速用紫泥封好坛口。几个年轻力壮的家仆小心翼翼地抬起封好的酒坛，放到专门贮放酒水的房间。只待十天半月的时间，就是一坛上好的桂花酿。

等到最后一坛桂花酿封坛，经氏方才直起身来，露出一丝满意的微笑，额头上满是细密的汗珠。她长长地呼出一口气，随即抬起右手，拢了拢额前的几缕发丝，用手背微微擦拭一下额头的汗水，左手在后腰轻轻敲击了几下。

家仆婢女们开始收拾做酒的用具，打扫院子。经氏环顾四周，满脸堆笑。当她的目光转到院子东侧时，脸上的笑容立即消失了，心下暗暗叹息了一声，清澈如水的眼眸里，像是蒙上雾一般的忧虑，立即变得蒙眬、迷离。

官邸后院，回廊两边植满桂花树，中间均匀地矗立着几株高大的银杏树。经氏夫人的目光尽头——院子东侧，有一座小亭，亭中一人一几，仿佛泥塑木雕一般。

阳光透过枝叶，投射在院子里，光影斑驳。风过树梢，摇乱一地光影。同样凌乱的还有太守官邸内的人心。

此时，正在心怀等待的，不止太守官邸内的众人，也不止郡城的官吏百姓，还有这位宿醉的主角——蜀郡太守文党。

文党一身半旧的深灰色锦袍，仿佛一片枯干的落叶。他独坐亭子中，整整一个上午，几乎一动没动。一对剑眉紧紧皱在一起，脸上不见一丝波动，看不出一点内心情绪，目光直勾勾地盯着院墙边的桂花树。

青郁郁的桂花枝叶里，星星点点的桂花散缀其间，散发出浓郁的香甜气息，香得有些放肆，甜得有些腻人。

与外表的平静完全相反，文党的内心正波澜起伏，苦苦挣扎。几天前，他蓦然发现，今年的桂花开了第二茬。从此此事便一直在他内心纠结，成为挥之不去的梦魇。满城桂花香气弥漫，原本喜欢这种花香的文党并无丝毫喜悦，相反，陷入了无尽忧虑和纠结之中。

此时，飘荡的桂花香气，仿佛成为一种诅咒，啮噬着文党的心。

两度花开，太过反常，这究竟是祥瑞还是灾异？是不是天地神祇的暗示或预言？他完全无法明了，也不敢胡乱揣测。他翻遍郡署书简，却没有找到任何记载。只在一卷残简上找到寥寥几字，民间或称为"岁乱"，预示着灾殃。

灾殃，那不是上天对世道的匡正，天地神祇对失德之人的惩罚吗，为何降临到自己身上？文党细细回想，入蜀三年来，自己可谓殚精竭虑，日夜思虑谋划，不曾有一日懈怠，心思全用在了治下百姓身上。无论是治水劝农，还是教化百姓，抑或是狱讼决断，无不秉持公心。自问俯仰无愧，蜀郡百姓多有好评，朝廷亦几次嘉奖……虽说自己也有私心，想着做出政绩，赢得个好口碑，得到皇帝赏识，获得朝廷重用，博个封妻荫子、光宗耀祖，但哪个为官者不是如此？这实是人之常情，算不得什么恶念，更无伤天和，不至于得上天责罚吧。

文党想到三年来治理湔水之事，就有想号啕大哭的冲动，其间艰难辛酸，只有自己心知。当初修造水利之时，就有传言，说他筑堰开渠，伤了龙脉，惹恼了山水神祇……当时，文党并不在意这些，权当无稽之谈，一笑置之。如今湔水治理已毕，尚不知收成究竟如何，各县情况迟迟不见来报，令文党心下忐忑不安。而桂子花开二度的异常、"岁乱"灾异之说，似乎击垮了他内心的大堤，让他瞬间彻底崩塌。

文党静静跪坐在亭子里，双手笼在袖中，似乎在苦苦等待，等待一场命运的审判。他细细回想，不断叩问内心，始终找不到说服自己的理由，想不出蜀郡与自己遭受灾殃的缘故。他只有无奈放弃，任由绝望的情绪把自己淹没，如同在深不见底的黑暗中不断下沉，无力挣扎，无法呼吸。没有人知晓文党内心无法言说的苦痛，无从知晓他此刻的哀愁与悲凉。

管家文原在院门口踟蹰徘徊一阵，犹豫再三，还是畏畏怯怯地走进亭子，靠近文党，弯腰低声道："主人，司马长史与张主簿两位过来了，正在前堂等候……"

文党有些生气，头也不回，冷冷道："我不是早说过了吗？不见！一概不见！"

文原嗫嚅道："司马长史说，事情有些紧急，朝廷今年岁察……"

不待文原说完，文党就打断他的话，厉声道："你这是在教我如何做事？"

"老奴不敢！"文原吓得差点跪下，忙带着哭腔告饶。

文党没有再吱声。文原弓着腰，连忙退下，一边走，一边不断用衣袖擦拭眼角。他心里一直不解，主人一贯随和可亲，不知为何，近几日来，脾气突然变得极为古怪。三天了，拒不见客倒也罢了，自己不吃不喝，也不说话，还动不动就发脾气。下人们见了都远远躲开，就连经氏夫人也劝不动。

来到前堂，司马秩和张国忠二人见到文原，都站起身来，眼里满是期望，但瞬间就转为失望。文原躬身告歉，推说已经禀报太守，但太守身体抱恙，今日实在不便见客，请二位暂回。

主簿张国忠紧皱眉头，两眼逼视文原，带着一些情绪，高声道："太守这病的可真不是时候啊，这一郡岁察，不日就要上报朝廷，太守不发话，我等该如何着手？"

文原满脸尴尬，不敢接话，只得躬身施礼，不住拱手告罪。

长史司马轶施施然上前一步道："既然如此，我等就不再打扰太守养病，改日再来。"说完，拉着张国忠就告辞而出。

出了府门，张国忠再也憋不住，直着脖子嚷道："司马长史，你说说，太守这究竟是唱的哪一出啊？"

司马轶一手捋捋胡须，一手拍了拍张国忠的手，意味深长地笑道："张主簿太性急了，太守如此，定有他的考虑和安排，我等身为属下，只需恪守本分，切不可妄加揣测啊……"

张国忠不解地看着司马轶，气呼呼地回了一句："哼！就喜欢阴阳怪气。"

司马轶不以为意，看到张国忠的样子，不由一阵大笑。

张国忠似乎更加生气，使劲一甩衣袖，转身离去。

看着张国忠离去的背影，司马轶微微一怔，轻轻摇摇头，稍稍犹豫了一下，也迅疾转身离去。

见二人走远，文原暗暗叹息一声，关上大门，蹒跚着向后堂走去……

二

正午时分，经氏夫人让婢女春兰将饭菜送给文党。春兰站在一旁一动不动，怯怯地望着主母，一副泫然欲泣的样子。另外几个婢女和男仆，也赶紧将头转向一边，生怕主母指派到自己。所有人都在躲避，谁也不愿去见主人，确切说是不敢。几天来，府内家仆婢女，好几个人都莫名其妙地遭到责骂，谁还敢去触霉头。经氏夫人见状，扫视众人一眼，也微微摇头，低低叹息一声，转身便独自端起装着饭菜的食盘，又加上一壶蜀黍桂花酒。

经氏轻移莲步，袅袅娜娜来到亭子中间，轻轻放下食盘。

"老爷，都三天了，你好歹吃点吧，都是你最爱吃的蜀黍羹和鹿脯炙肉，还有桂花陈酿……"经氏低声温语相劝。

文党还是一动不动，甚至轻轻闭上眼睛，似乎看都懒得看一眼。对于平日里喜欢的酒肉菜肴，他似乎失去了兴趣，抑或味觉失灵，已经感受不到美食滋味。

一只鸟儿从墙外飞入后院，停留在桂花树枝叶间，叽叽喳喳，不知疲倦地鸣叫，像是想要唤醒文党对美味的记忆，又好像在苦口婆心地开导他。他微微睁开眼，目光有些呆滞，痴痴凝望着树枝上的鸟儿，似乎想努力听懂鸟儿的诉说。

然而，他还是失望了，或者厌烦了鸟儿的吵闹，他再次闭上双眼，伸出右手，轻摇几下，示意经氏不要再说。经氏犹豫一下，只得打住话头，看着文党消瘦的脸颊，两边颧骨微微凸起，脸色有些暗黄。她欲言又止，慢慢转身，独自黯然离开，抬起衣袖轻轻拭去眼角的泪痕。

后厨内，几个女仆小厮正围坐在食案前吃饭。见夫人离开，左右没人，几个人便凑在一起低声嘀咕，不时小心地望向门口。

"主人这几天太奇怪了，咋回事呀？"

"是不是遭了魔魇？我们村就有人遭过，也跟主人一样，不吃不喝……"

"我看啊，可能是被哪个女子把魂勾走了……"

婢女的话似乎引起了众人更大的兴趣，几个脑袋凑得更近，吃吃低笑。

"狗胆！"一声低沉的怒喝，让几个男仆女婢吓了一跳。

文原从门口快步走进来，怒气冲冲地盯着几个人，脸色铁青，两道目光冷冽得像两把刀子，闪着森严的寒光，让人不敢直视。

几个仆婢吓得不轻，赶紧放下碗筷，全都跪伏在地，低垂着脑袋，浑身瑟瑟发抖。

"怎么了？"经氏从院子里回来，看到这一幕，不禁发问。

几个人脑袋垂得更低，无人敢开口，身体颤抖得更厉害了。

文原侧过身，对经氏夫人欠身施礼，恭敬地低声回道："几个贱奴不知死活，胆敢背后乱嚼舌头……"

经氏下意识地回头看了一眼后院，似乎知道他们在议论什么，不由轻叹道："唉，这次就算了罢，倘若有人胆敢再犯，定然家法严惩，绝不轻饶！"

文原怒喝道："还不快滚！"

几个人赶紧磕头起身，脚步踉跄、连滚带爬地离开了后厨，饭也不敢再吃。

经氏掀开门帘，走进内室，在案几边坐下，心中的无奈、委屈、伤心，此刻再也压抑不住，一手紧紧捂住嘴，低声抽泣起来。

文原佝偻着身子，不住搓手，显得有些手足无措，低声劝道："夫人，千万不要伤心，切莫哭坏了身子，这府中上下几十号人，可都还得靠你拿主意呐……"

经氏使劲咬着衣袖，肩头不住耸动，抽抽噎噎好一阵，才止住哭泣，拭去脸上的泪水，慢步走出内室，脸色平静如常。

而奇异的气氛还在弥漫，让太守官邸显得特别压抑。文党形似枯木，要么独自一个人在书房发呆，要么独坐院内，直勾勾地盯着桂花树出神，似乎要看清每一片叶子、每一粒桂花，看穿桂花二度绽放的缘由，看透"岁乱"之说的真假。

官邸内的家仆婢女，更是小心翼翼，轻手轻脚，彼此多只是眼神交流，或点头示意，不敢多说一句话，生怕招致主子的呵斥责骂。

几天过去，太守官邸内每个人的耐心，也被一点一点消磨，在极度的压抑中，似乎大家都在等待，等待一个虚无缥缈的转机。

转机，出现在这天正午时分，随着江源令王道君的拜见而到来。

王道君到郡署求见太守，门房衙役告知他，文太守抱恙在家。王道君便急忙赶往太守官邸。

管家文原把王道君迎进前堂，再三劝王道君回去。王道君思索良久，详细询问了太守的病情，还是执意要拜见。

"太守正值盛年，以前从未生病，不冷不热、不痛不咳，就只是整日不吃不喝，整整五天了，消瘦了不少……"文原苦着脸道，拼命忍住快要落下的泪水。

王道君听文原诉说，眼里浮上一层沉思之色，自言自语道："哦，我猜太守或许不是身子的病，而是心病，说不准我真还能为太守祛除病根。"

文原苦着脸，摇摇头道："王县令还是不要去触霉头的好，司马长史、张主簿都遭过骂，你小心……"

"管家放心，只需禀告太守一声，就说繁县王道君求见，如果太守责骂，皆与你无关。"王道君似乎很有把握，言语间充满自信。

文原有些吃不准，犹豫着走进后堂通报。

文原离开不一会儿，又很快小跑着来到前堂，脸上满是兴奋，深深一揖，急急道："王县令真是神算，我家主人有请——"

踏进书房，虽然有些心理准备，但王道君还是大吃一惊。他微微愣了一下，才骤然反应过来，赶紧快步上前，躬身抱拳施礼。

王道君确实被吓了一跳，若非在太守官邸，还有管家带路，他几乎不敢与眼前此人相认。他抬头看了看案几前这个人，形容枯槁，头发凌乱，面容暗沉，脸颊消瘦，两眼塌陷，目光无神，呆若木石，谁能想到，这个人竟然是堂堂的蜀郡太守。原本丰神俊朗、器宇轩昂的太守，此时似乎衰老了十岁不止。

文党眉头紧皱，只是稍稍抬起眼皮，转动眼珠，死死盯着王道君。这让王道君心里有些发毛，不敢与他对视，怯怯地垂下目光，端起几案上的茶碗假装饮茶。

片刻，文党遽然问道："你咋这个样子？"声音有些嘶哑，干涩粗糙，像枯枝摩擦发出的声响，让人感受不到一丝情感与温度。

王道君有些蒙，上下打量了自己的官袍，再望向文党，目光茫然，有些不知所措。

"你咋把自己搞成这副尊荣，瘦得像只病猴……"文党的声音沉郁、干枯，有些飘忽，似乎带着一丝伤感，又仿佛来自很远的地方，给人咫尺千里的感觉。

王道君恭敬一揖，不紧不慢禀告道："禀太守，江源原本靠天吃饭，百姓养成疏懒怠怠风气，湔水治理之后，下官生怕辜负太守苦心，只得下乡入户，劝民及时耕种，莫误农时，并教习百姓耕种之法，几乎日日都与百姓一道劳作，岂敢爱惜这副臭皮囊……"

不待王道君说完，文党上身往几案靠了靠，两手撑在案上，死死盯着王道君的脸，沉声问道："你江源今年收成如何？"

王道君没有马上回答，反问道："这是太守的病根吧？"

"问你话呢，快说！"文党言语急切，显得颇不耐烦，似乎带着一点火气。

王道君赶紧直起身子，深深一揖，正色道："太守且莫忧心，属下今日就是来报喜的，并代江源两万百姓，前来感谢太守的天大功德……"

文党看着王道君，双眼微眯，目光深邃，没有说话，等待着下文。

王道君继续恭敬道："江源今年得湔水之便，又承蒙上天眷顾，算得上风调雨顺，全县今年稻黍收成，至少增长三成以上，租赋可望满收，超过以往任何一年……"

文党依旧没有说话，探寻的目光逼视王道君，似乎有些半信半疑。王道君心头一沉，突然感到有些发虚，好像听到了自己心碎的声音，垂下眼睑，不敢抬头。

文党上身尽力前倾，伸出一只手，隔着案几，使劲敲了一下王道君的额头。

王道君抬起头，满脸惶然，不解地望着文党，嗫嚅道："太守，这是……"

"问你收成，你一句话就能说清楚，偏偏那么多废话，就会卖嘴皮子。"文党语带责备，表情却出卖了他的内心，眼光格外温和，脸上浮现起掩饰不住的笑意，像室外初秋的暖阳，柔软而明亮，整个人也有了精神气，就像一粒清水泡发的桂花，变得丰润饱满。

王道君咧嘴一笑，用手摸了摸额头。

文党很快又轻轻敲了一下王道君的额头，王道君假意苦着脸问道："太守，这又是为何啊？"

"为何？既然知道我担心，为何迟迟不报？是不是又在耍什么小心思？"文党连连厉声追问。

王道君苦笑道："太守明鉴，属下冤枉，全县上计还没做完，下官就马不停蹄赶来……"

文党假意恼怒道："是不是没有打痛？"

王道君一脸涎笑，马上止住话头，郑重抱拳："太守下手恰到好处，下官知痛了！"

"哈哈——哈哈——"文党忍俊不禁，王道君也跟着咧嘴大笑。

俄顷，文党猛然一挥手，满脸得意道："走！跟我去郡署，让郡署那些人也都开开眼界。"

言毕，文党猛地起身，不意一阵眩晕，差点跌倒。王道君赶忙上前，稳稳扶住文党，满脸关切。

文党使劲眨了眨眼，晃晃脑袋定了定神，低声嘟囔道："唉，都忘了，好几天没进过食，这阵子腹内还空虚着呢，还是先填饱肚子再说……"

说着，文党忽然睁大眼，逼视王道君，厉声道："这都是你小子害的！"

"是是是，都是道君的错，罪莫大焉，罪莫大焉。"王道君嬉皮笑脸应和着。他自县丞出道，出任县令五年有余，对官场上下级之间分寸把握极准，但令他意外的是，一向端庄严谨、不苟言笑的文党，竟然还有如此温情的一面。此刻，他不像一个大权在握、秩禄二千石的太守，而像极了顽性颇大的邻家兄弟，一个不拘礼节的玩伴，身上没有了平日拒人千里的官威与冷厉，只有发自本性的慈蔼与关心，那是超越繁文缛节的随性与洒脱，浑身上下散发出一种常人有的缕缕温情。他当然知道，这是太守对他示好，把他当成了完全可以信赖和托付的人，甚至已经超过了一个官员对下属的信任。他内心充满了感动，被一种情感融化着。

"愣着干啥？还要我三请吗？得罚你一大坛，不，至少三坛……"也不待王道君反应，文党拉着他的手就走，一路大笑，满是开心，只是声音依然有些干涩嘶哑。

文党一边走，一边大声嚷嚷道："夫人，赶紧安排饭肴，多拿些酒来，我要跟君实好好喝两盏。"

文原一直在院子里东瞅瞅西望望，假装打理那些花花草草，不时向书房这边探望，神情格外紧张。看到主人和王县令二人大笑而出，赶紧过去应答一声，小跑着进入后院去了。

府内众人都惊异地望着二人，目光中充满疑问。

宴厅上，文党和王道君相对而坐，食案上摆着几大盘烤肉，有麋膀、鹿脯，还有菜肴、果蔬。二人频频举盏，笑声不断。不多时，二人便都有了醉意。

文党直起腰，结结巴巴道："君实啊，你在江源五年了，江源可曾出过什么怪事，比如祥瑞或灾异？"

王道君不明就里，不假思索道："禀太守，江源偏僻，土地瘠薄，民风粗鄙，神祇都忘记这地方了，哪有什么祥瑞啊！"

"可曾出现过灾异之兆？"文党追问道。

"灾异还真有，算来已是八年前的事了，当时我还在县丞任上，入秋就降下大雪，好多庄稼都来不及收获，山民的牲畜冻死大半，一些百姓死于饥寒，那是真惨啊……都说是得咎于天地神灵，唉！"

王道君似乎突然意识到了什么，赶紧止住话语，有意无意避开文党的目光。尽管他感激文党对他的信任，但他却不会轻易去逾越二人之间的界线，毕竟上下有别，有的话他不能说，有的话只能点到为止，不能说得太透，他对此还是拿捏得很准的。

文党手肘支在案几上，撑着头，怅然道："那是如何处置的？"

王道君醉眼蒙眬，思索片刻，似乎才想起什么，遂露出不平之色，梗着脖子，愤然道："前任太守延请方士大巫，专门设坛祭祀，祷告神灵，消灾祛难，郡县官吏趁火打劫，借机向百姓收了一大笔钱粮，天灾之上，又加人祸！下官愚鲁，不知这算哪门子事！"

"你治下民风如何？"文党似乎不愿再深究这件事，抑或不愿触及前任罪过，这是官场禁忌，他有意转移话题。

王道君显然没有跟上文党的节奏，愣了一下，随即才反应过来，感慨道："唉，民风可就一言难尽了！蜀地僻远，民风刁蛮，百姓不敬天地神灵，不读圣贤之书，不服官府法令，凡事逞勇斗狠。豪门大户、盗匪游侠相互勾结，难决之事，大多不经狱讼，但凭神巫指示。乡里三老，多为大族巫师，一时之间，实难改变，下官虽穷尽手段，然收效甚微……"

见文党陷入沉思，王道君收住话头，不再言语。

"哦，比之治水劝农何如？"文党望着门口，似有所动，好像自言自语。

"禀太守，道君以为，治水劝农，是为利益所驱，故百姓所期；教化民风，是为法令所缚，故百姓所怨，二者不可相提并论啊！"王道君似乎心中郁闷，只想一吐为快。

"你我忝列朝廷命官，身受朝廷秩禄，自当为皇帝分忧，代天子牧守。教化黎庶，保境安民，难道不正是职责所在？"文党似乎有些责备之意，又似乎是自我感喟。王道君一时语塞，不知该说什么，便没有开口。

"这教化民众，可比治水劝农难太多了，皆因人心比渭水更复杂，更深啊！唉……"文党一边低声喃喃自语，一边不住微微摇头，忍不住轻声叹息。

王道君没有回应，怔怔地看着文党，暗暗揣摩话中之意，似乎有些不解，不敢随便接话。

文党没有吱声，王道君也不说话，一时安静下来。不多时，大厅内鼾声大作，官邸内男仆女婢均暗暗掩嘴而笑。

三

半夜时分，文党悠悠醒来，口渴难忍，头有些晕，轻轻挪动了一下身子，依稀记起白天的事情，下意识地转头环顾左右，只有烛火微晃，四周一片昏暗。室外秋虫低吟浅唱，将这秋夜衬托得更加幽静寂寥。

文党披衣下榻，剪去烛花，房间内一下子明亮起来。他端起案头的茶碗，"咕噜咕噜"灌下一碗冷茶，整个人也瞬间清醒过来。

远处传来更鼓声，已是三更天。

推开房门，一团清冷气息涌进屋子，烛火摇曳跳跃，不停晃动。文党顺手轻轻关上房门，在院子里来来回回踱步，不时抬头仰望夜空，繁星闪烁，幽蓝的夜幕格外深邃幽远。

天地俱寂，万物无声，唯有此时，他似乎才敢坦然直视自己的内心。虽然渭水治理已就，灌溉增加了三万余亩，但结果会如何，谁也说不准。因而，稻禾播种后，文党就一直压抑着内心的渴望，没有再去察看过。他隐隐有些害怕，害怕自己三年辛苦付诸东流，害怕自己内心最深处的梦幻破灭。

虽然江源收成大增，让他略微放下心来，但桂花二度开放的异象，始终萦绕心头，"岁乱"之说，让他轻松不起来。他还有一事担心，那就是所谓的"岁乱"之兆，会不会应在自己的仕途上，影响或左右自己的前途命运？回想三年前，自己从舒城进京，被擢拔出任蜀郡太守，望侯刘肇与靖安侯宴请，百官祝贺，景帝在皇宫接见。明知蜀郡艰难，但他还是毅然前来，只想自己苦干几年，干出些政绩，获得皇帝赏识，能进京履职，自是最好，若是回家乡庐江郡，也未尝不可。

文党虽治《春秋》之学，但并非腐儒，且长于事功，一直主张儒法并用，诸道合流。以儒学德性修心教民，以儒家事功思想任事，以法度刑律驭人，对阴阳之说、神仙方士颇为不屑，对巫觋、淫祀之事极为厌恶。他对王道君所言祛灾免难的做法，打心底里抵触和反感，但事涉自身前途命运，他又有些犹豫，难以决断取舍。

他静静地站在院子里，一动不动，久久沉思，完全融入这沉沉无边的夜色里。他似乎喜欢这样的时刻，这样的暗夜，仿佛自己也化为了暗夜的一部分。

"吱——嘎——"一声脆响，拉着长长的尾音，在黑夜之中格外刺耳，打断了文党的沉思。循声望去，见夫人经氏披着长袍，一手举着灯盏，正站在卧室门口。

经氏将灯盏放到窗台上，轻轻提起裙摆，蹑足来到院子中间，替文党整理了一下长袍，握住他的手，柔声道："老爷，回屋子吧，院子里露气重，当心伤了身子。"

文党轻轻握住经氏的小手，手指缓缓摩挲手心，以此回应她的关心，却触及到一层厚厚的老茧，心中一阵感伤。二人手牵手，一起回到卧室，将薄雾弥漫的夜色隔绝在屋外。昏黄的灯光，透过窗纱，像是为秋夜镀上了一层暖色。

二人举着灯盏，绕到高大的屏风后，文党仔细端详着熟睡的孩子，俯下身亲了亲孩子额头，又披了披被子。良久，才慢慢起身，转身出来，半躺在榻上。经氏放下灯盏，紧挨着文党坐下，将身子斜靠在文党怀里。文党一手搂着她的肩，一手轻轻抚摸着她的柔荑，似乎想要用自己的柔情，抚平岁月留在她手上的痕迹。

经氏往文党怀里挪了挪，将头靠在他肩上。良久，她柔声道："老爷，我知你心气极高，不甘久居蜀地，劳心费力，以求朝廷赏识，亦想博得封妻荫子的荣耀。但谋事在人，成事在天，一切顺其自然，莫要强求，我只愿你和孩子们平平安安就好……"

经氏夫人话未说完，却已哽咽，两行清泪潸然而下。

文党一把搂过经氏，将滚热的双唇印在她白润细腻的脸上，轻轻亲吻她的双眼，一点一点，啜吸她脸上的泪水，双手在她的后背寸寸抚摸，缓缓游走。末了，他伸出舌尖，舔舐自己的嘴唇，舔舐经氏脸上的泪水，一股冰凉的、咸咸的味道，覆盖了每一朵味蕾。

片刻，文党移开，轻轻叹息一声，缓缓说道："从舒城到偏远蜀郡，远离家人，夫人独自带着一双孩子，里里外外操持家务，真是太难为你了……"

经氏转过头，盯着文党，轻轻捂住他的嘴，缓缓道："这些都是人妻的分内之事，只要你平平安安，孩子健健康康，我就知足了。"

文党温柔地摸了摸经氏的头，轻声道："上船容易下船难，朝廷之事，永无尽头，只要踏进官场，就是身不由己，谁也无法置身事外……早知如此，还不如就在舒城做个小吏，侍奉双亲，平庸终老，你和孩子也不用背井离乡，吃苦受累……"

"嗤——净说傻话，"经氏夫人哂然一笑，不以为然道，"你游学多年，日夜苦读，是为了什么？不就为了忠君安民、一展抱负吗？真让你终老舒城，恐怕你一辈子都不会安心。"

文党轻笑道："呵呵，也是，知我者夫人也！大丈夫立世，哪个不想建功立业、扬名立万？出任蜀郡已经三年，朝廷也几次旌表嘉奖，可就是绝口不提擢拔迁任之事，或许真要让我终老蜀地？当真圣意如渊，天威难测啊……"

经氏夫人安慰道："官要做多大才满足呢？老爷从舒城出来，做到两千石，也足以光宗耀祖、荣显门庭了。再说，哪里山水不养人？蜀郡虽然偏僻蛮荒了些，但也算是富饶之地，一家人和和睦睦、平平安安，还是要知足才是。"

"难得夫人如此通情达理，为今之计，也只有顺天应命、恪守本分，但求问心无愧吧。"文党微微颔首，喃喃而语，经氏却听得出，明显心有不甘。

"御史大夫卫绾卫公，不是升迁做了丞相吗？要不老爷回头也去走动走动，若进不了京城，有机会就回庐江郡吧？"经氏睁大眼睛，仰头看着文党，满眼关切。

文党呵呵一笑，释然道："算了吧，说他人尚可，唯独卫丞相不可。他生性谨慎，老成持重，如今年纪渐大，只会更加小心谨慎行事，虽然做了丞相，最多只会做一个太平丞相，而不会有什么作为。这事找他，他绝不会答应，更不会做些什么。"稍稍停顿了一下，他继续道，"更何况，夫人知道我的品性，素来光明磊落，又岂能为升职而坏了清白名声，我是至死也不愿做这种事的。"

文党心下释然，不再纠结那些虚无缥缈的东西，不再纠缠"岁乱"之说，整个人轻松了不少。

二人都不再说话，似乎不想打破此刻的宁静，只是静静聆听着彼此的呼吸和心跳，默默感受着对方身体的柔软与温度。

经氏转过身，双手紧紧搂住文党的脖子。文党顺势托住柔弱的娇躯，"噗"地吹灭案头的油灯。屋子淹没在浓墨般的黑暗中，他们也在黑暗的激情中彼此融化，似乎都是在对方身上完成一次生命的书写。

秋夜，弥漫着萧瑟和肃杀，也孕育着希望和新生。

四

翌日，文党早早起床，洗漱完毕，草草用过早饭便换上官服，前往郡署。

议事房内，文党与百里俞甫居中上坐，长史、功曹、主簿等人居右而坐，其余属官依次就坐。百里俞甫身为蜀郡监御史，与文党秩俸相当，但监御史要监察郡县官吏，故而年度岁察，往往需要合议。当此之时，大汉朝官员有秩无品，只以秩禄多少区分官阶高低。监御史秩比二千石大员，与太守并无隶属关系，二人同年先后到蜀郡履职，并无恩怨嫌隙，故一直相处友好、过从甚密。文党请其与自己并列上坐，并无逾制之嫌，百里俞甫亦不推辞。

正式议事前，众人天南海北谈笑，毫无拘谨之态。文党眼神中虽然带着一点倦意，但脸上始终挂着浅浅的笑意，温和之中透出几分威严。他久居官场，深谙官场人际，懂得恩威并施、宽严相济的驭下之道，故而公堂之外，他偶尔主动与郡署属官闲谈，也借此了解蜀郡的民情风俗、人情世故。加之他本性宽厚仁慈，严谨正派，虽官威庄重，但私下较为随和，下属对他尊重有加，亦愿意与之亲近。只不过，彼此都保持着恰当的距离，绝不越界。

长史司马轶、主簿张国忠、功曹王继等人均浸淫官场多年，对郡衙事务十分熟稔，需要议决的事项，都早已一一罗列出来，呈送主官议决。待众属官到齐，遂依次商议，分遣诸曹经办即可。

最后商议的事项，也是众人最关心的，就是对官员的年度考课。按照朝廷规制和惯例，太守将和监御史一道，对郡下县道官员进行年度例行考评，郡县主官还将由朝廷考课，是为岁察。将人口、粮食、租赋的核实上计，加上百姓风评，据此对官员政绩进行考核评价。朝廷考评，将决定官员的擢拔去留，历来都备受关注。

长史司马轶早已与监御史商量过，功曹王继将岁察条陈一一禀报，并呈上拟定的经办条款。文党征询百里俞甫的意见，百里俞甫性格耿介，对朝廷定例从不逾矩，只是按例行事，并无他想。

文党环视众人，思索片刻，沉吟道："官员年度述职考课，既要遵循朝廷规制，但亦要不拘故例，各有侧重。自高祖鼎定天下以来，历代皇帝累次下诏劝农，孝文皇帝与今上更甚，亲劝农桑，轻徭薄赋。意在兴农固本、与民生息、安定天下，岁察亦应重在农事民生。蜀郡之地丰腴富饶，理当为天下表率。"

文党稍稍停顿，环顾众人，缓缓道："我意以为，蜀郡县道官员岁察，当重农事、民生，兼求治风、决狱，务求遵循皇帝旨意、朝廷规制，以为朝廷荐举务实能干、重农务本之官员，倡导务农固本、与民生息之风，方是皇帝所想、朝廷所愿、百姓所期，亦乃人臣本分。诸位可有异议？"

座中众人频频点头，并无异议，便照例由长史司马轶总揽此事，郡府属官、诸曹掾吏各司其职，监御史百里俞甫亦遣属吏从旁协助。

众人分头忙去，只有百里俞甫并未离去。待送别众人，文党方转身过来，与他相对坐下，知晓他必有事相商。

百里俞甫抬头望着屋顶，似乎在思考什么，良久才缓缓问道："仲翁履蜀，已经三年了吧？"

文党只是稍稍点头，并未说话，知道百里俞甫定然还有下文。

百里俞甫收回目光，直视文党，笑了笑，接着道："按照朝廷定例，太守将回朝面圣，当堂述职，由朝廷决定升迁去留，说不准就登堂入室、明堂伴君了。仲翁难道就没有一点想法？"

文党垂下目光，怔怔地盯着地面，良久才转过头，苦笑道："越之兄说笑了，我能有什么想法，敢有什么想法？履职蜀郡三年，不敢说劳苦功高，但凡事尽心尽力，蜀郡也算略有起色罢了，均是略尽官员本分而已，哪敢奢望什么登堂入室、明堂伴君……"

文党看了看房门口，侧过脑袋，低声道："何况，现在朝廷大权尽在窦氏之手，大小官员，尽皆用尽心思找靠山，哪个还记得我等外官？京城势力犬牙交织、人际错综复杂，哪里比得上这里山高皇帝远，何不就此做个平庸太守，安享太平日子？"

百里俞甫瞪大眼睛，似乎有些意外，怔怔地看着文党，好不容易才回过神来，一脸正色道："仲翁如此想最好，百里俞甫也就放心了。"

文党稍稍一愣，问道："嗯？越之兄这话是什么意思？"

"什么意思？按照朝廷规制，监御史已将太守三年治蜀功过，如实上奏朝廷，绝无挟私隐瞒之事，当不至埋没功劳，但也绝无曲意夸大、谄媚矜功之言……"百里俞甫站起身，略一施礼，撂下一句话，便转身朝外走去。

"我对此完全陌生，越之兄熟悉此中路数，有何见教，但说无妨。"文党听出，百里俞甫话里有话。

百里俞甫停下脚步，侧过身子，压低声音道："你是真的不懂还是假装不懂，你出任蜀郡太守已满三年，按制要奉诏回京面圣，你不早做准备？"

"按照朝廷规制，各郡地方官，非奉诏不得擅离治地私自进京。述职之事，我已准备妥当，现在只等朝廷示下。皇命一到，我便可以奉诏进京了……你我同僚，皇帝面前，亦自会为越之兄美言。"文党微微颔首，面露难色。

"唉，我说的是另外一回事，你回京面圣，就空着两手回去？朝堂上下、宫廷内外、衙门有司，你就不疏通打点一番？这事儿可比你那什么述职奏章更为紧要……"百里俞甫似乎有些生气，不待说完，就转身快步离去。

"哦，这事啊……多谢越之兄提醒。"文党知道百里俞甫的担心，无论如何，自己都算欠下了一份人情。他稍稍有些意外，又微微有些感动。他深知，监御史监察郡县官员，与太守关系非常微妙，极难和谐相处。前几任蜀郡太守就因与监御史不合，矛盾闹得沸沸扬扬，朝廷不得不频繁换人，以平息纷争。但结局都是两败俱伤，谁也没讨得了好。百里俞甫能够秉公行事，已是难能可贵，如此坦诚，殊为不易。

文党大步走出议事房，来到大堂前院，仰起头，眯着眼，深深呼吸一口。柔和的秋阳，洒满脸上，暖意流淌全身，心情没来由地好转。

接下来几天，文党更加兴奋。临邛、繁县等陆续来报，各地稻黍喜熟，丰收在即。只有郫县还没有消息，他深知郫县上享平原沃土天时之利，下承灌口江水之便，收成应该无虞。便完全打消了担心，"岁乱"之说带来的烦忧，似乎已抛诸脑后。

一大早，文党梳洗已毕，换上一件青色锦袍，乘坐一辆挂着黄色布幔的牛车，带着文原和几名侍卫，往城西而去。他的心中，有一种再也压抑不住的冲动——要出城去看看丰收的蜀郡，看看治下百姓欣喜欲狂的样子。其实，相比其他人，他更希望感受丰收带来的愉悦，似乎只有这种愉悦，才能让他更充实、更满足。

出西门，一条笔直的官道从城门一直指向西北，隐没在视线的尽头。文党一行人于官道鞭车疾驰，丰收的景色迎面扑来。文党忽左忽右掀开车窗布帘，将两旁景象尽收眼底：整个平原像一幅被稻禾染透的锦绣，连绵起伏，一望无际，黄澄澄的稻浪，散发出金子般的质感，微风吹过，稻香四溢。一行人就像一群鱼儿，在无边的稻浪里游弋，却始终游不到尽头。

一个时辰后，一行人抵近一处浅丘，此处像一个人工垒成的高台，在平原之上，显得有些突兀。文党查阅过地方典籍，知晓这处高地大约就是当地的天玺山。虽名为山，其实就是平原上一处突起的土丘，因为上窄下宽，四四方方，形似印玺，故名天玺山。当地人据此杜撰了很多神异故事，附会了诸多愿想。有一种说法是，在远古时，蜀王与入侵蜀地的妖魔大战，蜀王遭到妖魔围攻，重伤之际，以印玺击杀妖魔，并将妖魔封印于此。

文党让车辆停下，黄牛浑身热汗腾腾，不住地打着响鼻，几名年轻力壮的侍卫也是满头冒汗。显然，这一路疾奔，大家都已累得够呛。虽然有些累，但文党兴致很高，便让随行的人留在山下等候，自己独自沿着曲曲折折的土路，登上山顶的小亭。放眼回望，大平原尽收眼底，稻田绵延，禾浪起伏。竹木掩映着房舍，星罗棋布点缀其间，鸡鸣犬吠，炊烟袅袅。江水静静流淌，绕过山脚，向东而去，两岸是层层叠叠的稻田，近山的高地上，是大片的蜀黍，红艳艳的黍穗，像一片烧旺的火苗随风跳跃，似要点燃整个平原，点燃文党无法平静的心。

履蜀三年，他对当地掌故早已烂熟于心。他知道，山脚下绕流而过的，就是沱水，其实就是顺着江水流向，在平原上开凿出的一条人工河。既解决了土地灌溉问题，涨水的时候又能宣导泄洪，使得这片平原成为土壤肥沃、水旱无虞、年熟岁丰、物产富饶之地。时至今日，这里的百姓仍然感念治水的先王望帝和丛帝，感念治理岷水的李冰。

前朝李冰出任蜀郡郡守，再次治理江水，在山地平原交界之处，修造江心离堆以分水泄洪，淘河道筑堰以冲淘河沙，开人工河以利灌溉，亦使平原之上舟楫畅通，终成不世之功。陆海浮沉，沧海桑田，前朝覆灭已经百年，这里的百姓依然祭祀着最早治理江水的望丛二帝，祭拜治水有功的郡守李冰，特别是每年春耕时节，蜀郡官民都要在灌口举行祭堰仪典，祭拜先贤。百姓对蜀地先贤的感佩，并没有因为朝廷变换、天下易主而改变。

他一手扶住亭柱，将额头抵在亭柱上，鼻子发酸。

不远处，就是湔水，是承载着他期待和愿望的地方，也是他不敢轻易踏足、生怕会破灭他梦幻的地方。三年前，湔水两岸还是贫瘠之地，由于湔水低流，两岸地高，无法灌溉，百姓劳苦，所获甚少。文党力排众议，决定仿灌口修建水利，治理湔水，让两岸贫瘠荒地变为膏腴之壤，其间多少辛酸苦辣，多少痛楚委屈，只有自己知道，不足为外人道。事非经过，难知其中况味，他人又怎能体会？

文党抬头远望，哽咽无语。对眼前的这一切，文党似乎格外熟悉，故乡舒城风光与之极为相似，这让他有一种时空移位的错觉，仿佛置身舒城故土。

想到故土，文党止不住泪涌。他很小就离家游学，很少待在父母身边。成家之后，又常常忙于官署事务，很少尽人子孝道，家中生意，也全由兄长打理。

三年前，他拜别双亲，举家赴蜀，前路愈行愈艰，离双亲愈来愈远，也不知双亲可好？父母年事渐高，不知还有多少时日享受天伦，也不知自己还有无机会略尽孝道？

过了很久，文原有些不放心，便寻上山来，远远地站在一边，不敢打搅文党，由他一个人独立亭中。一片苍茫的暮色中，他显得格外孤单、落寞。

过了很久，文原重重咳嗽一声，委婉提醒主人，但文党依旧站立那里，一动不动。

"主人，山上风大，还是下山吧……"文原低声提醒。

片刻之后，文党平复下内心的情绪，转过身来，慢慢下山。一路不时驻足，频频回首，说不尽的留恋。不知是留恋山顶风光，还是三年来的愿望，抑或是对一方百姓的怜惜。种种情愫，纠缠于心。

文党没有直接回郡城，而是转顺道前往郫县县城。一路所见，稻禾金黄澄亮，一些百姓在抢收，但大部地方却不见人影，并未见抢收的繁忙景象，任由熟透的稻禾倒伏田间。

他百思不得其解。

要知道，郫县可是靖安侯的封邑。高祖斩蛇起义、鼎定天下之后，犒赏功臣名将。偏将丁树对高祖有救命之恩，被封为靖安侯，领郫县，食邑三千户，并赐姓刘，圣眷隆遇，一时无两。

想到郫县，文党内心瞬间升起一丝庄严，一种朝拜的庄严。郫县乃蜀人祖兴之地，早在杜宇时期，就立国封号，定都于此，因此，郫县是蜀人心目中的圣地。鳖灵治理江水，始绝水患，郫县更是沃野平畴，富裕丰足。前朝灭六国、一天下，司马错、张仪率兵入蜀，在秦兵的强弓硬弩下，安阳王苦战不敌，古蜀王朝迅速土崩瓦解。

张仪遂于平原上筑成都城，又筑郫、临邛二城，互为掎角，拱卫成都。其富庶繁华，远胜蜀郡所辖繁县、江源等县，郡治成都，成为天下"五都"之一。丁树食邑郫县，虽爵位只是列侯，但封地租赋收入，远较其他列侯丰厚，其实力不亚于刘姓诸王，圣眷殊隆，可见一斑。

经七国之祸后，景帝便实行削权，分封和世袭的列侯，均不再就国。封地官员亦由朝廷派遣，由国相代为治理，但严禁国相随意离开封地，除每年春朝、秋请外,非奉诏不得私自回京。

现任靖安侯府国相司马泓,原是一名散官,被擢拔为靖安侯府国相,经营郪县多年,深得靖安侯刘承非信任。刘承非乃丁树嫡孙,承袭靖安侯爵位,早年景帝被立为太子之时,刘承非即充任太子伴读,相处甚是亲密。景帝继承大统不久,老君侯薨逝,刘承非承袭侯爵,皇帝有意增加其食邑,只因窦太后以其本非刘氏血统、有违高祖遗旨为由反对,景帝只得作罢。

司马泓将太守一行迎进侯府,文党在上首坐下,其余人等依次拜见。文党环视侯府,但见建筑精美,陈设极尽奢华,忍不住夸赞几句。

寒暄之后,文党问道:"眼见稻禾丰熟,百姓正昼夜抢收,有的地方却不见农人身影,这是何故?"

司马泓满脸无奈,苦笑道:"禀太守,确如太守所言,时下正当秋收之时,奈何夏、卿两族邀斗,大部分百姓参与两族械斗,哪里还有人收获稻禾?"

此事文党闻所未闻,疑惑地看着司马泓。司马泓沉思片刻,方缓缓道出一段逸事——

蜀地多豪门大户,平日相互争斗,遇事一致对外,视朝廷规制若一纸空文,令官府头疼不已,郪县亦是如此。郪县本地,以夏、卿两姓为首,其余小姓弱族,皆依附两姓,形成尾大不掉之势。夏氏有子弟进入兰台,充任朝廷御史,受公卿奏事,按章举劾,秩六百石。秩虽不高,手中权力却也不小,加之此人长袖善舞,众官哪敢随便得罪,其家族势力慢慢坐大,在郪县只手遮天。这卿氏一族,原是本地布商,生意遍及天下,家财富可敌国,极力交结朝廷大员,暗中蓄养大批游侠死士,成为地方一霸,无人敢轻易招惹。

虽然一山难容二虎,夏、卿两姓谁也不服谁,谁看谁都不顺眼,但平日里都各守其界,井水不犯河水,也算相安无事。不意日前却惹出事端,夏府主事人夏同膝下有一个女儿,从小被视为掌上明珠,在一次踏青途中,与卿府当家人的小儿子邂逅。二人正当年少,又相互对上眼,遂暗中往来。前不久,两人在夏府女子的闺房私会,被家人撞破。夏家的人将卿家儿郎绑了,私刑相加,已难活命。那夏府女子羞愤不已,便悬梁自尽。

两家相互指责,怒火难平,就邀约聚众斗狠。参与者数百人,围观者不计其数,官府告令,丝毫不为所动,还打伤了几名劝阻械斗的县吏衙役。双方死伤四十余人，这几天十多家赶着办丧事，谁还有心思收割稻禾？说不定还会再生事端，甚至可能酿成大祸。

文党心下震怒，一时却也无可奈何，他向司马泓等人叮嘱，严令侯府阻止两姓邀斗，并责令百姓及时抢收稻禾，便告辞而去。

文党心情不悦，一路上黑着脸一言不发，其他人也不敢开腔，行程十分沉闷。

五

这天，理完公务后，文党早早走出衙门，在城内到处走走停停，四处察看，仿佛一个无所事事的富家子弟在漫无目的地游逛。文党虽然履蜀三年，但平时不在官署忙公务，就在官邸读书，甚少如此闲散，如此心无挂碍。看一看治下的郡城，看一看百姓的寻常生活，其实也颇有一番滋味。

城内，行人来来往往，络绎不绝，行走在秋日暖阳里。看来，桂花二度盛开的"岁乱"，并未影响他们过日子，也并未给他们带来丝毫压力。于他们而言，此类异象似乎与他们毫不相干。他们只有日子，只有日子本身。风调雨顺，五谷丰登，是他们生活的全部指望。

此时，封在坛子里的桂花酿，已经呼之欲出，一场有关酒的盛典，即将来临。文党也在等待那场庆典，他仿佛嗅到那缕缕酒香在郡城游走，醉人的黏稠似乎已经沾衣惹带。其实，无论官民，平淡日子里的知足，才是最可贵的。

文党心里掠过丝丝喜悦，酒一旦成熟，那场预设的秋尝，就将随之到来。"岁乱"引发的焦虑、恐慌，或将一扫而空。自己想象的那个蜀郡，也近在咫尺了吧？

一纸通告，已将秋尝大典的消息遍告全郡。县道衙门、城池大门、官道要津、水道渡口，露布上都写得明明白白。整个蜀郡都在等待一场浴火，仿佛柴草俱备，只欠一粒火种。而文党自己，当仁不让，便是那粒火种。他想点燃的，不仅是自己，而是所有人，是整个蜀郡。

去年，他就遣人修建社稷坛，并亲往踏勘，选定郡城南郊立坛。日前，社稷坛修建已全部竣工，只待吉日一到，便可开坛祭祀，合祭社稷。

国之大事，在祀与戎。蜀地虽然偏远鄙俗，民风不化，但对于祭祀依然十分看重。尤其是春秋二季祈祷上天保佑风调雨顺、五谷丰收，显得尤为虔诚，生怕因为心意不诚得罪上天，招来天灾。但在此之前，蜀地并未立社稷，而是祭拜有异的树木、巨石，甚至牛羊、鱼鸟。

随着心情的放松，日子的节奏似乎也变慢了。文党途中特意绕道，到郡城中慢慢溜达。他一边慢慢踱步，置身蜀味方言俚语之中，打量街道两边的店铺商户；一边暗自思量，心中不免感喟，这种市井生活，自有一种烟火气，滋味十足。百姓安宁知足，才是最惬意的生活，也是一郡太守最好的政绩。要知道，蜀地富庶多年，物产丰饶，因此商贾云集，市井兴旺，号为天下"五都"之一，直追京师之地。文党忽然有了一种发自内心的知足，脸上浮现出不经意的微笑，心中那丝丝缕缕的忧伤，早已被秋日的暖阳驱散，那点淡淡的莫名的忧悒，在街上行人温和的笑意中，也已消散得无影无踪。此刻，他忘记了太守的官威森严，闲散漫步于市井之中，深深地呼吸着四处弥漫的桂花香。没有公事繁冗，没有官场应酬，尽情享受，陶醉其中，像秋桂的花粒，在暖阳中恣意舒展，尽情绽放。

回到官邸，文党到后院亭中小憩，动手烹煮茶水。文党喜欢蜀地烹茶之法：将茶叶投入陶罐之中，加入蜀黍、香草，先以大火烹煮，再用小火熬制，佐以蜂蜜，汤色如融化的琥珀，茶香芬芳醇厚，一杯入喉，满口生津，舒爽无比。

文党正陶醉在茶香之中，便看见文原匆匆跑进院内。

"主人，望侯府狄相来访。"文原来到亭内，恭恭敬敬地向文党禀报。

"哦，有请，到大厅相见。"文党说罢，立即起身。

文党匆匆步入前厅，跪坐案旁的狄云赶紧起身，快步上前，拱手施礼。

简单寒暄几句后，文党笑问道："狄相今日前来，不知有何见教？"

狄云摇摇头，苦笑应道："文太守如此说，可折煞狄某了，实不相瞒，属下今日相扰，皆因县下租赋之事，需要核实……"

"今年丰收既成，想来租赋无虞，朝廷明令，三十税一，按章计纳即可，不知狄相还要核实什么？"文党似乎有些诧异。

"这些下县官吏，极为奸狡油滑，若不盯紧点，搞不好都进了他们腰包。侯府例出捉襟见肘不说，往往还得替下县官吏背黑锅。百姓心生不满，君侯屡屡责问，下官这是两头受气啊，只得求助太守……"狄云一脸哭相，似乎甚是委屈。

"狄相太客气了，自从狄相代望侯治国，成都官民交口称赞啊，望侯甚为满意，文某也甚是钦佩，何况核实上计，亦是我分内之责……"文党似是安慰，继而笑道，"这不，今年全郡丰收，各县官民请求举行秋尝大典，请狄相届时移动贵步，亲临秋尝大典。"

"好，好，文太守治蜀三年，上应天时，下顺民心，劳苦功高，深孚众望。朝廷多有嘉奖，望侯亦多次晓谕，狄云自当鼎力相助。这秋尝大典，狄云届时一定前来捧场！"狄云一边满脸堆笑应答，一边欠身拱手施礼。

狄云告辞，带着仆从离去。其管家身材高大，身着锦服，点头哈腰，异常恭顺。文党习武多年，看出此人步履坚实，下盘沉稳，亦是习武之人，却也并不在意，很多豪门世家都养有游侠死士。文党送到官邸大门口，看着狄云一行人远去，沉思片刻，方转身进入官邸。

文党回到书房，随手捡起案头一卷书册，却始终无法静下心来，干脆放下书卷，静坐案旁，忍不住开始胡思乱想。

三年前，文党自舒城入京，经庐江郡察举荐议，又得御史大夫卫绾等大力保举，被景帝钦点为蜀郡太守。

按照规制，新任太守赴任前都要向皇帝请训。景帝在建章宫单独召见文党，亲慰嘉勉。初次面圣的他，内心十分惶恐。朝堂之上的皇帝，天威庄严，生杀予夺，一言九鼎，三公九卿亦诚惶诚恐。到了内宫，皇帝已经除去冕旒衮服，换上一身丝绸襜褕，青色底子上，绣着金丝盘龙纹，金冠束发，腰系玉带，话语平和随意，给人如沐春风的感觉。只是春秋鼎盛的皇帝，脸上透着掩饰不住的倦意，眉眼间似有淡淡忧虑。文党跪伏在地，浑身冒汗，心中如群鹿跳跃。

景帝说了很多，文党想记下每一句话，又仿佛一句都没有记清楚，只知道皇帝言语间的意思是，蜀郡僻远，绥服之地，西南诸夷，民风未化，出尔反尔，屡屡作乱，遂成朝廷心腹之患，实不亚于北境之匈奴。可惜几任太守均未竟全功，皇帝陛下和朝廷甚是失望。经察举，属意文党出任蜀郡太守，望文党不负圣恩，革除积弊，消除隐患，万石厚禄，三公九卿，俱虚位以待。

皇帝所言，令文党周身血液上涌，双耳嗡嗡鸣响。脑子里一瞬间浮现出手握印绶的画面，当即赶紧磕头谢恩，涕泪满面。

景帝微微颔首，目光复杂，充满赞许，亦包含期待，还有一些说不清道不明的东西。皇帝没有明言，文党亦不敢相问，心下暗自揣测，琢磨良久，依旧一无所得。

待谢恩完毕，在内侍引导下出得宫门，文党才发现自己浑身上下大汗淋漓，风一吹，禁不住打了一个冷颤。

文党回想当日情形，似乎想起什么，忍不住又打了一个冷颤。

当日回到驿馆，望侯已差人在此等候文党，邀他到侯府赴宴。令他有些意外的是，当日望侯宴请的客人只有文党一人，陪同的是靖安侯刘承非。

席间，靖安侯态度十分恭敬，甚至有些拘谨。一再表明，郫县虽然是自己的封邑，但定全力支持太守，也请太守对望侯府多予关照，将国相司马泓盯紧点。

望侯刘肇年长，也随意多了，他对文党道，成都县作为自己的食邑，亦是郡治所在，十分期待一位忠勇干练的太守，故而在皇帝面前力荐文党。望他对望侯府多加照拂，对国相狄云多多提携。他还为文党介绍了很多蜀郡风土人情。

对望侯的亲近之意，文党并不反感，相反内心还非常感激。他知晓，论辈分，这望侯是当今景帝的远房侄儿，也是从小一起长大的发小，深得景帝信任，皇太后尤其宠溺。望侯一脉经营多年，故旧遍布朝廷，虽看似中立，不偏不倚，却谁也无法忽视他。自己唯有尽力在望侯面前恭敬谨慎，尊重有加，不插手侯府之事。他不会，也不敢，更不想去招惹望侯这尊大神，那无异于自寻死路。他也不会与狄云产生罅隙，尽力保持一种各行其是、若即若离的微妙状态即可。作为二千石大员，文党对朝廷各方势力亦有了解，深知这些皇室宗亲的强大能量，亦懂得官场周旋自保之术。

倏然，文党似乎想到了什么，起身关上房门，转身打开书橱后的暗格，取出一个黑色锦袋，用双手捧着放在书案之上。又退后一步，庄重地跪下叩首。

叩拜之后，文党起身打开包袱，将其中东西取出，一一罗列于案。那是几卷书简，颜色油亮，像一张张满是沧桑的脸庞。

他轻轻抚摸着书简，双手不住发抖，两滴泪水滚落而下，嘴唇微微翕动。他一手握拳，紧紧压在嘴上，拼命抑止住声音，却早已泪流满面。

六

城外原野，一派忙碌景象。青壮男女挥汗如雨，忙着收割和挑送，白头老翁、蹒跚老妪、垂髫童子，都下到田间帮着收割。虽然很多人衣衫褴褛，满脸汗水污迹，依然掩盖不住丰收的喜悦。底层百姓不怕日子艰难辛劳，只要能够换来丰厚的收获，就十分满足了。至于谁做皇帝，官员升迁谪贬，他们并不关心，他们照样起早贪黑，在土地上刨食。庄稼收成好，他们会发自内心地感激上天给他们带来的好运气，遇到年岁不佳、收成不好，甚至绝收时，他们也从不绝望，只有祈求老天保佑，来年照常播种耕耘。千百年来，他们年复一年，日复一日，栖息在这片熟悉的土地上，行走在自己的宿命里，生息繁衍，兴替轮回。

入夜，郡城已经宵禁，除稀疏的几点烛光外，天地间一团漆黑，浓厚黏稠，深不见底。偌大的望侯府，就隐没在无边夜色中。

望侯府后院，一处巨大的密室内，却另有一片天地。这里烛火通明，金碧辉煌，帷幔低垂，满室生香。

一张宽大的楠木雕花屏风，矗立在密室中间，将屋子隔成前后两半。大屏前面，左右摆放着几张楠木几案，上首摆放着两尊三足铜鼎。屏风后面，垂落着薄如蝉翼的丝绸帷幔，靠里摆着一张宽大的卧榻，上面镶满各色宝石。

此时，狄云正斜躺在卧榻上，两个妖冶的年轻女子伴在两侧。只见他倚靠锦被，左拥右抱，脸颊上印着几个鲜红的唇印，与平日里给人的印象完全不同。两个女子身材窈窕，肌白如玉，似乎是长年不见阳光的病容。

一个黑影来到密室，背有些微驼，从头到脚都笼罩在一袭黑色长袍中，只露出一双深邃的眼睛，像一个幽灵。黑衣人故意一声重重咳嗽，提醒着屋子里的人。

"谁啊？"狄云有些不满，大声询问，两只手依旧在女子身上肆意游走。

黑衣人咳嗽一声，清了清嗓子，沉声道："狄相好雅兴啊。"

话语还未落地，狄云触电似的起身，将身旁两个女子踢下卧榻，支使她们赶紧从卧榻旁的暗门离开。他自己则忙着披上衣衫，胡乱擦拭脸上的唇印，赤裸着双脚从屏风后走出来。

"啊，是上使，快请坐，快请坐……"狄云忙不迭地招呼来人。

"狄相国风流快活，我来得真不是时候，搅了你的好事……"黑衣人口上揶揄，有些不依不饶。

狄云在黑衣人对面坐下，讪笑着，十分尴尬，却并不辩解，明显对来人有些忌惮。

"山上来人催问，钱粮何时运送过去？眼见山上气候渐冷，好多人备受饥寒，恐涣散人心，生出异变……"黑衣人声音低沉，看不见表情，也听不出任何情绪。

"上使但请放心，一切无碍。今年全郡收成超过以往任何一年，今日方去过太守官邸，正加紧核实收成，预计半月内即可租赋归仓，在山上下雪之前，一应粮草，定当全部送达山上……"狄云谄笑着，小心翼翼应答。

"郡署可有什么事情？"黑衣人打断狄云。

"郡署一切如旧，没有任何异常。"狄云拈了拈胡须，脸上浮现一丝笑意，似乎很是满意。

"你可不要大意，这个太守并非迂腐之辈，他现在关心的是老百姓的生计，你千万不可小觑……"黑衣人当即提醒，言语颇有些严厉。

"是的，他出任太守已经三年了，据说他本人也急于离蜀进京……"狄云讪讪道，微微点头。

黑衣人没有说话，似乎在思索什么，狄云也缄默着，现场气氛有些诡异。

片刻，狄云似乎想起什么，微微皱了皱眉头，犹疑道："哦，他要在近日搞什么秋尝大典，立社稷坛，重修周礼古制，搞这些虚头巴脑的事情，并无实在意义，不过邀功而已，不足为虑。"

"哼！夏虫不足语冰，你们这些势利之辈，岂能洞悉其中深意？"黑衣人打断了狄云的话，语气颇为不屑。

"难道他背后还有什么图谋?"狄云有些紧张,急切问道,虽然对方一再讥讽,但他还是不敢表露出丝毫怨怼。

黑衣人并未理会狄云,使劲一拍几案,低声道:"高啊,实在是高啊!他这一着,实乃一箭三雕啊……"

"唉,在下愚钝,还请上使明示。"狄云对黑衣人的态度揣摩不透,更加恭敬。

"看似简简单单的一场祭祀,我揣度其用意有三:立社稷,昭皇权,宣示大汉天威,是要昭告所有人,蜀地虽然僻远,但日月所照,皆为汉土,此举正中皇帝下怀,乃其一也。祭主神,抑淫祀,正本清源。社稷者,朝廷所立,皇权所系,天命所归。此后,官民均会祭祀社稷,自然疏离本土神异,此举可使万民归心,认同大汉,归附皇帝此其二也。大张旗鼓祭祀社稷,恢复古制,建立道统,借秋尝大典,让百姓感念其治蜀之功,让官民知敬畏、守法度,正大光明地树立郡署威仪,借此向朝廷表功,此其三也……"黑衣人缓缓道来,感慨不已。

"那,要不我使点手段,阻止他,让他……"狄云赶紧道。

"愚蠢!世间万事,不外乎一个理。他现在所做,皆站足了理,谁要是阻止,谁就失理在先,就是与朝廷官府作对,与全天下为敌。你想成为过街老鼠吗?"黑衣人冷冷道。

"唉,这……"狄云一时语塞。

"这个太守有意思,他不止是谋一隅,而是在谋天下,不止是谋一时之功,而是在谋万世之策啊!我有点喜欢他了,这样的人,才有资格做我们的对手……"黑衣人望着屋顶,言语之间,充满难言的情绪。

狄云有些懵懂,一时不知如何接话,只是呆呆地望着黑衣人,不知心中想些什么。

"不知他是否明白,这蜀地水太深太浑,民风粗犷彪悍,民心深沉如渊,可不容易教化啊……何况,谁为谁做嫁衣,一时哪又能说得清楚呢?"黑衣人喃喃自语,两眼发亮,掩饰不住的兴奋。

狄云怯怯地避开黑衣人的目光,不敢轻易接话,两手轻捋长须,借以掩饰此时的尴尬。

所幸黑衣人没有继续这个话题，倏地站起身，朝狄云摆摆手，独自转身离开，瞬间融入浓浓的夜色。

第二章　涪水谣

一

蜀郡官署内，文党理完事务，长长地呼出一口气。他啜了一口热茶，咂了咂嘴，微眯双眼，以手指头轻轻叩击书案。细细掐算，离秋尝大典还有半月，想起狄云所说收成稽核之事，文党眉头微皱，心中似有所动。他随即命长史司马轶等一众属官曹掾，立即派员赴附近各县巡视。

翌日，文党在几名卫卒簇拥下早早出城，沿着官道，一路望繁县进发。成都平原的秋收，已经临近尾声，似乎比往年更早一些。整个大平原上，视线所及，再也见不到金灿灿的稻禾，取而代之的，是大片大片裸露的黑土。没有了前些日子的忙碌喧嚣，却更显肥沃厚实，像酣梦中的妇人袒露出丰腴的胴体，安详娴雅，恬静迷人。

官道上，牛车缓缓行进，不疾不徐。文党似乎对美景不感兴趣，没有过多留意广袤平原上的风景，而是端坐车内，靠着背靠，闭目遐思。三年前的情景和无数记忆，在脑海中交织叠加，恍若梦幻。

透过车窗布帘缝隙，文原看见文党在闭目养神，隐隐有些心痛。平日里，文党不是忙于公事，就是闭门读书，很少见他停下来休息，趁路上的机会，才能小憩片刻。

看着眼前的原野，轻烟缭绕，田歌声声，时断时续。过往的记忆，在文原脑海中飘飘荡荡，挥之不去。

三年前，也是深秋时节，文原陪着文党风尘仆仆地从庐江郡舒城赶到京师，又马不停蹄地从京城赶赴蜀郡。历经月余车马劳顿，一路长途奔波，终于穿过广汉郡与蜀郡交界之地，再穿过一脉浅山，就抵达蜀郡繁县。眼见蜀郡近在咫尺，文党忽发奇想，离开官道，沿小路往成都而去。二人都放松心情，打破一路的沉默，有说有笑，冲淡了心中远离故土家人的忧伤，丝毫没有身处异乡的陌生与拘谨。

时近正午，文原随文党行至一座小山。主仆二人慢悠悠地行进，浅山上见不到一个人影。深秋的太阳，隔着山顶投射过来，一半敞亮，一半阴翳，忽明忽暗，有些莫名的诡异。

一种本能的警觉在文原心头升起，却无奈山路崎岖狭窄，逼仄处仅容一人一马通过，只得小心翼翼擎着手中长剑，暗中提高戒备。

"喵!"林间一声巨响，让坐下马匹骤然受惊，嘶鸣不止，在原地不住打转。

劫匪! 文原脑中立刻闪出一个念头，急急勒住马缰，朝林间瞭望。

前方几丈开外，石头后的草丛之中，骤然冒出了十余人，手中握着锄头、扁担等各种农具，还有刚砍伐的鲜活木棒。仔细打量，就会发现，这群劫匪似乎有些与众不同。

文党二人正欲拨转马头，身后树林中也跳出七八个人，手中持有一样的农具和木棒。

"主人，你快走，我来挡住他们。"文原反应敏捷，一边说着，一边拔出长剑，就要往前冲。

"且慢——"文党急忙阻止文原，仔细打量这帮劫匪，见他们身上俱是破衣烂衫，脸上一片饥色，眼中并无半点凶悍之气，甚至没有一件像样的兵器。手中只是寻常农具，神情萎靡，眼神慌乱，还带着一丝惊惶。这群人围住文党二人，一边紧张地向周围张望，似乎在警惕什么，或者在提防着谁。

为首一个方脸汉子，三十多岁，浓眉大眼，皮肤黝黑，扬了扬手中锈迹斑斑的铁剑，大声喝道："识相的，赶紧交出所有钱财，便放你二人活命，否则，休怪我心狠手辣……"

细细观察之后，文党心中了然，故而并不着急。这哪是什么盗匪，分明就是临时聚拢在一起的山民。他顿时有了主张，两腿稍稍用力一磕马镫，独自纵马上前。

"你们并非歹人，为何要拦路抢劫？你们就是附近的百姓吧？"文党面色不改，镇定自若，朗声问道。

众人一时语塞，你看看我，我看看你，有些手足无措。文原却不敢大意，一手提缰，一手执剑，挡在文党身前，准备随时搏杀。

"你们既然为盗，当知盗亦有道，不知你们是武盗、文盗，还是侠盗、义盗？"文党端坐马上，语速不缓不急，像是跟熟悉的相邻拉家常，又似乎在故意拖延时间。

"哪来那么多废话？本大爷不管你什么狗屁文盗武盗、义盗侠盗，劝你赶快交出钱财，免得我一时失手，误伤了你们性命！"为首大汉似乎有些沉不住气，身边的人也挥动手中的家什，跟着起哄。

在文原看来，这群人并不知晓什么文盗武盗，自己也懵懵懂懂。只见文党摆摆手，也不管这些人懂或不懂，依旧淡淡一笑，侃侃而谈：

"文盗者，急公好义，足智善谋，救死扶伤，百里之人亲而近之；武盗者，勇武有力，技高于世，震慑四方，十里之人敬而畏之；侠盗者，任侠使气，打抱不平，兼济苍生，千里之众礼而趋之；义盗者，仁孝慈爱，广施援手，义薄云天，万里之民仰而爱之。此四盗者，乃为盗之道，你们谋财害命，背弃道义，有违天理人伦，实在让天下之盗汗颜，让父母妻子蒙羞……"

确如文原所料，众人并没有听懂眼前这个书生所说，但已心下惶然，一时不知所措。

看着众人的表情，文党稍作停顿，忽然提高声音，继续正色道："你们俱是无辜百姓，家中均有父母子女、兄弟姊妹，皆因生活所迫，才铤而走险，落草为寇，结伙为盗，只是想奔条活路，却不知陷自身于不赦之罪，陷家人于万劫不复之险境。若你们今日不幸丧命或是伤残，亲人当如何保全？纵然侥幸不死，当知天网恢恢，法令森严，若是身陷牢狱，你们父母何以自处，子女何以依靠?"

文党话音未落，对面众人面露怯色，几个胆小的早已丢下手中棍棒，转身逃跑，其余呆立原地，也早已不知所措，手脚不住轻颤。

"唉，大家不要被他巧言欺骗……回来！唉，你们都回来……"为首的方脸汉子哇哇大叫，气得双脚乱跳，想要阻止同伙离开，却根本无能为力，场面瞬间便已脱离他的掌控。

"呜——呜呜——"汉子撇下手中的长剑，一屁股跌坐地上，号啕大哭起来。

众人皆是一愣，先前离开的几个人也止住脚步，转身看看方脸汉子坐在地上大哭，一时进退两难，不知如何是好。

两个大胆点的踌躇再三，慢慢来到汉子身边，合力将他架起，意欲拉着他离开。

文党翻身下马，几步走到汉子身边，拍了拍他的肩膀，面色凝重，目露不忍。众人看着文党，面露怯色，不住后退，像犯错的小孩，眼中满是惊恐。文原始终跟随在文党身边，一手提着长剑，一手撩起长袍，满脸戒备，神情紧张。

在同伴搀扶下，方脸汉子止住哭泣，一边抹着眼泪，一边站起身来。

文党凝声道："诸位且莫惧怕！我二人并非恶人，亦深知你们俱为生计所迫，但凡还有别的出路，也不至沦落至此！我二人做点小本营生，略有一点积蓄，今日都给你们，拿去应个急，切莫一时糊涂，犯下不赦重罪，悔之不及。"

文原黑丧着脸，极不情愿地打开包袱，拿出一袋铜钱递给文党。文党接过钱袋，伸手交给方脸汉子，顺手为他擦去脸上泪渍。

众人反应过来，齐齐跪下磕头，啜泣不止，唏嘘一片。

"你们都起来吧！我二人也是到蜀郡投亲，身上所携钱财也不多，大家赶紧把这点钱分了，各自买点粮食回家去，让家中老小少受点苦，都回家去吧。"

顿了顿，文党接着道："你们俱已犯错，依律皆当治罪，然当今皇帝以仁孝治天下，念你们亦非大奸大恶之徒，尚未犯下不赦之罪，想来官府定会宽宥你们，尽快到县衙自首，切莫侥幸。"

方脸汉子跪在文党面前，顺手抄起弃于地上的长剑。

文原持剑上前，挡在文党前面。

"恩公，草民谢满仓，从今往后绝不为盗，愿留下一指，以明心迹。"汉子言毕，持剑截向左手小指。

文党推开文原，飞起一脚，踢中谢满仓右手手腕，长剑应声落地。文党劝慰道："你年纪轻轻，来日方长，若真肯改过自新，又何须断指明誓？赶紧回去吧，免得家人担心。"

谢满仓双膝跪下，重重磕头谢恩，起身招呼众人分钱。文党见他们一时半会料理不清，也不愿多说，与文原先行离开。

文原好半天才回过神来，愤愤不平道："真不知道这里的地方官在干啥，怎么就任由这些盗匪在光天化日之下拦路抢劫？"

"哪有什么匪盗，不过是一群穷苦百姓，俱是可怜之人，只想为自己和家人搏条活路而已……"文党摇头叹息，心里有些堵，抬头望着遥远的天际，面露凝重之色，像林间的阴霾。

随着文党的视线，文原也茫然地望向远方，目光尽头，天际幽远，一片苍茫，但见天空之上，云雾翻滚。他隐隐觉得，这次入蜀，恐怕不会太顺利，前面等待他们的究竟是什么，谁也不知道。

二

卫卒前呼后拥，不紧不慢地在官道行进。附近百姓远远望见太守仪卫，大都早早回避，这些卫卒并不担心太守会遇到什么危险，他们大多数人都习惯了这种形式。只有一个二十出头的年轻卫卒，国字脸，浓眉大眼，紧抿嘴唇，目露精光，端坐在马上，警惕注视着前后，一只手始终按在剑柄上。

这个年轻卫卒名叫张嵘，他紧靠着牛车，上身微微前倾，似乎保持着随时准备前冲的姿势。眼前熟悉的景色，丝毫没有引起他的兴趣，他只在乎太守的安全。在他心中，文党就是他的再生父母，他随时准备用自己的血肉之躯护卫文党周全。

他想起了三年前与文党的初次巧遇，就是那次巧遇，改变了他一家的命运。

那一日，张嵘正为当季租赋一筹莫展，恰遇谢满仓等人邀约，便随着十几个人上山，瞅准往来行商，准备干一票抢劫。

张嵘本来有些纠结，但看看家里：老幼贫弱，家徒四壁，实在没有值钱的东西了，便一咬牙跟着谢满仓等人上了山。

张嵘的父亲并不知晓他们要干什么，看着二人嘀咕了好一阵子，让他心中有些发毛。儿子走后，他便拄着拐杖来到院子前面，背靠那株老银杏蹲坐着，望着田野上纵横交错的阡陌小路，似乎在等待什么。他的白发白须乱糟糟的，脸上皱纹密布，整个人像一截枯干的银杏树桩在那里，任凭生命逐渐消散，让躯体慢慢腐朽。

正午时分，文党主仆二人人困马乏，沿着屋前小路，来到张嵘家的茅屋。

文党下马，拱手施礼，问询道："老人家，赶路口渴，能否行个方便，讨碗水喝？"

老人盯着两人良久，起身略略拱手还礼，转过头朝院子里喊道："治儿，有客人路过，打两碗水来。"

屋子里出来两个孩子，衣服褴褛，几乎盖不住羞处。男孩十三四岁，皮肤黝黑，提着一个黑乎乎的陶罐。女孩十岁左右，脸上满是污垢，双手捧着两个黑乎乎的土陶大碗，眼神惊惧，闪烁不定，让人一下子就联想到受惊的小兔子。

老人接过碗给文党二人倒水，文党赶紧道谢，接过盛水的陶碗，蹲在地上大口喝水。两个孩子望了望客人，转身躲进屋里去了，却又从门边探出头悄悄打量两个陌生人，眼神中充满怯意。

"二位客官从哪里来，怎么走到这穷乡僻壤来了？"老人放下水罐，不经意地问道。

"哦，我二人自庐江来，到蜀郡投亲，久闻这蜀郡富庶，老人家为何说是穷乡僻壤？"文党放下水碗，笑呵呵地和老人拉起家常。

"那客官可能就要失望了，以前这里可能算是富庶之地，如今可是吃饱都难哟……"老人一边嘟囔，一边摇头叹息。

"老人家颇有仙风，敢问高寿啊？"文党似乎觉得这个话题太过沉重，不想再继续下去，便转换了话题。

老人悠悠道："唉，虚度六十五了，土都堆到颈项啦，也没几天活头了，反正活着也是受罪，还不如两眼一闭，眼不见心不烦，只苦了两个可怜的娃娃……"

话题似乎触及某种禁忌，老人用干枯的手背擦拭眼角的泪痕，浑浊的老眼中充满悲愤与哀伤。

文党面色僵住，似乎这个话题更加沉重，让他有些尴尬。

两个孩子从屋内又端着土陶碗出来，蹲在老人身边，听他们聊天。文党看了看两个孩子，碗里俱是绿色的汤水，只漂着几片野菜叶子，不见一粒粮食，也无一点油星。不远处靠墙脚的一只竹筐中，装着小半筐野菜。

文党心中满是疑惑，连声问道："老人家，久闻蜀地富庶，物产丰盛，今年年景上好，刚刚收获，为何以野菜充饥？当今皇帝以孝治天下，连诏劝农，蠲免租赋，百姓富足，四海称颂。附近村庄人家却都如此贫苦艰难，这里出了什么事？"

老人捋了捋蓬乱的胡须，慢慢道出个中缘由："客官有所不知，这蜀郡山高路远，皇帝陛下哪里管得到这里，哪里顾得上我们这些草民死活哟……"

文党虽然心下有些吃惊，但仍旧面不改色地望着老人，静听他的讲述。仔细一听，竟被吓得不轻。

老人家告诉文党，蜀郡土地肥沃，气候温润，物产丰饶。然蜀郡之地，素来民风彪悍，游侠恃勇斗狠，占山落草为寇，时常滋事扰民，往来劫掠。一些豪强大族与游侠勾结，垄断粮食盐铁交易，令老百姓日子雪上加霜。三年前，老人的长子和儿媳俱被盗匪所害，只留下一双年幼儿女……半月前，牛头山的盗匪流窜至此，将各家粮食尽数劫掠，十室九空，乡民们只得靠野菜糊口度日，也不知又有多少人将冻毙于严冬之中。

老人一边慢慢说，一边爱怜地看着两个孩子，就像交代遗言一般。

"地方官员难道就不管？"文原脱口而出，又胆怯地看了看文党，有些后悔和害怕，便低下头不再开腔。

老人苦笑道："客官初来这里，自然有所不知，蜀郡太守也是难有作为，郡县官府诸曹掾吏，多为豪强大族把持，太守也不敢轻易得罪。之前，也有太守秉公行事，结果被豪强大族联手挟持，他们曾连续逼走了两任太守……"

文党与文原二人对视，目光又倏然分开，都没有说话，心底不约而同升起一阵凉意。

老人没有注意到二人的表情，自顾擦了一下眼角的眼屎，使劲拄了拄手中的竹杖，继续说道："二位客官可能会奇怪，我一个将死的老头子，为何知晓这些吧？"不待文党二人应答，老人自顾说道，"老朽的长子张峥，原本是繁县衙役，因生性耿直，不愿依附豪强，鱼肉百姓，做昧心之事，故为上司不容，在剿匪中被害。事后，有正直的同僚暗中相告与我，方知是上司和匪首设计，害他丢了性命不说，还被昧了抚恤。可怜那浑小子，至死都不明白个中曲直，死后还背上通匪罪名。"

这些事情，张嵘并未亲见，都是老父亲后来转述的。后面的事，才是他自己亲历。

当日，他拿着谢满仓分给的钱，高声喊着冲进院子的时候，瞬间就石化了。事后，他想过无数次，始终确信，这一切都是命数，冥冥之中早已注定。

他看到了与父亲蹲坐一起的两个人，便是自己最不愿见到的——文党与文原。

二人闻声转过头，也愣在当场，都一眼便认出了张嵘，正是先前在山上打劫他们的那群人中的一个。三人一时都不知如何开口，彼此相互对视着，眼神中充满戒备，脸色异常尴尬。

老人看看张嵘，又转头看看文党二人，觉得有些莫名其妙。

"傻站着干啥，没看见有客人吗？"老人教训着儿子，语气神情颇为严厉。

张嵘紧咬着嘴唇，犹豫了一瞬，便丢下手中扁担上前两步，走到文党二人面前，恭敬地双膝跪下，使劲磕头在地，朗声道："今日所作所为，张嵘一力承担，全凭二位处置，要杀要剐，悉听尊便！一切与家父无关，只求二位不要为难家父和侄儿，我感激不尽……"话未说完，两滴清泪倏然滚落。

老人不知何故，看看儿子，又看看文党二人，一脸狐疑，眼神中充满疑惑。

文党稍稍沉吟，站起身来哈哈一笑，对老人拱手道："老丈，先前令郎与我二人偶遇，有过几句口舌之争，事情早就过去，老丈勿须挂怀……"

老人闻言十分生气，文党话未说完，便忽地站起身来，抢起手中竹杖，狠狠地抽在张嵘背上，气喘吁吁道："哼，打死你这小畜生！平日里咋教你的，叫你与人无争，凡事谦让三分，你咋就不长记性？太不争气了，你是要气死我啊……咳——咳咳——"老人话未说完，就是一阵剧烈咳嗽，脸憋得通红。

张嵘赶紧起身扶住父亲。两个孩子刚刚被吓蒙了,此时也反应过来,眼泪汪汪地为叔父求情,男孩子轻轻给老人捶背,女孩子在老人胸口轻轻抚摸,好不容易才让老人平息下来。

在文党的劝说下,张嵘扶着老父亲进屋子歇息。文党二人也不好再停留,再三道谢后,便告辞离去。临行前,文党想给老人留点钱,但二人已身无分文,索性将所骑的两匹马留了一匹给老人,让他们换点钱。

老人渐渐平息下来。见老父无事,张嵘转身出门,往郡城方向追去。

好在文党二人行走并不快,张嵘很快便追了上来。

张嵘跑到二人面前,双手抱拳,跪下叩头,弄得二人有些云里雾里。文党伸手扶起张嵘,让他起身说话。

"我做下丢人之事,二位恩公却在家父面前为我遮掩,保全颜面,不然,家父非得气死不可……"张嵘从怀中掏出一捧铜钱,双手捧给文党,嗫嚅道,"这是谢满仓分我的一百钱,我心中有愧,现原物送还恩公……"

文党轻轻拍拍张嵘的胳臂,面露不忍,肃然道:"令兄遭难,家中老的老小的小,这点钱你且拿着,买点粮食吧……"

"客官知晓先兄蒙冤遭难之事?"张嵘有些意外,脸上罩着一层严霜,眼中充满诧异。

"你有什么打算?"文党没有回答,只是反问张嵘,灼灼地逼视着他。

"只有用他们的人头告慰兄长在天之灵,否则枉自为人……"张嵘无法抑制内心的情绪,话语中充满恨意。

文党双眼微眯,紧抿嘴唇,慢条斯理地问:"可你想过没有,如果你杀了人,固然为兄报仇了,自己也必将身陷牢狱,年迈的父亲和侄儿侄女何以安身?"

"唉,这个,我没有想过……我们这里,从来就是这样,有恩报恩,有仇报仇,杀人偿命,天经地义!"张嵘昂首梗着脖子,满脸悲愤之色,嗫着嘴嘟囔道,却避开文党的目光,不敢直视。

"嗯,令兄蒙冤而死,你要报仇雪恨,道义上本来无可指责,但为何要用最血腥、最野蛮、最愚蠢的办法,将自己和家人全部置于险境,这岂非坑害家人?你完全可以到衙门告发他们……"文党耐住性子,苦心劝导。

"哈哈，你们不是本地人，根本就不知道，衙门要是有用，兄长也不会遭受不白之冤了！在我们这里，无论什么事情，都是自己武力解决，解决不了，就求助神灵。谁要是告官，就会被乡邻鄙视，一辈子都别想抬头……"不待文党说完，张嵘就不客气地打断了他的话，显得非常气愤，似乎还有无奈。

张嵘几次三番无礼打断文党说话，让文原非常不满，便轻哼一声，别过头去，不再理会张嵘。

张嵘的话，让文党有些意外，但他依然没有生气，反而取出一块小玉佩交与张嵘，正色道："半月后，你到蜀郡官署，凭这个信物，找一个叫文党的人，令兄昭雪之事，他能助你一臂之力。"

张嵘接过玉佩看了看，小小的玉佩，约两寸长一寸宽，质地光滑油亮，通透圆润，并无过多雕琢，只在一面刻着一个小篆体的字，张嵘并不认识。他反反复复看了看手中的玉佩，又看了看文党，心中有太多的顾虑，有太多的怀疑。

分别半月之后，张嵘来到郡城成都，抱着试一试的心思到了郡府官署。他要凭借那块小小的玉佩，去面见那个名叫文党的人。

郡府官署格外森严。大门外，一队甲兵站列整齐，手持戈矛，腰悬长剑，铠甲鲜明。饶是以张嵘天不怕地不怕的性格，心气也一下矮了三分，左右徘徊良久，依然不敢贸然上前。

"你有何事？贼眉鼠眼的……"一个小头目样子的人问道。

"回军爷，我是来找人的，找一个叫文党的人。"张嵘弓腰作揖，低声回道。

"大胆！太守名讳，岂是你胡喊乱叫的，给我拿下！"张嵘没有等到想要的回答，却等到一阵严厉呵斥，随即被两名甲兵按倒在地，饱尝了一顿拳脚滋味。

待甲兵停下，张嵘早已浑身伤痛。他顾不得疼痛，从怀中拿出玉佩，交与甲兵。正要说话，又被甲兵呵斥道："如此贵重之物，你从何处得来？是抢来的还是偷来的，快快招来！"

此刻，张嵘心中充满了怨恨，但却不敢造次，只得苦苦央求道："官爷，这是一位客官所赠，要小民凭此物来找文党……"

几个甲兵相互对视了一下，小头目厉声道："送你玉佩之人，姓甚名谁？你且说来！"

"唉，这个，姓甚名谁，他并未告知小民……"张嵘如实相告，却令这些甲兵更加怀疑。

"哼！送你如此贵重之物，你却连名字都不知道，分明就是狡辩，奸猾贼子，给我狠狠地打，不怕你不招！"甲兵头目认定张嵘撒谎，似乎是在挑战他的尊严和权威，这令他心下极为恼恨。

几个甲兵闻声上前，打得更加卖力，却不打脸，只往身上招呼。一顿拳脚不分横竖地落到张嵘身上，他一边咬着牙忍受剧痛，一边不停呼救告饶。

文原躲在大门后，眼看着张嵘被暴揍，脸上露出得色。看着差不多了，才背着手慢腾腾地走出来，假意黑丧着脸，高声喝问道："官署重地，严禁喧哗！何人在此大呼小叫？"

众甲兵见是文原，都停了下来，齐齐退下，回到原地站立。小头目将玉佩递给文原，又跟文原耳语几句。

张嵘看到文原，好像抓住了救命稻草，赶紧上前跪下，涕泪横流，满腹委屈地说明事由，央求文原给自己证明清白。文原看到张嵘胳膊腿上到处都是瘀青，样子十分狼狈，表面上大吃一惊，心中却满是快意：哼，让你小子横，不让你吃点苦头，就简直不知天高地厚。他使劲憋着，没有笑出来。

文原看了看手中的玉佩，假意沉吟片刻，简单交代几句，让张嵘整理好衣裳，随后领着他走进郡署。

见到文党，张嵘方才知道，自己当日抢劫的人，竟是堂堂蜀郡太守，当即就被吓得瘫倒在地。好在文党并未追究抢劫之事，还详细询问了张峥之事，并告诫他不可轻举妄动。张嵘一一应诺，哪里还有丝毫妄动的想法。

跟着文原走出衙门的时候，张嵘瞧见文原似笑非笑，似乎有些幸灾乐祸，当即感觉自己可能被耍了，却不敢发作，也不敢问，只得心中暗骂一通，权当出了口气。又在心中暗想：哼，得找个机会，修理修理这个不厚道的老家伙。

张嵘再次见到太守，已是半年之后。文党查明了张峥之事，源于繁县县尉曾乔林和匪首"雷豹子"勾结，长期收受匪首钱财，鱼肉百姓，假意剿匪，私下却暗通消息，杀戮百姓冒充军功，坑害正直的官吏和衙役，多名官吏卷入其中。很快，为首的县尉被处决，犯罪官吏衙役被判流放。

全家人见证了恶徒伏法，对文党感激不尽。经老父再三请求文党，张嵘得以进入郡守府门下，充任门下卒，成为郡署的一名卫卒。从此，张嵘一直跟随在文党身边，慢慢地，他性格改变了不少，不再那么冲动，野性与戾气也少了许多。

三

车子一路前行，起伏颠簸，不断摇晃，文党的心情也随之起落。清爽的秋风，带着平原的土腥味，也夹杂着稻禾与蜀黍的香甜气息，一团团涌进车内。他深深地呼吸了一口清凉的空气，似乎格外贪婪。他无比确信，这正是他盼了三年的结果，这是他期待的蜀郡气息。

三年前，他抵达蜀郡，一路所见，尽是萧瑟和凋敝。百姓贫苦不堪，差役横征暴敛，到处匪患横行，动辄聚众斗狠，官府视若无睹，完全令他始料不及。

到任当天，郡府一众属官齐聚，为他举办了盛大的接风仪式。待曲终人散，文党已有醉意，便独自靠在书案旁饮茶醒酒，小憩片刻。

恹恹欲睡之际，有人进屋，尽管脚步很轻，但还是惊动了文党。他一个激灵醒来，睁开惺忪的睡眼，见是郡守衙门的官员，自然而然地坐正身子，揉了揉眼，用手一指，示意来人坐下。刚才在宴席之上，郡府属官皆敬过酒，故而认得，但尚无法将人与名字一一对上号。

来人长脸无须，中等身材，一身官服笔直挺拔，他名叫何倜，是郡衙少府。何倜没有坐，当堂居中站立，躬身抱拳，略一迟疑，才沉声道："属下乃郡少府何倜，文太守今日履新，一路鞍马劳顿，本不该前来相扰，但事由急迫，不敢耽误，故请太守宽恕……"

"有什么事，何少府但说无妨。"文党啜了一口浓茶，微笑道。在他心中，已然将何倜归入了投机小吏一类，大约意欲在新任太守面前邀功讨好吧。

"禀太守，郡署已经揭不开锅了……"何倜的话有些突兀。他原本性格耿介刚直，不善言辞，却也知道些人情世故，新任太守的接风之日，本不该禀告这些烦心事，纠结了好半天，憋得满脸通红。但情急之下，似乎没有找到更合适的办法，只得直言相告。结果才说了半句话，就不敢再往下说，小心翼翼观察着太守的表情。

刚见面就要给上司出难题？文党心中有些奇怪，审视着何偶，觉得他似乎有些与众不同，是不是有意给新官出点难题，让自己难堪？这是下面奸猾胥吏的惯用手法，意在让新官知晓他们的能量，不得不倚重他们，至少不会过于严厉苛刻。

令文党拿不准的是，他从何偶身上没有看到丝毫奸猾。恰恰相反的是，何偶从里到外都透着一股清高孤傲的气质，有些难得的耿介率直。于是，文党淡淡一笑道："不用紧张，你且详细说来听听。"

"太守，全郡各县欠缴郡署租赋两万余石，上解朝廷的租赋尚有六千余石的缺口，郡府属官禄米及军营粮饷拖欠一万余石，一些兵卒小吏生活困窘，家中等米下锅，而致人心浮动、公事怠急……"何偶若数家珍，报出一串数字。从颤抖的声音听得出来，他此刻仍然有些惶恐。

文党耐心倾听着，没有任何表示，何偶知趣地止住了话语。

文党紧抿嘴唇，微不可察地皱了皱眉头，随即笑问道："慕非身为郡衙少府，专司租赋收缴，你以为该如何处置？"

"这——这，下官只是三百石小吏，哪敢越职擅权，但凭太守做主……"何偶没有想到新任太守来这一招，把问题又给他踢回去，说不定还会责罚于他，借此树立威信。他一时有些紧张，显得手足无措。

文党心下暗暗叹息一声，也不打算再刁难他，免得给人留下为难属下、不太厚道的印象，淡淡道："我只想知道事情原委，并无责难之意。"

踌躇片刻，何偶方才结结巴巴道："蜀郡虽然较为富庶，但成都、郫县两个富庶的上等县，皆为望侯、靖安侯封邑，租赋皆归侯府支配。其余县道，只有繁县、临邛、江源数县稍好，但灌溉不便，田地人口多遭大户隐瞒，年年欠缴。其余如湔氐、蚕陵、青衣等县道，皆山高谷深、瘠薄贫寒之地，出产本就较少，加之各县胥吏衙役与乡里豪门大户勾结，横征暴敛，中饱私囊，而致百姓生计日艰，几乎所有县道皆入不敷出。上解朝廷的租赋拖欠愈来愈多，前任太守亦不敢过分催逼，害怕激起民变……"

文党听他道出缘由，一边飞快思索，一边微微颔首道："慕非所说，且容我考虑，明日再议如何？"文党对这个曹掾心中已经有了判断，此人对全郡情况了然于胸，对他这个新任太守也还信任，才不顾禁忌，以实情相告。处事出于公心，却不会择机而为，不懂得官场规则，亦不善巧与周旋，显得有些迂执。

次日，文党召集郡府属官，询问全郡租赋解交情况，寻求解决之法。老成油滑者，皆王顾左右而言他，笑脸相迎，虚言巧饰，没一句有用。文党暗暗叹息，颇为无奈，不得不遣诸曹掾吏分赴各县，按册核查土地人口，严责各县按期缴纳，以一月为限。监御史亦派员随行，实地考核各县官吏。虽然有违监御史的惯常做法，但事急从权，亦无伤大体。

监御史百里俞甫，履蜀不到一年，但于蜀郡各县情况都较为熟悉，对于郡署事务，他亦给予了极大襄助。按照朝廷规制，郡尉、监御史及所有官吏秩禄，亦从当地官仓中调拨支取，官府仓库空虚，也拖欠着都尉、监御史及其余属官的禄米，导致属官们意气消沉，他也十分头疼。若能趁此机会处置妥当，亦是一桩好事。

日子一天天地过去，可各县租赋催缴并未如预期那般如意。各县巨富豪门，早已和县衙官吏暗中勾结，将蓄养人口暗中藏匿，各处田地表册漏洞百出，各户欠缴，亦是一团乱麻。郡署官吏本来人手就少，加之县衙官吏、各地乡老亦暗中作祟，一时之间很难理清，租赋征缴异常艰难。

郡署属官、诸曹掾吏及门下卒吏大多冷眼旁观。文党对此心知肚明，眼见一月之期将至，租赋催缴不力，他这位新任太守，极可能下不来台。初来乍到就出师不利，会不会就此成为蜀人笑话？他心下异常郁闷，也生出一种无能为力之感。

正在烦躁之际，何偶再次找到文党。

见到满脸愁容的文党，何偶拱手施礼，犹豫着呈上一段帛书，没有说话。文党接过一看，上面写着二十余人的名字，有些纳闷，脱口问道："这是何意……"

何偶还是那副生人勿近的样子，不太讨喜，恭恭敬敬回道："禀太守，帛书上的二十八人，俱是蜀郡各县豪门巨富……"

文党有些不解，疑惑地看着何偶，何偶似乎犹豫了一下，垂下双眼，避开太守疑惑的目光，继续禀告："禀太守，一月之期已近，而各县租赋征收并未如愿，这是太守到蜀郡首条政令，事关郡署同僚秩禄，也事关新任太守日后在蜀地的威严，太守赢得起输不起……为今之计，只有一个办法，可助太守走出眼下困境……"

文党心下一怔，对眼前这个下属顿生一丝好感，便爽朗一笑，故作轻松道："你所说固然有理，但会不会有些危言耸听，或是言之尚早……你且说说，有何办法脱开困境？"

"借——"似乎担心太守听不明白，何倜有意加重语气，拖长了音调。

文党一听便已明白，何倜所说破解之法，就是从这些本地富户手中筹借钱粮，以解燃眉之急。

文党沉吟着，在堂上来来回回踱步。何倜所言，不失为一个可行的法子，但又无异让他陷入另外一个困境，他甚至有些害怕，害怕由此一步步落入一个陷阱。

好大一会儿，见文党没有表态，何倜又犹豫道："郡府属官大多不愁生计，有的人日常暗中加码，实际到手的米粮、例钱，远比应得禄米还多，但也有一些官吏性格耿介、奉公守法，并无其他获利门路，故而用度拮据，家里生计艰难，都在等米下锅……当然，这只是权宜之计，根本之策，还得继续催缴，才能归偿借支的钱粮……"

文党依旧沉思不语，好半天才对何倜道："你所说办法，简单可行，不失为良策，但也容我仔细斟酌，再做决断。"

何倜深知文党还有顾虑，因此并无失望之意，也看不出一丝不平之色，依旧恭敬施礼，告辞而去，举止如常，没有任何情绪波动。

文党看着何倜渐渐远去的背影，独自陷入久久的沉思，没有人知道，他此刻在想些什么。

两日后，文党分遣长史、主簿、功曹等郡衙属官，分道前往各县，拜访豪门世家、富商巨贾，宣示郡府官谕。文太守履新蜀郡，承蒙皇帝恩遇，念蜀地富商有功于朝廷，将对部分富商加赐民爵。赐爵之人，由郡署考核荐举，所赐民爵级数高低，则视各家捐赠钱粮数量而定。文党自己则忙着草拟奏章，奏明事情缘由，遣人连夜快马送往朝廷。

各县富商巨贾、豪门大户，为争夺朝廷加赐的民爵，争先恐后出钱出粮。

数日之间，全郡富商、豪门就捐献稻黍三万余石、钱二百余万。

文书送到郡署的时候，文党不由大吃一惊，即使长居蜀地的一众属官，也着实被吓了一跳。他心下叹息，蜀郡之中，一边是豪门富户，几乎富可敌国，万金之资，谈笑间即可轻松挥霍，眉头都不会皱一下。另一边是贫苦百姓，衣不蔽体、食不果腹，还要忍受奸官猾吏的盘剥。二者却同处一地，相安无事，就像一对连体婴儿，显得有些荒诞怪异，却又如此真实。他也深知，贫富多寡，从来如此，天下之事，大抵这样，并非只有蜀郡如此。

太守官邸，书房内。文党端坐案旁，何倜毕恭毕敬地站在堂下，有些拘谨。文党满脸笑意："慕非觉得，租赋之事，操办得如何？"

平日里面色僵冷的少府，脸上却是一红，脱口应道："太守高明，比下官黑多了……"似乎意识到了什么，他只说了半句，就止住了话头。而脱口而出的半句话，就像没有笼头的快马，横冲直闯而来，听着有些刺耳，细细回味，似乎又带着一丝戏谑和调侃的味道。

文党先是一愣，继而一阵爽朗大笑："哈哈，说得好啊，我是太守，是得比你黑，但那些富商大户，可比我还心黑啊，哈哈哈……"

文党站起身，别有深意地看着何倜，眼神中有种亮晶晶的东西，心下暗想，这个黑脸少府，虽然太过耿介迂执，似乎也并不缺少幽默感。

两个月后，朝廷下旨，何倜出任繁县令。

四

十月，农事早已忙完，蜀郡官民百姓都沉浸在浓浓的节日气氛中，这是一年一度最盛大的节日。汉承秦制，一直沿用颛顼历，以十月为岁首，当此时，无论官府民间，都要举行元祀，祭神鬼，祀先贤。

九月下旬，太守官署便举行了封印仪式，官印已封存，郡署属官掾中，除了值守之人，都开始享受一年里最长的休沐假期，准备过年事宜，或走亲访友、相互拜年。郡署之中，除了少数值守卒吏，其余人都已回家，整个庞大的官署，都静了下来，显得空空荡荡。

文党刚入蜀地，在蜀郡并无亲友故旧，一时有些无所事事。太守官邸内的家仆婢女，大多也已回家过年。

午后，文党百无聊赖，恹恹地打开书简，却老是走神，只得作罢。恰在此时，百里俞甫过府来。文党将客人迎进花厅，让下人赶紧上茶。

寒暄一阵后，百里俞甫道："想着仲翁异地为官，一个人太过寂寞，就特地过府来拜见……"

"越之兄，你就不要乌鸦笑猪黑了，你我都一样，两个光棍过年，倒也别有滋味啊！"文党知晓，百里俞甫也是独自一人在蜀地，妻儿远在青州老家，故有此一说。

百里俞甫并未理会文党的讥诮，撇嘴道："俞甫偶然听闻，太守官邸购进了不少好酒，不知今日是否有口福啊？"

"越之兄亲至，敝舍酒好不好另当别论，不过我是管够不管醉，只是尚不知道百里御史雅量如何……"文党嘴上可是毫不示弱。

言毕，二人抚掌大笑。

文原很快送上茶水，二人对坐饮茶，山南海北，相谈甚欢。言及在蜀郡为官，均感叹不已。蜀地虽山水形胜，比肩天府，却崇山环绕，峻岭屏障，少与山外相通；虽物产丰腴，富甲一方，却民智未开，动辄逞强斗狠，民风悍勇，形同蛮夷。

想到独自履蜀，几是以身犯险，二人一时沉默，对自己的仕途，对蜀郡的前途，都不免有些隐隐的担忧。

百里俞甫有意转换话题，谈及蜀地过年的风俗，文党便来了兴致。百里试探着问道："仲翁履新蜀郡，第一年在太守任上，过年少不了往来应酬啊？"

文党一愣，明明就在此枯坐清谈，不知百里俞甫所指，便淡然一笑道："在下孤身一人就职蜀郡，此地并无亲朋故交，何来应酬？"

百里俞甫直了直身子，怪怪地打量着文党，略略沉思，才缓缓道："这蜀地虽然僻远，有些民风民俗，却也与中原各地无异，你第一年在蜀郡过年，本地郡县官吏、豪门富商，都免不了要来官邸拜贺，也少不了奉送例钱。你或许不知，蜀郡之中，可是年年如此。"

"哦？这是何故？"文党一愣，有些诧异，想起郡府属官辞行之际，特地询问他休沐有何安排，他只说在官邸读书自娱，诸人都是一笑。当时就觉笑容有些怪异，却不明就里，此时方才恍然大悟。

其实庐江官场，亦是如此。每到年底，下属都要给长官送例钱，多少各异。只是他初到蜀郡，尚不知本地习俗。

"在下原本也是无知，幸得监御史属官相告，才明白其中曲直，这些衙门官吏、豪门富商，皆借机奉送大笔例钱，实则贿赂郡县大小官员，以期得到特别关照，均是多年惯例，彼此心照不宣。"百里俞甫直言相告，并不避讳，顿了顿，又继续道，"当然，监御史也不会少，毕竟监御史掌握着监察郡县官吏的大权，郡县官吏少不得借此亲近，甚少有人敢得罪监御史的……"

文党盯着百里俞甫，一脸坏笑道："哈哈哈，看到你，我就知道什么是奸官猾吏了，你自己嘚瑟吧，千万别拉我下水，我可不想污了自己的清白……"

"唉，看到你，我就知道什么是人心不古了，好心当成驴肝肺……"百里俞甫气哼哼地扭过头，装作生气，故意不理文党，只是自顾饮茶。

两人正闲谈，管家文原前来通报，繁县令何倜到府拜见。

"唉，说人人到，说神神到，送例钱的人说来就来，看来本人得先回避一下……"百里俞甫怪异笑道，打趣文党。

"越之兄勿需回避，何倜不是来送礼的，倘若不信，你我二人不妨打个赌，越之兄可敢一赌？"文党似笑非笑，不紧不慢说道。

"好，我赌！"百里俞甫当即满口应承，似乎生怕文党反悔，赶紧又道，"你我就赌两坛足年的桂花陈酿，说定了，可不许反悔，反悔赌筹加倍……"

不待二人多说，何倜已经步入大厅，见到百里俞甫在堂上，微微一愣，动作稍稍凝滞了一下，随即很快恢复如常，紧走几步，上前施礼。

"何县令不用紧张，不就是给文太守拜个年，送点例钱嘛，又不是啥见不得人的事……"百里俞甫笑着揶揄何倜，不怀好意地看了一眼上座的文党。

文党也不理会百里俞甫，照常饮茶，笑看着何倜。

何倜赶紧跪下，长揖于地，直起身子，拱手施礼道："承蒙太守、监御史抬爱，何倜有幸出任繁县令，但属下今日此来，并未准备例钱，只是单纯想给二位拜年，礼节不全之处，尚请二位谅解。"

文党似笑非笑道："哈哈，越之兄，看来我的运气比较好，两坛足年桂花陈酿，我可就赢定了哟。"

"慕非，这做官最重要的是要懂规矩，你出任繁县令，全凭太守荐举，如此知遇提携大恩，你难道就不知感激，就不略表一下心意？"百里俞甫心有不甘，并未理会文党的讥诮，还在劝导何倜，一副苦口婆心、循循善诱的样子。

何倜不明就里，左看看，右看看，一脸懵懂，额头上快要冒出汗来。

文党见状，出来为何倜解围，指着百里俞甫笑道："哈哈，越之兄，你身为朝廷监御史，诱导属下县令贿赂太守，如此废乱朝廷纲纪，且为难属下，是不是太不厚道了？"

文党抬手示意何倜坐下。何倜起身，找了个下首案几跪坐下来。

百里俞甫指点着何倜，一脸苦笑道："真是不开窍，害得我白白损失两坛桂花陈酿，咋遇到这么个榆木脑袋？我有些怀疑，你能否治好繁县……"

"越之兄，两坛桂花陈酿，我暂且给你记着，我可不敢得罪位高权重的监御史，哈哈……"

"哼，算你识相……"百里俞甫紧绷着脸，嘟囔了一句，不再多说。随即，两人便哈哈大笑。何倜看着两位上司，觉得有些莫名其妙，也跟着傻傻一笑。

文党询问起繁县的情况，何倜一一作答，禀明自己的施政想法。文党和百里俞甫不住点头赞许，脸上笑意浮现，眼神愈加明亮。

不一会儿，文原在宴厅备好酒肉菜肴，三人入席，开怀畅饮。

席间，三人谈及蜀郡风俗民情，何倜话就多了起来，蜀郡很多习俗与中原迥异，文党与百里俞甫皆不知晓。蜀郡百姓，向来轻视朝廷规制，遇事大多请神巫决断，抑或私下械斗，所有豪门巨富均豢养游侠死士。这些游侠，又往往与匪盗私通，或与诸夷呼应，极难掌控，年长日久，已然成为一股不容忽视的势力，甚至与各县官府抗衡，终究是心头之疾。而周边诸夷部落，年年劫掠毗邻各县，时服时反，反复无常，令郡内驻军防不胜防，百姓畏之如虎，亦是朝廷心腹大患，一时也尚无万全之策。

文党心情有些沉重，和百里俞甫对视一下，然后同时摇头苦笑，对这个不开窍的黑脸县令，也不由另眼相看。

三人各怀心事，接下来的酒，似乎少了些气氛，足年的桂花酿，也喝得寡淡无味。燃烛时分，都有些醉意了，便各自散去。

翌日，文党早早起来，换上一身云白锦袍，扮做一个富商，带着文原和几个卫卒，一早就骑马出城。官邸内，无人知道他去往何处。

接下来连续几日，郡城内豪门巨富和太守官署大小属官，纷纷携带重礼，前来拜会文党，却均无缘相见，一个个只得失望而归。

私底下，所有人均在暗中打听新任太守去了何处，但都没有确切消息。只得知，太守前几日同监御史百里俞甫与新任繁县令何偈在府中宴饮，便又纷纷到百里俞甫、何偈府上转弯抹角打听，依然一无所获。

百里俞甫也很奇怪，这个文党，怎么就一下子人间蒸发了，这究竟演的是哪一出啊？何偈苦思不得，心下有些莫名担忧。

五

蜀郡江源县鹿鸣山，层峦叠嶂，浓淡相映，恍若意境幽深的画卷。极尽处，寒山瘦水，烟云笼罩；近看处，枯树无边，衰草连天。置身其中，霜风凛凛，寒意逼人。

正午时分，山道上，几个人气喘吁吁，正在艰难跋涉，汗水已经湿透衣衫。

文党感觉腰酸背痛，在山腰一个缓坡处靠着一块凸起的巨石，停下歇息片刻。大家都口干舌燥，又饿又累，恹恹地不说话。

文党登上巨石，极目远眺，阳光点点，雾霭沉沉，远处的雪山晶莹闪耀。近处，河流蜿蜒流淌，村庄星罗棋布，炊烟飘荡，鸡犬相闻，空气中飘荡着丰年的味道。

文原口里咬着一根枯草，慢慢用舌头拨弄着，品咂着草茎中淡淡的苦涩滋味，无聊地看着起伏曲折、时隐时现的山路，心下盘算着到哪里找点食物来填饱肚子。这大过年的，别人都酒足肉饱，自己跟着主子，一连走过繁、郫、临邛几县，到现在还饿着肚子。

"橐橐"的脚步声打断了他的神思。文原转头一看，一高一矮两个人，正步行上山。前面的中年汉子，四方脸庞，身材颀长挺拔，双目炯炯有神，身着半新的粗布长袍，外罩一件黑色大氅，不紧不慢步上山来。汉子身后，跟着个十二三岁的小童，结着两只小辫，一身短打扮，显得十分精灵，紧跟在汉子身后，满面潮红，微微气喘。

汉子望见文党二人，愣了一下，随即拱拱手，笑着打招呼。

文党闻声转头过来，眼前不由一亮，想不到山野之间，还有如此清俊人物，也拱手还礼，招呼对方歇息。

汉子靠着石头坐下，文党拱手施礼。汉子恭恭敬敬一揖，笑问道："客官，新年大节，为何滞留鄙陋乡野，可是遇到什么难处？"

文党哈哈一笑道："公子见笑了，本想赶着催收生意上的欠账，不意一心赶路，错过了投店，便在此稍事歇息。"

汉子微微颔首，温和笑道："在下敝姓庄，名兴，寒舍就在山上不远处，公子若不嫌弃，就请诸位到寒舍，将就填饱肚子，如何？"

文党赶紧施礼，欣然道："在下敝姓文，单名一个仲字，庄公子不嫌弃我们麻烦，那就叨扰了，公子美意，先在此谢过。"

汉子微微侧身，伸手向前一让，呵呵笑道："文兄过谦了，相逢即是缘分，这山野之间，无甚好物，凑合填饱肚子而已，无须多礼。"

二人一路说着话，不大一会儿，到了一个平缓台地，看见一座依山而建的大院，静静坐落其间。屋后竹林掩映，四下如人高的木栅栏围着小院。院子干净整洁，植有许多花木，丝毫不显杂乱。四角是几树早梅，兴许是山高更冷，枝上已缀满花骨朵，有的已经散开花瓣，沉郁的暗香像缕缕幽魂，在院子里挥之不去。院内出来一名男仆，将文党二人的马牵至马厩。

很快，两个健壮的仆妇将酒食送到堂上，庄兴邀文党饮酒，文原和便衣卫卒安排在别处就食，并未一起饮食。

几盏酒下肚，两人谈兴更浓。文党不解道："看庄君丰神俊朗，潇洒俊逸，不是乡野凡夫，何以隐居山林？"

庄兴摇摇头，叹息一声，缓缓道："贫富贵贱，皆是命中注定，穷通塞达，俱是时运使然，岂是区区人力所能？"他的话似有所指，但文党并不明白。

庄兴似乎并不想深聊这件事情，便有意转换话题，向文党介绍这里的一些掌故。文党方才知道，这里是江源县治下，叫作鹿鸣山，他们所居的地方，叫作鹿鸣顶，是一处山清水秀之地，庄兴祖上在此置有田地百余亩，也算是本地一个地主。庄兴本人虽然读过一点书，但对入仕做官并无兴趣，乐得在此打理田产，侍奉双亲，日子也算滋润。

两人交谈间，一阵玲玲珑珑的琴音响起，让文党精神为之一振，他好久没有听到过如此优美的琴声，不由停下交谈，专心聆听。片刻后，庄兴方道："这是家父闲来无事，随意抚琴……"

文党有些诧异，微笑道："哦？想来令尊大人必是风雅高人，不知可否有缘拜见？"

庄兴略微沉吟，便起身领着文党，循着琴声，一路来到后院。文党甚感震惊，原来这座大院其实别有洞天。屋后掩藏着一个很大的园子，园内林木葱郁，流水潺潺，几座亭台若隐若现。一座水榭之上，一位白髯飘飘的老翁，正专心致志抚琴。

六

琴声悠悠，让园子更显幽静。文党放慢脚步，似乎不想惊扰老人抚琴，生怕打乱幽婉的意韵。

庄兴与文党并肩站立，静候老人一曲终了，庄兴方才上前，俯下身子对老人耳语几句，扶着老人起身。文党也紧走几步，上前与老人施礼相见。

老人微微颔首，施礼道："不知贵客光临寒舍，老朽多有怠慢，公子莫怪。"

文党赶紧上前还礼，见老人白发银须，面色红润，颇有鹤发童颜、仙风道骨之姿，一身淡青色锦袍十分合身，衣襟上绣着繁复图案，做工精良，不同凡俗，遂躬身拱手道："晚辈路过贵府，多有烦扰，无意惊扰前辈雅兴，还请前辈不要怪罪才是。"

老人十分热情，连连招呼文党在琴案对面坐下。庄兴送上茶水，见父亲和客人谈兴正浓，便悄悄离开。

案几上摆着一张古琴，五尺有余。风过琴弦，波澜不起，却似有余音。琴身布满细不可察的断纹，漆色油亮，泛着幽光，琴尾刻着几个小篆，已经有些模糊。一看就知道，这张古琴精工巧琢，必非凡品。文党当即赞道："真乃好琴！莫非绿猗乎？"

老人手抚长须，哈哈一笑，欣然道："公子既然识得此琴，想必也是此道高手，还请不吝赐教。"

文党摇头笑道："前辈抬举了，在下一介商贾，满身铜臭，对风雅一窍不通，怎敢辱没如此风雅之物？适才偶闻前辈抚琴，实在惊为天人，不知是否有幸再听一曲？"

老人并未推辞，随即放下手中的茶碗，略略思索，整理了一下衣袍，捋捋宽大的袖口，一手五指翻飞拨动琴弦，一手轻轻滑动揉按琴弦。琴声沉郁悠扬，如歌如诉。高亢处，如江水奔流，波浪跌宕；低回处，如清风拂面，缠缠绵绵，欲语难休。琴声袅袅，在园中缭绕，在林间飘荡，让人体味到绕梁三日的余韵……

曲终，老人静默片刻，方抬头道："老朽一点微末之技，恐污公子双耳。"

文党思考片刻，方缓缓说道："前辈过谦了，如此琴音，当真天籁，只是听前辈琴音之中，似金鼓相激，隐隐有荆楚之风……然而，幽回三叹，忧思郁结，似是遇良人无缘、相思不得相见，如果晚辈没有猜错，当是《汉广》之曲吧？"

老人脸色微变，双眼一亮，目光中满是笑意，缓缓起身，对着文党恭敬施礼，慨然感叹道："文公子果然是高人！今日与公子邂逅，也不负这绿猗古琴了，子期伯牙之情，亦不过如此，高山流水之意，犹有不及啊……"

文党不敢托大，也赶紧起身，拱手还礼。待老人坐下，方才跪坐下来，不紧不慢道："前辈过誉了，在下也是侥幸猜中……观前辈风雅，气度不凡，谙熟操琴之法，晚辈大胆揣测，前辈想必出身楚地世家，却为何偏居蜀郡乡野？"

老人沉思片刻，缓缓沉声道："公子灼见，老朽敝姓庄，原为楚人，祖上移居蜀地，前后已历六代。寒舍所在，传说曾有神鹿飞升成仙，故唤作鹿鸣顶，又因老朽年事最高，须发皆白，乡邻便送给老朽一个雅号——白鹿仙翁。庄氏一族，虽远离故土近两百载，但仍保留着一些故土习俗，故而弹奏楚声。想不到文公子竟能辨出其中真意，真乃知音啊！易得无价宝，难遇知音人，相识如此，夫复何求？哈哈……"

白鹿仙翁哈哈大笑，轻轻啜饮一口茶水，继续道："今日与文公子相遇，实乃平生幸事，老朽不怕献丑，欲附庸风雅，效子期伯牙之事，为公子再抚一曲《淇奥》，弹奏不好，尚请公子宽宥。"

文党连连道谢："前辈雅量高致，今日有缘相见，劳前辈抚琴，实乃晚辈三生之幸。"

白鹿仙翁再次抚动琴弦，琴声悠悠响起，宛如幽泉相激，光影流淌，又似花飞蝶舞，风送芬芳。稀稀疏疏的阳光，透过高大的竹木，投射在院子里，星星点点散布地上，时明时暗，仿佛水波光影，随风闪烁飘荡，又似婀娜少女，随着琴音翩翩起舞。

白鹿仙翁一边抚琴，一边低声吟唱。文党也随着琴音与之相和，一老一少，皆深深陶醉其中。

瞻彼淇奥，绿竹猗猗。有匪君子，如切如磋。如琢如磨，瑟兮僩兮，赫兮咺兮。有匪君子，终不可谖兮。

瞻彼淇奥，绿竹青青。有匪君子，充耳琇莹，会弁如星。瑟兮僩兮，赫兮咺兮。有匪君子，终不可谖兮。

……

院内微风轻拂，须发飘动，竹影摇曳，仿佛一群美妙女子，在梦幻般的光影里，舞动柔美的腰肢。白鹿仙翁青衣白发，与四周摇曳的绿树相映，别有情趣。悠扬的琴音，同山风林涛相和，仿佛凭空荡起丝丝涟漪，却又如羚羊挂角，无迹可寻。

此曲只应天上有。此时，二人仿佛忘记了身外世界，忘记了时间流逝，琴音似乎抹平了彼此的年纪身份，淡化了两个初次相遇的陌生人心中的戒备之意。曲已终，意犹在，二人深深沉醉在袅袅余韵中，久久无语。

好一阵，文党才回过神来，对白鹿仙翁长长一揖，肃然道："前辈抚琴，可谓神乎其技！晚辈钦佩至极……"

白鹿仙翁笑道："微末之技，入不得方家法眼，让文公子见笑了。"

白鹿仙翁似乎有点累了，饮了一口茶，歇息了片刻，方才缓缓道："我观公子举止端庄，见识广博，言语清雅，气度非凡，却又能入乡随俗，丝毫不显做作，不似一般逐利之徒。举止有官宦气，想必公子出身豪门世家，抑或公子本就是官府中人……"

文党心中暗暗一惊，不由对白鹿仙翁更多了一层敬意，当下恭恭敬敬施礼道："前辈明鉴，在下本庐江人氏，世代经商，略积薄资。少时曾到齐鲁之地游学几年，故而读过几卷书，皆是囫囵吞枣、一知半解而已，难登大雅之堂。加之父命难违，聊做商贾营生，终日奔波逐利。这不，新年大节，还在为几个小钱奔走，比不得前辈家学深厚，传承有方，晚辈粗俗不堪，实感汗颜。"

言毕，文党摇头苦笑。

白鹿仙翁微微点头，感叹道："文公子高雅脱尘，倒是老朽未能免俗。常年偏居山林，不闻山外烦心之事，只是忘情山水之间，虚度余生罢了。"

白鹿仙翁为文党续上茶水，继续道："以公子见识雅量，必非池中之物，他日必能大展宏图。只是我等久居蜀地，僻远鄙陋，民风不化，比不得庐江繁华之地……"

"前辈明鉴，晚辈世居庐江，刚到蜀地不久，对此地了解不多，但据在下所见，蜀地虽然僻远，但土地肥沃，物产丰饶，并不逊色别处，却为何满眼尽是凋敝？"文党不想在地域话题上继续，担心被识破身份，彼此难免尴尬，便借机转换话题。

白鹿仙翁面色古井无波，目光有些深邃，缓缓道来，却让文党惊奇不已。

"蜀地虽然偏僻，然自古富甲一方，前朝司马错、张仪取蜀，全赖在此广积粮草辎重，方能战胜荆楚，一统天下。李冰出任郡守，于灌口筑堰分水，平息江水之患，方圆数千里不再有旱涝灾荒之虞，物产更胜往昔，丝绸锦绣，天下闻名。只是偏居西南，为高山峻岭阻隔，交往闭塞，不为外人所知罢了。"

文党亦觉在理，不住频频点头称是。

白鹿仙翁停顿片刻，继续道："蜀地至今日之窘境，盗匪横行，饿殍遍地，黎民朝不保夕，诸夷蠢蠢欲动，非百姓之罪，实乃官吏无能所致。蜀郡自置郡以来，首任张若，俗夫而已，不懂治民之道；其后，唯李冰谙熟水性，悟得御民之道皮毛，故建有治水之功，其余历任郡守，实在乏善可陈，不过庸官俗吏而已，不值一提。"

文党脸色一僵，心下尴尬不已，显然，自己也被归为了庸官俗吏之列，但偏偏又无法辩解。只得顺着他的话，故作不解问道："那依前辈所言，该当如何治理蜀地？"

"治国治民，重在御人。三皇五帝，地利贫薄，凶兽环伺，人人朝不保夕，竟日与天争命，故王道大行，惜命养民而已。夏商周相继，人心狂野，私欲大炽，王道崩坏，地利纷争。为执掌九鼎大器，竞相逐鹿，故礼乐遂出，顺势化民而已。春秋以降，群雄并起，天下纷乱，诸子百家竞相登场，犹如烈火烹油，故出仁政之说，然而强权霸道威行于世，力霸驱民而已……"

白鹿仙翁似乎说到兴头上，打开了话闸子。文党望着眼前的老人，看着他岁月风霜染白的须发，脸上纵横交错的皱纹，眼中满是惊异，想不到一个山野老人能说出这等话来，便索性追根究底道："晚辈愚钝，前辈可否明示，依前辈所说，李冰悟得治民之道，究竟是什么？"

白鹿仙翁看了一眼文党，并未理会他的惊异，随手摆弄案上的古琴，自顾轻抚几下琴弦。直到琴音消散，白鹿仙翁才继续说道："治蜀之道，尽在水中。"

"哦？前辈为何如此说……"文党望着老人，脸色凝重，眼神中满是不解。

白鹿仙翁没有应答文党，哂然一笑道："春秋以降，诸子学说，包罗天地宇宙之理，其中不乏水之道意，公子以为，谁家最高？"

文党心下想了一想，没有回应老人的问题，茫然地摇摇头。

白鹿仙翁盯着眼前这位沉着稳重、气度不凡的壮年人，似乎在揣测他的意思，又似乎明白他的故作不懂，自言自语道："诸子之说，大多平庸，亦不乏欺世盗名之说，唯独老子之说，承伏羲八卦之理，合天地运行之道。其谓水，天地五行，水居其一，应金而生木，逆土而克火，孕涵灵长，生生不息，所谓能利万物而处下不争，唯其不争，故天下莫能与之争。当知欲望如火牛，人心似深渊，从善如流，顺势而为，世事若都能如此，岂不善哉？还苦心孤诣寻求治国御民之道，岂非愚鲁至极？

"水无定势，却能容万物而纳百川，柔弱无骨，却能以柔克刚破坚越隘，奔流万里而不息，唯顺势而已。当朝高祖起于乡里，尽知前朝暴政苛虐之弊，且连年征战，疲敝不堪，遂轻徭薄赋、与民生息，非是怜惜天下黎民，天下大势所迫使然。文景二帝赓续弦继，崇尚黄老之术，融众家之说，用其长补其短，行利诱养民之道，不算什么高妙之术，但亦暗合水德之道。只是亦有洇漫消散之虞，或积水成洼，亦有伤人之险。需施行有度，方能收放自如，此非大智慧之圣贤不可……"

白鹿仙翁一席话未说完，文党早已震撼不已，内心掀起滔天波澜。白鹿仙翁话语之间睥睨天下，却对天下大势洞若观火，这岂是一个山野老翁之言？他不由心中惊疑，白鹿仙翁究竟是什么人？对眼前这位老人，既由衷敬佩，又极为疑惑，当下躬身行礼，朗声道："今日有缘与前辈相遇，晚辈实在三生有幸，听前辈琴音，解异乡孤旅寂寞，聆前辈高论，更令晚辈茅塞顿开！"

白鹿仙翁淡淡一笑，亦不多言，歇息片刻，再次信手拨动琴弦，琴音之间，有浓浓的荆楚之韵，文党并不知晓是什么曲子。

待白鹿仙翁抚完一曲，文党便起身与老人道别。白鹿仙翁送至院门，似是有些不舍，揖别文党，笑道："今日一见，老朽与文公子引为知音，但愿能有机缘再见。"

文党深深一揖，爽朗一笑道："他日有闲，晚辈定当再来叨扰，聆听前辈抚琴，一洗身上浊气。"

此时，文党心中其实万分纠结，并非面上那么洒脱。想表明自己的真实身份，却又怕因此而生芥蒂，让彼此止乎礼仪，再也难以倾心相交。

或许，从一开始就不该隐瞒。但如果白鹿仙翁知道自己就是蜀郡太守，还会为自己抚琴吗？还会说出那一番惊世骇俗的言论吗？人与人交往的缘分，就是如此奇妙，来的时候，说来就来，猝不及防；失去的时候，无因无迹，无法挽留。

文党心下黯然，躬身施礼，辞别白鹿仙翁，文原牵上马，二人转身走进苍茫山色中。

七

次日上午，清冷的晨曦在微茫的天光中苏醒，晨雾还未散尽，在水面上飘飘荡荡，宛若百结愁思，缠绕徘徊。

微茫的曦光中，文党一行已出现在湔水岸边，与前日不同，江源县令王道君陪伴在文党身旁。这位四十多岁的县令是本土人氏，个子不高，身材肥硕，圆头大脸，一双招风大耳，生得十分富态，脸上随时笑眯眯的，给人一种憨厚的感觉。

几个人骑着马，沿湔水岸边走走停停，似是富家子弟闲来无事，到山野探险寻幽。水面上，不见舟楫，不闻人语。薄雾弥漫，飘飘荡荡，寒意随风漫卷，像一团挥之不去的迷茫。几只水鸟在迷雾中起起落落，在水面上散开一圈一圈的波纹，像一条条命运的锁链，锁住每一只水鸟的起落。

站在岸边高处，文党放眼望去，湔水对岸稍远的地方，田野平畴，竹树掩映，村庄田舍，有如诗画。此岸则是一片缓坡，稀稀落落的几间茅舍，显得有些凋敝，似乎跟对岸形成明显对照。

湿乎乎的冷气灌进衣袍，文党禁不住打了个哆嗦。盆地冬季这种湿冷的气候，他似乎还有些不太适应，下意识皱了皱眉头，转头看着王道君，问道："江源与郫县，仅一水之隔，为何差异如此之大？"

江源令王道君长长叹息一声，苦着脸道："禀太守，并非全因下官懈怠，江源郫县两地，虽只一水之隔，但两县差异极大。郫县沃野平畴，灌溉便利，所出甚多，颇为富庶；而江源地势稍高，山地丘陵居多，无法享受灌口水利之便，地薄物瘠，遇旱绝收，多种蜀黍，稻禾甚少，属下等县之列，的确无法与郫县、成都等上等县相提并论。属下实感惭愧……"

文党面露尴尬，新年大节之际，自己本想了解缘由，全无责怪之意，却不料被王道君会错意，岂不让人觉得自己不明事理、不近人情？心下不免轻轻叹息了一声，继而呵呵一笑道："我并无责怪之意，君实又何必多心？"

王道君陪着笑脸，唯唯诺诺，没有说话，心中却隐隐有些不安。

"难道就没有想办法改变？如果我没有记错，你治江源有五年多了吧……"文党轻声询问，又好像自言自语，依旧一动不动望着远方，眼神中满是凝重，也不知他此刻心里想的什么。

王道君满脸通红，憋了半天，嘴唇动了动，嗫嚅着没有说出一句完整的话，脸上有些发热。

文党似乎注意到王道君的窘迫，转身继续往下游行走，众人紧随其后。不知是为了打破沉闷，还是想消除之前的尴尬，大家一路说说笑笑，气氛轻松了不少。

王道君不时跟着讪笑，心中却叫苦不迭，不明白文党是不是在暗示什么。作为县令，他经历过几任太守，自然深知官场险恶，郡县官员最重要的本事，并非治民驭下，而是善于揣测上司的心思，顺着上司的心思做事，才可能获得赏识。只要长官欣赏，其他事情就不重要了，下属官吏的升迁去留，很大程度都系于上司一念之间。

其实，王道君并不像表面那样颟顸迟钝，相反，他十分精明沉稳，只要看准了，他就舍得下注，而肥胖憨厚的外表，是他最好的保护色，故而在蜀郡江源转圜自如，游刃有余。文党任蜀郡太守还不足一年，王道君还在观察，尚未拿准新任太守的性格，不敢轻易尝试。他懂得下注时机的重要，一旦下错注，就可能颗粒无收，轻者丢官，重则丧命，甚至祸延家族。

众人跟着文党，沿着水岸小道漫无目的地走走停停。一阵争吵吸引了众人的注意。

文党远远望去，路旁一户人家，低矮的茅屋，竹木掩映，四周围着一排竹篱笆，堆码着一些柴禾，院子打扫得很干净，不见一片落叶。篱笆外散布着几垄菜地，几排掉光了叶子的桑树，全无一点生气。一位满脸皱纹、五十多岁的老妪，正跟一个皮肤黝黑的年轻人大声争执，从面相轮廓看，像是一对母子。

"婆婆，新年好啊！路过讨口水喝。"文党拱拱手，老远就向老婆婆打招呼。

老人迟疑地望着几人，眯着眼睛看了又看，确定不认识眼前几个来人，但见他们衣着不俗，便换上一副随和的笑脸，爽快道："新年好，进院说话吧，地方简陋，没啥好招待，莫要嫌弃。"老妪一边说话，一边打开篱笆门，将文党等人迎进院子。

年轻人看了看一行人，嘟囔一句，黑丧着脸转身走进屋内。

"这是婆婆的儿子吧，敢问婆婆因何争执，可是遇到了什么为难之事？"王道君怕老人言语不知高低，无意得罪了太守，便主动上前与婆婆攀谈起来。

婆婆叹息一声，沟壑纵横的老脸上顿时罩上了一层愁云，神情有些落寞，又有些无可奈何，轻轻摇头道："客官见笑了，还不是那不肖之子与媳妇之间的事，老身这张老脸都被丢尽了，唉……"

年轻人从屋子里出来，一手提着只陶罐，一手端着一叠陶碗。年轻人手脚麻利地给众人倒上茶水，又一声不响地进屋去了，依旧黑丧着脸，似乎对这群不速之客并无好感。

"婆婆，看你儿子倒是勤快，也很懂事，与媳妇有啥疙瘩……"文党似乎有些不解。

"横竖都是丢人，老身也不怕露丑……"婆婆似乎下了很大决心，道出事情原委。

原来，她夫家姓杜，刚刚进屋的年轻人，就是老人的独子杜路平，经人撮合，与对岸郫县何家姑娘结婚，生下一儿一女，一家人虽不富裕，倒也还算和睦。可谁知天有不测风云，两年前，杜婆婆的丈夫患上重病，久治不见好转，最后撒手人寰。小家庭本就艰难，给丈夫治病又借了不少债，加之两个孙子年龄渐长，日子更加艰难。儿媳忍受不了清贫困窘，经常为琐事与丈夫争吵。年前，一气之下，带着两个孩子回了娘家，过年也不回家，儿子去接，儿媳也不见面。

儿媳娘家虽然不是什么大户人家，但家中有几十亩水田，对杜家贫苦颇为嫌弃，奈何姑娘铁了心喜欢路平，不顾家中亲戚反对，执意嫁到了杜家。哪知公公病故，家中负债累累，显然是看不到出头之日，她不愿再待在杜家忍受这种穷苦煎熬。路平也生得一副倔脾气，不愿再三去何家央求，故而母子二人发生争执。

说话间，一位锦衣健壮老者，拄着一根藤杖慢步而来，老远就跟杜婆婆寒暄。言语之间，众人知晓，这老者正是乡里刚刚推举出的啬夫。

杜婆婆满脸堆笑，一面应答，一面责骂屋内的儿子："路平啊，杜乡老过来了，还不赶紧滚出来，像个闺女似的，未必还怕丢脸啊……"杜婆婆嘴上斥骂，脸上却满是笑意，显然是不敢怠慢了这个啬夫。

杜路平慢慢挪步出来，脸色更黑，像要一把拧出水来，埋头盯着地面，满脸的厌烦与恨意。

锦衣老者昂着头，径直走进小院，目视前方，傲气十足，根本没有打量过院子里的其他人，似乎当这些人不存在一般。

"咳，咳。"锦衣老者清了清嗓子，严厉道，"路平啊，你也老大不小了，平时就不晓得些个人情世故，好好的媳妇儿都留不住，就由着自己的性子，脚脖子拗得过大腿吗？还指望乡里如何照拂你？"

杜婆婆连忙转身进屋，很快拿出一条麂腿、一挂鱼干，双手捧给锦衣老者，连连赔笑道："乡老，你大人大量，莫跟我们家这倔小子生气，这不，老早就给你备了一点礼，只是他到儿媳妇娘家去，就耽搁了，没来得及送到府上。老婆子我腿脚又不方便，你就原谅我老婆子不知礼数，新年大节，这就给你拜年了，不成敬意，千万不要嫌弃……"

锦衣老者"哼"了一声，假意推辞一番，最终故作勉强收下麂腿和鱼干，又装模作样地责备了杜路平几句，方才慢慢转身离去。依旧两眼朝天的样子，自始至终，都没有正眼看过文党等人。

待锦衣老者走远，杜婆婆才尴尬笑道："客官莫笑，这是我们乡里刚刚推举的啬夫，也是杜家本家，我们这孤儿寡母得罪不起……"

"什么狗屁乡老，不就仗着县衙有人，网罗一些鸡鸣狗盗之徒，欺压乡里百姓，哪里做过一件人事？"一直沉默不语的杜路平恨恨骂道，朝着啬夫的背影，使劲啐了一口，似乎才消解心中怨气。

"哦，原来县衙有人罩着啊，可知是县衙什么人？"王道君脸上有些挂不住，低声询问道。

"客官莫要听他乱说，我们惹不起，听说杜乡老的小舅子在县衙当差，极得县丞倚重，我们惹不起的。"杜婆婆一边阻止杜路平再说，一边叹息着解释缘由。

想了一想，杜婆婆环顾一周，看啬夫渐渐走远，方才说出原委。

原来，杜路平小两口争吵，本是寻常贫贱夫妻常有的事，谁知这啬夫不怀好意，明着劝路平媳妇儿回娘家去，说是待消消火气，路平再去接回来就是。谁曾想，这啬夫另有心机，暗中亲到郢县何家保媒求亲，想要来个移花接木，为路平媳妇儿另寻人家。

"嗯？这岂不是活活拆散别人家庭，咋能做这种昧良心的事？"文原听闻，气愤不过，大声斥责。

"唉，谁说不是呢？乡老要保媒的，就是他另外一个小舅子，虽然脑子有些痴呆，但家境富裕，十里八乡闻名……儿媳妇倒是不愿，但拗不过家中父母兄长，造孽啊……"杜婆婆不住摇头，泪眼汪汪。

更可恨的是，这老东西竟欺瞒路平母子，说要去说和说和，还先后从路平母子手中诈去二千余钱，要不是路平媳妇儿暗中托人相告，恐怕他们至今还蒙在鼓里……

杜路平似乎心中怨气难消，朝啬夫离开的方向，又使劲啐了一口。

"婆婆，你可知这乡老在县衙的小舅子姓甚名谁？"王道君也有些生气。

"我们乡野百姓，哪知官府中事啊？只晓得他翁家姓赵，莫非客官与他们相识……"杜婆婆小心问道，骤然感到有些紧张。

王道君赶紧安慰道："哦，婆婆莫要害怕，我们与那些人并无丝毫瓜葛……"

文党看了看他，王道君红着脸，低声道："这些乡里猾吏，多被大户人家把持，又不在朝廷官吏之列，平日里少不了偷嘴揩油。欺男霸女、鱼肉乡里的也有，县衙鞭长莫及，下来我定当整肃……"

文党心中五味杂陈，没有责备王道君，只是安慰了杜婆婆几句，便欲告辞。王道君道："老人家，你放心吧，你的儿媳很快就会回来的……"

杜婆婆闻言，连连点头，抬起粗糙的手，慢慢擦去泪水。杜路平满脸通红，潸然欲泪。

大家都没有想到，新年会遇到这一出，心中有些难受，便没有逗留，告辞离去。

一行人渐渐走远，杜家母子还站在院子里，久久眺望。文党回头，望见雾霭中老妪佝偻的背影，心里一团乱麻，如果不能让老百姓过上好日子，郡县官员如何教化百姓？自己又如何面对皇帝陛下？远处的老人和村落，渐渐融入苍茫之中，仿佛是一团化不开的迷雾，充满了无助与忧伤。

回到江源官邸，王道君招呼众人歇息，早有人送上茶水，很快将太守一行人安排妥当。王道君瞅准时机，便将文党请到书房，落定上座，然后恭恭敬敬地跪行大礼。

文党有些莫名其妙，也不客气，不知该说些什么，满是疑惑地盯着王道君。

"新年佳节，官吏休沐，不想太守心系百姓，潜行乡下微服私访，下官既敬佩有加，又愧疚不已……太守记挂江源，心忧江源百姓疾苦，实为黎民之幸、苍生之福，亦为我等官吏楷模……"王道君一边说着，一边抬头看了一眼，心下"咯噔"一下，一时有些犹豫不决，不敢再往下说。

王道君话还没有说完，文党已经心中了然，知晓他要干什么了，脸上浮出浅浅的笑意，一副看戏的表情，却没有开口说话，只是静静地看着他，清澈宁静的眼神中，若嗔若怒，似笑似谑。

王道君犹豫片刻，很快镇定下来，脸上堆满谄媚，笑道："日前，下官亲到太守官邸，奈何无缘拜识，不想天意垂怜，可怜下官诚心，太守莅临江源，让下官亲聆教诲，让我有机会将功补过，幸甚幸甚。"

说完，王道君微微躬身，满脸堆笑，拿出一个沉甸甸的锦袋，双手恭敬奉上。

文党一手拿过锦袋，向上抛起，又双手接住，随手掂了掂，锦袋里传出金属碰撞的叮当声。

文党将锦袋放到案上，满眼戏谑，看着王道君，哂笑道："就这些?"

"就这……江源贫瘠之地，下官虑备不周，但礼轻情重，诚心可鉴，还请文太守宽恕，容下官后补……"王道君满脸通红，额头冒出汗来，手足无措，十分尴尬，显得有些滑稽。

"哈哈——哈哈——"文党有些哭笑不得，看到王道君窘促的样子，既有些生气，又有些同情，不由得大笑起来。

文党将锦袋扔过去，王道君一时手忙脚乱，接也不是，不接也不是，犹疑之际，"哐当"一声，锦袋掉到了地上。

文党起身，背着双手踱了几步，正色道："你的例钱，就当我心领了！我亦知道，每年属下向上司奉送例钱，也是官场惯例，可这也是我新年离开官邸、下乡察访的缘由。文党不想因循故例助长陋习，更不愿辱没官声、徒留骂名！你我虽上下有别，但俱为人臣，沐浴皇恩，岂能枉法徇私，扰乱朝廷纲纪？怎堪表率属官，如何教化百姓？唉，我亦知晓，你们年年奉送例钱，也是不得已而为之，上行下效，最终还是百姓承受，你我如何心安？此等陋习，早该革除，既然如此，何不自今日起，何不自你我起，君实以为如何？"

王道君闻言心中略定，大胆直视太守，见文党神色平静，不似做伪，心湖泛起阵阵涟漪，肃然起敬，慨然道："文太守所言极是，只是下官落俗了，辱没了太守清白，属下惭愧……"

文党轻轻摆手，摇头道："你我俱为一方父母官，身负皇恩，代天子牧守，自当上下同心，竭心尽智以安民富民，身体力行教化百姓，若真有愧意，就想想如何为治下百姓谋福祉吧。你治理好江源，就是给我最好的礼敬，较之岁例，其珍贵岂止百倍千倍？"

王道君心悦诚服，整了整衣冠，长长一揖，躬身施礼，慨然道："太守教训，下官铭记在心，自今日始，下官当以太守为楷模，唯太守马首是瞻，要做一个好官，不负皇恩，无愧治下百姓。"

文党满脸含笑，揶揄道："得了得了，你这一开口啊，就是一股酸味儿，你说着不觉得，我听着还难受呢……"他自然听得出，王道君言语之中，虽是溢美之词，多有奉承之意，却也是发自肺腑。文党继续道："你若真想做一个好官，做一番事情，对得起天地良心，对得起治下百姓，眼下就是天赐良机，就看你愿不愿意？"说到这里，文党止住话头，看着王道君，似在等待回应。

"回禀太守，下官虽然愚鲁，但也知晓一些道理，人在官场，谁不愿百姓富足治下平安？谁不愿博个好名声？只要太守吩咐，下官就是赴汤蹈火，也绝无退却之理……"

文党点点头，微笑道："江源之治，唯在湔水，江源、郫县一衣带水，为何却是天壤之别？全在治水差异！我今日察看了湔水之势，若能驯服湔水，加以利用，江源何愁不能成为富庶之地，君实何愁不能成为一代名臣、一方好官？到时百姓拥戴，皇帝嘉奖，仕途定是可期。"

听了文党说话，王道君内心十分复杂，仿佛激活了潜伏在血肉中的某种东西，灼烧他的神经。他出身富家，很小就到长安游学，学成回到蜀地后，擢拔为江源县丞，后出任江源令。原本心怀兼济苍生大志，却发现郡县官吏大都平庸，做事屡屡受挫，年长日久，他早已磨平棱角，锋芒全无，早已抛却了年少志向，也沾染了不少官场不良习气，加之家族生意中落，更无做事心思。

谁料想，新来的太守唤起了他血液中沉睡的年少意气。为官一任，大都想成就一番事业，谁又愿意被老百姓戳脊梁骨呢？衙门之内，庸官俗吏固然很多，但能臣干吏确也不少。只是，如果官场风气不好，这些能臣干吏，要么过早夭折，要么随波逐流蜕变堕落，亦有人不甘堕落，索性辞官归隐，久而久之，官场上就只剩下那些庸官俗吏了。

他原本混迹其间不断堕落，就像一个溺水的人，在黑暗中不断下沉坠落，被周围的压力淹没吞噬。此刻，王道君好像忽然被人拉出了水面，重见光明，呼吸自由。

文党静静地看着王道君，在等他的一句回答，似乎在等待一个远行之人的回归。这一刻，时间似乎停滞了，没有停滞的只有彼此的心绪。

良久，王道君挺了挺胸，慢慢抬起头，沉声道："下官愿意一试，不为别的，只为自我救赎，倘若事成，就当给自己一个交代，不成，我也就彻底认命、辞官归隐！"

文党轻轻拍拍王道君的手，笑盈盈说道："好！我相信你！你要给自己一点自信，也要给我一点信心。"

"嗯，全听太守差遣，下官绝不畏缩！"王道君挺了挺胸脯，使劲点点头，样子有点滑稽，眼神明亮，泛起两粒精光。

八

几日之后，文党悄悄回到官邸，终日闭门不出。

新年休沐还未结束，王道君便携带一卷绢图赶到太守官邸。文党交代闭门谢客，便和王道君进入到书房，府邸的下人都偷偷打量着紧闭的房门，心里却犯着嘀咕。

午时已过，房门依旧紧闭，下人们早已备好酒菜，却不敢到书房通报，你看看我，我看看你，最后只得找到文原。

"管家，后厨的酒菜凉了又热，恐会影响味道……"厨娘向文原施了一礼，怯怯地说。

文原转头看了看书房，皱了皱眉头，轻声吩咐了几句，厨娘匆匆下去。文原思索片刻，轻手轻脚地走到书房外，屏住呼吸，仔细听了一会，却什么声响也没有听到，犹豫再三，还是轻轻敲了敲门。

"进来。"是文党的声音。

文原忐忑地推开房门。只见文原和王道君依着书案，相对跪坐，俯身案上，头都没有抬。书案上摊开一幅素绢，上面描着图案，文党一边执笔蘸墨，在图案上标注符号，一边不时与王道君低声交谈。

"主人，午时已过，不知何时用饭？"文原恭顺地站在一旁，低声问道。

文党看看王道君，沉吟道："再等一个时辰吧……"

"嗯，老奴这就去安排。"文原退出书房，随手关上房门。

院子里，银杏树的影子越拉越长。文原一边打理院子里的花草，一边不时望向书房，慢悠悠的，有些心不在焉。

正当踟蹰之际，紧闭的书房门"吱嘎"一声打开，文党和王道君走出屋子，脸色疲惫，却掩饰不住兴奋。

"原叔，吩咐赶紧上菜吧，肚皮都挂到脊梁上了。"文党一边说，一边和王道君大笑起来。

"好的，都预备好了。"文原答应着，一路小跑着到后院。

很快，酒菜送上来，文党二人不客气地狼吞虎咽起来，哪里还有平日里的斯文讲究。几个下人在一旁偷偷掩嘴暗笑，文原只是装作没看见，自己也忍不住咧开了嘴。

翌日，文党吃完早饭，就遇张嵘来见，给文党带来一大包山珍，说是老父亲的心意。文党呵呵一笑，示意文原收下，随即对张嵘道："你回来得正好，今日就陪我外出一趟。"

"好的，太守。"张嵘赶紧应下，没有问到哪里去。他只是觉得，跟在太守身边，自己很开心，不由有意无意瞟了一眼文原，有些得意。文原嘴角扯了一下，装作没有看见。

文党换上衣服，叮嘱文原不可接待任何官吏富商拜年，亦不可收受例钱财货。文原见文党走远，便吩咐紧闭大门，不得随意开门见客。

文党在城内慢悠悠地兜兜转转，不大一会儿，便在一条小巷停下。文党环顾周遭，确定安全之后，在一户人家半掩的门户上轻轻敲了两下。

"谁啊？"屋内传来一个男子的问询。

文党并未回话，只在一旁静静等候着。很快，大门打开，文党微微一笑。

"啊，太守，你怎么……"中年男子脸色遽变，赶紧恭恭敬敬施礼。

文党急忙摆摆手，低声笑道："无须多礼，进屋说话吧。"

男子侧身将文党让进屋内，满是恭敬，一脸惶恐。此人正是叶志聪，蜀郡司空。

进到前厅，叶志聪请文党上座，自己当堂站下，再次恭恭敬敬地行礼，并让家人一一上前见礼，文党只得依例受礼。叶志聪的妻子杜氏柔柔弱弱，面露病容，两个儿子虽然年幼，却极为活泼好动，并不惧生，好奇地打量着家中的客人。杜氏怕孩子失礼，带着他们退下，叶至聪方才在右首坐下。

文党环顾一遭，见家中陈设简单，甚至有些寒碜，屋子老旧，窗户上还有几个破洞。一瞥之下，文党心中已然有了定论。

"敢问太守今日光临寒舍，有何见教？"叶至聪心中忐忑不安。

"今日无事，便随意走动走动，没曾想到堂堂蜀郡司空，家中竟如此简朴，尊夫人好似身体抱恙……"文党有些动容。

"太守见笑了，拙荆体弱多病，犬子年幼，兄弟乏力，日子虽然艰难，下官倒也知足，只是没有什么好招待……"叶至聪应对相当得体，面色却稍稍有些局促不安。

文党赶紧安慰道："若愚无须介怀，我本不速之客，今日是想求教的，并无其他意思，切勿多想。"

叶至聪赶紧躬身施礼道："太守客气了，但有所遣，下官自当竭尽所能，绝无推诿。"

文党点了点头，充满笑意，直截了当道："若愚充任郡司空多年，对蜀郡水利了然于胸，不知有何筹谋？"

叶至聪思考片刻方抬起头，眼神坚定，慢慢道："蜀郡之利，全在水利，蜀郡之弊，亦在水患。昔日李冰以治水而富几县，使成都平原膏腴千里，后世少有继承。然蜀水逾千条，流经数万里，今可治者不下百数，全凭太守定夺，今若有心为之，下官当竭心尽智辅佐，虽肝脑涂地，不敢懈怠！"

叶至聪心思玲珑，片言只语间，已然明悟，新来的太守，可能想要治水兴利。

"那依你之见，湔水当如何治理？"文党直截了当，让叶至聪的猜测成为现实，但他心下丝毫没有一丝自得，而满是疑虑。

"下官以为，湔水治理，必能纾解两岸百姓困窘，亦可成就太守不世之功。然而治理之事，非一朝一夕之功，当周密筹划，徐谋缓图，不宜操之过急。"叶至聪回答浑然无隙。

"哦？既是必为之事，宜早不宜迟，有何缓图之理？"文党有些不解。

"太守明鉴，湔水之弊，皆在水患，可于上游狭窄处筑堰分水，在两岸挖掘导渠，如此可灌溉湔水两岸田地，湔水两岸必成沃壤。然而，筑堰开渠，最是艰难，耗费巨资，一时恐难万全……"叶至聪应答十分坦诚，没有丝毫破绽。

"你且考虑工程之事，至于资费靡耗，我自有考量。"文党一边说，一边掏出一卷素绢，放在案上铺展开来。

叶至聪一眼看出，这正是湔水堪舆地理图，显然，文党今日是有备而来。他仔细审视案上的绢图，一丝一丝挪动视线，从头到尾，没有漏掉任何一丝墨迹，一手在素绢上轻轻摩挲，心里充满震惊。如此细致的堪舆之图，如此详细的标注，可见绘图之人用心良苦。看来，太守早已下定决心治理湔水，且做足了准备。

看过堪舆图，叶至聪好半天没有说话，文党也沉默着，气氛似乎有些沉闷。

半晌，叶至聪缓缓道："看来太守已经确定，怪我出言无状了。作为郡署司空，自当竭力辅佐。"

文党含笑点头道："我就等你这句话。你且先行筹算，工程用料、人力、工期，五日后休沐完毕，郡署开印，我想尽快看到详细筹算，就麻烦你了，这也是今日登门之意。"

叶至聪深知，湔水治理，成则为万人拥戴，百世之功；败则为黎民所唾，千古罪人。他本无建功立业之心，只有随波逐流之意，但眼下似乎没有更多更好的选择。他在心底飞快地进行了一番盘算，很快也有了决断。他凝视眼前这位年轻的太守，郑重地点头，缓慢而有力。此时，最简单的动作，却比话语更有力，更让人信赖。

第三章　无米之炊

一

　　漫长的新年休沐终于结束，郡署如期开印，众属官均穿上官袍，一早就到郡署应卯。跟往常不同的是，繁、江源、湔氏等县令都到郡署应卯了。

　　点卯毕，照例是岁时训示。由太守训话，要派下郡府一年的重大事项，或重新安排官署诸曹人选。

　　大堂之下，众人各怀心思，静静等待文党训示。文党端坐大堂主位，脸色肃然，环顾堂下站立的众人，咳了一声，朗声道："诸位，蜀郡虽远离中原，然山川锦绣，土地肥沃，物产丰饶，不逊别处，百姓富庶，商贾云集，与京师、洛阳、邯郸、临淄等城并列，号为'五都'，皇帝陛下对郡县寄望深厚，对大小官吏所期甚高。新年休沐期间，党微服察访，经繁、郫、临邛、江源、湔氏等县道，前后历二十余日。察查各地风土民情，遍访百姓日常生计，所见所闻，相差甚远，令文党食不甘味，寝难安眠，唯恐有负皇帝陛下所托，令治下百姓失望。堂下诸位，俱为本土人氏，身着大汉官服，腹食朝廷俸禄，全赖本地山水所哺育，父老乡亲所供养，号为百姓之父母官，当日夜思省，身为表率，是否无愧朝廷俸禄，是否无愧治下百姓？

"蜀郡原本僻远，旱涝灾害频发，然自先祖以来，无不以治水为要，造福黎民苍生。望丛二帝，决玉垒、凿金堂，东别为沱，始驯害为利，教民农桑，遂成蜀人先祖圣地。秦守李冰，筑堰分水，广修渠堰，流灌平原，造福一方，天下之人不敢讥诮蛮夷，此间百姓始得安生。我辈身受皇帝隆恩，世享先祖福荫，于朝廷厥无尺寸之功，于百姓亦无分毫之利，诸位父母官，不知心中有无愧疚之感？"

堂下众人，一开始并无心动，但随着文党一番说辞，一些人已然心生愧意，大多垂首而立，不敢直视文党。

文党见机话锋一转，继续道："休沐期间，我与江源县令沿湔水踏勘，已定下湔水治理方略，王县令、叶司空昼夜不辍，已做好工程、物料、劳力之筹划。自今日起，我等当效望丛二帝之志，遵前守李冰之法，尽心竭力治理湔水，再造灌口，筑堰分流，引水灌溉，祛害为利，造福百姓，泽被后世。望诸君勠力同心，成就万世之功。"

堂下属官不住点头，面色恭顺，心中或泛起阵阵酸涩，或多有惶恐之意，每个人都骤然感受到一种无影无形的压力，从四面八方潮涌而来，有些猝不及防。

随后，王道君和叶至聪二人挂出一幅长约五尺、宽约三尺的素绢，向所有官吏解释了治理湔水的想法，筑堰择址、渠系走向，一一明晰，叶至聪将物料准备、所需人工、建造工期，都逐一说得清清楚楚。

时近正午，文党率众官吏来到二堂。按照惯例，开印当日，官署要举办开新仪典，即官署钻取新火，升火做饭，所有官吏都要在官署一起用饭，意在融洽诸曹关系，寓意新的一年和睦共事。很多无法明说的事情，都在开新仪典中精微转圜、巧妙斡旋。

堂上早已摆好食案，百余号人一一落座，没有丝毫错乱。显然，一众属官都非常清楚自己的位置，既不会抢占了他人的位子，也不会让他人占了自己的位子，这简直就是官吏的一种天赋，事关每个人和各曹的颜面与尊严，因而格外看重。当然，这跟各曹职守、地位相关，也与跟太守关系亲疏有关，文党居中，都尉吕子善和监御史百里俞甫分列左右，下首是长史司马轶和主簿张国忠。众人很快发现，堂上有些例外，郡司空叶至聪和江源县令王道君，分别紧挨着长史司马轶和主簿张国忠，比其余属官靠前，显然是特意安排，以备太守顾问。但很多人还是在暗暗揣摩其中用意，猜测二人与文党的亲疏，确定自己日后与二人的交往方式。

不容众人多想，仆役很快送上酒肉、饭食，虽然这顿饭更多是一种象征意义，但也较官吏日常饮食更为丰盛，鹿脯、鹿腿、烤鱼、羹汤，山珍河鲜摆满食案，不一而足，还有上好的桂花酿，均是足年陈酿。堂上众人正襟危坐，等待文党发话，无非是应景的客套话。

文党简单说了几句话后，所有人都开始举盏，堂上气氛也为之一变，众人频频举盏共饮。先是遥祝皇帝陛下龙体康健、洪福齐天，再祝大汉国祚昌隆、国泰民安，三祝蜀郡风调雨顺、物阜民康。三盏之后，众人都轮流为太守敬酒。这敬酒的顺序也有讲究，以秩禄高低为序，秩禄高者在前，秩禄低者在后，一众属官掾吏，依次上前敬酒，文党亦是来者不拒。其余官吏亦彼此敬酒，往来穿梭，觥筹交错，祝酒之词盈耳，笑语连连不断，场面显得异常热闹。

这些官吏平日里或是交往同僚亲故，或是出入巨富豪门，大多长于推杯换盏，亦熟稔酒筵应酬，这种场合下，少不了迎逢巴结上司。对于新任太守，他们失去了拜年的先机，绝不能再错过开新的机会。在新任太守面前，所有人都似乎格外带劲，使出浑身招数，展示他们的应酬才干。

酒至半酣，众人早已放开，喝酒吃肉，兴逸遄飞，个个脸飞红霞，若染胭脂，有的渐渐行止恣意，步态飘忽。

文党起身，到官廨换上一身便装，重新回到大厅坐下。他环视堂上众人，重重地咳嗽一声，众人齐齐抬起头，所有目光都投向他，知道他有事要说。

文党站起身来，双手捧盏，朗声道："文党履蜀以来，全赖诸位同僚鼎力襄助，敬请各位满饮此盏……"言毕，将酒一饮而尽，众人也随即饮下。

文党示意众人坐下，众人亦各自续上酒。

文党没有坐下，再次举起酒盏，高声道："今日郡署开印，诸位亦明白文党治水之决心，工程耗费实巨，当下蜀郡府库空虚，百姓疲敝，我等食领朝廷秩禄，全仗百姓供养。文党以为，我等当勠力同心，纾百姓疾苦，解民于倒悬。文党决意捐出半年俸禄，专为治水之用，望各位同心解囊，以为百姓楷模，表率全郡……"言毕，饮尽下一盏酒，环顾众人。

众人似乎一时尚未反应过来，都捧着酒盏呆立当场，彼此你看着我、我看着你。此时，众人脑子中都只有一个念头——这开印酒筵，原来是太守设下的鸿门宴啊！真是好算计啊！

一些人饮干酒盏，却不知是坐下还是站立，一些人还在犹豫，不知该不该饮下这盏酒。此时，酒盏中的桂花陈酿仿佛变成了苦涩的汤药，难以下咽。

文党示意众人坐下，堂上众人只得硬着头皮饮下酒，齐齐坐下，却一个个僵直跪坐，目视食案，不敢抬头。堂上气氛变得沉闷，时空仿佛凝固在此刻，让人如芒在背，坐卧不安。

文党依旧不慌不忙，笑着环顾众人，也不言语。

片刻时间，众人却都感觉过了很久。长史司马轶看了看，独自起身，朝太守施礼道："谨遵太守官谕，下官秩禄微薄，养家糊口已是艰难，亦愿竭尽所能，捐献半月禄米……"说罢，干笑一声，有些尴尬，重新坐下。

"我等谨遵太守官谕……"堂上众人齐声应诺。

文党脸上笑容有些僵硬，高声道："文党在此就代全郡百姓，先行谢过各位！请诸位再饮一盏。"

众人只得一起举盏同饮，足年的桂花陈酿，滋味似乎有些不一样，各人味道不同。

接下来的酒宴，众人已经没有太高的兴致，很快就结束了。一众属官自然无心逗留，纷纷借故告辞。

看着满堂凌乱的盘盏，文党摇摇头，眼神凝重，面露悲色，不知在想些什么。一阵风穿过大堂，像一声幽幽的叹息，在官署内若有若无地回荡。

三日后，太守官署执事房内，主簿张国忠禀报完事务，正欲离去，却被太守叫住，已经走到门口的他，只得转身回来。

"郡署大小官吏承诺的捐献，都已交割完毕了吗？"文党紧抿嘴唇，轻声问道。

"回太守，至今日午时，交割不足三成，郡府属官统共捐赠二万余钱，蜀黍百二十余石，稻谷四十余石，与预计相差甚远。下官亦遣人相询，众人皆道收入微薄，要不下官再……"张国忠据实禀报，不敢丝毫隐瞒。

文党抬手示意，阻止张国忠继续往下说，沉郁道："倒是我有些唐突了，那就算了吧，反正也是杯水车薪，何况带马河边易，逼马饮水难，且容我再谋他法。"

张国忠轻手轻脚退下。文党静静坐着，目光忧郁，眉头紧锁，一手轻搓额头，似乎要摩平眉心紧琐的皱纹，摩平起伏的心思。

入夜，文党独自在书房奋笔疾书。湔水治理，可不能成无米之炊，官仓空虚，官吏惜捐，他无计可施，却想起了景帝。他要上表皇帝陛下，念在蜀郡数十万百姓之艰，念在自己一心为民之难，赐予钱粮，功成湔水，造福万民。情深之处，文党禁不住悲从中来，扔下笔管，涕泪横流。

文党没有想到，接下来的事情，才令他备感挫败。他告知署衙属官，治理湔水需要朝廷支持，自己已连夜草拟奏章。这份奏章关系湔水治理成败，急需快马送至京师，并要等候结果。按例，需由官署专司重要奏章的僚属专程驰送。却不料负责此事的僚属，害怕奏章万一惹恼皇帝，引火烧身，托词不出。其余官吏，亦是深知此事风险，也纷纷推脱，或是称家中父母卧病，或是称从未进京办理事务，或是称本人体弱难耐长途奔波，各种借口，不一而足。

看着众人的情状，文党真的有些生气，更多的却是失望。良久，他脸罩冰霜，沉声道："既然如此，文党就亲往京师，奏明朝廷，拨付资财，以毕其功，成败之数，全在此一举。"

当即，文党将郡署一应事务交代清楚，由长史司马轶权知郡事。

百里俞甫听闻此事，连连大呼："急遽如此，与莽夫何异？"

无暇再多说什么，他当即马不停蹄赶往太守官邸，却得知文党一早已经出发，便又急忙驱车直奔郡城东门，却依旧扑空，只得遥望官道，连连顿足长叹。

回到官署，百里俞甫赓即草拟一道奏章发往驿站，遣人快马加急，星夜飞驰京师。

二

长安官道上，车马往来，络绎不绝。一路疾驰的文党，发丝散乱，满面风尘，神色疲惫，此刻不得不勒马慢行。他在马背上直起身子，远远望去，京城高耸的城阙，已出现在视线尽头，脸上不由露出一丝笑意。

皇城东南，宽阔的街道旁，矗立着一溜房舍，均是各郡郡邸。各郡官员赴任，或是奉旨入京，都在各郡郡邸入住，除此之外，各郡荐举的太学生员，亦暂住郡邸。文党赴蜀郡任职前在此待过，故而轻车熟路，径直来到蜀郡邸。

文党找到邸长，这是一个四十多岁的男子，名叫彭丰年，成都人氏，身材高挑瘦削，脸上总是挂着笑。也不知是不是因为爱笑的缘故，眼角过早地堆满了鱼尾纹。此前，文党住郡邸时，就与其相识。对于故乡的父母官，又是二千石大员，彭丰年自然不敢得罪，热情安排文党住宿，又送来热水、饭食、酒酿。

文党邀彭丰年一起饮酒，意在打听朝廷内外一些事情。这郡邸的邸长，并不在百官之列，禄米资费，皆由各郡自行供给。但他们长期留驻京城，平日多出入朝廷各部府衙、王侯府邸，对京师和朝廷之事颇为了解，经常代郡署与朝廷内外沟通协调。这些人多是长袖善舞，人际勾连、往来应对，无不恰当，实为各郡安插在京城的耳目，故深得各郡太守信任。

二人饮酒吃饭，相谈甚欢。好一阵，彭丰年试探着问道："文太守这次进京，为何只身一人，莫非皇帝陛下有特诏？"

文党笑笑，轻轻摇头道："我此次进京，非是奉诏，实是事情急迫，不得不面奏皇帝陛下……"

文党没有隐瞒，将治理湔水筹划，细细与他说来。他只是听着，不时点头称善，脸上始终堆满笑意，让人极为舒服，感到亲近。

"文太守不必太着急，这事儿到了京城，还得按官署衙门的程序走，我先到丞相府走动走动，排个先位，若直接转大司农办理还好，若要呈送皇帝陛下，就得尽快转内廷奏事院，送达御案，这每一处关节都要疏通……"彭丰年宽慰道。

"这事得快，我也不能待太久。"文党轻轻叹息，有些闷闷不乐。

"文太守尽管放心，丰年自然知晓轻重缓急，这饭后我就到丞相府走一趟……"彭丰年脸色微变，收敛了笑意，显得有些慎重。

饭后，彭丰年独自外出，临行前，文党拿出一大袋钱，交与彭丰年。他亦知晓，京城衙门办事少不得要花费钱财，疏通打点。文党虽然极不情愿，但也无可奈何，只有入乡随俗，也合着人在屋檐下不得不低头的道理。

彭丰年也不推辞，接过钱袋，便匆匆离去。

傍晚时分，街上店铺都纷纷关门，烛火渐次亮起。文党心绪不宁，眉头紧锁，在邸舍踱来踱去。

等了很久，彭丰年才匆匆回来，满身酒气，步履踉跄。文党见状，快走几步，迎了上去，紧盯着邸长，眼神中满是疑虑。

邸卒赶紧端来一盆热水，给邸长擦脸，安顿好之后，才小心翼翼地关门离去。

待邸卒离开，彭丰年才睁开眼，赶紧施礼，眼神炯炯，行动迅速，与之前判若两人。

"你是在装醉？"文党有些诧异地问。

"小心驶得万年船，京师的水太深了……"彭丰年摇摇头，微微一笑道。

"奏章的事情，是否已有着落？"文党没有多寒暄，面色凝重，急忙问道。

彭丰年拱手道："文太守放心吧，已和丞相府左右二位长史说好，静待丞相批示即可，如果不出意外，三日后即有回音。"

无疑，这是最好的结果。文党笑笑，微微颔首，一直悬在心上的石头，此刻也放了下来。

"还有一事禀告太守。"彭丰年似乎记起了什么，再次向文党说道，"散朝之后，丰年在丞相府碰到了黄门郎司马长卿，他听闻太守进京了，还说明日要来拜见你。"

"哦，这么巧，司马长卿文采风流，名播天下，文党亦是仰慕已久，只是一直无缘见面，我明日就在此等候。"文党脸上笑意更浓，一扫之前的忧郁。显然，能与司马相如相见，他打心底高兴，也充满期待。

次日上午，刚进巳时，一辆颇为豪华的马车停到了蜀郡郡邸门前，车上罩着青幔、悬着流苏。

文党抢先步出郡邸大门，双手抱拳，朗声笑道："长卿兄……"

这时，马车绣帘掀开，一个身着锦袍的年轻男子，踏着踏凳下得马车来。文党一见，脸上笑容僵住，呆呆站在原地，显得有些局促，心中却在纳闷，怎么是他呢？

来人不是自己等候的司马相如，而是一个没有想到的客人——望侯刘肇。

刘肇看着文党，年轻英俊的脸上，浮现一抹浅浅的微笑，既让人感到舒适，又不失威严，浑身上下透出一股尊贵和傲气。

文党见机赶紧上前，笑着招呼道："君侯，我刚刚还在盘算，明日到侯府拜访呢，你怎么就来了。"

望侯也躬身施礼，笑道："看来你我心有灵犀啊，哈哈……"

文党一面寒暄，一面暗暗感叹，这望侯在朝廷果然神通广大，耳目众多。自己昨日方才抵京，今日就上门来，恐怕自己在蜀郡一举一动，也在这位君侯掌握之中吧？

二人寒暄几句，并肩走进郡邸。早有下人备下茶水，推辞一番，二人分宾主落座。

文党待刘肇饮了一口茶，才慢慢开口道："昨日进京，事务紧急，未曾前去侯府拜会，却劳君侯驾临，党失礼了，在此告罪。"

他知道刘肇身为皇室贵胄，在朝中势力盘根错节，深得太后和今上喜欢，不可以常礼对待，自己哪敢得罪眼前这位君侯，故而十分客气，丝毫不敢托大。

刘肇呵呵一笑，赶紧道："文太守过谦了，本就该小侯登门拜见太守才是，何况文太守身负蜀郡之治，岂敢劳动大驾？小侯万万不敢僭越礼制，皇帝陛下和太后可是经常教导小侯啊……"

文党闻言，自然明白他这样说无非暗示皇帝陛下对他的恩宠，心中虽有不悦，但没有太过在意，当下正色道："君侯对朝廷劳苦功高，皇帝陛下和太后对君侯信任有加，实为天下万民之幸，亦为我等官员楷模……"

望侯听着十分受用，谦让几句，转问道："说说你吧，文太守此次进京，不知皇帝陛下有何旨意？"

文党略为沉吟道："文党此次进京，并非皇帝陛下召见，实是遇到难事，进京向皇帝陛下求援而来，今日方才将奏章送到丞相府，还在等待回音，一切尚是未知之数……"

文党并未隐瞒，将事情前后讲述一番，脸上不免露出焦急之色。

刘肇望着文党，面若静水，真诚道："小侯虽然位卑言轻，但在京城也颇有些故旧。文太守但有什么事务，倘需本侯襄助一二，尽管开口，小侯定当竭尽所能……"

望侯一番话言辞恳切，文党还是颇为感动，遂直言相告，现今还不知丞相是将奏章批转大司农，还是请皇帝陛下圣裁。

刘肇紧抿嘴唇，思索片刻，方沉声道："这事不难，若要就事论事，转大司农最好，简单直接；倘若要圣上知晓太守效忠朝廷、心怀治下百姓，当转内廷，由皇帝陛下圣裁为上。倘若以前者为之，有如锦衣夜行，以后者为之，却难揣测圣上天意，成败殊难预料……"

文党闻言，也沉吟不语，心中似有所感，一时之间难以释怀。

正当此时，外面传来一阵高呼声。

"仲翁，仲翁可在？"

文党知是司马相如到了，便告罪一声，起身迎了出去。

文党举目望去，一个中年男子正急急走来，但见他身材魁伟，容貌俊逸，身着锦衣华服，举止洒脱不羁，不禁眼前一亮，心下暗暗赞叹，真乃世间美男子！

"敢问，尊驾可是蜀郡仲翁？"男子见到文党，当即笑问。

"在下文党，阁下莫非司马长卿？"文党亦是一笑，朗声应道。

"正是，久闻仲翁大名，今日一见，实乃三生之幸。"司马相如赶紧上前施礼。

文党还礼，呵呵一笑道："长卿不必多礼，还是进屋再叙吧，此地还有一位贵客……"说罢，拉起司马相如，一起步入内厅。

司马相如与望侯二人相识已久，分别见礼后重新落座，早有仆役添上茶水。

三人谈兴甚浓，笑语不断。话头自然转到文党此次进京一事，司马相如觉得，文党决心治理渝水，乃蜀郡百姓之福，当奏明皇帝，圣裁下来，不愁大司农不给钱。

说到京城官署衙门习气，司马相如感慨道："京师衙门被奸猾小吏把持，当真是阎王好与、小鬼难缠，不给钱就不办事。"

刘肇笑道："岂止官署衙门，内廷宦官，也是如此呢。"

文党明白其中利害，并未说话，只是笑笑而已。

司马相如又道："文太守今后倒不必给钱，给点其他礼物，也是成的。"

"这是为何？"文党不明就里，禁不住问道。

"文太守还不知道吧，蜀地锦绣、桂花陈酿、错金蜀刀，号称'蜀中三宝'，在京师可是紧俏得很呢。王公卿相、达官显贵、富商巨贾，莫不重金以求，文太守既有奇货可居，又何需金钱俗物？"

文党当即道谢，心中暗暗记下。

近午时分，刘肇道："今日前来，本欲邀文太守过府，容小侯宴请蜀郡太守，又与司马长卿不期而遇，让酒宴更添雅兴，岂非天意？"

推辞不过，文党与司马相如二人只得随刘肇前往望侯府。已经登车的文党又下车来，叮嘱邸丞，若彭丰年回来，告知自己已前往望侯府赴宴，有事可到侯府相寻，叮嘱再三，方才乘车离去。

望侯府早已将酒肉饭食备办妥当，管家将众人迎进筵堂，招呼众人落座。

酒过三巡，望侯道："今日文太守和长卿过此，小侯不胜荣幸，可惜寡饮无味，岂不负良辰美酒？"

司马相如见惯各种酒筵，并不拘谨，便提议道："那就行令吧，还请君侯做令主。"

刘肇微微一笑道："即使定令，也该文太守，小侯岂敢擅专？"

文党虽然懂得一些酒令规则，却不擅长此道，便一再推却。

见此，刘肇起身道："小侯以为，长卿长于酒令，于我等不公，小侯长于投壶，于二位贵客不利。敝府虽然不济，却也蓄养了几名歌女，不如我们观赏歌舞助兴，二位以为如何？"

文党和司马相如应允，刘肇招呼一声，一群身着五色长裙的年轻女子，明眸皓齿，妆容精致，婷婷袅袅走上大厅，对着厅上众人深深一揖。一旁琴师轻抚琴弦，乐师吹奏竹箫，领头的一个绿衣女子，面容灿若桃花，眉目顾盼风流，腰肢轻转徒惹情愫，举手投足间搅人心底波澜。只见她轻启朱唇，歌声清越宛若天籁，似乎草尖的露珠，清澈透亮，让人浑身舒爽通透。

随着乐声，几个女子翩然起舞。只见举手之间，长带飘动，仿佛腋下生风；细腰轻拧，裙摆开合，仿佛花朵盛开。轻纱微掩，藕臂半露，肤若凝脂，若隐若现，舞步穿插，恰似一群蝴蝶在花丛中挥动双翅，令人眼花缭乱，更似有奇香在大厅流淌。

文党正襟危坐，欣赏着歌舞，暂时压下心事，不去想那道奏章。司马相如一脸兴奋，伴着歌舞节律，以手指轻轻叩击食案相和。

一曲完毕，琴师弹奏一段小曲，几个女子走上台来，为客人斟酒。文党似是有些拘谨，举盏一饮而尽，满脸通红，看不出是饮酒所致，还是被女子鲜红的裙子映照。司马相如接过绿衣女子递过的酒盏，不经意抚摸了一下女子温软洁白的小手，女子抽手，以袖掩面，暗暗打量着司马相如，霞飞双颊，目露羞涩。

司马相如饮罢，呵呵一笑道："宾主相聚，美人把盏，人生如此，夫复何求！"

望侯微微颔首，笑道："久闻长卿不仅文采风流，且操得一手好琴，今日之会，可否让小侯一饱耳福啊？"

司马相如拱手道："微末之技，本难登大雅之堂，既蒙太守和君侯不嫌弃，相如亦不怕献丑，就在此为诸位抚琴一曲，以博方家一笑。"

刘肇微微示意，早有家仆抬上案几，又有丫鬟抱出一架古琴来。司马相如跪坐案旁，拨弄几下，调理琴弦，笑道："良朋满座，美人在侧，此情此景，尽在不言，《木瓜》之曲，岂不正应眼前之景？"

言罢，司马相如一边轻抚琴弦，一边轻轻吟唱，众人也低声相和。

投我以木瓜，报之以琼琚。匪报也，永以为好也！

投我以木桃，报之以琼瑶。匪报也，永以为好也！

投我以木李，报之以琼玖。匪报也，永以为好也！

琴音袅袅，歌声飘荡，似是良人相顾，情愫暗生。一曲既罢，刘肇举盏，爽朗道："久闻长卿琴技天下无双，今日幸见，堪慰平生，请饮下此盏，小侯在此拜谢！"

众人举盏，一饮而尽。

正当此时，领头的绿衣女子款款走上前来，对着众人盈盈一拜，转身来到相如面前，深施一礼道："小女子久闻司马先生之名，今日一见，三生有幸，愿与先生合奏一曲，不知先生可否屈尊？"

司马相如尚未回过神，刘肇抚掌大笑道："哈哈，如此甚好，长卿琴艺无双，惜箸歌舞不凡，真乃天作之合啊！"

司马相如略一愣神，很快就恢复了洒脱不羁的样子，拱手道："既是美人相邀，相如岂敢不应？就恭敬不如从命，姑娘既着绿衣，艳惊四座，就为姑娘献上一曲《绿衣》吧。"

司马相如略一沉吟，理了理衣袍，微眯双眼，挥动双手。悠扬婉转的琴音响起，犹如风过水面，激起微波，在众人心中带起圈圈涟漪。又如流水潺潺，缓缓流淌，若吃语喃喃。

惜箸略整衣裳，尽展歌喉，那是一种充满温婉柔情的声音，像一团弥漫的雾气在水面徜徉，如梦似幻。又如饮醇酒，甘甜而不腻，醇厚而不烈，唇齿之间，芬芳馥郁，熨帖着每一寸肌肤每一个毛孔，让人为之陶醉，为之迷离。

> 绿兮衣兮，绿衣黄里。心之忧矣，曷维其已？
> 绿兮衣兮，绿衣黄裳。心之忧矣，曷维其亡？
> 绿兮丝兮，女所治兮。我思古人，俾无訧兮。
> 绿兮绤兮，凄其以风。我思古人，实获我心。

一曲歌罢，众人一齐鼓掌，相如起身施礼，惜箸也一拜答谢。众人都为二人弹奏敬酒一盏，二人饮下，再次答谢。

惜箸正待下去，却不料望侯笑道："这惜箸年方二八，能歌善舞，若是长卿喜欢，小侯就玉成与你，不知长卿意下如何？"

名叫惜箸的绿衣女子赶紧跪下，低头颔首，面色绯红，嗫嚅着不敢言语。

司马相如一愣，似乎有些突然，文党却笑道："久闻长卿风流倜傥，洒脱不羁，今日却瞻前顾后，为何抹不开情面？"

望侯也在一旁讥笑道："真乃一对璧人，你二人郎情妾意，一见如故，所谓琴瑟和鸣，岂非就是今日之遇？长卿兄，好男儿当纵横天下，何须效女儿之态，扭扭捏捏？"

司马相如本性终究是风流洒脱之人，看望侯如此说，便当堂应下，走近惜箸身边，对着女子施了一礼。二人携手来到望侯面前，双双施礼道谢，爽朗笑道："相如惜箸在此谢过君侯美意，他日不忘君侯和太守成全之情。"

言毕，司马相如拉着惜箸，回到案旁，侯府家仆早已摆好食案，添上匕箸酒盏。

众人轮番敬酒，言笑晏晏，颇为融洽。直到傍晚时分，方尽兴告辞归去。

三

接连几日，文党和彭丰年一起，马不停蹄地拜访丞相府、大司农、内廷常侍，上下疏通、内外打点，颇为倦乏，所幸各处关节皆已一一打点就绪。

又等了几日，文党心中烦闷不已，独自待在郡邸静候回音，他一直惦记着奏章的结果，心中颇感不安，老觉得会有什么事情发生，但却难以抓住晦涩难明、一晃即逝的念头。这种感觉让他异常焦躁，生出很多不好的念头，有些坐卧不宁，便在邸舍内踱来踱去。

彭丰年照例一早出门打探消息。太守的奏章一直没有回音，让他也十分忧心。且不说他身为蜀郡子民，单是文太守一意为民的做法，也让他心生好感，这无形中也让他压力倍增。

午后时分，一辆马车飞驰而来，停靠在郡邸大门，车辆尚未停稳，一位身材肥胖的中年宦官便匆匆从车上下来，小跑着进入郡邸，高声呼叫："皇上有旨，着蜀郡太守文党接旨——"

文党正在邸舍饮茶，听闻呼喊，赶紧站起身来整了整衣冠，疾步来到大厅跪下，尽管心中惶恐不安，还是强做镇定，依例长揖叩首，声音有些颤抖："蜀郡太守文党接旨。"

文党惴惴不安地跪着，不知皇帝有何旨意，仿佛命运定数就在此一刻。此时，他只感觉到自己仿佛一只竹鸢，在无边的天空飘荡，四周云海苍茫，自己的命运，就全系在一根纤细的线上，可能随时就会崩断。而细线的另一端，就攥在皇帝的手中。

没容多想，宦官尖细的嗓音已经响起，文党赶紧强行镇定下来，凝神倾听那决定自己命运的口谕。宦官面无表情，不紧不慢道："皇帝陛下口谕：蜀郡太守文党，上任以来，不思勤政恤民、躬体圣恩，恣意乱为，随性而行。非诏进京，有负皇帝圣恩，有违朝廷规制，有失官员威仪。姑念公心无私，又属初犯，暂免罪罚，着即返蜀郡，不得滞留，若再有违逆，定当严惩不贷……"

"嗡"的一声，文党只觉周身的血液一下往上冲到头脑，脑子仿佛就要炸裂，汗水从肌肤毛孔间喷涌而出，酸酸辣辣的泪水砸落在地上，整个人顿时软了，差点瘫倒在地。

"文太守，领旨谢恩吧……"宣旨宦官提高了声音，再次提醒。

文党只得强行提起精神，再次磕头谢恩，欲站起身来，不料一个趔趄跌倒在地。宣旨的胖宦官身手敏捷，顺势一把扶起文党，眼神中露出一丝怜悯之色。

"文太守，宣谕已毕，我还得即刻进宫复命，你遵照旨意，启程回去吧，就不要再待在京城啦……"宦官看着文党，似乎有些不忍，轻声提醒，声音却没有丝毫起伏，不带一点温度，不杂一丝情感。

文党赶紧致谢，顺手从怀中拿出一个锦袋，掩在大袖之下，递给胖宦官。胖宦官假意推辞一下，不露痕迹地收下锦袋，顺势揣进怀中，拱了拱手，告辞离去。

文党怔怔地站立在那里，脑子里一团混沌，仿佛置身梦境之中。他举起袍袖，擦去脸上的汗水和泪痕，心口一阵疼痛。这疼痛的感觉，让他感受到自己还残留着一点清醒，感觉到自己的呼吸，证明自己还活着，只剩下一具尚能行走的躯壳。

文党脸色木讷，抬头望了望门外的一小片方形的天空，眼神中满是空洞和迷茫，长长地叹了口气，充满了无助，慢慢挪动似乎不听使唤的双腿，转身回到邸舍收拾自己的衣物。宦官临行前的提醒，透露出一些非常明确的信息，皇帝对自己的奏折十分不满。看来，京城是不能再待下去了，须尽快离开这个是非之地，否则就可能惹得皇帝发怒，为自己招来灾祸。

圣意不可违。宽阔的街道上，文党独自牵着马，踽踽前行，一副失魂落魄的样子。大道两旁琳琅满目的店铺，街上来往的人群，像风一样掠过，他就像一个幻影，在梦境中游荡，不知被风吹向哪里。

过了很久，文党骤然发现，自己已经置身城外长亭，他转过身，望着高高的城墙、威严的城阙，心中茫然不知所措。宽阔的护城河边，排排枯柳绿叶早已落尽，低垂的柳枝有气无力地在风中晃荡，瑟缩在寒冷的风中。团团谜一般的雾霭，包裹着无法言说的伤痛与心事。一副风卷落叶、烟笼枯柳的景象，将背后的京城高墙，衬托得更加巍峨雄壮，也更加沉默与神秘。

文党丝毫没有注意到，两骑快马冲过城门，旋风般疾驰而至，扬起阵阵烟尘。很快，两骑快马在长亭外停下，二人一跃下马，快步走到长亭，正是司马相如和彭丰年。

"文太守……"二人齐齐上前施礼，不约而同地招呼，焦灼与关切，在眼神与言语间袒露无遗。

文党盯着二人，仿佛打量着两个陌生人，眼神有些空洞茫然，好半天才挤出一句话："你们何故来了？"

"太守，我今日不在内廷当值，在太子东宫讲习，听到事情的时候就晚了，匆匆赶到邸舍，才知太守已走，刚好彭邸长回郡邸，就一起来送送您……"司马相如没有隐晦。

"都是丰年无能，才致事情如此，还请太守重重责罚，丰年绝无怨尤……"彭丰年长长一揖，带着哭腔说道。

"起来吧，这事与你无关，你已尽心尽力，何错之有？"文党低声劝慰，双手扶起彭丰年，轻轻拍了拍他的胳臂。

彭丰年早已把所有环节都重新细想一遍，还是没有找到破绽，他内心充满自责，眼圈发红。其实文党也不明白，明明所有环节都已经疏通打点，并无纰漏，为何结果是这般样子？也许，很多事情自有定数，并非人力可以改变。

"这事怎么能怪罪于你呢？圣意难揣，也许都是天意吧……"文党强忍住内心的酸楚，宽慰彭丰年。

"彭邸长，酒还在马上，你去取过来。给文太守饯行，没有酒怎么成？"司马相如似乎没有过多的伤感，显然想支开彭丰年，与文党说些隐秘事情。

彭丰年也似乎知晓司马相如用意，便识趣离开，转身去马上取酒。

看到彭丰年离去，司马相如盯着文党，沉吟道："太守可知晓，此次事情为何不成，又为何让皇帝陛下发怒？"

文党努力思索，回忆片刻，茫然摇头道："宣谕之人并未言明，我亦反复思量，还是不明就里，当真天威难测、圣意难揣啊……"

司马相如迟疑道："今日，相如在东宫为太子讲习，皇宫之中有人来报，方才知晓大概。太子揣测是因为奏章中言及邓通之事，触及今上隐痛，故而引得陛下大发雷霆。相如不知究竟是否真的如此，也无法随意揣度……"

"哦——"文党似乎恍然大悟，心中痛悔不已。全因自己粗疏，一时失察，才致功败垂成，还牵连他人。无论如何，他都无法轻易原谅自己。难道这一切真的就是天意？他无来由地记起"岁乱"之说，心底泛起一阵无能为力的悲哀。

二人相对无语，都想到了皇家的一段隐秘，其中不乏荒唐，但关涉先皇与今上，无法与人言说。

先皇孝文皇帝，曾夜梦黄头人助自己天台飞升，不意次日见到黄门郎邓通，身形轮廓、冠服鞋履，皆与梦中人无异。先皇以为天意，便让邓通充任内宫近侍。

邓通乃蜀郡南中人氏，出身商贾，读过一些书，自小就善察言观色，懂得投其所好，便时时处处顺着文帝之意。文帝对其信任有加，不管朝堂之事，还是后宫之事，都多咨询邓通意见。偏偏此人天生一副好皮囊，容貌俊美，肌肤白皙，身材修颀，言语不似北方人粗糙野犷，而带有南方人的柔婉轻灵，惹得文帝心生魔障，遂为宠佞，昼夜形影不离。很快，邓通被晋为上大夫，文帝多予赏赐，朝夕相处，日日狎昵。皇宫内外、满朝文武，尽皆知晓此事，却无一人敢言。这邓通倒也安分，从不在皇帝面前搬弄是非、构陷他人，更不恃宠而骄、干预朝政，上上下下，里里外外，君臣一时相安无事。

恰在此时，他们遇到了一个奇人——老迈的神算子许负，一个断人生死、算无遗策的女术士，人称"许神仙"。文帝本就性喜黄老之术，差人广寻长生不老之方。许负广有盛名，文帝就遣人将其延请至后宫，当面咨诹养生之法。跟往常一样，邓通也一直陪在文帝身边，低眉顺眼，安安静静，异常恭顺。

席间，许负不停地打量邓通，眼神甚奇，指着邓通道："真奇人也！"文帝问其故，她叹息道："此人三重命格相叠，乃大起大落之数，富贵冠绝天下，然结局异常悲惨。"

文帝极力压下心头火气，面露愠色，好奇细问："何谓三重命格相叠？老神仙不妨说说。"

许负微微皱眉，似乎不想多说，但碍于文帝面子又不得不说，只得淡淡道："此人面若冠玉，财根丰隆，命聚奇财，生当富甲天下，极尽荣宠；骨骼超凡奇绝，却神茎难支，内蕴无主，温良恭顺，缺少主见，顺嗣后可为乡神，受人祀拜；肌骨相离，肉浮骨上，可惜墓库塌陷，财聚财散，终若流水，终为穷尽，此生必然饥寒交迫，冻饿而死……"

"啪!"许负的话尚未说完，文帝早已听不下去，重重一掌拍在案上，周围的人都吓得赶紧跪下，许负年迈，也不再言语，脸色平静如常。

许负一席话，竟然成为文帝心魔，一直耿耿于怀，对邓通更是心疼有加。文帝性格本就偏狭，更兼有帝王霸气，偏不信许负之言，定要为邓通逆天改命，不久便颁下圣旨，将蜀郡严道境内数座铜山尽数赏赐与邓通，并许其在此铸钱。邓通一家，荣宠隆遇一时无两，天下无人敢与其争锋。

邓通深知文帝对自己的喜爱，感激涕零，倍加忠心，寸步不离伺候皇帝，一直如此过了好几年。

这一年，文帝大腿上生了一个恶疮，溃烂流脓，滋生蛆虫，散发恶臭，久治不愈，宫内太医束手无策，文帝疼痛难忍，昼夜号呼无眠。邓通眼见文帝遭受痛苦，自是心痛不已，终日服侍，昼夜相继，衣不解带，每日里泪眼婆娑，身子都瘦了一大圈。

这日，文帝疼痛，不住哼哼。邓通一抹眼泪，竟撩起文帝睡袍，对着大腿上血脓流淌、奇臭阵阵的恶疮，俯下身子直接为文帝吮吸脓血，竟整整吸出半盂暗黑黏稠的脓血。文帝感动得直掉眼泪，执其手道："天下虽大，可最孝敬我的人，也只有你。"

邓通一激动，赶紧跪下柔声回道："陛下，最孝敬您的人，可是太子啊，这普天之下，还有谁能比太子更孝敬您呢?"

这世间之事，最怕碰巧。也是邓通合该命中有此劫难，本是一番君臣私底下的体己话，却不料碰了个巧。二人话音刚落，太子刘启进宫探望父皇，自从文帝患疾，太子每日都要过来探望问安，端汤试药，陪侍在旁，并无丝毫过错。只是这日话刚刚说到此，见太子进来，文帝掀开睡袍，露出疮疾，要太子为其吮吸脓血。太子毫不知情，心中毫无预备，一时乱了方寸，见到脓血恶臭的疮疾，不禁皱了皱眉头，面露犹豫之色。文帝见此，便以为太子嫌弃，不由大怒，严厉叱责几句，并将太子逐出宫去。

　　嗣后，太子听闻邓通咀蛆吮脓及与父皇聊天之事，断定乃邓通故意所为，意在离间父子之情，便恨极了邓通。

　　事情虽然过去，但忌恨的种子就此在刘启心中埋下了。两年后，文帝驾崩，太子刘启继位，就是当今皇帝——景帝。登基大典刚刚完毕，景帝迫不及待地要报当日之仇，下旨将邓通贬为庶民，逐出京城，所有家财尽数充公，赏赐的几座铜山亦全部收归朝廷。

　　世间之人本就势利，想当日邓通受宠之时，好多人都亲近巴结，只是他不擅此道，日日宅家，未结交朋党，亦无心腹之人。此时，邓通失宠，少不得有人落井下石。有人告发邓通在邻国铸钱，惹得景帝龙颜大怒。彻查之后，发现乃其父兄所为。可叹邓氏一家，富可敌国，父子二人依然人心不足，为利所驱，背着邓通在蜀郡相邻的羌夷部落铸钱，终酿大祸。天子一怒，天地易色，邓通家人全部流放。邓通无处立足，只得流落街头，形同乞丐。景帝皇姊、长公主刘嫖念其旧情，怜其境遇，遣人送去衣服资财，却遭当地官府衙役尽数没收，只留一件单衣给他蔽体，连他头上的一根玉簪也没收了，最终邓通冻饿交加，倒毙街头。当地几个乞丐，用一张破席裹了他，草草掩埋。一代巨富就此死去，正合了当日许神仙之言。

　　虽然邓通已死，但景帝余恨未消，视其为皇家丑闻，朝廷上下，无人敢触及这个话题。文党未在京城，亦未听人说起过，自然不知其中缘故，在奏章中竟然奏请将严道境内原属邓通的几座铜山交由蜀郡官署管理。要重启铸钱，用于湔水治理，弥补郡内亏空，无意之中触痛皇帝心中隐痛，他不怒才怪。

　　想到邓通一生跌宕，反思自身际遇，文党有些心灰意冷，摇头苦笑道："是非成败，自有命定，一切随缘吧。"

　　司马相如笑道："文太守且勿过分自责，也许事情并不如您所想，尚不致无法收拾，或许还有转机。此事太子已然知晓，对太守作为甚是赞许，并等待合适时机，再奏请皇帝陛下改变主意。"

　　听到司马相如的话，文党眼中亮起两点希望的火苗，但瞬间就暗淡下去，渐渐熄灭。

　　"长卿身为太子文学侍讲，对这位太子了解多少？"文党似乎不太敢轻易相信。朝中之事，一旦与皇家牵连，就格外复杂，无法以常理揣度。

"这位太子虽然年方十余，但天资聪颖，心机深沉，远超同龄之人，且胸怀韬略，志向远大，将来必是一代雄主。"

司马相如满口溢美之词，似乎对太子刘彻推崇至极。文党并不了解太子情形，不愿也不敢随便评价，只是不置可否地笑笑。

司马相如忽然一愣，转而一笑，故作神秘道："嗯，在下觉得，或许这并非坏事，说不准还是一件天大的好事……"

"长卿为何有此一说？"文党一时不解，被司马相如弄糊涂了。

司马相如沉思片刻，猛然击掌，爽朗笑道："虽然事情暂时受挫，但文太守却获得了太子赏识，一旦太子登基，岂非就有转机？说不准就此飞黄腾达了……"

文党见这话有些过了，赶紧打断他的话，道："长卿暂且打住，当今皇帝春秋鼎盛，这太子登基一说，切勿再提，以免被有心人算计，官场禁忌，千万谨记……"

司马相如虽然生性直率，但并不愚钝，也感觉到了不妥，当即冲文党感激地点点头，拱手道谢，便不再说话。恰在这时，彭丰年已经回到长亭，抱着三坛酒，见文党脸色缓和了不少，自己心情也渐渐放松下来。

司马相如捧起酒坛，满脸郑重道："太守此次进京，我等相助不力，还请海涵一二。此去蜀郡，山高路险，万望珍重！"说完，举坛畅饮，酒水洒落，打湿衣襟，却丝毫不以为意。

文党被司马相如的情绪感染，也举起酒坛，仰头豪饮。彭丰年见此，也双手举坛豪饮，有如鲸吞龙吸。三人皆是豪气干云，一阵爽朗大笑。

文党抹了抹颌下的酒渍，眼圈有些发红，坦然道："人生固然要追逐功名利禄，但情义当是最重。此次进京，虽然所谋之事未成，但能得二位倾心相助，文党不虚此行，离别之际，我代蜀郡父老，在此谢过二位！"

彭丰年像是记起什么，猛地一拍脑袋，对着文党施礼道："哦，看我只顾着喝酒，差点忘了正事儿。望侯差人来说，此时不便来见，但会私下知会有司署衙，请太守放心。"

文党心下一动，但仍是淡淡一笑道："我知道了，方便之时，代我向望侯致谢。"

彭丰年点点头，郑重道："太守之意，我定将转达君侯。"

彭丰年张开嘴，似乎想说什么，迟疑片刻，方低声道："丰年还有句话，全凭太守决断，就权当我胡说八道……"

文党狐疑道："你有何事，尽管说来。"

彭丰年低头想了想，似乎有些底气不足，小声道："太守且要小心君侯！四代望侯皆是长袖善舞，心腹故旧遍布朝廷，深得皇帝和太后信任，在朝廷势力非同小可。我始终感觉君侯虽然年轻，但城府极深，自律甚严，尤能隐忍，待人处事周到，几乎无懈可击……"

司马相如不解地问道："君侯既然如此，与之交往，岂不正好，又有何忧？"

彭丰年皱眉道："正因太过完美，我才深觉不妥。试想一个皇室贵胄，如此苦心孤诣地经营，到底为何？除非他另有图谋，而且所谋甚大，故而我才担心……"

文党心中有些骇然，暗中打了一个激灵，但表面依旧云淡风轻，微微一笑道："彭邸长提醒得极是，身在官场宦海，时时刻刻都要谨慎，小心驶得万年船，此言不假。"

文党看着司马相如，又戏谑道："长卿生性旷达，务要留心，切莫要中了美人计啊……"说罢，三人大笑。

笑罢，三人再次举坛，一饮而尽。长亭内，没有离愁别绪，只有友人的关心与信赖，仿佛感受到寒风中有阵阵暖意，在严寒肆虐的冬天，让人不再那么孤单。

文党拱拱手，翻身上马，大笑一声，纵马离去。

古道上，一人一马，卷起一团尘烟，渐行渐远，慢慢融入苍茫的远山。

四

蜀郡成都，天色渐晚。一匹快马疾驰而来，在太守官邸停下，一位汉子趔趔着下马，灰尘满面，脏污不堪，身上的长袍蒙着厚厚的尘土，已经看不出本色。

官邸内的仆役听闻敲门声，晃眼一看，一个满面污垢的汉子，心头不由火起，大声呵斥。来人怒不可遏，厉声叱道："睁开你的狗眼，看清楚我是谁！"

仆役定睛一看，才认出眼前之人，吓得双膝一软跪倒在地，嗫嚅着不住告饶。原来，来人正是太守！他并未计较，也懒得理会，使劲一拂衣袖，气哼哼地走进院子。

后院，文原乍一看到文党，也被吓了一跳，赶紧跑了过来。

"快给我打盆水来……"文党边走边说，步履匆忙。

文党沐浴盥洗完毕，换上一身干净衣袍，一声不吭地走进书房。文原望着书房紧闭的房门，眉头紧锁，满脸疑惑，轻声叹息道："咋这个样子呢？"

用完饭，文党又一头扎进书房，紧闭房门。他在屋内想些什么做些什么，均无人知晓。

三日之后，文党一早便赶到官署，很快料理完事务后，便带着郡府长史、主簿、功曹等部分属官曹掾，全套仪卫地准备出行。署衙内众人都大惑不解，你看看我，我看看你，眼神中尽是茫然。此前，文党出行，一直轻车简从，从未如此隆重，今天这是怎么了？

文党一行一路鸣锣开道，沿途百姓闻讯纷纷前来观看，但远远望见威严的仪卫，均跪拜于地，不敢直视。一行人进入临邛县城，早有城门小吏一路飞驰，前往县衙禀告县令。县令王吉出任临邛令多年，政声卓著，名望颇高，接到禀报，连忙分派县衙大小官吏，准备迎接太守。

然而，太守仪卫并未前往县衙，进入临邛县城后，径直前往临邛巨富卓王孙宅第。

卓王孙亦是蜀郡知名富商。卓氏一脉，本是邯郸冶铁世家，早在前朝，卓王孙祖父辈自中原移居蜀郡，聚居临邛。卓氏族人本就精于冶铁，长于经营，敛财颇丰，更买下邛山铁矿，冶铁铸钱，流通天下，积累了非常可观的财富，当属蜀郡首富。

卓王孙不仅长于经营，更善于结交各级官员，与临邛令王吉等人颇为交好。卓王孙这一支族人，到他这一辈，只有一个女儿，名为文君。文君生得天资聪颖，容貌俏丽，举止娇媚，琴技高超，色艺双全，声名远播，上门求亲者络绎不绝，踏破卓府门槛。最终，临邛富商林家有幸迎娶了卓文君。可谁料天妒良缘，卓文君新婚不久，林家公子竟然一病不起，不久撒手人寰，卓文君新婚燕尔，竟成未亡之人。

恰在此时，蜀郡名士司马相如从京师返蜀，到临邛访友，临邛令王吉本是司马相如故友，一同到卓王孙府上做客。厅上宴饮，宾主尽欢，惹得新寡的卓文君在珠帘后观望，对司马相如一见倾心。司马相如亦久慕文君艳名，知其新寡之故，望见帘后丽影绰约，惊鸿一瞥，早已情根深种，便借机抚琴，操《凤求凰》之曲，表明心迹，欲求美人一见。这卓文君也是心思玲珑，冰雪聪明之人，哪里不知相如之心？便遣身边心腹丫鬟传递情意，干柴烈火，竟一发不可收拾，相约双双私奔，一时之间，闹得郡中尽人皆知，众说纷纭，莫衷一是。

男欢女爱之事，本是一桩天赐良缘，却不料卓王孙觉得有伤颜面，竟明言将卓文君逐出卓府，不给一丝一粟嫁妆。司马相如生性风流洒脱，只知读书做赋，不擅经济事务，家常用度，日渐窘迫。卓文君性格刚烈，便与情郎移居成都，不顾卓府声名，做起商家营生。文君当街沽酒，相如在旁涤器，时人听闻，蜂拥而至，不为买酒图醉，只为一睹芳容。亦有不少浪荡子弟，当街言辞撩拨，蜀郡各地，传闻颇多。卓王孙听闻此事，连连顿足，徒呼奈何，只得在成都为二人置下府第，馈赠不俗资财，方才平息事端。

卓文君虽为女流，却颇有见识，二人虽然双栖双飞，如胶似漆，恩爱有加，但恐非长久之计。见相如日日宴饮，又不懂营生，便想方设法说服相如前往京城游学，结交权贵，以求谋得一官半职。司马相如虽万般不舍，却也知道文君所说在理，便告别妻子，北上京师。

当初，司马相如充任梁王府国相，梁王薨逝后，他只得返蜀，不意与卓文君结下一段良缘。再次回到京师，他被荐举进入内廷理事，幸得景帝赏识，擢拔为内廷郎官，并充任太子文学侍讲，深得皇帝信任和太子倚重。

此次文党进京，司马相如与之一见如故，引为知己，并将照应文君之事尽皆托付文党。

卓府早有人通报，卓王孙闻讯，尽管心中疑惑，却也很快安排妥当，立即打开大门，摆下香案，迎接太守。

卓王孙率全府人，在院内恭迎太守。文党一行下车，环视四周，街上百姓皆恭敬施礼。

卓王孙躬身长揖，恭敬道："太守官驾光临，寒舍生辉，阖府感激，老朽有失远迎，请太守恕罪。"

文党疾步上前，来到卓王孙面前，双手扶起他，微笑道："卓公免礼，今日本为不速之客，多有叨扰，无须行此大礼，都起来吧。"

府内众人施礼完毕，皆依言起身，恭敬退下。卓王孙将文党一行迎至客堂，分宾主落座。待众人一一就坐，家仆婢女，早已送上茶饮。

文党啜了一口茶，看着卓王孙，笑问道："卓公可知我等今日为何到此？"

卓王孙自然一无所知，便恭声道："回秉太守，草民不知。"然而心中却是七上八下，暗暗思忖，并无过失。

文党沉默片刻，满脸凝重，似乎自言自语，高声道："卓府大祸将至，文某今日特来相救！"

"这……"卓王孙闻言大惊，完全不知文党所说何事，竟不知如何应答。但是，他经商多年，生意往来遍及诸郡，郡县官吏多有结交，算得上见多识广，便很快镇定下来，当即直身施礼，恭恭敬敬道："回禀太守，草民一贯奉公守法，并无违法之举，冶炼经商无不诚实守信、依律交纳税赋，不知灾祸何来，还请文太守明示。"

见卓王孙面无惧色，不卑不亢，处变不惊，应对得体，文党不禁心下暗暗赞叹，果然是个人物，单就这份沉稳风度，绝不输郡府之吏。

文党点点头，正色道："不知卓公是否知晓，蜀郡多地连年灾荒，百姓生计穷蹙，游侠啸聚山林。如此世道，卓公经营有方，聚财巨万，一家之钱财，足可敌一国，岂不是肥羊置于饿狼群中？未知多少人蛰伏待机，图谋卓府之财，即便在卓府高墙之内，焉知无人暗中觊觎？卓公可能不知，文某赴任蜀郡途中，亦遭遇抢劫之祸，更何况富商巨富之家，若无远虑，必有近忧矣……"

卓王孙一听，心下骇然，后背暗暗冒出冷汗，但面上却一片沉静，不见丝毫波动，故作淡然道："多谢文太守提醒，卓某对此亦早有筹谋，卓氏一族，青壮男丁数百，闲时习武演阵，高墙深院，强弓硬弩，即便是悍匪大盗，也绝不敢撄锋来犯。"

文党并不以为忤，一点也不着急，缓缓道："老子有道：'民不畏死，奈何以死惧之？'平常境遇还罢，倘若灾连祸结，朝不保夕，生死存亡之间，焉能阻止他人铤而走险？倘若风云变幻之际，万千之众云从影集，悍不畏死，舍命相搏，乌合之众必成山崩之势，高墙大院可挡得住滔滔洪流？强弓硬弩可敌得过万千之众？"

不得不说，文党所言，直戳其内心隐忧，每一句话，都如同一记重锤狠狠敲击卓王孙心头，原本藏匿的忧患，像潮水般迅猛上涨。

卓王孙脸色渐渐阴沉，面容有些僵硬，额头上冒出一层细密的汗珠，僵直的身子微微摇晃。他深谙经营之道，也异常精明，虽早已看惯家族兴衰、财富聚散，对风云变幻、得失荣辱，却也并未超脱。他手扶几案，慢慢站起身来，缓步上前，朝着文党深深一拜，道："卓某愚鲁，还请太守指点迷津，老朽并阖府上下，感激不尽……"

文党见此，微微一笑，饮了一口茶，不紧不慢道："文某绝非夸大其词故弄玄虚，太平之世尚有匪盗之虞，倘若乱世骤起，岂能没有保全之策？文某以为，藏钱于室，不如留钱于野；聚财于一家一姓，不如散财于千门万户。只有乡里殷实富裕，富户家财方能无虞。否则，高第豪宅必多为易主之家，钱财万贯不过是忧患之始，只会祸延子孙后代，卓公以为如何？"

卓王孙深谙人情世故，对此当然心知肚明，对文党所说亦是心悦诚服，当即点头称是。

文党看了看，话锋一转，叹息道："蜀郡之地，贫富不均，巨富如卓公者万不存一，饥寒冻馁者不可计数，究其原因，并非全因懒惰懈怠所致，实为地理差异所迫。若要富民以安，当顺天应时，改变地利，使百姓农桑立身、耕种为本，则可衣食无忧，亦能和谐共处，长久安宁。富人之祸患隐忧，亦自然消弭于无形。文党自入蜀以来，无时无刻不在思虑富民安民之策，欲效蜀地历代先贤，全力治理湔水，除水害、兴灌溉、畅水运，江源、繁县等数万百姓，皆可享其鸿利，卓公乃蜀郡富商巨贾之魁首，一言九鼎，深孚众望，难道就没有一点想法？"

卓王孙手抚颔下长须，不住点头，对这位太守心生钦敬，但对文党所说想法，依然不甚明白，故拱手赞叹道："文太守所谋之计，造福蜀郡数万百姓，惠泽子孙后代，实乃苍生之福，甚好……"

见卓王孙上道，文党心头暗喜，当即朗声笑道："卓公高义，可与云天齐，文党代蜀郡百姓先行谢过。眼下正有一事相求，非卓公不能为！湔水治理，所耗钱财必然甚大，然而蜀郡租赋日减，府库空虚。治水之需，欲请卓公捐资襄助，未知可否？"

至此，卓王孙方才明白，太守绕了一个大圈，现在才接触正题。卓王孙既明其中道理，又佩服太守文党之言，愿意鼎力相助。思虑及此，卓王孙慨然道："回禀太守，我卓氏一族，经营百余年，略有积财，愿尽绵薄之力，鼎力相助太守，老朽虽然年迈，亦愿效力桑梓。"

文党点点头，微微一笑，又面露犹豫，沉吟道："文党尚有一事，似有强人所难之嫌，实乃不情之请，故而犹疑，不敢明言。"

卓王孙慨然笑道："文太守无须客气，但有差遣，老朽自当竭尽全力，绝不推脱敷衍。"

"如此甚好！蜀郡各地，富商巨贾、世家豪门、商帮属众，平日往来密切，所积财富不菲。文党深知，卓公在商帮乡里，一言九鼎，声望极高，郡署欲邀卓公担纲湔水治理商帮代表，群集县道豪门富商，共同捐资出力，表率百姓，共成大业，不知卓公意下如何？"

卓王孙感念太守高看，心生惺惺相惜之意，亦愿为卓氏一族博个未来，当即手捻长须，哈哈一笑，朗声答道："禀太守，承蒙太守抬爱，卓某若是再虚言巧饰，岂非不仁不义、倚老卖老？各地商帮友人，平日都愿给老朽几分薄面，太守今日所遣，老朽定当尽力而为，然而事关重大，人心难齐，若事情不成，尚请文太守莫要怪罪才是……"

文党起身，对着卓王孙长长一揖，高声道："文党在此谢过！卓公今日之义举，定为全郡吏民表率，必成天下商贾佳话。他日功成，定当上奏皇帝陛下，朝廷亦会嘉奖旌表，卓氏一族，必将誉满天下，庇佑子孙富贵永昌！"

卓王孙显然十分受用，满面红光，兴奋不已，脸上的皱纹挤在一起，显得更深，沧桑老成之中，也透出一丝期盼。

翌日一早，卓王孙已遣人分赴各县，致信各地富商、豪门世家，约定时日，邀请众人齐聚临邛，共商此事。一时之间，车马络绎，冠盖云集，齐聚卓府。

城内百姓闻之，纷纷出户观望。

卓府内宴厅，卓王孙大宴宾客。席上，他将太守日前所言，一一转陈众人，阐明利害，力邀众人慷慨捐资，助力湔水治理。兴利除害，大兴灌溉，惠及数县百姓，造福桑梓父老，必将获得长期之利，亦将为子孙积得福荫，使家族荣耀乡里。这些富商皆精明过人，深谙其中之理，当下承诺捐赠钱粮之数，并约定日子，一同将捐赠钱粮输运至蜀郡官署。

一月之后，各地富商雇佣车马，满载钱粮，浩浩荡荡沿官道向郡城进发。车辕之上，披红挂彩，沿途百姓，纷纷注目。

郡城内，郡署周边一时车马云集，占据了周遭几条街道，人欢马啸，笑语不绝。文党早已安排妥定，郡署属官皆一齐出动，对各家所捐钱粮，逐一登记核实，暂存府库，统一调用。

文党亦日日待在郡署，对所有捐献钱粮的富商，无论多少，均一一接见，亲慰嘉勉，称赞善举。

所有富商皆甚为满意，少不得谦虚一番，对太守亦是交口称颂。周围百姓，无论马夫驴脚，还是观望市民，都心怀感激，众商贾自觉脸上有光，门楣增彩。

其间，望侯府国相狄云亲至郡署，捐钱百万、粮千石。靖安侯府国相委托长史前往郡署，捐钱百万、粮八百石。文党心中甚感欣慰，对两位君侯深表谢意，并亲拟信函致谢，盛赞两位君侯义举。

富商捐献钱粮、相助湔水治理之事，很快传遍全郡。一时间，蜀郡各地官商吏民、男女老幼，均在谈论此事，不仅对太守文党心生敬意，对富商义举亦是称赞不已。似乎有一股无形的水流，在蜀郡大地泅漫，在所有人心中流淌，如深冬里的暖阳，柔和煦暖。人们隐隐感受到了不一样的东西，让人舒爽熨帖，希望像一粒粒种子，正慢慢发芽。

第四章　湔水之殇

一

湔水治理正式动工，是在当年九月。

秋收结束，成都平原进入小阳春，这是一年当中最好的季节。霜雪未至，风雨不兴，秋阳高照，溪流渐瘦，远远近近的山水，都浸润在一种慵懒惬意之中。

开工当日，辰时刚过，文党亲率郡署主要属官早早来到了天阙门。天阙门是湔水一处隘口，牛心山与寿阳山两岸相对，形似巨阙，故名天阙门。原本狭窄的湔水水道一路蜿蜒至此，骤然开阔起来，往下形成宽阔的河谷平地。文党选择在此筑堰，将上游湍急水流分引两岸，减弱水势，不再奔流不羁，毁坏两岸土地，亦可灌溉两岸农田。

岸边一处平地上早已垒起一个祭坛，上面摆着祭品。祭品颇为特别，没有寻常祭祀所用的豕、羊，正中是一尾长约二尺的红色河鱼，旁边摆放着一只鸟，虽然生机全无，羽毛却异常鲜艳。

靠山的一侧，搭起了一座很大的营帐，江源、湔氏两县令长和属官掾吏，还有部分乡里三老，都早早在此迎候，一些做工的百姓也陆陆续续赶来。

眼见午时将至，到来的百姓稀稀落落站在周围。文党出帐一看，脸色渐渐阴沉，一旁的县道官吏，也显得非常尴尬。原定的开工千人，到来的还不足半数。

刚到午时，文党起身理了理衣袍，暂时压下心中的情绪，脸色郑重，登坛祭拜。蜀人淫祀成风，更重阴阳之说，乡里家族，各有敬畏，因此祭拜对象各有不同。除了祖宗先人，凡是不凡的大树巨石，甚至鱼虫鸟兽，均礼拜有加，但对官府法令、官吏尊长却轻视无礼，甚至天生抵触。依照习俗，祭祀阴灵亡魂，当在夜晚，阳气衰微而阴气最盛之际，以防阴阳相冲；而祭祀山川神祇，则应在午时阳气最盛时刻，以接受天地神祇赐福。

鼓乐声中，文党净手焚香，缓缓跪下，俯身叩首，低声祷告。

祭坛前面点燃的火堆上，覆着厚厚的一层香草，烟雾缭绕飘散，空中香气弥漫，给人极为神圣的感觉。众人皆不敢言语，望着前面小小的祭坛和正在祭拜的文党。香烟缭绕之中，简陋的小小祭坛，显得有些神秘，祭坛上的文党，此刻也仿佛正与诸神对话。

现场官吏百姓也一齐跪下叩首，心中默念祷告。似乎是受到某种力量的召唤，又似乎只是受到现场感染，谁也无法说清。

这些人离祭坛有点远，听不到太守祷告，只见到文党跪叩之间，神情庄重，虔诚无比。此时此地，对这个来自异地却礼敬蜀地山水神祇的太守，他们心中似乎已经认同接纳，把他当成了蜀人中的一员。他们这种情感似乎天生使然，有些滑稽可笑，却异常简单纯粹，不杂一丝世俗功利。

仪式并未持续太久，祭拜很快结束。走下祭坛，文党来到岸边，众人紧随其后。

岸边摆放着一个长约两丈、径约两尺的竹笼，中间填满大大小小的卵石，因为形状细长似蛇，笼眼似鳞，当地人把这叫作"石龙"，或者"石蛇"。蜀地多竹，山上山下、房前屋后，随处可见。蜀人亦善用竹，编竹为笼，填充石头，用以筑堰护岸。这里近寿阳山和牛心山，满山都是竹子，就地砍伐极为方便。走访中，文党听到多位老人谈起，又征询了叶至聪等人的意见，最终确定用此古法筑堰。

文党撩起长袍，挽了挽宽袖，双手握住一根木棒，撬动石龙。

一位满头白发老汉扯开喉咙，拖着长长的音调，高喊："起——啰——"

"起——啰——"所有人一边齐声回应，一边随着文党撬动石龙，石龙顷刻落入水中，溅起一蓬水花，晶莹如雪。众人一齐欢呼起来，因为激动，人人脸上浮现一层喜色。

水花转瞬即逝，水面又恢复平静，而众人心中溅起的水花，却没有平复，反而越来越大，越来越高，不断舒展绽放。

文党望着水面上一圈一圈的波纹，脸上浅浅一笑。就是这一条小小的石龙，将改变湔水的流向，将改变这片土地，也将改变这片土地上无数人的命运。

众人逐渐散去，分头做事：砍伐竹子、剖竹编笼、运输卵石、填充石料，有条不紊。

江源县衙官吏，也分别到各处与百姓一起干活。

王道君正欲离去，却被文党叫住。文党看着他的眼神有些严厉，王道君脸色一红，低垂着头，局促不安。

文党肃然道："为正官者，首在御下，辨才善用，各司其职，何必事事亲为？独掌大事者，必思虑周全，大局了然于心，关口要冲各遣心腹，方能成事，岂能如你这般巨细不分？"

王道君心中惭愧，也明白太守的意思，不住点头道："下官明白，下官这就更改。"因为有些激动，显得有些结巴，憋得脸色通红。

文党继续说："限你三日内再调集壮丁七百来此做工，少一人，罚禄一月……"

文党旁顾四周，不知是有意提点随行官吏，还是暗示湔水治理的决心，缓缓道："晓谕全郡，其一，各关涉县道官吏，一律兼理公务及治水之工，每月须有半月之时亲赴治水工地，表率百姓，督查修造，不足半月者罚俸，阴拒不至者岁察一律末等，顽拒者除籍；其二，郡署各属官，每月十日治水，违者同罚；其三，各县道所辖乡里三老，专司劳力组织、后续保障，不力者除籍，永不录用；其四，每日统计各地上工人数、备料情况、修造进展，凡徭役期满之做工百姓，工钱隔日清结，不许拖欠分文；其五，请监御史派员进驻工地，随时督察……"

众人都睁大眼睛，着实有些吃惊，也看出这位太守似乎跟之前的太守不一样，心中生出别样的感觉。这些人都深知，杀鸡儆猴是新任官员惯用的手腕，此时谁都不愿往刀尖上撞。只要时间一长，自然就抹不开情面，一切都不会那么较真了。

也不待众人回过神来，文党便转身离去。身后众人跟上，只留下王道君在风中独自凌乱。

文党率郡署一众官吏，沿湔水一路上行。王道君吩咐完县丞赵贤后，也很快追上众人，文党见状微微一笑，心中暗道，看来，王道君还是很上道的。

上行约十里地，便来到湔水最为险要的地方——白龙峡。此处原本就很狭窄，最窄处仅约丈余，更兼两岸峭壁耸立，山陡谷深，林木丰茂，终年云雾丛生，难见天日，显得格外幽深。

湔水流经此处，骤然遇阻，变得暴躁起来。水流冲击两岸石壁，发出阵阵轰鸣，形成巨大的洄流漩涡，峡谷里飘起阵阵水雾，让人心惊胆寒。更兼西面的白龙溪，沿白鹿山谷一路奔流跌宕，至此汇入湔水。二水汇流，更为急湍，卷起团团飞沫，形似玉龙翻卷，而波浪激跃，涛声不绝，宛如龙吟，故而被称作白龙峡。

当地有一传说，北海恶蛟因触犯天条逃难至此，藏身水下躲避天劫，时常吞没两岸生灵。两岸百姓每遇洪水肆虐，皆要供奉猪羊，祈保平安。还有一说，李冰也曾治理湔水，但无奈水下恶龙作祟，斗之不过，只得作罢，徒留遗憾。

近晚，文党一行人抵达峡谷左岸山巅，早有都水长李癸星等人过来接应，三百堰工列队相迎。自从前朝郡守李冰建造灌口水堰之后，便设立都水长，由郡府直接管理，置堰工五百，专司灌口岁修、堰渠清淘、内外流量分配调剂，还有堰兵百名，专司堰渠管理。白龙峡地方狭窄，不能让太多人员在此施工，且岩壁坚硬，普通百姓根本无法施行，故而文党调集堰工，开凿白龙峡。天阙门筑堰分水，是为引水灌溉，兴利下游两岸，而凿宽白龙峡，则是纾解上游洪涝之害，这是湔水治理施工最为艰难之地，也是文党最担心之处。

一行人站在山巅，俯视脚下，但见深谷狭壁，急流奔腾。空中飘浮的水汽，沾在脸上、衣袍上，冰寒透凉。众人皆知，每遇大水，上游必遭淹没，而下游却因水量不济，十年九旱。径域之内，旱涝两重天地，难怪当地百姓感叹，上游淹死，下游渴死。也正因如此，文党初到蜀郡，看到湔氏、江源两地文书，却是一涝一旱，禀报各异，不知个中曲折，还以为两地欺瞒，踏访至此，详询之下，方知事情缘由。

入夜，众人皆已歇息，李癸星独自走进大帐，见到文党，跪拜施礼，稍稍迟疑了一下，方低声禀道："禀太守，所有堰工对开凿之事心怀畏惧，人心不安……"

"却是为何？"文党深为不解。

"这些堰工多是附近子弟，对湔水恶龙心有惧怕，不敢忤逆，深怕开凿水道，惊扰恶龙，殃及家人乡邻……"李癸星心中忐忑，歉然不安道。

文党点点头，哈哈笑道："区区一条恶龙，有何可惧？你们且稍候，我必亲斩之！"

李癸星目光闪烁，看了看文党，似有犹疑，却也不再言语，便告辞而去。

文党将王道君和张嵘叫到一边，低声耳语一番，二人便告辞离去。

二

一连几日，文党都率一众属官踏勘两岸山势和水流情形，傍晚方回营地，商议开凿事宜。众人皆累得够呛，心下暗自叫苦不迭，嘴上却不敢哼一声。

三天时间，文党对白龙峡周围地理地势，均已了解，开凿之事已经确定。一切准备就绪，只待一声令下，堰工即可动工。

入夜时分，众人在大帐饮酒，缓解跋涉一日的疲乏劳累。一时之间，笑语阵阵，尽皆放松下来，彼此高谈畅饮。

众人兴致不减，不觉夜色渐深。大帐内烛火高照，帐帘高卷，烛影摇曳；大帐外山岚缠绕，夜风浩荡，幽咽如泣，平添了一丝神秘与恐惧。

正当众人在兴头上，帐外山林之中，突然传来几声低沉的嚎叫。文党拍案而起，怒目而视，并指如戟，指着帐外，厉声呵斥："大胆孽畜！吾奉天子之命，今日巡察至此，汝竟然不知回避，还敢滋扰官驾？"

众人大惊，一时不知所措，举目望向帐外。风寒露冷，夜色笼罩，星光幽暗，月影无踪。对面的树林里，两团磷火飘飘荡荡，忽上忽下，似是鬼怪双瞳，显得阴森无比；夜风呜呜咽咽，林间窸窸窣窣，似有无数巨兽穿行，正低声咆哮，慢慢靠近。

大帐内众人，酒意早已醒了大半，瑟缩着呆在原地，手脚僵硬，不听使唤。一些胆小之人，浑身浮起一片鸡皮疙瘩，不住颤抖，更有酒盏"哐当"跌落。几个胆大者迅疾起身，挡在文党前面，紧张注视着帐外。

文党镇定自若，安慰众人道："诸位勿慌，看我今日亲手斩杀那孽畜！"

言罢，他拔出腰间佩剑，疾步走到大帐外，独自站定，傲然挺立。夜风劲吹，文党长发乱飞，衣袍鼓荡，似有一夫当关万夫莫开之勇，藐视迎面而来的千军万马，什么飞矢箭雨，什么生死危险，皆已置之度外，全然没有放到心上。

众人还没有回过神来，惶惑不安地看着文党。只见他举剑向天，怒瞪双目，疾言厉色，高声呵斥："区区恶蛟，还敢逆天？本官早已洞彻天机，汝本为白帝一族余孽，高祖皇帝宽宏仁厚，本欲放汝一条生路，容汝逃遁至此，奈何汝生性残暴，灵智不开，本性难移，不思高祖皇帝深恩大德，反而在此兴风作浪，残害黎民，人神共愤，天不容汝，今日定当斩杀妖孽，护我黎民！"

说罢，文党挥舞手中长剑，使劲掷向对面山林。树林之中传来一阵"噼噼啪啪"的巨响，似有巨兽在林中翻腾，伴随着树林摇荡、枝叶断裂的声音。片刻之后，随着树林之中传出阵阵哀嚎，所有的声音都渐渐沉寂下来。

大帐之内，众人早已两股颤栗，汗湿衣背。待回过神来，才慢慢挪步至文党身边，望着浓墨般的夜色，眼中依然满是惊恐。几个胆大的卫卒拿着兵器，举起火把，欲到山林之中查看，被文党阻止。

文党拦住众人，沉声道："暂勿靠近，谨防那妖孽生机尚未断绝，误伤你们……"

众人闻言，皆目露骇色，止住脚步，随即簇拥着文党回到帐内，不时回望山林，生怕夜色之中再次骤然冒出妖鬼怪异，或是害怕黑暗之中，还隐藏着某些未知的危险。

文党回到案旁，跪坐于地，举起酒盏，一饮而尽，亦不说话，似是在平复内心的惊恐。

片刻之后，文党再次举起酒盏，慨然道："诸位勿慌，那孽畜定然难以逃出生天，且放心饮酒。"

众人怯怯地面露笑意，皆捧起酒盏，只是不少人双手还在不停颤抖。

几盏之后，众人但闻帐外夜风穿林，再也听不到异响，紧张恐惧的心情也渐渐平复下来，便询问文党刚才所为何故。

文党饮下一盏酒，沉吟一下，方才道出个中缘由："日前，高祖皇帝托梦与我，方知这水中恶蛟，原是白帝余孽，昔日高祖斩蛇举义，孽畜幼弱，尚未化形。高祖宅心仁厚，有意放它一条生路，那厮逃遁至此多年，终于走水化蛟。谁知竟不思悔改，屡屡吞噬生灵，为害百姓，高祖皇帝遂于梦中传我斩蛟屠龙之法，果然那孽畜今夜出来，便依高祖皇帝所授之法，斩杀那孽畜……"

众人闻言，恍然大悟，尽皆满脸震惊，感叹不已。文党微微一笑，没有人注意到，他眼中闪过的那一丝难以觉察的狡黠。

翌日一早，太阳升起，照得营地一片明亮。山林之中，透着斑斑点点的阳光，若明若暗。一些人彻夜未眠，早早起身，相约一起带着剑戟弓箭，来到营地对面的山林。卫卒张嵘亦在其中。

山林之中，一些大树枝丫断裂，枝叶撒落一地，地上茅草被压倒一大片，似乎有过剧烈打斗。树干之上，好些地方树皮脱落，还沾着斑斑血迹，已经凝固。有人沿着被压倒的杂草，壮着胆子前行，在几丈远的地方，被吓得大声惊叫，众人都齐齐停下脚步，双腿不住打颤，有些不听使唤。

好一会儿，众人见没有异动，才慢慢靠近一株合抱大树，粗壮的树干上，赫然插着一柄长剑，入木寸许。剑刃之下，挂着一条白色大蛇，长约丈余，粗若小臂，密密的鳞片上，依然闪着寒光。大蛇已然死去，尸身僵硬，在风中微微晃荡。几个大胆的卫卒，小心翼翼地用长矛拨弄着大蛇的尸身，反复几次，见没有什么动静，张嵘等人才战战兢兢地走近，拔出树上长剑。

众人靠近，聚拢一看，但见剑柄上缠着红绢，护手上刻着一个小篆字。很多人都识得此剑，这不正是太守佩剑吗？

几个卫卒用长矛挑着大蛇的尸体，走出山林来，一群人跟在后面，说说笑笑，全然无惧。

回到营地，所有人都已起床。见到寻回的大蛇尸身，众人都聚拢在营地中间空地上，你一言我一语地谈论。似乎没有人注意到，这个时辰了，平日里起得最早的太守文党，今日竟然还未起身，营地里尚未见到他的身影。

又过了好一阵，才见文党缓缓步出营帐。见众人聚在一起，大声喝问："为何聚众喧哗？"

众人肃然，王道君上前，躬身禀告："启禀太守，昨夜斩杀恶蛟，众人已经寻回尸身，如何处置，但凭示下。"

"哦？"文党快步走近，众人让开一条路。

文党看了看地上的大蛇尸身，点头道："生而不易，奈何枉死！今为蜀郡百姓，汝不得不死……"

众皆不明白太守所说何意。文党转身吩咐，在营地架起柴火，即刻将恶蛟尸体焚化。

营地中间，架起一堆柴垛，燃起大火，张嵘等人合力将白蛇尸身放至火中，顷刻之间灰飞烟灭。

余火未尽，王道君凝神片刻，恍然道："诸位且听，这恶蛟一除，崖下水声已然小了不少。"

众人也凝神细听，好一会儿，大家都没有听出什么异常，也不知与日前水声有何不同，但似乎的确已大不如前，不由喜形于色，频频点头称是。

文党慨然道："今日恶蛟已除，再无妖孽作祟，大家尽可放心开凿，同心协力，不舍昼夜，争取早日完工，不负天子厚望，不负父老乡亲所盼……"

都水长李癸星抱拳施礼，朗声应道："我等谨遵太守之令，定当竭心尽智，戮力同心！"

"竭心尽智，戮力同心！"三百堰工齐声应答，铿锵有力，响彻山间，回音缭绕，久久不散。

午后，堰工即刻动工，于两岸开凿山岩。对李癸星叮嘱再三后，文党便率众人离去。叶至聪等郡府官吏，也主动请缨留在治水工地，并未随太守返回郡城。

随后几日，文党夜斩恶蛟的事，便传遍蜀郡各地，更有不少添油加醋，传得文党竟如神祇一般。蜀郡官吏百姓对这位新太守更多了几分感佩与敬畏。

三

潏水治理进展极快，各处工程有条不紊，似乎出人意料地顺利。王道君等人差不多每隔几日便遣人禀报。眼见一切皆如所想，文党甚感欣慰。

这日，文党接到家书，知晓了老家的大概情形，所幸双亲康健，长兄经营的生意也日渐兴隆，妻子年后亦将携子赴蜀。文党双手展开家书，看了又看，双眼湿润，悲喜交织，想起自己孤身一人远在异乡，无法侍奉双亲，心中备感愧疚。

临近冬至，所有百姓开始筹办过节，潏水工地也暂时停工，郡县官吏也各回任所，即将开始休沐。当此之时，冬至是为最重要的节气，官方民间皆极为重视，形同过年。

司空叶志聪回到家中，来不及更衣，就来到卧房探视妻子杜氏。

杜氏举目一看，见叶志聪脸色黝黑，胡子拉碴，人瘦了不少，不由一阵心痛，一边哽咽道："都是我拖累你了……"一边落下两行清泪，再也说不出话来。

叶志聪怅然若失，一手扶住妻子的肩，一手轻轻擦拭泪水，轻声道："老夫老妻的，咋还做小女子状？也不怕孩儿笑话……"

杜氏凄然笑道："都是我拖累了你和孩儿们，这里里外外的，太难为你了……"

"过大节，一家人在一起，不要说丧气话，你且安心养息身子，我出去置办些货物。"叶志聪打断妻子的话，轻轻拍了拍她的肩，便起身出门。

叶志聪无心闲逛，径直来到一家绸缎庄，给妻子、儿子买了几段料子，再到一家药铺，抓了几剂草药，转身走到隔壁的酒肆。他站在酒肆前，捏了捏手中的钱袋，踌躇片刻，又转身离开。

刚进家门，大儿子跑过来，接过父亲手中的东西，低声道："家中来客人了……"

"哦，谁啊？"叶至聪没有在意，随意问了一句。

儿子仰起头，看着父亲，使劲摇摇头，眼中有些疑惑。

儿子进到后堂，叶至聪一边往客堂去，一边在心中暗暗猜测，究竟是哪个不速之客，难道不知要过大节，来访又所为何事？

"若愚兄，你终于回来了……"叶至聪刚到客堂，还没有来得及招呼来客，客人却早已走过来招呼主人，拉着叶至聪的手，显得极为亲热。

叶至聪一愣，定睛一看，来人身着华服，满脸堆笑，原本就小鼻子小眼，此时更是仿佛被挤到了一块，这不正是江源县丞赵贤吗？

"赵县丞这是……有什么事吗？"叶至聪抽回手，淡淡相问，似乎对方的亲热让他有些不适应，甚至有些反感。

赵贤的妻子与叶至聪妻子杜氏是堂姐妹，两家沾着亲。赵贤本人粗通文墨，却善于钻营，又心胸狭隘，虽为县丞，但品行不佳，口碑极差，叶至聪极为不喜，故而两家极少往来，多年都未走动，今日为何登门，令叶至聪充满狐疑。

"唉，若愚兄，看你说的，我们两家可是姻亲啊，那是打断骨头连着筋呢。这不冬至了吗，就来给若愚兄送点礼，顺便看望嫂夫人的病情……"赵贤说话语速很快，一张巧嘴，令叶至聪有些招架不住。叶至聪心中有些光火，暗道：患病都三年了，咋不见你登过门？

"你说吧，有什么事？"叶至聪有些不耐烦，打断了赵贤的话。

"唉，不是我，是程维财，想请若愚兄过府宴饮……"赵贤面露尴尬，从怀里拿出一张极为精致的名帖，双手递给叶至聪。

叶至聪皱了皱眉头，迟疑片刻，才慢慢接过名帖。他在官场多年，自然知道程维财是蜀郡富商，家资巨万，在官商两道影响甚大，历任郡县官吏都要给几分面子，自己一个小小的郡司空，怎好驳了程家情面？

叶至聪站立着，目光久久盯着名帖，似乎要看清楚名帖上的每一个字，看穿名帖背后的用意。好一会儿，才缓缓道："好吧，我跟家人说一声，这就过去……"他一边说，一边往后院走。

赵贤见状，满脸诌笑道："程公送给若愚兄的两坛陈年桂花酿，我帮你放到书房吧……"

"随你便……"叶至聪没有回头，径直走进后院。

赵贤抱起酒坛，屁颠屁颠地送至书房，拍拍衣袖，不住地搓手，显得异常兴奋。

不一会儿，叶至聪和赵贤二人一前一后走出叶宅，一同离去。

夜色低垂，星光暗隐。大街上了无人迹，整个郡城显得格外空旷。寒风卷着雪花，撕扯着漆黑的夜幕，不知谁家窗口透出昏黄的烛光，星星点点，斑驳凌乱，像幽深夜幕上一道道刺目的伤口，忧郁又神秘。

此时，在郡城最奢华的青楼——丽春楼内，却是一片烛火通明。丝竹声声，酒香弥漫，不时传出阵阵放肆的嬉笑。每逢年节，这里的生意似乎比平日里更加兴隆。

楼上天字号包房内，两炉炭火燃得通红。三个客人正在兴头上，不停举盏饮酒，个个脸颊飞霞，眼神迷乱，显见酒意不浅。上首的客人正是叶至聪。他的右手边是一个五十多岁的胖子，衣着华丽，肌肤白净，满脸阿谀之色，正是蜀郡富商程维财。左手边陪饮的，则是江源县丞赵贤。

三位姿容俏丽的女子，薄纱轻掩，酥胸半露，正不停给客人续酒、喂食，或者半倚半靠在客人身上，为其轻轻捏肩，一刻都没有闲着。当然，客人也没有闲着，一边享受着美酒美食，一边双手不停在女子身上游走，不时惹出一声惊叫，或是一阵娇嗔，引得几人大笑不止。

"谢谢叶司空关照，维财感激不尽，再敬你一盏……"程维财直身而起，双手捧盏，满脸堆笑，暗暗朝着叶至聪身旁的姑娘使眼色。

姑娘为叶至聪捧起酒盏，娇声道："恩公，白露再敬你一盏，你一定要饮下这盏酒哦……"

叶至聪早有醉意，此时也完全放松下来，哈哈一笑道："唉，人生一世，譬如朝露，最难消受美人恩呀，佳人捧盏，岂能不饮？"说完，将盏中酒一饮而尽。

白露姑娘放下酒盏，轻轻擦拭叶至聪嘴边的酒渍。叶至聪捉住她柔腻的小手，轻轻摩挲，白露似羞似嗔，更显娇媚，想要抽回手去，却被叶至聪紧紧握住，顺势轻轻一带，白露坐立不稳，一下扑进叶至聪怀里，惹得众人一阵哄笑。

"嘤——"白露柔声婉转，似乎有些害羞，脸上一片红晕，就势躲在叶至聪怀里，脑袋不住乱拱，不肯起身。

醉眼蒙眬的叶至聪，感受着怀里的温香软玉，使劲吸了吸怀中散发出的阵阵幽香，双手轻轻在白露圆润的肩上抚摸，嘴角微翘，似笑非笑，一脸满足，眼神渐渐迷离。

程维财和赵贤相视一笑，眼神之中，满是得色。

赵贤笑道："美人在侧，良宵苦短，我们凑在这里，岂不太煞风景？白露啊，可得将恩公服侍好哟，哈哈哈……"

程维财赶紧接道："对对对，叶司空，这丽春楼的头牌，今夜就归你了，你可要怜香惜玉啊，哈哈……"

叶至聪似乎真的醉了，微眯着眼，也不答话，挥了挥手，示意二人离去。

程维财和赵贤二人赶紧起身，搂着身边的美人，轻手轻脚地退下，顺手关上房门。

片刻，白露才撑起身来，满脸绯红。叶至聪看着眼前风情无限的美娇娘，眼神之中充满柔情，轻轻吻了吻姑娘的额头，随即将白露横抱起来，缓步走向屏风后半掩的纱帐……

翌日清晨，叶至聪一觉醒来，睁开双眼，看到层层叠叠的粉色纱帐，看了看身边酣睡的白露，愣了一下，眉头微皱，闭上眼睛，不知是在回忆昨夜的酒宴情状，还是在回味昨夜的柔情余韵。

不一会儿，叶至聪起身，简单梳洗，穿戴整齐，转身离开。

走出丽春楼，刺骨的寒风迎面袭来，叶至聪缩了缩脖子，搓了搓手，踩着路面上的吱喳作响的冰霜，疾步离开。雪地上，一路长长的脚印，歪歪扭扭，深深浅浅，就像一串卦象符号，说不出地诡异神秘。

叶至聪频频回头，不是留恋与难舍，而是似乎总感觉自己身后，某个隐秘角落里，有一道阴森的目光正盯着他，让他如芒刺在背。

叶至聪在大街上漫无目的地闲逛，走到一个测字卦摊前，稍稍犹豫，便停下脚步，想了想，写下一个"治"字，递给摆摊的老头。蜀地之人，多尚《易》学，喜占卜测卦之术，更有一些研学《易》之人，靠占卜打卦、逆推测字谋生。

老头看了看叶至聪，没有说话，又盯着竹简看了许久，在竹简上写下几个字：见水而发，遇霜而化，近财而入，遇龙而升。

叶至聪不解其意，求老头详解，老头闭上眼，捻着颔下长须，慢慢说道：

104

"善恶只在一念之间，是福是祸，全系己身，好自为之，便能善始善终，逆天而行，神仙亦难周全。"

叶至聪再问，老头似乎有些不耐烦，只道："天机不可泄露，君可好自为之……"任他追问，老头合上双眼，不再理会，也不再言语。

叶至聪有些暗恼，脸色变幻，丢下一枚钱，收起竹简，转身离开。

四

冬至说到就到，成都沉浸在节日气氛之中，一派喜庆祥和。

饭堂内，家人相聚，共度年夜。大堂之上，烛火通明，火塘里的炭火，燃得通红。杜氏紧挨着丈夫，坐在案旁，身上崭新的红色长袍，映着苍白的脸色，仿佛染上一层胭脂。两个孩子也身着新衣，端端正正跪坐下首。

杜氏浅尝了一口酒，就引起一阵咳嗽。叶至聪递上一碗热汤，两个孩子也赶紧上前，为杜氏抚背。杜氏喝下热水，慢慢平复下来。

杜氏怀着歉意道："老爷，莫要管我，你和儿子吃好……"

两个孩子也十分懂事，分别上前为父母敬酒，叶至聪满脸含笑，一一饮下，杜氏跪坐一旁陪着，笑吟吟地看着丈夫和儿子，甚是满足。

不多时，一坛酒就已见底。杜氏让两个儿子再去拿酒，让丈夫饮酒尽兴。叶至聪忽然想起，日前，程维财不是送了两坛桂花陈酿吗？便让儿子去书房，取一坛陈酿过来尝尝。

过了一会儿，两个孩子便飞快跑着回来，但没有拿来酒坛，眼睛睁得大大的，满脸惊惶，一时说不出话来。

"怎么了？"见两个儿子有些失态，叶至聪不悦问道。他平日教子甚严，遇事不许失态。

"钱，是钱……"小儿子似乎被吓着了，说话有些结巴。

"不要着急，慢慢说……"杜氏怕儿子受责，便出面宽解。

"酒坛里没有酒，全是钱……"大儿子毕竟年长几岁，很快镇静下来。

"嗯？"叶至聪和杜氏都大吃一惊，彼此对视一眼，似乎不太相信。

叶至聪站起身，快步来到书房，手持烛台，俯身查看。陶坛内没有一滴酒，全是光灿灿的钱币。

叶至聪拍开另外一个酒坛封泥，依然没有一滴酒，全是钱币，闪着灿灿精光，散发出一种极致诱惑。

叶至聪已然明白，定是程维财所为，借大节之机，名义上送给自己两坛陈酿老酒，实则要贿赂自己。至于缘由，当日在丽春楼，就早已全盘托出，要叶至聪借治理湔水之机，多多关照其生意。

叶至聪回到饭堂，有些心不在焉，一家人似乎各怀心事。叶至聪哪里还有心思饮酒，只是草草吃了一些饭食，便匆匆结束了这场有些怪异的家宴，让家人各自早早安歇。

卧榻之上，杜氏将头轻轻靠在叶至聪肩上，慢慢地、轻轻地抚摸着丈夫的胸膛，她似乎在等待丈夫说些什么，说说书房内那两坛钱币的事情。但丈夫一手枕在脑后，浓眉紧锁，闭着双眼，始终沉默无语。

夜渐深了，夫妇二人依然睡意全无，并肩躺着，一人愁眉紧锁，一人望着摇曳的烛火，各自想着心事。

翌日，叶至聪早早起来，草草用过饭后，便一头扎进书房之中。当地风俗，冬至这天，全家人会一起外出，亲友故旧相约。寓意是遇见好人好运，形同新年拜年，老百姓把这叫作"撞大运"。

叶至聪无意外出，其他人似乎也深知其意，默契地待在家中，无人提出外出"撞大运"。他独自盘坐案旁，手里拿着那只谶语竹简，紧皱眉头，心事重重。案头上堆着一大堆钱币，似乎是新铸的，闪着刺目的精光。

足足两万钱，差不多抵得上自己两年的俸钱！这对秩禄本就不高、妻子又长期卧病的叶至聪，无疑具有极大的诱惑。他置身官场多年，自然懂得官商交往的规则，商人从来都只是看中官吏手中的权力；而官吏对商贾所图也心知肚明，精明官吏都善于巧妙地将自己手中或大或小的权力变现。越往下，这种事情越难禁止。这些基层胥吏，本就秩禄微薄，难以养家糊口，精明胥吏都在权力之下构架起了自己的生财之道，而郡县官员对此也是睁只眼闭只眼，黎民百姓对此更是早已习以为常。官场中人，但凡权力在手，都有谋私牟利的机会，只不过权力有大小之异，最大的牟利者，除了天子还能有谁？一般小官胥吏，无非蝇头小利，故而都会计较风险。

此时，叶至聪就静静沉思，权衡利弊得失。在郡府诸曹掾吏中，司空并不显眼，也并无多少油水，虽然逢年过节也会有一点少得可怜的岁例钱，但实在微不足道，这么多年来，他第一次面对这么多钱财。当然，他不会天真地认为，上天可怜其家中困窘，降下横财，更不会相信赵贤、程维财二人出于亲情或是同情，为他雪中送炭。

叶至聪非常清醒，程维财送来大笔钱财一定有所图。自己手中那点权力微不足道，所图者，无非要在湔水治理中获利。只要自己能够守住良知底线，在自己权力之内，给予他适当帮助，并不违反法令规制，也并非悖离职守。叶至聪在内心极力说服自己，或许完全可以平衡好。

唯一让叶至聪头疼的是，为何赵贤参与进来了。这种难以见光的事情，最忌旁人掺和，何况人世险恶，人心难测，多一个人参与，就多一分危险，至少也是一个隐忧。只能说明，赵贤早就被他们拉下水了，甚至他与程维财本就是一路的。

正当叶至聪纠结之际，叶宅迎来了一个客人，也是他此时最不想见到的人——赵贤。

赵贤进到前堂，忙不迭地对着叶至聪躬身长揖，满面红光，笑吟吟道："小弟赵贤，今日登门拜访，恭祈若愚兄飞黄腾达，五方来财，阖家康宁……"一边说着，一边将礼物悉数送上。

赵贤此行极为用心，备下了一份厚礼，有几段上好的丝绸衣料，两坛陈年桂花酿，几块熏干的鹿肉、麂腿，等等。

伸手不打笑脸人，更何况节庆？叶至聪尽管对这位远房姻亲不喜，但还是以礼相待，一面尽地主礼数，招呼赵贤靠近火塘就坐，一面奉上茶水。

宾主坐定，有一搭没一搭地闲扯，显见双方并没有多少言语。赵贤似乎丝毫不以为意，不断问这问那，兴致很高。

赵贤似笑非笑，悄声问道："若愚兄，程公送的陈年桂花酿，可还入得了口？"

这不哪壶不开提哪壶吗？简直大煞风景。叶至聪脸色一沉，有些尴尬，心中十分恼怒，冷冷道："无功不受禄，至聪何德何能，如此厚礼，至聪承受不起，这不，才想着如何送还给你，你正好来了……"

"唉，我不是那个意思，我意思是……"赵贤似乎觉得自己不该触及这个敏感话题，一时有些语塞。

"还请转告程公，就说所托之事，恐怕难如所愿，在下位卑权小，职责在身，自当尽心竭力、恪尽职守，不敢丝毫逾矩……"

赵贤窘得满脸通红，额头上冒出密密的汗珠，意识到自己似乎惹祸了，怔怔地看着叶至聪，不知如何开口。

半晌，赵贤方喟然叹息道："唉，都怪赵贤鲁莽，让若愚兄多虑了，程公闻知嫂夫人卧病多年，有意帮扶一把，又恐见疑，得知你我姻亲，故而托我相赠……"

赵贤忐忑地看着叶至聪，从叶至聪的眼中，他只看到了戏谑和蔑视，似乎有暗示他继续表演的意味，这让他感觉气恼，却又无可奈何，便识趣地闭上嘴。

叶至聪却丝毫不留情面，冷笑道："哼！至聪代贱内谢过程公和赵县丞了，关照之恩，没齿不忘……"

赵贤有些手足无措，场面异常尴尬，只得告辞。叶至聪送客出去，走到门口，却见程维财身着锦服，来到叶府。

叶至聪皱了皱眉头，看了一眼赵贤，眼色冷厉，心中早已有了猜想：两人定是商量好的，若不然，哪来如此巧合？

程维财看到赵贤，也是一怔，大笑道："哈哈，我还以为自己赶了个早，不想有人比我还早。"

赵贤赶紧施礼，不忘借机打趣，笑道："哈哈，我们不一样哦，我是走亲戚，你是无利不起早吧？"

程维财摇摇头，没有理会赵贤，赶紧与叶至聪见礼，赵贤哈哈一笑，告辞离去。

宾主就坐，程维财深施一礼，恭敬道："日前招待多有不周，又得知尊夫人抱恙，故而前来探望，恰好家中存有几味好药，特亲送来府上……"

叶至聪微微有些感动，尽管心中明知他是有所图，甚至会把自己拉下水，但看到对方对自己家人的用心，还是不免心头一暖，当即拱手道："程公费心了，至聪无以为报，但有所使，无不尽心……"

程维财心中暗自窃喜，但脸上却表现得有些惶遽，赶紧直身还礼，大声道："叶司空言重了，你我如此投缘，无须客气，彼此帮衬，也是人之常情，老朽少不得还要你关照呢。"

叶至聪微笑道："这是自然，只是至聪位卑言轻，或力有不逮，还望程公勿怪……"

程维财饮了一口茶，满脸堆笑，稍稍停顿片刻，便接着道："叶司空如此客气，是把老夫当外人啊，哈哈。老夫就不绕弯子了，我在江源有数座石山，竹材颇多，当下治理湔水，石龙填充，需要大量竹木，老夫愿全力襄助，还望叶司空稍加照拂……"

叶至聪思忖片刻，谨慎应道："程公所言极是，湔水治理，乃是千秋利民之举，你我皆当全力以赴……至于所需竹木之材，均由郡署和江源县衙统筹，但程公桑梓之情、襄助之意，至聪定当禀告太守。至聪以为，太守定会考虑周全的……"

说到此处，程维财心领神会，哈哈大笑，捋了捋颔下长须，爽朗道："叶司空所言极是，老夫但听差遣，唯命是从……"

二人相视一笑，仿佛是心照不宣，不约而同端起案上茶碗。

五

休沐结束，一切回归日常情状，吏民都陆续回到工地，治理湔水的工作照常进行。

日子过得琐屑而平淡，忙忙碌碌，毫无波澜。不知不觉，春色已深，残雪融尽，河流渐渐丰腴起来，被霜雪蹂躏一冬的土地，变得更加滋润，散发出团团潮湿的气息。

文党每日都到官署，似乎总有忙不完的公务，但心中始终记挂着湔水之事。官廨大厅，文党理完事务，饮了一口微凉的茶水。看着案头一大堆竹简、帛书，微微叹息一声，轻轻摇了摇头，吩咐书吏拟文，各遣诸曹依例办理。

书吏离去，主簿张国忠进来，深施一礼，轻笑道："太守去岁临蜀，尚未领略成都春景，有道是，成都春色乱人心……在下欲邀太守同行，趁着半日闲暇，共赏成都春色盛景，未知可否?"

文党正好无事，略一思忖，便欣然应允。

从官署出来，文党、张国忠皆换上便服，一行人并未乘车，而是沿着街道步行。街上来往的人似乎较平日多了不少，或是架着牛车，或是三五成群慢行，望城外而去。男男女女，尽皆打扮得花枝招展，整个郡城，也似乎花团锦簇，平添了几分风情。

随着三三两两的人群，文党一行望城门而去，张嵘和几个卫卒跟在后面，保持着三五步远的距离，挑着几具食盒和两坛酒。

出城门，一团清冽湿润的空气便扑面而来，众人精神为之一爽。文党停住脚步，抬头放眼望去，一片浓浓春色，骤然映入眼帘，而那颗躁动的心，早已被浸泡得异常柔软，仿佛就要融化其间。远处层层叠叠的山峰，染上一抹黛青，渐远渐淡，融入苍茫之中，似羞似嗔，惹人怜爱。晴空之下，春日煦暖，微风吹拂，整个平原一片青葱，似是巨大的绿锦，在轻柔的清风中微微荡漾，连绵起伏。几处袅袅娜娜的炊烟，像一缕缕欲说还休的清愁，在平原上缠绕飘荡，拂之不去。

文党一行沿城壕漫步，一边闲聊，一边观赏如花美景，领略远山近水的无边春色。如带的城壕，水面上波光粼粼，金光闪烁。两岸垂柳早已挂满新眉，在微风中飘动，像少女扭摆纤细的腰肢，说不出的万般风情，道不尽的妖娆妩媚。

文党亦知，蜀人最喜踏青游嬉，每逢春暖花开之际，无论官商吏民，都结伴出游，此是蜀地风俗，并不以为怪。他有些触景生情，不由张口吟道："昔我往矣，杨柳依依，今我来思，雨雪霏霏……"

张国忠转头看着文党，哂笑道："流光春色，正是思春之时，太守这是想念尊夫人了……哈哈。"

文党脸色微微一红，转而大笑道："我不过应景而吟罢了，俗务琐事缠身，哪有心思旁顾其他……"

张国忠似笑非笑地看着太守。文党沉吟片刻，暗道：日前家中来信，就说夫人孩子年后启程来蜀，算算日子该到了，也就这几日了罢……

110

张国忠在水畔选一个宽阔平坦处，吩咐随行卫卒放下小几，从食盒中取出肉脯、干果一类的佐酒之物，并几样酒盏用具，一一摆放在小几之上，并将两张竹席左右铺开。

文党亦不谦让，便与张国忠分坐竹席左右。张嵘见状，上前为太守和主簿斟上水酒。

张国忠扔给张嵘十几个铜钱，挥手道："你们也去玩吧，不用在此张罗了，也不要跑远了……"

张嵘看了看文党，文党微笑道："张主簿吩咐，你们自己去吧。"

张嵘便站起身来，施礼告退，和几个卫卒自行离去，在不远处席地而坐，浏览美景，分享食物。

两人一边领略眼前的无边美景，一边谈笑饮酒。自从来到蜀郡，文党一直忙于公务，很少如此惬意地放松。他有些贪婪地呼吸着潮湿清凉的气息，带着泥土腥味和青草的芳香，混合在暖意融融的阳光中，让人有些迷醉，似乎整个身心都要融化在这浓浓春意之中。

柳荫下，河岸边，到处是踏青的红男绿女，浅笑嫣然，相携漫步，喁喁低语，浓情蜜意。也有的年轻男女，在河畔戏水，不时传来阵阵娇嗔或惊叫。

依照礼俗，女子大多深居闺房，平日难得出门，踏青之时，方能外出，青年男女或是相思日久，或是一见钟情，皆借机相会。旁边路人，亦不以为意，似是早已见怪不怪。

不多时，一辆精致的马车在不远处停住，下来两个身着彩衣的妙龄女子，一位身材高挑、十分苗条，穿着一袭红色锦袍；另一位身材略矮、稍显丰腴，穿着一身绿色锦袍。女子似乎是大户人家的眷属，后面跟着两个十二三岁的小婢女，捧着一些日用物件，两个年轻男仆挑着两个担子随行。两个男仆安放好食案，摆好酒食，很快离去，只留下两个婢女在一旁伺候。

如果叶至聪在此，就会认得出，这位身穿红色锦袍的女子，正是丽春楼的白露姑娘。今日，她也同友人邀约踏青。

张国忠随意看了看两个女子，但看不见女子的面容，只看二人的背影，身姿端庄俏丽，举手投足间，自有一种风情。两个女子也自顾饮酒，不时低声交谈，偶尔掩口轻笑，并未注意到周围的人。

文党并非登徒子之流，没有过多在意她们，望着前面的水流，想起治理淠水的事情，举起酒盏，却没有饮下，自言自语道："淠水那边，好几个月都没有过去看看，也不知情况如何了？"

张国忠放下酒盏，肃然道："不是有叶司空等人盯着吗，隔日便有禀报，太守还有什么不放心的？"

文党饮了一盏酒，轻轻叹息道："唉，有的事情还是要亲眼所见，才能安心啊，每日里公务缠身，陷在官署里，总是走不出去。要知道，这世上，最靠不住的就是传信了……"说罢，摇头苦笑，眉间有些忧郁之色。

张国忠沉吟半晌，满脸正色道："倘若太守不嫌弃，国忠愿意代劳，前往工地一探究竟……"

文党一怔，转而笑道："你身为郡府主簿，若能亲往察勘，我自然放心……"

就在此时，一阵急促的马蹄声，打断了二人的交谈。只见几匹快马从远处疾驰而来，为首的快马上是一个肥头大耳的胖子，身着锦衣华服，后面跟着几个家仆模样的人，不停地吆喝，路上行人纷纷避让。

几匹快马倏忽而至，在靠近二人的地方停下，文党回头一看，为首的胖子似乎并未注意到他们，而是扭头盯着旁边不远处的两个女子。

胖子跳下马，夸张地扭胯摆臂，大步走到两个女子身边，草草一揖，笑嘻嘻道："两位美人独饮，岂不太过孤单？既然有缘相逢，何不共饮一盏？"

胖子一边说，一边靠近两个女子，不住在女子身上上下打量，眼中发着绿光，一副色眯眯的样子。两个仆人闻言，早已送过两坛酒来。

两个女子显然被胖子的样子吓到了，立即双双起身回礼，往旁边靠了靠，想远离他，却被胖子随行的几个仆人拦住，将女子主仆四人围在中间。

绿衣女子把同伴护在身后，厉声呵斥："请你们自重，我们并不相识，也不想一起饮酒！"

胖子似乎觉得有些好笑，仰头大笑一阵，方大声道："别忙着拒绝，你们知道小爷我是谁吗？"

随行的几个家仆也是一阵狂笑："哼！简直不知天高地厚，竟敢拒绝我家主人。"

绿衣女子低声道:"我们走!"说着拉起同伴就要离去。

胖子伸手拦住,几个家仆在后一推,两个女子站立不稳,一下跌在胖子怀里,欲要站起身来,却被胖子双手紧紧抱住,看上去就是左拥右抱。胖子不由开心大笑,双手在女子身上乱摸。两个女子羞得满脸通红,使劲挣扎,奈何力气不济,一时又气又急。

"啪!"红衣女子反手一掌,打在胖子脸上。胖子吃痛,松开双手,两个女子趁机起身,满脸羞愤。

胖子面目狰狞,一手摩挲着被打的脸颊,一手指着女子恨声道:"小贱人,你竟敢打我……今天非要让你知道小爷的厉害,全都给我带回去!"

跟随的家仆应声而上,抓住女子主仆四人就往路旁拖。四个女子一边高声怒骂,一边号呼求救,乱作一团。

"住手!"文党早已义愤填膺,霍然起身,厉声喝止,大步朝一群人走过去,张国忠跟随其后。

"哼!哪来的野狗,是不是活腻了,敢出来坏小爷的好事……给我往死里打!"胖子见有人阻拦,不由勃然大怒。几个家仆闻言,便放下女子几人,就要挥拳向文党扑过来。

"放肆!我们是官府的人!"张国忠怕伤着太守,赶紧出面阻止,几个仆人不知底细,一时犹疑不决,不敢上前。

"哼!爷还是太守呢,怕个屁,给我打,天大的事有我顶着!"胖子居然丝毫不惧。

两个仆人冲上前来,文党飞起一脚,将前面的仆人踢飞,又顺势一拳将第二个打翻在地。张国忠生得魁梧结实,也很快将一个仆人丢翻在地,剩下一个赶紧退下,再也不敢往前半步。

几个人爬起来,狼狈不堪,但见文党二人势单力薄,还想争斗。

不远处,张嵘和几个卫卒听见这边吵闹,也急忙赶了过来。

"光天化日之下,竟敢强抢民女,殴打郡署官员,简直罪大恶极!"文党气得不轻,不仅因为胖子行径难以容忍,更是因为自己治下还有如此恶徒,让他脸上无光,故而怒不可遏。

张国忠一挥手,大声喝道:"带回衙门,依律论处!"

张嵘等几个卫卒一齐上前，制住胖子一伙。

"你们竟敢抓我，我要你们吃不了兜着……"胖子急得乱跳，气得破口大骂，嚣张至极，被卫卒狠狠教训两巴掌后，犹不服气。

张嵘和众卫卒将胖子一行强行带离后，两个女子才回过神来，相互安慰几句，轻轻拭去脸上泪痕，理了理衣衫和散乱的头发。红衣女子款款走到文党二人身前，深施一礼，柔声道："小女子白露，感谢二位仗义援手……"

文党眯了眯眼睛，眼前的女子肌肤胜雪，吹弹可破，明眸皓齿，眉目含情。他一时有些失神，愣了一下，摆了摆手，朗声道："举手之劳，无须多礼。"

此时，跟白露来的两个男仆也闻讯而至，主仆几人拜别文党二人，匆忙离去。其间，红衣女子频频回首，眼神之中淡淡的忧郁，似乎言犹未尽，又似乎在暗示着什么。

文党和张国忠二人继续饮酒。文党言语不多，兴致不高，显然还在为刚才的事情生气。

张国忠宽慰道："太守不必为此气恼，蜀人本就不知诗书礼仪，这些纨绔子弟有所仗恃，更是目无律法，难免会滋事扰民……"

文党闷闷不乐，饮了几盏酒，叹息一声，喟然道："蜀地虽然僻远，然沃野富庶，天下少有，富商巨贾，遍布郡县，却全无仁义之风，民风粗鄙不堪，罔顾朝廷律法，岂非文党无德、官吏无能之过？"

张国忠一时语塞，沉吟半晌道："民风如此，皆经年累月所致。教化民众，确是郡县官吏职守，但非一朝一夕之功，太守何故自责过甚？"

文党看着波光粼粼的水面，眼中尽是犹豫之色，缓缓沉声道："你所言甚是，看来，我们不仅要治水，还要治民才是……"

阳光渐渐隐去，水岸风渐凉了。张嵘带着几个卫卒回来，二人便收拾回城，带着满腹心事。

六

一直到清明之后，张国忠才得以出行，前往江源湔水。临行前，他来到郡署官廨，与太守辞行。文党再三叮嘱，一直将他送到郡署大门，才让他离去。

望着张国忠一袭大红官袍逐渐远去，文党心中忽然一动，眼前浮现出一个颀长苗条、姿容俏丽的身影，一双剪水秋瞳，似乎深不见底，藏着说不完的话……

正在沉思间，几骑快马疾驰而至，惹得街上行人商贩纷纷躲避，避之不及者，被撞倒在地，那些快马没有停下，甚至没有稍减速度，似一阵风卷过，伴随着肆意的狂笑。

文党举目一望，看到马上一个肥胖的身影，十分眼熟，不正是当日强抢民女的胖子还是谁？

文党回到官署，随即唤来决曹掾王金奴。

王金奴战战兢兢来到官廨，当堂站立，神情十分紧张。文党过问了最近蜀郡案件情况，王金奴对答如流，紧张的心情也慢慢放松下来。

"日前强抢民女之事，是如何处置的？"文党挪了一下案头的竹简，似是不经意一问。

"禀太守，决曹掾已查明，寻衅者乃郫县卿家独子，此人虽屡屡犯事，却也并无大过，家中人并地方具保，交了大笔赎金，昨日已经释放……"王金奴一边禀告，一边悄悄注意文党的脸色。

文党放下手中的竹简，转头看着王金奴，骤然问道："那两个被强抢的女子呢？"

王金奴应答道："回禀太守，我等皆已查明，被抢的女子乃是丽春楼的两个歌伎，名叫白露和春梅，卿家一并赔偿了，二人亦是不再追究。"

文党思索片刻，皱眉道："既然屡屡犯事，却依旧如此猖獗，不知收敛，光天化日之下胡作非为，丝毫无惧，这却是何故？"

"唉，这个，这个，下官不知……"王金奴结结巴巴，却说不出一句话。

文党恍若不知，继续淡淡说道："卿家给了你们不少好处吧？"

王金奴不敢言语，赶紧跪伏于地，不住磕头告饶。

文党冷眼看着跪伏在地上的王金奴，厉声呵斥道："小小决曹掾，竟敢徇私枉法，你断然没有如此大胆，谁让你这样做的？"

王金奴浑身颤抖，涕泪横流，嗫嚅道："禀太守，金奴不敢，都是司马长史所使，我不敢不为……"

文党冷笑道："念你并非首恶，姑且饶过你这一次，如敢再犯，定然严惩不贷，退下吧。"

王金奴再三谢过，方战战兢兢起身，不敢直视文党，趔趄着退下。

文党皱着眉头，微微扬起头，闭上眼睛，长长呼出一口气，发出悠长的叹息，在空荡荡的大厅，显得格外苍凉，还有无助与忧伤。

文党心中的无助与忧伤，很快因为妻儿的到来而被冲淡。在侄儿护送下，经氏夫人带着儿子士宏、士运，历时将近两个月，终于抵达蜀郡成都。

文原一早就分派人手将官邸内外打扫得干干净净，他则带着一群家仆婢女，早早站在院门外翘首以望。文党恰逢月沐，也在家候着，心中有些小小的激动。

午后时分，四辆风尘仆仆的马车，停在了太守官邸外。最前面的一辆车停稳后，车夫掀开车帘，两个男孩下车，伸手扶着一位锦衣妇人下车。周围人家和街上行人都远远围观。

"夫人一路辛苦了！"文原见状，早已迎了过来，一路小跑着，脸上堆满笑容，老远就施礼问候，一边招呼着身后的仆人婢女过来见过主母。众人忙着一齐施礼。

经氏朝文原笑道："谢原伯，都免礼吧。"应答着众人，招呼两个孩子过来见过文原。两个孩子施礼完毕，就跑过去拉住文原两手，显得十分亲热，文原笑呵呵道："一年不见，两位小少爷又长高了一截。"

正在此时，文党也闻声出来，爽朗大笑。

"父亲——"士宏、士运松开文原，欢呼一声，快跑过去。文党蹲下身子，张开双臂，抱起两个孩子，左看看，右看看，满脸笑呵呵的，目光中写满爱意。经氏夫人站立一旁，满脸含笑地看着文党，眼神中流露出无限柔情蜜意。

最后一辆马车上下来一位弱冠男子，大步走过来，朝着文党深施一礼道："士孝见过叔父。"

文党放下两个孩子，走近几步拉住男子的手，上下打量一番，才开口道："是士孝啊，两年没见了……"文党眼角有些湿润。

文士孝又道："我们从庐江出发，经水路过来，一路无事，只是进入蜀郡后，水路上船匪极多，我们就改走陆路，故而多耗了几日，让叔父担心了。"

文党哈哈笑道："无妨，只要安全就好，这一路你费心了。"

文原笑道："主人，夫人、小少爷、侄少爷这一路车马劳顿，要不先进屋歇息歇息，待会再好好说话吧。"

文党哈哈大笑道："是的，看我只顾着说话，大家都进屋歇息吧。"他一边说着，一边抱着两个孩子往官邸内走去，其余人鱼贯而入。文原则和府中下人一起卸车。

这边文原分派府内男仆、婢女卸下车上的东西。中间两辆车上，装着沉甸甸的几口大箱子，几个人抬着都显得很是吃力。周围围观的人，暗中交头接耳，指指点点，都在猜想，这太守果然富有，这些箱子中怕都是金银珠宝。

两个年轻仆人从车上抬下一个大箱子，不小心脚下一滑，箱子从车上跌落下来，东西散落一地。没有众人臆想中的金银财帛，全是一捆捆书简。文原显得有些生气，一边责骂二人不小心，一边赶紧收拾散落在地上的书简。

太守官邸后院，士宏、士运兄弟二人端端正正跪坐在侧，文党笑问道："这么久了，给父亲说说，你们读书可有进益？"

与府中下人收拾好东西后，经氏夫人拿出一套新衣，叫住文原："原伯，这是我给你做的新衣，你试试看，不合身就再改改。"

文原怔怔地立在那里，泪眼蒙眬，嘴唇哆嗦了半天，才嗫嚅道："夫人，你这不是折杀我吗？你和主人对我太好了，老奴何德何能，你还给我做衣服……"

经氏将衣服递到文原手中，叹息道："原伯你不要再称老奴了，这样就太生分了，我们都当你是家人，这一年多辛苦你了，独自留在蜀地，里里外外照顾老爷……唉，老爷过得怎么样？"

文原擦了擦泪水，哽咽道："主人就太不容易了，他天天都在忙这忙那，就是休沐过年，也是到各处行县，查访民情。这蜀地人野蛮刁顽，又不懂诗书礼仪，主人性格都变得稳慎多了，就是常常想夫人和小少爷，我都见他哭过几次……现在夫人、小少爷你们过来了，主人可高兴了！"

经氏听着，心头也是一痛，鼻子发酸，喃喃道："幸亏有原伯你在他身边，要不然他都不知成什么样子了……"

文原赶紧道："夫人你快别这么说，老奴跟着你和主人，做个管家，也是老奴的福分。"

又说了几句，文原拿着新衣，再三道谢，告辞离去。经氏收拾一下，也来到前堂。

前堂，士宏直了直身子，正色道："我们一直都在温习父亲所教课业，一日都不曾落下，我已经学《诗》《礼》，弟弟也学习《礼》了……"

文党不住点头，眼露赞许，笑道："那我要考考你们的课业哦。"

士运两颊泛红，一上来就被哥哥抢了话头，似乎有些着急，便抢先背诵：

"大学之道，在明明德，在亲民，在止于至善。知止而后能定，定而后能静，静而后能安，安而后能虑，虑而后能得。……自天子以至于庶人，壹是皆以修身为本。其本乱而末治者否矣，其所厚者薄，而其所薄者厚，未之有也。"

文党使劲拍掌，笑道："好，士运不错，士宏你是兄长，又如何了？"

士运闻言，瞟了一眼士宏，脸上浮现出得意之色。士宏毕竟年长，并不紧张，清了清嗓子，不紧不慢诵道：

"曲礼曰：毋不敬，俨若思。安定辞，安民哉！敖不可长，欲不可从，志不可满，乐不可极。……富贵而知好礼，则不骄不淫。贫贱而知好礼，则志不慑。"

"好，好，好！士宏也非常棒，哈哈！"对两个年幼的孩子，文党是真心赞许，父子血缘的天性，自然而然地流露出来。

两个孩子对眼前的一切都十分新奇，在官邸内到处乱跑，跟府中男仆女婢很快混熟了，不时跟随他们出府到街上逛逛。文原还特意安排两个人，带两个孩子逛遍了郡城。

入夜，官邸的人都已安歇。经氏还在整理屋子，文党半躺在卧榻上，看着忙碌的妻子。经氏看了他一眼，只是微微一笑，也不说话，有几分羞涩和甜蜜。

经氏似乎想起什么，放下手中的衣物，挨着文党躺下，轻声道："你每天都忙于公务，两个孩子成天跑跑跳跳，也不是个长久办法，你看咋办？识文断字的事，我这个母亲却是没有办法，要不寻个先生到府中教授两个孩儿？"

文党思索了好半天，缓缓道："这事我确实疏忽了，只是蜀郡不比庐江，哪能那么容易找到好的师父？要知道，郡署属官之中，有一半的人都是大字不识几个……"

这似乎也是经氏没有想到的事情，一时颇为头疼，拿不出个法子。

文党沉思半晌，试探着道："要不，就让儿子跟着士孝回舒城吧，有他祖父和伯父管着，跟着他堂兄读书，也比这里好……"

文党话未说完，就被经氏打断，她快语道："不成，你心就那么硬吗？两个儿子都还年幼，你忍心他们就此离开我们，天遥地远的，经年难见一面，我是断然舍不得的……"说着，两行泪水就簌簌落下。

文党伸手拭去经氏脸上的泪痕，责备道："你看你，这不商量来着，还没有个定准，你咋就哭起来了，小女子一样……"

经氏却还是不依不饶，生气道："哼，我本就是一个妇道人家，不懂你说的那些大道理，只想做一个称职的妻子和母亲，守着自己的丈夫和孩子……"

文党心头一暖，轻轻搂过妻子的肩，笑道："我哪能不知晓，娶了你是我这辈子最大的福气，你就是天下最贤惠的女人，有妻如此，我文党何其幸运！"

经氏也是心头一暖，破涕为笑，嗔怪道："哼，就只知道贫嘴。"

文党哈哈一笑道："孩儿读书之事，不急在一时，且容我仔细想想，先睡吧。"

经氏往丈夫怀里靠了靠，满意地闭上双眼，脸上浮起淡淡的笑容，似乎等待着一场好梦。

七

接连的高温，让成都平原显得格外闷热，似乎一下子提前进入了盛夏，让文党觉得有些心烦意乱。

炎热烦闷之中，官署似乎更加压抑。长史司马轶领着几个属官曹掾，低眉垂首站立堂下，一个个凝神屏气，噤若寒蝉。

就在刚才，江源遣人来报，湔水上游突发大水，导致湔水渠堰崩塌，部分民夫身亡。

文党怒不可遏，使劲拍着书案，厉声问道："谁能告诉我，究竟怎么回事！"

司马轶看了看堂下诸人，上前半步，躬身道："禀太守，今年气候异于往年，近来连日炎热，上游山区冰雪快速融化，导致突发大水，防御不及，酿成灾祸，此乃天灾，实非人力所能阻止……"

"突发大水，任谁都无法阻止，可为何刚刚筑起的分水堰也垮塌了？倘若连一次大水都经不起，修建又有何益？主簿张国忠、司空叶至聪呢，为什么不见来报？"文党不待司马轶说完，就打断了他的话，严厉质问。

没有人敢开口。突如其来的洪水，渑水渠堰溃塌，主簿和司空同时音讯全无……大家都反应不及，更不知如何处理。

文党很快平息了心中的怒火。作为一郡太守，他深知自己不能放任自己的情绪，当务之急是要妥善处置，及时善后，防止酿成更大祸患，否则渑水治理就可能由此失败。

任务很快便分派妥当，长史司马轶率一众属官全权调查处置，文党坐镇郡署，居中调度。郡署人人忙碌起来，一个庞大机关，立时有序运转起来。

入夜，文党换上便服，带着卫卒张嵘从官邸后门出来，趁着夜色悄悄来到监御史百里俞甫的官邸。

书房之中，烛火通明。文党与百里俞甫相对而坐，二人面罩寒霜，神情凝重。

百里俞甫缓缓道："仲翁你是不相信司马长史？"

文党叹息道："不是不相信，而是怕中间有所遗漏，就对不起死去的民夫，更对不起全郡百姓啊……"

他并未言及日前司马轶收受贿赂、私放人犯的事情，他的心中还有太多怀疑。

"为何不让郡署干吏暗中调查，却要监御史介入？要知道，监御史一旦介入，性质可就不一样了，郡署一众属官都会心存芥蒂，日后恐怕会更难……"百里俞甫善意提醒文党。

文党思索片刻，眼神之中显出决绝，沉声道："越之，主簿张国忠本可一用，但他日前前往工地，至今未见回报，不知何故；何偁严谨周全，但已迁任繁县令，其余诸人，大多难堪大用，眼下我手中再无可用之人，若有一人可以倚重，也不会麻烦你了。"

百里俞甫沉吟片刻，方慨然道："那好吧，我遣人暗中调查，有结果会尽快禀报于你。"

文党拱手道谢，告辞而去。百里俞甫却站立在烛影中，久久沉思。

夜深，白天喧嚣热闹的郡城，此时似乎也已进入酣梦之中，漆黑如墨，一片静寂。望侯府后院密室内，此刻却是另外一番天地，烛火高照，宛若白昼，人影绰绰，异常繁忙。

堂上一人，身材高大，身着一袭黑色长袍，头上罩着黑巾。堂下几个人，或坐或站，坐着的俨然是蜀郡长史司马轶、望侯府国相狄云、靖安侯府国相司马泓，站着的几个人，均是一身夜行紧身衣靠，还有一名女子，身材丰腴，面容姣好，竟是丽春楼歌伎春梅——当日文党二人踏青相遇、后遭遇卿家公子调戏的绿衣女子。

上首的黑衣人说话瓮声瓮气，仿佛整个密室都在共鸣，给人一种极大的压力。他淡淡道："你们都说说吧，为何捅下如此大的篓子？"

狄云战战兢兢道："叶至聪和程维财太过贪心，据人回报，他们先后输送过来七万钱，二人私下贪墨超过百万钱，工地省材过多，导致分水堰遇水即溃……"

黑衣人一拳砸在案头，案上的茶碗跳起老高，跌落下来，茶水洒得到处都是。狄云也止住话头，不敢再说话。

黑衣人恨恨骂道："两个贪心的蠢货！立即掐断与二人所有联系，所有痕迹务必清理干净，不能给官府留下任何蛛丝马迹。"

一个身穿夜行紧身衣的人转身迅即离去。

春梅吓得瑟瑟发抖，跪倒在地，带着哭腔道："我等本已谋划好，只待鱼儿上钩，不料被郫县卿家人搅了局，致使功亏一篑，无功而返……奴婢都是遵照主上旨意……"

黑衣人冷森森道："哼！这点小事都办不好，要你还有何用？姑且念在事出有因，暂饶你不死。"

春梅不住磕头谢恩，涕泪横流，满脸惶恐。

隔了半晌，黑衣人沉声问道："这卿家又是何故？"

司马轶拱手道："禀上使，这只是个意外，卿家一个纨绔子弟卿琬，偶遇丽春楼的白露和春梅二人，上前调戏，惹出事端，不意被太守撞见，被官府介入，我等只得暂停计划，等候时机……"

"哼！真的只是一个意外吗？司马长史八面玲珑，可别聪明过头了哟，你不要多说了，给卿家一个教训，要让他知道天有多高、地有多厚！"黑衣人话语中一股森冷的煞气，令在场的人心头一冷，不寒而栗。

司马轶立即闭嘴，不敢再说，满头大汗，心扑通扑通地急跳不停。下首又一个夜行紧身衣悄无声息地离去，堂上堂下一片死寂，仿佛呼吸都已经停止。

过了一阵，司马轶咳了一声，躬身施礼，缓缓说道："禀上使，日前因为释放卿家公子，已经引起文太守怀疑，这次他却又遣我全权调查湔水之事，我以为，极有可能是有意试探，我当如何处置，还请上使明示。"

黑衣人抬头望着屋顶，一言不发，摩挲着颌下几缕长须，好半天才冷冷道："你目前还不能暴露，眼下暴露出的几条线，都必须斩断来往，不能再牵涉其他人，你最好小心点。"话语之中，不乏威胁之意。

司马轶闻言，却暗暗轻舒了一口气，赶紧谢道："好的，属下知道了。"

黑衣人顿了顿，继续道："还有狄国相、司马国相，要想办法尽快将钱粮输送过去，我怕留在你们那里会夜长梦多。"

狄云恭恭敬敬施礼道："属下遵命，但请上使放心，我这就遣人各处连夜转送。"

司马泓眼神阴郁，点了点头，没有说话。

黑衣人站起身，一挥手，沉声道："眼下局势未稳，你们都要格外小心行事，一切听从安排，切不可轻举妄动、恣意而为，否则休怪本使手下无情。"

众人赶紧一齐跪下，磕头领命。待众人回过神来，个个都早已一身冷汗。

不知何时，黑衣人已经离开，无声无息，如同一抹从未出现过的影子一般。

远处传来更声，已经四更天了，郡城依旧在酣梦中沉睡，仿佛什么都没有发生。

八

不到半月，司马轶便将湔水之事查了个水落石出，将案卷呈送到了文党公案之上。

文党仔细翻阅案卷，并未发现什么明显差池。事情已然十分清楚，郡司空叶至聪和江源县丞赵贤勾结，伙同富商程维财，独霸竹木材料供应，偷工减料，以沙土代替石头填充石龙，导致遇水而溃。事故造成十余民夫溺亡，主簿张国忠当时正在水岸，失足落水，抢救不及，溺水而亡。叶至聪、赵贤自知罪责难逃，自缢身亡，程维财害怕不已，投水自尽。

是夜，百里俞甫来到太守官邸，将暗中调查的结果禀报文党。

文党将百里俞甫迎进书房，燃起蜡烛，关上房门，才堪堪坐下，就急急忙忙问道："如何？"

百里俞甫叹息一声，紧皱眉头道："事情已经查明，叶至聪、赵贤二人，借助富商程维财，独霸竹木用材，从百姓处强行低价购进，转手高价售卖，牟取暴利以中饱私囊，获利超过十万余钱。更为丧心病狂的是以沙土代替石头，遇水即溃，酿成渠堰崩塌之祸，致十余民夫葬身洪水……"

文党没有接话，只是将一卷书简递给百里俞甫。

百里俞甫接过书简，很快看完，轻声道："看来，司马长史的所查，与我所查大体相同，应当可信。"

文党点点头，又轻轻摇摇头，以奇怪的眼神看着百里俞甫，沉声问道："越之，真的可信吗？"

百里俞甫闻言一惊，似乎有些难以置信，急切道："仲翁，你这是不相信司马长史，还是不相信俞甫啊？"

文党摆摆手，不紧不慢道："不，你们查得不错，我又岂会不信任你？可你想过没有，叶至聪、赵贤、程维财三人，就有那么大的能耐，做下如此大案？还有，收缴的钱粮与他们贪墨之数差异甚大，这些钱粮去了何处？更为蹊跷的是，三个涉案之人，竟然一夜之间全部身亡，所有线索悉数中断，世间真有如此巧合之事吗？"

百里俞甫沉思道："确实有些蹊跷，我亦有过怀疑，但涉事之人已死，一切证据止步于此，即使有所怀疑，也无从查起，更无以印证，故而只得到此，何况当前局势，当以安抚民心为要，尽快复工才是……"

文党点点头，忧心忡忡道："越之，你说得没错，你有没有感觉到，蜀郡之中，似乎暗藏着一股势力，左右着诸多事情。不是这些官吏，也不是这些豪门世家、富商巨贾，我能感觉到他们的存在，仿佛在暗中盯着我的一举一动，却又宛如水月镜花，抓不着一点蛛丝马迹……"

百里俞甫瞪着双眼，似乎觉得文党的话有些荒诞，但一想到叶至聪等人的死，却又觉得过于诡异，不由疑惑道："仲翁，你是不是太多心了，或许真的只是巧合……"

文党长长舒了一口气，苦笑道："但愿是我多心了吧！不过当下，还得安抚官吏百姓，尽快恢复修建，绝不能半途而废，要知道一鼓作气、再而衰、三而竭的道理。"

百里俞甫被深深打动，肃然充满敬意，起身恭敬施礼，慨然道："仲翁，虽说官员并非圣贤，大都脱不开功名利禄，但如你这般心中始终想着百姓，虑谋百姓福祉的，当真还不多见啊……"

文党微微一笑，也站起身来，眼睛有些湿润，真诚道："越之言重了，人非圣贤，哪能无私？但为官一任，总不能只想着自己吧，能够为老百姓做点事情，既是为官道义、职守所在，也是文党心中所愿，不求闻达显贵，但求问心无愧吧。"

百里俞甫微笑道："仲翁所愿，官员楷模，苍天必佑……"

文党不知想到什么，轻轻摇摇头，脸上一缕苦笑，举目望着屋外方向，目光沧桑而忧郁。

翌日，郡署发布告示，查明叶至聪、赵贤、程维财等人相互勾结，沆瀣一气，贪墨钱粮，偷工减料，导致湔水溃堤，并累及十余名民夫遇难、郡主簿张国忠溺亡。叶至聪、赵贤畏罪自戕，不再株连其家人；程维财家产没收充公。郡城官吏百姓群聚围观，或摇头叹息，或愤懑不止，不一而足。同时，郡署分遣郡县官吏，做好亡故民夫抚恤，文党亲率卒吏，多赠钱粮锦帛，厚恤张国忠家人。

文党思索再三，制定了更为严格的修建管理之法，派遣郡署属官和各县令长下到各个河段，专司其责，自己和监御史百里俞甫分别察查，凡有疏忽职守、滥权乱为者，一律严惩不贷。

郡署又发布文告，凡蜀郡民众，俱可参与湔水修建，徭役期满者，钱粮每

124

日结算，一概不得拖欠。并由长史司马轶兼署主簿之职，郡水曹掾何谦兼署郡司空之职。

一批郡县官吏也被派往工地，民情很快稳定下来，湔水治理重启。湔氐、青衣等县千余青壮流民闻风而至，到郡署工地官吏处报到，由工地官吏统一建立名册，然后分派各地，一面加快白龙峡开凿，一面重建天阙门分水堰，天阙门左右两岸，根据地势走向，开挖人工河道，方便引水。繁、江源两县分工划定，各遣郡县官吏监管，各乡里分别组织修造，顺着湔水流向，依据山川走势，开凿七条人工河，再从七条河道引水至各处，整个成都平原从西北往东，由湔水开枝散叶，形成一个巨大的扇面水系。

文党从湔水回来，官袍之上满是泥污，一双官靴早已看不出本色。他没有回官邸更衣，就直接来到官署，端坐于案旁，眉头紧皱，独自沉思。公案上摊着一幅长长的绢图，朱砂画出的一道道水渠，就像一条条血管密布平原，与都江堰灌溉水系互为呼应，为这方土地带来滋养，孕育生机，让平原变得更为丰腴、饱满。

过了一会儿，书吏进来禀报，朝廷侍御史将于明日抵达，郡驿馆已做好一应安排。

文党轻轻点头，叮嘱书吏，请郡署所有属官，明日一起迎接朝廷使臣，请监御史百里俞甫并属官参加。

蜀郡一众官吏闻讯，俱是大惑不解，迎接一个秩禄六百石的侍御史，犯得着如此兴师动众吗？但太守已经分派下来，众人亦不敢怠慢，只得遵令行事，但私下都腹诽不已，认为有些小题大做，只道侍御史有监察地方郡县官员之责，外出代表御史大夫行事，文党抱有私心，故而善待来人而已。

他们哪里知道，文党在湔水巡察之时，就先后接到京师彭丰年、司马相如、望侯刘朁来信，尽晓朝廷派员来蜀意图，故而有此安排。但真实缘由，文党无须对郡署众官吏说明，起码现在暂时不会解释。

翌日，近午时分，在众人的翘首期盼中，侍御史韦珏抵达蜀郡，同行的还有大农令属官都水丞何奉泽。

太守文党亲率众官吏，在城北十里长亭相迎，这阵势令韦珏大感意外。文党本欲先送韦珏一行到驿馆安歇，但拗不过韦珏坚持要先到郡署宣示皇帝旨意，众人只得顺着韦珏的意思，一起先到郡署。

早有差役通报，郡署大门洞开，士卒执矛佩剑，分列两行，甲仗鲜明，威风凛凛。公堂之上，众衙役早已熟练地摆好香案，燃起三炷香。

韦珏登堂，文党、百里俞甫、吕子善三人当堂跪下，其余属官、衙内卒吏，按照官阶秩禄，依次跪下。众人跪叩，恭请圣安毕，韦珏拿出绢书圣旨，朗声宣读：

> 大汉皇帝诏曰，兹闻蜀郡太守文党，尽忠职守，德政爱民，治水除患，惠民福祉，躬体圣意，勤勉可嘉，特赐粟万石，钱千万，精铁二千斤，公布天下，旌表其功，钦此。

文党率众跪叩谢恩，方起身接过圣旨，供于大堂之上，再次跪叩施礼，并给予韦珏等一行人每人一袋例钱后，才领着他们到后堂歇息，百里俞甫等人陪同，其余人都各自散去。

至后堂，一行人分宾主落座。韦珏向众人说明此行的缘由，众人方才恍然大悟。时逢各地奏表祥瑞，景帝十分高兴，太子刘彻趁机奏请农桑之事，大力赞赏蜀郡太守文党修建水利、惠泽黎民，堪为郡县楷模，朝廷应予嘉奖。景帝心知肚明，前次文党言及邓通之事，实属无心之过，心中火气早已消了，便准了太子所奏，着大农令给予钱粮、精铁襄助，并遣侍御史韦珏察查湔水溃堤之事，督察蜀郡兴修水利。

文党始终笑脸应和，只是再三表示对皇帝和太子的感激，对韦珏等人的谢意。其实，司马相如、彭丰年等人在来信之中，早已将事情前因后果说得清楚明白，司马相如与望侯刘肇均请托太子从中斡旋。了解了文党所做之事，太子刘彻极为欣赏，便逮着机会，奏请父皇赏赐钱粮，促成蜀郡治水之功。

当晚，文党在官邸宴请韦珏一行，吕子善、百里俞甫等人悉数作陪，宾主尽欢，一直到二更天才尽兴离去。

翌日，百里俞甫陪着韦珏等人到湔水视察，文党则忙着亲拟谢表给皇帝和太子，还有给望侯刘肇、司马相如和彭丰年的回信，忙了一整天。

几天之后，韦珏等人回到郡城，对湔水修建赞不绝口，对溃堤之事的处置也并未提出异议，表示一定奏明皇帝，旌表其功。

公事完毕，谢绝了文党的恳切挽留，韦珏便匆忙回京复命。而韦珏、何奉泽代表朝廷视察工地，朝廷赏赐粮钱，给吏民极大慰藉，老百姓尽皆得知，劲头倍增，修造进展堪称神速。文党心情大好。

九

文党大好的心情，并未持续多久，便因另外一事而变得郁闷。

大约韦珏离蜀一月之后，司马相如也奉命来到蜀郡。文党与他算是旧识，甚是投缘。然而，他此次来蜀，却并未带来佳音，反而让文党陷入窘境。

文党收到驿报的时候，司马相如已经抵近蜀郡，行至连山驿了。文党大为疑惑，司马长卿要来蜀郡，为何没有提前来信？心中甚感不安。

不止文党，身在连山驿的司马相如同样隐隐不安。他独坐房中，望着摇曳的烛影，心中想着与文党在京城相识交往的点滴，苦笑着摇摇头，发出一声悠悠的叹息。屋外夜色如水，层层叠叠地涌来，将远近的山水尽数淹没，只有幽蓝的夜空中，点点星光，深邃浩瀚，似近还远，时明时暗，看不清楚，也捉摸不透，如同他此刻的心情，喜忧交织，难以言喻。

此时，太守官邸内，后堂烛火通明，文党正和经氏商量着什么，不时给下人交代些事情。文原陪在一旁，习惯性地躬着身子，几个家仆婢女静静地听侯主人主母的安排，唯唯诺诺，异常恭敬。

两日之后，近午时分，司马相如的马车停在了蜀郡署衙大门外。

文党等皆在大门外迎候，虽然文党秩禄甚高，但司马相如此次来蜀，却是代天子宣诏，身份是朝廷使臣，故而文党亦要以礼相待，丝毫不敢逾制。司马相如亦目光相对，只是微微点头，并无亲近之意，恐遭他人非议。

步入大堂，司马相如捧出皇帝诏书，文党偕众人跪拜于地，俯身叩首。司马相如面沉如水，不见一丝波澜，郑重宣诏：

朕亲政以来，累告天下，求贤若渴，唯才是举，欲求四海，以固朝基，

127

夙夜忧思，不敢懈怠。然蜀郡文党，唯重事工，教化无方，所举之才，难堪大用，有负圣恩。特遣使诏诫，如朕亲训：唯此为戒，恪尽职守，察查郡县，广举俊彦，用心教化，勿负朕意，钦此。

再拜叩谢圣恩后，文党方才起身，接过诏书，恭恭敬敬地敬上。

待众人散去，文党领着司马相如来到官廨。文党招呼司马相如落座，两人相视一笑，彻底放松下来。

司马相如深施一礼，肃然道："并非相如不知高低，而是皇命在身，不得不为，仲翁还请勿怪。"

文党摆摆手，哂笑道："长卿身为朝廷使臣，文党岂敢多意，何况你我之间何须介怀？"

"一月之前，天子旌表嘉奖、赏赐无数，一月之后，却又遭皇帝遣使训诫，不知仲翁以为如何？"司马相如似乎有些不放心。

"皇恩浩荡，圣意如天，冰火两极，皆是圣恩，我等岂能做他想？又岂敢有他想？"文党淡淡一笑，怅然道。其实，他此刻心情糟糕透了，满肚子委屈，却无法言表。

司马相如看着苦兮兮的文党，似乎有意要活跃一下气氛，哈哈一笑道："依我看啊，仲翁并不冤枉，皇上训诫，还真是这么回事儿……"

"哦？长卿之意是……"文党疑惑地望着相如，有些不解。

司马相如换了个跪姿，斜靠在几案上，洒脱地挥了挥手，正色道："就说你到蜀郡之后，两年荐举不足十人，不及中原各郡三成，位列各郡之末，更难堪的是，所举之人，三人年过五十，最大的年近七十，走路都要人扶，京师有司衙门皆当成笑话，讥为'蜀杖翁'……"说到此处，他自己先大笑起来，文党也忍俊不禁。

止住笑，司马相如继续道："还有，其他几人，竟听不懂长安官话，在学宫睡觉，呼噜震天，被逐出学宫，唉……看看，这真不是冤枉你吧？"

文党思索片刻，缓缓道："果如长卿所言，并不以为冤枉，文党固然有错，长卿又岂能无过？"

司马相如大吃一惊，双眼紧盯着文党，愕然道："这话从何说起，跟我有何相干?"

文党狡黠一笑，呷了一口茶水，不紧不慢道："怎么与你不相干？要不是你在京师名头太响，让皇帝和百官误以为蜀中人才济济尽如长卿之辈，皇帝陛下岂会轻易训诫？"

"唉，仲翁，简直是飞来横祸、无妄之灾，这也太过牵强了吧？"司马相如一时有些语塞，低声嘟囔。

看到司马相如的样子，文党似乎有些开心，不由抚掌大笑。

没过多久，二人笑着走出来，一同离去。司马相如并没有回驿馆，而是随文党到了太守官邸。

文党和司马相如并肩进入花厅，堂上早已排好食案，案上摆着各式野味、麂腿、鹿脯、烤鱼，十分丰盛，还有几坛陈年桂花酿。

司马相如睁大眼睛，做出垂涎欲滴的样子，手舞足蹈，故意夸张道："哇，太守官邸的桂花酿，我可是早有耳闻，今天可不许太抠……"

文党打趣道："你尽管放心，今日肉管饱、酒管够，不怕你酒量大，就怕你酒量太小，三五盏就醉了。"

二人也不客套，分宾主落座，便推杯换盏，把酒言欢。

司马相如放下酒盏，直视文党，压低声音，坦然道："你知道吗，今日说你不冤，其实你也是冤……"

"哦，记得你说我不冤，这会儿你又说冤，这如何讲？"文党一愣，与司马相如对视。

司马相如浅饮一口，低声道："其实啊，相如此次回蜀，是被逼做恶人的。陛下岂能不知太守你勤政？只不过也不能太由着你，前脚让韦珏来给了你好处，后脚就让我来敲打敲打你……"

文党似乎有些吃惊，急切道："果如长卿所言，岂非是我弄巧成拙？"

司马相如摆摆手，摇头道："尚不至如此，但有人要让你知道，你的荣辱功过，均在其掌握之中，并非你有多精明干练。万不可恃宠而骄，忘乎所以……"

他一边说，一边用手指了指天，文党自然知晓他的意思。

"唉，天威浩荡，圣意难测，我等郡县远离京师，本想尽力而为，给百姓做点事情，却是难上加难，何况要揣测圣意，时时处处谨小慎微，如履薄冰，生怕一不小心触了霉头，丢了官事小，还会祸及妻儿老小，连累治下大小官吏……唉，早知如此，还不如在舒城做一个经师……"

文党望着飘曳的烛火，似是有感而发，充满伤感，让这夜色下昏黄的烛火，似乎变得有些忧悒。

半晌，文党收起情绪，举起酒盏，一饮而尽。他的眼睛忽然一亮，脸上露出奇异的表情，郑重道："长卿，要不你也别在京师待着了，回蜀郡来，要是愿意做官，县令或是郡署官吏，随便你选；要是愿意经商，有令翁相助，必将冠绝蜀中；要是愿意为师，必为蜀中才俊追随……"

司马相如以一种奇怪的眼神打量着文党，好半天，才吐出一句话来："这事就此打住，我做不了官，也不想授徒，还是明日就回京师去，免得遭人算计……"

文党也不生气，淡然一笑道："诸多托辞，恐怕是有人舍不得京师那位惜箸姑娘吧？"

司马相如以袖掩面，趴在食案上，连道："唉，你太不厚道了，我真是遇人不淑、误交损友啊，我咋就这么倒霉呢？"

文党一旁哈哈大笑，转而道："不来也行，但有一件事，对你只有好处，没有坏处，你得答应。"

"什么事都别说了，我怕你了，行不行？"司马相如连连摆手，也不抬头，果断拒绝。

文党平静如常，依旧不疾不徐道："长卿啊，这事儿你先别拒绝，听我说完，再拒绝也不迟嘛。"

司马相如依旧趴在案上，大声说道："你还是别说了，我也不想听，得随时防着你给我布下陷阱。"

文党不以为意，大笑道："你不要好心当成驴肝肺，我是真为你好。你看啊，我家士宏已经十三岁了，平日读过一点书，我想让他跟随你，为你洗笔研墨，你就不考虑考虑？"

司马相如依旧没有起身，不管不顾道："有什么考虑的？我司马相如可不想背负误人子弟的骂名，我这点东西，忽悠一下人尚可，对修身齐家治国平天下，可没有半点用处，还是另择高明吧……"

文党饮下一盏酒，轻声叹息道："看来真是无缘了！我到临邛卓氏府上，就怕自己口头上没个把拦，一不小心说漏了嘴，道出了惜箸姑娘……"

话未说完，司马相如霍然起身抬头盯着文党。而文党并不理会，只是自顾饮酒，一副怡然自得的样子。

好半晌，司马相如高高举起酒盏，仰头饮尽，酒水洒落一身。他重重放下酒盏，气哼哼道："没看出来，你竟如此阴险，怪我眼拙，哼！既然要拜师，为何不见那小子来给为师敬酒？"

文党一笑，一挥手，文士宏快步走进花厅，步履稳健，面色平静，气度宛若大人。司马相如眼睛一眨不眨，一直盯着这个半大男孩，心中暗暗称奇。

文士宏来到大堂之上，端端正正站定，随即跪下叩首，口齿清楚道："弟子士宏，拜见师尊！"

文党面露喜色，微笑不语。

司马相如悄悄白了文党一眼，站起身来，伸手示意文士宏起身。文士宏深深一揖，退后两步，恭恭敬敬地站立一侧。

司马相如简单询问文士宏几句，无非现在读了哪些典籍，进学如何，便让他退下。转身又与文党饮起酒来。

司马相如感慨道："我这是全天下运气最背的使臣吧，不但没有讨到任何好处，还给自己找了个包袱，甩都甩不掉……"

文党举起酒盏，笑道："你且莫抱怨，我儿真的不错，你收了一个好学子，就偷着乐吧，日后成就一段佳话，也说不准呢！"

司马相如阴笑道："你如此精于算计，说得如此动听，不如你自己建个学宫，广罗学子，岂不更好？"

文党一愣，呆呆地盯着司马相如，拍案道："长卿啊，文党谢过了，你真是一语点醒梦中人啊，来来来，我再敬你一盏！"

文党说罢，举盏一饮而尽。司马相如还没有反应过来，有些莫名其妙，只跟举着酒盏。

文党笑呵呵道："饮酒啊，你看着我干嘛？我又不是惜箸姑娘……"

司马相如饮下盏中酒，起身道："不跟你说了，我得回府了，文君还在等着我呢。"

文党也没有挽留，送至大门口，文士宏早已等候在此，搀扶着司马相如上车，挥手告别。

大街上只有吱嘎吱嘎的车辙声，马车渐行渐远，越来越小，终于再也听不见，只剩下无尽的苍茫。远近各处的烛光，星星点点，透出阵阵暖意，似乎要驱散微凉的夜色，点燃夜色中的点点希望。

沐浴在微凉的夜风中，文党四肢百骸仿佛充满了生机，正要拔节。

第五章　暗流涌动

一

送别了司马相如，文党的心思，又转到湔水治理上。只是经过叶至聪等人的事情后，郡县加强了建造管理，再没有出什么事，一切都出奇地顺利，让文党轻松了不少，心情不再那么沉重。

忙完公务回到官邸，经氏早已备好饭菜。用饭的时候，文党难得主动饮酒，经氏也陪着饮了两盏。

歇息一会儿，文党照例到书房，却无心读书，坐在书案后，思索着什么，面容庄肃。

文士孝来到书房，给叔父施礼后，便恭恭敬敬站立一旁，内心忐忑，眼中满是疑问，却不敢发声相问。

半晌，文党转头，满脸笑意，眼神中充满关切，轻声问道："士孝，这些日子，叔父忙于公务，也没有跟你说说话，接下来你有何打算，是打算外出游学，还是经商？"

文士孝回道："回叔父，兄长士忠精于经史，欲往稷下游学，父亲大人的意思是家中不能没有个男丁打理生意。侄儿生性愚笨，读书无甚长进，就打算在家张罗生意，孝敬祖父母，侍奉双亲。"

文党满意地点点头，柔声道："嗯，你能如此想，也是极好，不愧为文家儿郎！家族本以务农经商起家，经营好家族生意，也是撑持门户，但平日有空，也莫要丢了书卷，需读书明理、循礼交游，才是男儿本分，莫要辱没了文氏家风，亦要代叔父和众兄弟尽孝……"

文党温言细语，却饱含着浓浓情意，想到自己无法在双亲面前尽孝，虽是无可奈何的事情，愧疚之情还是忍不住顿生，心中不免怅然，双眼湿润。

文士孝见惯了叔父平日的威严，一时有些不知如何是好，于是慨然应道："叔父教诲，侄儿谨记在心，这次护送婶娘来蜀，父亲大人也有安排，意欲从蜀郡购进一批特产，到庐江一带售卖。这些日子，侄儿到各处考察，已有打算……"

文党点点头，对侄儿的话来了兴趣，好奇地问道："哦？那你且说说，准备购进些什么？"

"蜀地锦缎闻名天下，蜀茶、蜀酒也很不错，我打算都购买一批，绝不会少赚……"文士孝扳着手指头，一一道来，宛若久经商场的老手，两眼亮晶晶的。

说完之后，文士孝脸上挂着笑意，静静地站着，似乎在等待叔父的称赞。文党笑呵呵地听着，不住点头，对侄儿言语行为甚是满意。

"你此次携带了多少钱，准备购进多少？"文党问了一句。

文士孝不假思索道："回叔父，士孝此次来蜀，考虑到路途遥远，往返时间太久，共带了十余万钱，盘缠较为充足，还请叔父勿虑。"

文党眯了眯眼睛，盯着烛台，缓缓道："嗯，不错，虽然年纪不大，但虑事周全……锦缎丝绸可以，这边的金错蜀刀也是好东西，可以捎带买一些。蜀茶蜀酒就算了，两地饮食差异大，一时之间家乡父老未必能够接受，且都极为粗重，长途输运也极不方便。不过，我府上有上好的桂花陈酿，可送一些与父亲和长兄，你带回去就是。剩下的钱，你都留下吧，就当借给叔父……"

"嗯……唉……恕侄儿斗胆一问，叔父可是遇到了什么难事吗？"文士孝一时没有反应过来，眼中满是关切和担忧。

文党摆了摆手，哈哈一笑，示意侄儿不要担心，继而道："叔父没有什么事，只是想修建一个学宫，让蜀郡百姓子弟能有个地方读书，长大后也能明白一些事理，如此而已。"

"哦，侄儿一切谨遵叔父之命。"文士孝松了一口气，虽然他并不理解叔父为何要修建学宫，但他知道，叔父要做的事，一定是好事，自己无须再担心。即使祖父和父亲知晓，也必会鼎力相助，因为这不仅关乎文党个人的声誉荣辱，也事关家族的声望和颜面。

此后的一段时间，文党带着郡署卒吏，每日在成都、郫、繁等附近几县察访。

这一日，文党回到郡城，由文原驾车，来到一处小院。文原从车上取出一袋稻米，两坛陈酿老酒，还有一些肉干。

张嵘上前叫门，很快院门打开，出来一个十五六岁的男子，生得眉清目秀，肌肤胜雪，身材颀长，有些雌雄莫辨。男子见了文党，紧走两步，上前深施一礼，随即将几人迎进院内。

文原、张嵘对这里都很熟悉，这里是前主簿张国忠的家，这个英俊的男子正是张国忠的小儿子张宽。张主簿湔水亡故后，文党带人前来吊祭过，并抚恤妻儿老小，厚待张家满门。来之前，还专门安排从官仓中支取了粮食肉食送到张家。

宾主坐定，寒暄几句后，文党问道："叔纪，近来家中生计如何，可有困难需要我帮助解决？"

张宽微微躬身，双手加额，施礼道："回禀太守，多赖太守照顾，我兄弟二人经营一点小生意，奉养母亲，乡下有几亩薄田，托族兄代为打理，一家人勉强度日，承蒙太守牵挂，张宽感激不尽。"

想起张国忠，文党环顾四周，心中有些戚然，颔首道："进学如何？"

张宽直了直身子，低头应道："张宽惭愧，家父亡故之后，和家兄经商渐多，读书却日渐荒疏了，只学了《论语》《礼记》《尚书》几卷经书，其余尚未涉及……"

文党沉思片刻，沉声道："令尊亡故，我曾灵前承诺，要厚待你们全家，然皆因公务繁多，照料多有不周。令尊忠直耿介，一生磊落，你兄弟二人务要忠孝为本、诗礼传家，万不可辱没了家风。"

张宽闻声，长揖一拜，朗声道："张宽代全家谢太守大恩！太守教诲，谨记于心，不敢片刻忘怀。"

文党点点头，感喟道："蜀郡民风野蛮，文明不昌。我的老家舒城有句俗语，'家无读书郎，富贵不久长'，意在鼓励男儿读书明理，厚培家风。近日司马长卿归乡，愿意提携家乡儿郎赴长安游学，你若有意，可与我儿士宏一同前往……"

文党说完，饮了一口茶，静待张宽回应。

张宽眼中闪过一丝犹豫，稍稍思索，沉声应道："张宽感谢太守垂爱，只是这游学之事，且容我禀明母亲，再与家兄商量之后，方能决断。"

"嗯，这自然是情理之中的事，你且考虑周全，三日后回禀于我即可。"文党说完，便起身离开。张宽相送至院外，待车马走远，方才转身进屋。

回到官邸，众人各自离开，只有张嵘一直紧跟在文党身后，来到后堂。

文党没有在意，随意吩咐道："你也忙去吧。"

张嵘满脸通红，脚步踟躇，始终不想离开。

文党有些奇怪，沉声问道："你有什么事吗？"

张嵘一下跪倒在文党面前，满脸憋得通红，垂着脑袋，低声道："太守请恕张嵘无礼，我想……我想求太守一件事。"

文党有些诧异，抬抬手，示意他起身，随即问道："有什么事，你且说吧，吞吞吐吐怎么回事？"

张嵘没有起来，依旧跪在那里，憋得脸更红了，半天才嗫嚅道："张嵘想求太守开恩……让我侄儿张治……一同往长安游学……"

看着张嵘满脸通红的滑稽模样，文党内心忽有所动，使劲点点头，慨然说道："这是好事啊，你干吗这副模样，你看你，简直丢人……"

张嵘似乎有些不敢相信，依旧跪着，挠了挠头，歪起脖子仰视着文党，咧嘴笑道："太守这是答应了？"

"我答应了，不过，你得安置好父亲和侄女。"文党一边说，一边转身走开了。

"好嘞——"张嵘欣喜若狂，跳将起来，朝着文党长长一揖，然后转身飞快跑开。

二

司马相如回到成都已经是三个月了。其间，他走遍了蜀郡十二县道，宣喻皇帝训诫，督办岁察荐举事宜。

滞留几日后，司马相如谢绝了文党的再三挽留，就要赶回京师长安复命。

驿馆之中，十八个少年已经在等候启程，文党之子文士宏、张国忠之子张宽、张嵘侄子张治皆在其中。这些年轻人都是第一次远赴长安，对那个陌生的京畿重地、繁华之都充满了想象与渴望，也带着几分好奇与紧张。

文党和司马相如来到驿馆探望这些孩子。这些孩子都早已听闻过司马相如的大名，对其五体投地者不在少数，见其身材魁伟，容貌俊朗，风流倜傥，更是生出好感。如今不仅能与之见面，而且还要同赴京师，一路朝夕相处，想想都格外激动。

司马相如向众人介绍了京师的一些风俗习惯和一些规矩，然后话锋一转，坦言道："京师长安，乃大汉皇都，英才俊彦麇集，能人异士众多，学识渊博者不可胜数，才华横溢者多如星辰。如我这等所谓才俊，未可数计，故而你们定要谨守本分，虚心待人，万勿恣意骄纵，轻视他人，切记切记！"

众人肃然，眼神中既有一丝惶然，也有一份倔强，所有人心中感到了沉重的压力，也激起了年轻人不服输的劲头。

文党扫视一周，目光在每一张年轻的脸上停留片刻，眼中充满了长者的睿智与关切，缓缓说道："诸位，蜀郡山水奇绝，富饶闻名天下，然而百姓不化，民风彪悍野蛮，被中原视为化外之地，实为蜀地儿郎之耻辱。"

众人闻言，微微垂首，心中五味杂陈，眼中均有不平之色。

文党顿了顿，继续道："蜀地虽然僻远，然亦属人杰地灵，况若司马长卿，文采蜚声天下，满朝俊杰，几人能敌？其实并非我蜀人愚笨，亦非蜀人生性野蛮，皆因师者寥寥，化育之风未成，使我蜀地聪慧儿郎，徒耗聪明卓绝之资，一如昆山良玉，未遇旷世巧匠，雕琢不工，终难置于高堂；或若东海明珠，蒙尘瓦砾之间，光彩隐没，难获美人之赏。"

众人深以为然，不住点头，眼中思索之色愈深。

文党越说越激愤，仿佛深埋心底的一股血气，此刻被激发出来。他继续慷慨道："自高祖鼎定天下，战乱平息，四海归服，朝廷偃武修文，黎民乐享盛世，蛮夷之众亦学礼乐。诸位试想，我蜀郡儿郎欣逢盛世，岂甘于化外之地、蛮夷之列？本郡欲建造学宫，兴文学以教黎民，推礼乐以化蛮荒，故遣你们十八人，先至京师游学，无论安身立命之本，还是修身齐家之学，或治国平天下之术，皆可从而学之。文党与诸位在此约誓，以三年为期，待诸位学成而归，当执教学宫，传道授业，表率万民，光宗耀祖指日可待，建功立业为期不远，还望诸君勿忘今日之约，蜀郡父老乡亲静候诸位佳音！文党在此，代家乡父老，拜托各位了！"

文党说罢，昂首抱拳，切切致意。众人皆一齐躬身，双手加额，长揖施礼。

文党和司马相如离去后，众人皆默然不语，整理自己的书笈，在心中默默筹谋着京师游学，或是幻想着学成之后的日子。每个人心中，都燃起了一缕烛光，都隐隐感觉到，自己的命运，或许将会从今日开始发生某种改变。只是，他们无法想到的是，整个蜀郡的命运，也将从今日开始改变。

次日一早，十八人皆早早起来，收拾停当，踏上了前往京师求学的道路。这是一条迥异于祖辈父辈的道路，一条完全陌生却又充满期待的道路。也许，这条路并非坦途，甚至还有未知的艰难困窘，但他们都会坚持不懈地走下去。

郡城外，官道旁，十里长亭。文党、吕子善、百里俞甫并一班官吏，早已等候于此，每个人的神色中皆透出一丝愉悦与兴奋。

近午时分，司马相如一行方抵达长亭。司马相如下车走进长亭，一一见礼，十八位学子身负书笈，整齐分列两行，直身站立于亭外。简单寒暄几句后，司马相如招手示意，众学子依次走入亭中，站在众官吏下首，早有卒吏端过酒盏，捧到每个人手上。

文党举起酒盏，朗声道："诸位，你们肩负蜀中父老期望，今日即将离开故土，远赴京师游学。蜀郡官员，在此为诸位饯行，诸位莫以家事为念，正心诚意，虚心求教，精益为学，待学有所成，以造福桑梓故里。临行之际，特备浊酒与诸位践行，望诸位勿忘三年之约，勿负父老所期，我等静候诸位学成返乡！"

言罢，文党举盏，一饮而尽。众人依此，一齐高高举盏，豪饮而尽。

十八人齐齐拱手施礼，深深一揖，踏上官道，逶迤而去。熏风习习，暖意阵阵，似柔荑轻抚，掠过原野上的花草竹木，送过百花的芬芳，夹杂着原野土地的气息，那是蜀中特有的气息，是熟悉的故土的气息。

司马相如没有登车，而是走在最后，与文党执手话别。

"长卿，这十八学子，就是蜀中的火种，蜀郡未来之前途，全都系于他们身上，今日就交给你了！"文党心情有些沉重。

司马相如慨然道："仲翁，你就放心吧，只要有相如在，就不会让这些火种熄灭，否则我无颜见蜀中父老，也无颜再见你！"

文党稍稍停顿，继续道："长卿，你也不要有太大压力，这十八人，所学甚杂，学业深浅各不相同，你尽可能让他们自己选择，只要能有几个人学有所成，就算成功了，我也就感激不尽了……哦，给彭丰年的信，你一定要交到他手上……"

司马相如抿着嘴，轻轻点头，长长呼出一口气，稍显沉重道："仲翁，谋事在人，成事在天！我可能无法保证让他们每个人都成为栋梁之才，但我一定会为他们选择良师，至于能否如愿以偿，来日有多大成就，就全看他们自己的造化了，你我都已尽心了！"

文党笑着点点头，不再说什么，所有的心思，彼此都已明白，任何言语都显得多余。他转身挥挥手，停靠在亭外的一辆大车缓缓驶过来，停在二人身边。

司马相如看了看，不解其意，疑惑地望着文党，以目光相询。

文党淡淡一笑道："长卿可否记得，当年你我京师初次相见，你说过蜀中三宝是蜀锦、金错刀、桂花酿，我可记得清清楚楚，这车上都是我置办的精美蜀锦、金错刀、桂花酿。"

司马相如掀起车帘，看到满满一车的东西，吸了一口气，瞪大眼睛道："仲翁，没有必要送我如此大礼吧？"

文党哈哈大笑，指着大车道："你想得美，这可不是送给你的，这是为十八学子准备的拜师礼，可不能让京师那些人把我们看轻了，说我们蜀郡之人少了礼节，不懂得人情世故。"

司马相如恍然大悟，涎着脸笑道："好说，好说，既然是拜师礼，那也少不了士宏的那一份，算你还有良心。"

文党哈哈一笑，打趣道："你的拜师礼，就是几坛桂花陈酿，早就被你饮光了。这里的礼物只有十七份了，你的拜师礼，先欠着吧，哈哈……"

"一郡太守建造学宫，教化黎民百姓，你当是天下第一，这欠下拜师礼，坑害业师的，你也是天下第一……哈哈，欠着就欠着吧，我告辞了，异日再会!"司马相如登上马车，洒脱地挥挥手，疾驰而去。

车马渐渐远去，融入到远处的苍茫之中。文党一行人还伫立在长亭外，遥望着他们远去的方向，久久不愿离去。

三

接下来的日子平庸而琐碎，波澜不起，风雨不兴，郡城的日常，就像少了桂花酿的馥郁芬芳，变成山泉水一般，寡淡无味。

平静无奇中，究竟是黑夜咬着白昼的尾巴，还是白昼踩着黑夜的脚跟，人们都已经分不清了，抑或是已经忘却了，又兴许是人们懒得去理会，就这样循环往复、无休无止，日升日落、月圆月缺间，一年时间匆匆而过。

转眼之间，又到了初秋时节，满城弥散着浓浓的慵懒气息，时间的节奏似乎都慢了下来。

夜幕初下，街上行人稀少，远近人家的窗户，已经透出星星点点的烛光，显得宁静而祥和。只有几家青楼烛火通明，人影幢幢，似乎格外热闹。

夜色笼罩的街道上，传来一阵密集急骤的脚步。"吱嘎"一声，丽春楼后院被推开，一个衣衫破旧的汉子冲进院内，然后迅速关上门，神色慌乱，满头大汗，极为紧张。屋内的中年仆妇还没有反应过来，就被男子捂上嘴，摇头示意她不要开口。

待外面的脚步声远去，男子才松开手，瘫坐在地上，对女人连连告罪。

女人好不容易回过神，犹自惊魂未定，怯怯地看着男子，不敢说话。

"大姐，你不要害怕，我被坏人追赶，在这里躲一下，还望大姐行个方便……"男子有些惶恐，甚至带着一丝羞怯，一边喘息着对女人说话，一边警惕地注意着屋外的动静。

女人眼神充满恐惧，赶紧点点头，却不敢挪动脚步。

过了好半天，屋外没有了任何动静，男子紧张的神情才有些松弛，对女人作揖道："多谢大姐搭救，我这就走……"

女人上下打量一遭，觉得男子并非恶徒，也才放松下来，低声道："外面情况不明，你这样出去，万一……"

男子犹豫不决，踌躇半响，迟疑道："大姐能帮我找找白露姑娘吗？"

女人神色不善地盯着男子，语气生硬地问道："你是什么人？找我们姑娘有什么事？"

男子犹疑道："我知道，白露姑娘是这里的头牌，有人托我给她一样东西，你只对她说'见水而发，逢霜而化'八个字，姑娘自会知道。记着，是'见水而发，逢霜而化'八个字。"

"见水而发，逢霜而化。"女人轻轻念叨，继而对男子道，"你且在这里待着，我去去就来。"

说罢，女人转身出去，顺手带上房门。男子环顾室内，手中操起一根木棒，侧身躲在门后，紧张注视着房门。

不一会儿，女人怀里抱着一个包裹，小心翼翼推门进来，却被男子手中的木棒吓了一跳，狠狠地瞪了男子一眼，男子有些难为情，讪讪地放下手中木棒。

女人打开包裹，取出一件丝绸长袍，没好气地扔给男子，不耐烦地说："赶紧换上衣服，我带你去见姑娘……"

男子稍一犹豫，很快穿上长袍，变身一位富家纨绔子弟，低头跟在女人身后，上到二楼。

女人领着男子进去，自己转身离开，将房门关上。

屋内富丽堂皇的陈设，浓浓的脂粉香气，让男子有些不知所措，手脚不知如何安放。一位美若天仙的女子缓缓走过来，招呼男子坐下，她自己先跪坐案旁，添上一盏水。男子踌躇半天，方才畏畏缩缩地坐下。

"你是谁？"漂亮女子冷冷问道，一副生人勿近的样子。

"你就是白露姑娘？"男子没有回答，只是反问道。

"我就是白露。"漂亮女子正面回答，没有绕弯子。

"我叫杜路平，江源人氏，有人要我送给你一件东西……"男子老老实实回道，并随手从怀里掏出一个绣着一对鸳鸯的黑色锦袋，递给白露姑娘。

白露接过锦袋，迫不及待打开，取出几块素帛依次展开，一字一字细细品读。读着读着，忍不住低声啜泣，两行清泪顺着脸颊流下。杜路平见此，不知如何是好，只能呆坐一旁。

好半天，白露才止住哭泣，擦干泪痕，转身对着杜路平一拜。杜路平赶紧起身，连连道："姑娘，使不得，你这是……"

白露直起身，看着杜路平，眼中无限哀伤，朱唇轻启，缓缓道："小女子在此谢过，杜壮士仗义援手，将这些东西送与小女子……"

白露说着，又要跪叩，杜路平赶紧拉住姑娘手臂。她望着杜路平，茫然问道："杜壮士是如何认识若愚……叶司空的？"

杜路平回想片刻，方沉声道："那是湔水溃堤当夜，我路过叶司空营帐，他把我拉进帐中，给了我五百钱，还给了我这个锦袋，说是一年之后，如果太守和县令都还在任，就把锦袋送给姑娘，叮嘱我一定要亲自交到姑娘手中。还说，如果文太守已经离开蜀郡，就要我将这些东西毁掉。"

"他就没有什么对我说的吗？"白露追问道。

杜路平挠了挠头，回道："嗯，没有……哦，他还说，你若有他想，就将袋里的东西毁了……"

白露忍不住又抽抽嗒嗒地哭泣起来，半晌过后，方才止住啜泣，眼中闪过一丝决绝，自言自语道："若愚，你好狠心啊，一年多了，你可知我过的什么日子啊……"

心中隐隐觉得事情不太对劲，杜路平有些害怕，就抱拳道："姑娘，东西已经送到你手中，我也不负所托，这就告辞了。"

白露一怔，沉思片刻，真切道："杜壮士莫急，你可知追你的都是些什么人？"

杜路平一愣，似乎还是惊魂未定，怯声道："我从江源出发，不敢走官道，是从湔氏抄小路过来的，在郫县境内遇到那些人，被一直追到这里。他们是不是认错人了，我从未与人结仇……嗯？他们是不是就是为了锦袋里的东西啊？唉，早知这样，我就不贪图那五百钱了……"

白露皱着眉，思索半天，对杜路平道："你说得不错，他们追杀你，就是为了这锦袋里的东西……这些人下手狠毒，现在出去，就是自投罗网，你暂且在这里躲避一下，待风头过去后再出去。"

"嘭嘭！"正说着，屋外传来敲门声，二人都被吓得不轻。

"妹妹，白露妹妹在吗？"屋外传来一个女人妖媚的声音。

"在呢，大姐稍等。"白露一边回应道，一边抓住杜路平的手，拉下纱帐后，迅速脱下他的外套搭在屏风上，顺手把他推到卧榻上，盖上被子。转身脱下自己外面的长袍，也搭到屏风上，才慢慢走向门口，还故意随手把头发弄得乱蓬蓬的。

房门一开，一身酒气的春梅走进来，一边打量屋内，一边笑嘻嘻地说道："这么久，妹妹屋里藏有男人吧？"

白露讪笑道："唉呀，你老爱欺负妹妹，这屋里不藏男人，难不成还藏的女人？哈哈哈……"

春梅也不客气，到案旁坐下，摸了摸茶碗，在屋子里踱来踱去，指着屏风上的衣服，笑道："嘻嘻，看来我来得不是时候，坏了妹妹的好事，这才啥时辰啊，就这么迫不及待，是哪位恩客啊？"她一边说着，一边就要往帐内走去。

白露赶紧拉住她，一边往外走，一边打趣道："大姐，什么样的男人你没见过啊，难道你喜欢吃别人的剩饭？要不你今夜就留下来，我们姊妹一起快活吧，哈哈哈……"

杜路平躲在被子下面，听着二人你来我往对答，身体似乎不听使唤，不住地瑟瑟发抖，生怕被子被人一下掀开。

好在没有待多久，春梅就离开了，白露关上门，落下门闩。

过了一会儿，屋子外没有了声响，杜路平才翻身起来。白露有些紧张，从怀里取出那个锦袋递给他，急急道："杜壮士，你可能被发现了，这里很危险，你赶紧离开，到外面找个地方暂避风头。这些东西你先拿着，等几天你再来这里寻我，如果我出事了，你就拿着锦袋，到郡署衙门找文太守，将东西亲手交给他。"

杜路平一时有些云里雾里，不知如何回答，呆呆地接过锦袋放进怀里。

白露又从柜子里取出一个白色锦袋，上面也绣着一对鸳鸯，她检视一番后，递给杜路平，又拿出一袋钱交给他，叮嘱道："如果我出了意外，这个锦袋里的东西，你也一并交给文太守，这袋子里的钱你都拿着，算是给你的酬劳……记住，两个袋子里的东西，只能交给太守本人，其他任何人都不要相信，切记切记！你赶紧走吧。"

杜路平匆忙穿上刚才的那件长袍，轻手轻脚地下楼。离开丽春楼之后，也不辨东南西北，趁着夜色掩护，不要命地狂奔，很快融进浓浓的黑暗之中。

四

清晨，杜路平睁开眼，紧张地摸了摸怀中，东西还在，就放下心来。看了看身上的长袍，已经撕出了几个大口子，显得有些不伦不类，就干脆脱下长袍，扔在路边，满脸抹上泥土，偷偷取下墙上的一顶竹笠戴在头上，把竹笠压得很低。

他定了定神，简单辨别了一下方向，装作在街上闲逛，走走停停，慢慢打听郡署衙门所在。

街上的商铺都打开大门，行人渐渐多了起来。杜路平打听了郡署所在，便慢慢朝郡署衙门方向走去。

路上，不少人凑在一堆，议论着什么，杜路平悄悄观察了一会儿，慢慢靠近，想听听他们议论的什么。

"好端端的，咋就起火了呢？"

"那谁知道呢？那么大一座丽春楼，真是可惜了。"

"我看你是可惜丽春楼的姑娘吧，哈哈……"

众人一阵大笑，杜路平却听得心惊胆战，赶紧离开，尽拣人少的巷子走，随时警惕着周围的行人，像是一只受惊的兔子，时刻躲着从暗处射过来的毒箭。

"可惜，太惨了，整个丽春楼的姑娘都被烧死了，都给烧成了黑炭，简直不忍看……"

"深更半夜，从楼上跳下来摔死的也不少……"

"难道就没有人逃出来？"

一路上，听到了太多的议论，杜路平隐隐约约猜到，那些人都是因为他才死的。但他不敢哭，也不敢过去看一眼，只有压抑住内心的悲痛和恐惧，慢慢朝郡署潜行。

杜路平找到郡署，仔细观察着衙门进进出出的人，并没有冒冒失失地过去。他来到衙门斜对面，挨着一老一小两个乞丐蹲下，用竹笠遮住脸，有一搭没一搭地跟老乞丐说话。

一早，文党就接到禀报，昨天后半夜丽春楼失火，死伤多人。连早饭都没有来得及吃，他就赶到郡署，带着几个属官、卒吏赶往丽春楼。

现场一片狼藉，到处还冒着烟，街沿上摆着一溜尸体，大多烧成黑炭，身份难辨，几个摔得缺脚断手的在一边哀号。文党分派众人，一面将伤者送往医馆，一面勘察火场。直到午后时分，才勘察完毕，留下有关曹掾卒吏守护好现场，自己带着众人回署衙。

文党心情异常郁闷，面罩寒霜，一路疾行。众人紧随其后，凝神屏气，不敢开腔。

郡署大门口，文党还没有跨进郡署大门，一个乞丐从街对面猛冲过来。随行卫卒还没有反应过来，那乞丐已经冲进人群。

众人大惊失色，一齐上前拦住乞丐，按在地上。乞丐跪在地上，高声喊道："我要见太守！我要见文太守！"

文党也被吓了一大跳，但很快镇定下来，转身看着地上的乞丐。看这乞丐似乎有些眼熟，文党似乎记起了什么，厉声喝问道："你姓杜？"

乞丐也是一愣，也认出了文党，结结巴巴道："太守，草民正是杜路平……"

文党眼神凌厉，盯着他，冷冷问道："你有何事？"

杜路平一时不知从何说起，号啕大哭，断断续续道："太守，白露姑娘死得冤啊……定是他们谋杀……"

文党一愣，不知他所指何事，众人也是一脸茫然，面面相觑。街上不少人都围了过来，街对面一老一小两个乞丐却悄悄走开了。

文党转身进门，挥手示意将人带进署衙。街上的人才慢慢散开。

大堂上，杜路平止住哭泣，从怀中小心翼翼掏出两个锦袋送到文党面前。

文党打开锦袋，取出几块素绢，一一察看，眉头越皱越紧，脸色越来越阴沉，似乎罩上了一层寒霜。

未几，文党使劲一拍公案，怒不可遏，嘴唇哆嗦几下，却没有说话。半晌，才平息下胸中的怒火，吩咐道："请吕都尉、百里监御史过府议事，召贼曹掾、法曹掾、决曹掾到官廨议事，杜路平暂押，听候问询。"

郡署，官廨，文党仔细察看每一块帛书，眉头紧锁。杜路平跪在堂前，惶恐不安，不时偷觑文党。

"这些东西，你是从哪里得到的？"文党语气温和了不少，却异常森严。

杜路平战战兢兢回道："禀太守，黑色锦袋是叶司空一年前交给草民的，白色锦袋是白露姑娘昨夜交给草民的，并要我一并亲手转交给文太守……"

不待杜路平说完，文党打断他的话，追问道："你与叶司空、白露姑娘是什么关系，他为什么将东西托你转交？"

不容他回答，文党继续道："叶司空交给你的东西，你为何迟迟不转交，拖延了一年多？"

杜路平还没有回过神，文党再次追问："还有，为何你昨夜刚到过丽春楼，丽春楼就失火了？"

杜路平大窘，吓得浑身大汗，声泪俱下，不住磕头求饶："禀太守，是叶司空要草民一年后再转交给白露姑娘的。昨晚白露姑娘已经收下东西了，后又把东西一起交给草民，还说如果她出了事，就要草民把东西亲手交给太守，其他的我什么都不知道啊……"

不久，都尉吕子善、监御史百里俞甫和相关曹掾、曹吏陆续到达，每个人都是脸色凝重，显然有的事情他们都已知晓。

待众人落座，文党再次问询，杜路平一一作答。众人传看了叶至聪和白露姑娘转交过来的信函，信函对事情的陈述与杜路平的供述均能一一对应。

很快，大家都有了大致了解，事情已然清楚。郡司空叶至聪遭人胁迫，陷入桃花陷阱，被逼无奈，对赵贤、程维财等人的不法之举听之任之，造成渠堰溃塌，死伤多人。事故发生后，叶至聪感受到了威胁，便将事情写成信函，和相关证据一起，托杜路平转交白露姑娘。

白露姑娘收到证据后，觉察到了危险，只得将所有信函、证据交于杜路平，托他转交文党，而追杀杜路平的那些人企图毁掉所有人证、物证，故而纵火焚烧了整个丽春楼。

众人面面相觑，发生如此大案，每个人自然都轻松不起来。待众人散去，吕子善和百里俞甫没有离开，三人还在延续刚才的话题。

百里俞甫沉思片刻，疑惑道："叶至聪为何要杜路平一年以后再转交那些证据？"

文党搓了搓手，叹道："他特意交代，如果我还在任上，才将证据交给我，因为他知道幕后的势力，极有可能操控蜀郡局势，逼迫我离开蜀郡，如果我一年之后还在任上，说明他们没有成功，他才相信我们有办法查办这些人……"

百里俞甫眼前一亮，脱口道："仲翁意思是，你之前提到的不明势力干的？"

文党点点头，神色凝重道："极有可能，但尚不确定，由此可见，这股势力确实非同寻常，不容小觑。"

"什么不明势力啊，你俩打什么哑谜？"吕子善云里雾里，不明就里。

文党一边踱步，一边慢慢说道："湔水事故中，那么多钱粮不知去向，所有知情人全部死亡。再看丽春楼案件，从追杀杜路平到纵火杀人、毁灭人证物证，消息灵通，心思果决，下手狠毒，都绝非一般人所为。只是他们都没有料到两个意外，一是没有想到叶至聪与白露居然产生了真情，二是没有想到杜路平这个人的出现给事情带来了极大的变数。我隐隐感觉到，有一股势力在暗中操弄这一切……"

吕子善也感觉太过蹊跷，不由点头道："文太守所说有理，事情是有些不合常理，但这一切都只是太守的推断，没有任何证据啊。"

百里俞甫附和道："现在我们无法确定那些追杀杜路平的究竟是什么人，这是其一；杜路平到丽春楼后，消息是谁泄露的，他只接触过三个人，女仆、白露、春梅，白露基本可以排除，现在这三人是否已经死亡，或现在何处，此为其二；丽春楼被焚，是否也是背后势力所为，此为其三；赵贤、程维财等人贪墨的钱粮去了何处，此为其四。这四件事都需要我们查清楚。"

文党点点头，沉着道："这就是我找你们二人过来商议的原因。"

言毕，三人低声耳语，好半天才离去。

翌日，郡城传言四起，大街小巷都在议论，丽春楼大火是一场谋杀，有逃出来的姑娘认出凶手，还有杜路平冒险送交的关键证据，基本确认了凶手，逃过一劫的姑娘和杜路平都暂时羁押在监狱之中，等候过堂。

五

夜色如水，郡城一片寂静，只有更鼓声在暗夜中格外遥远，已经三更天了。

一队人影隐身在夜色中，黑色紧身夜行衣裹身，黑巾蒙面，趁着夜色掩护，悄无声息地抵近郡署。

一个黑影翻过墙头，落地无声，轻轻拨起门闩，打开大门，一行人幽灵一般进入郡署，随即散开，隐身在黑暗之中。

"哐——"黑暗中一声巨响。

黑衣人身后的大门"嘭"的一声被关上，院内同时亮起无数火把，四周甲兵林立，盔甲鲜明，戈矛长剑闪着寒光，弓箭手张弓搭箭。

都尉吕子善手提长剑，走到黑衣人前面，对着他们道："诸位辛苦了，我等在此等候已久，尔等若束手就擒，尚有活路，倘若冥顽不灵，负隅顽抗者，杀无赦！"

吕子善一挥手，四面戈矛、弓箭压上，步步逼近，黑衣人被围在戈矛剑阵中央，眼见已经无路可逃。

为首的黑衣人扯下蒙面黑巾，一阵狂笑，指着吕子善道："堂堂都尉，竟然只会玩这些阴谋诡计，可笑！今日不能手刃竖子，可惜！不成功，便成仁，诸位，在下先行一步……哈哈哈……"

黑衣人说罢，手中长剑一挥，笑声戛然而止，慢慢倒下。

"不成功，便成仁！"众黑衣人齐声高喊，随之挥剑自刎，没有一个人投降。

四周甲兵似乎被吓着了，或是震撼了，一时全场无声。吕子善脸色有些难看，大喝一声，众甲兵立刻列队警戒。兵卒举着火把，走到这群黑衣尸体中间，一一扯下蒙面黑巾，文党、吕子善、百里俞甫挨个看过，没有一张熟面孔。

三人相互对视，各自摇头，眼神有些落寞，一声不吭地走进官廨。

沉默良久，文党沉声道："二位刚才也看见了，这些人绝非一般盗匪游侠，而是训练有素的死士，一出来就是二十人，蜀郡之中，有谁有如此大的势力，能豢养如此多死士？"

　　吕子善和百里俞甫摇摇头，神色异常凝重，二人感到了前所未有的压力，甚至有些恐惧。

　　"我们现在怎么办？"吕子善刚才受了窝囊气，现在还窝着一肚子火。

　　百里俞甫道："敌暗我明，防范不易，倒不如主动出击，引蛇出洞……"

　　文党击掌道："越之说得是，为今之计，我们只有主动出击。明日便可广发告示，全力通缉春梅和那个仆妇，急召附近几县乡老到郡城辨认凶手，只要能够认出一人，便可突破，即便案子破不了，也可借机打击各地豪强，剪除游侠势力。吕都尉排兵布阵，务要及早调遣，分派妥当，不可漏过一处！"

　　至此，二人方才明白文党的心思，是要借此剪除豪门大户豢养勾结的游侠，逼迫背后势力现身，不由点头称奇，皆心服口服。

　　几日之后，蜀郡发布官告：严禁豢养死士，严禁勾结游侠，严令解散私家卫队，违者严惩不贷。官告很快发至全郡县乡，所有官衙、城门、驿站和乡里大路、渡口码头，均有露布张贴，吏民蜂拥而至，议论纷纷。豪门大户忧心忡忡，富商巨贾人心惶惶……

　　一夜之间，都尉府甲兵进驻郡城附近几县，甲兵衙役共同行动，直抵各县豪强大族。依附豪强的游侠之士，强行解散；作奸犯科者，悉数羁押；负案在身者，捕拿归案；偶遇负隅顽抗者，就地格杀；囤积兵器者，收没入库……

　　同时，严格限制富户豪门家丁护院之数，且一律以本族、本土男丁为限，严禁私自扩充人数，严禁私自容留流民，严禁私自囤积戈矛、弓箭、盔甲等兵器，并要在当地县衙备案，由乡里"三老"具保。

　　旬日之间，全郡共遣散依附豪门大户的游侠近千人，安置异乡流民三千余人，捕获负案在身者百余人，缴获戈矛、弓箭兵器无数。

　　由是，逞勇斗狠、聚族械斗之事骤减，蜀地风气大变，百姓人心大定。

　　郡县官吏也侧目咋舌，他们根本没有想到，平日里斯斯文文、一身书生气的太守竟然还有如此雷霆手段，而且布局周密，行动迅速，出手果决，令对手毫无还手之力，亦无漏洞可寻，众人对这位太守更多了一份敬畏。

文党深知，这只是一个开端，今后还将更加艰难，表面的风平浪静，也许正掩盖着底下的暗流涌动。

夜深人静，星月无踪，夜色如墨，死寂无声。郡城，望侯府后院，密室之中，烛焰高烧，烛火通明。

密室内气氛有些沉闷压抑，所有人都神情凝重。上首，一个高大的人影背对着众人站立，露出云白锦衣大袖，外罩黑色大氅，头上黑巾蒙面，只露出一对幽深冷厉的眼睛，整个人就像一柄黑色长剑，全身幽暗，寒光森冷，静静插在那里，散发出死神般的气息。

下首，司马轶、狄云、司马泓、春梅等人都恭恭敬敬垂首站立，大气都不敢出。还有几个人，看上去特别精悍，均是一身黑衣，黑巾蒙面，像暗夜中的幽灵，又像蓄力待发的猎豹。所有这些人，都无一例外地呆立，身子僵硬，微微有些发抖。

"谁能告诉我，这究竟是怎么回事？"黑色大氅吐出的每一个字都带着森冷的寒意，像兵器撞击发出的声音。

司马轶左右看了看，迟疑道："属下猜测，因为丽春楼大火案，露出了马脚，文党才顺藤摸瓜，大动干戈，更不料吕子善出动驻军相助，让我们反应不及，陷入被动……"

下面的人都心知肚明，司马轶这就是在推脱责任。

春梅赶紧发声，打断司马轶的话，声音颤抖道："叶至聪死前，将相关证据藏匿，我等寻找一年未果，就一直紧盯着白露。当姓杜的那小子到丽春楼后，我们拿下白露，严刑伺候，逼她交出证据，她至死不从，翻遍整个丽春楼都没有找到东西，也没有找到姓杜的小子。为确保万无一失，只得将人证物证都埋葬于火海……属下早就谏言主上，及早……"

"哼！"黑色大氅一声冷哼，让春梅不敢再说，赶紧止住话头，双膝一软，跪倒在地。

黑色大氅转过身，盯着春梅，沉声呵斥道："你算个什么东西，竟敢在此妄言主上！擅自做主，轻举妄动，致使经营数十年的丽春楼毁于一旦，几十名精英死士惨遭屠戮，你知道该当何罪吗？"

150

春梅闻言，瘫倒在地，不住磕头求饶："属下该死，属下该死……"

寒光一闪，春梅已经身首异处。众人都没有看清楚是如何出剑的，只见黑色大氅手上多了一柄长剑，剑身上鲜血流淌，正点点滴落。

众人不寒而栗，身子颤抖得更加厉害。

黑色大氅余怒未消，并指如戟，指着众人道："她死不足惜，死一万次也难以赎罪……还有你们，对郡署如此大的动作全然不知，导致我们安插在豪门大户中的暗桩、死士几乎损失殆尽，你们都是瞎子、聋子、白痴吗？"

司马轶、狄云等人赶紧跪下，低垂着头，没有一个人敢说一个字，生怕一开口惹怒了这尊杀神，给自己招来杀身之祸。

黑色大氅来回踱步，一言不发，整个密室寂静如死，只有他轻微的脚步声，每一步似乎都踏在他们心上，让他们胆怯到窒息。

不知过了多久，黑色大氅停下脚步，低沉怒吼道："为今之计，所有人暂停一切活动，未经允许，任何人不得私自联络，潜伏下来，等候消息，胆敢轻举妄动者，这就是样子！"

黑色大氅指着春梅的尸体，警告众人。众人齐声道："谨遵上使训示！"

"哼！"黑色大氅冷哼一声，冷冷看了看众人，转身离开，像一阵黑烟，转瞬消失得无影无踪。

又过了好一阵，众人面面相觑，确定黑色大氅已经离开后，方才长长地吐出一口浊气，浑身上下都被汗水浸透，尽皆瘫软在地上，提不起一丝力气。

看到春梅的尸体，众人都感到有些瘆人。狄云赶紧叫来几个人，把春梅的尸体抬了出去，把地上的血迹擦洗得干干净净。密室的空气中，似乎还混杂着浓烈的血腥味，狄云又自己动手，燃起两炉熏香。

众人心头惴惴，郁闷得慌，却又似乎有些庆幸，庆幸自己又捡回了一条命。

黑暗，似乎天生就与杀戮相伴，永远是世间血腥最好的保护色。密室中发生的一切，都被黑夜掩盖得严严实实，外界一无所知，也无迹可寻。郡城内外，依旧在酣眠中，显得宁静而和谐。

六

　　回到官邸，文党刚刚坐下歇息，文原就送过来一封信，寄自京师的信。

　　文党展开信函，细细读来，面色却越来越严肃，用力将书信掷到地上。

　　经氏夫人刚好进来，见文党生气，捡起地上的书信，放到案头，轻轻抚摸他的肩，温婉劝道："老爷，干嘛发火啊，是不是宏儿惹你生气了？"

　　"嗯？你怎么知道，是不是你早知道了什么？"文党言语冷厉，眼神森严。

　　"我知道什么啊？自从宏儿到了长安，我就扳着指头算，等宏儿每月的来信，我算着，也是该来信的时候了……"经氏夫人有些委屈，眼圈红红的，潸然欲泪，文党的心顿时一软。

　　少顷，文党气呼呼道："是士宏的信，他信上说不想跟长卿学文，说跟一个叫什么张骞的一见如故，意欲一起学习治国安邦之略，还说什么学文就是风花雪月、粉饰太平，难有什么大用……你看这还是人话吗？"他越说越生气。

　　经氏夫人面色也有些凝重，似乎意识到问题严重，充满了担忧，轻声道："孩子大了，都会有自己的想法，只要不是胡作非为，就由他去吧……我一个妇道人家，也不懂什么治国安邦，可是，说句你不爱听的话，我咋觉得宏儿说的话，好像也有几分道理……"

　　"这是欺师灭祖，离经叛道，有什么道理？"不待经氏说完，文党生气地一拍几案，大怒道，"长卿带他到京师，他倒好，要改投他人门下，想想看，这让长卿情何以堪？要知道，天下有多少人想要跟着长卿学文而不可得，他身在福中不知福，让我有何颜面再见长卿，如何去教化一郡百姓？"

　　经氏夫人默默地站在一旁，泪流满面，好半天才低声道："那咋办，要不你再写信劝劝宏儿吧，他年纪轻轻就孤身一人游学，身边也没个知寒问暖的人，遇事也没个人可商量……"说着说着，经氏夫人又感伤起来，哽咽难言。

　　文党长吁一口气，平息了一下情绪，劝慰道："好男儿志在四方，哪能像小鸡仔一样，成天跟在老母鸡身边？我们也是这么走过来的。作为母亲，你也要懂得慈母多败儿的道理，对孩子管教还是要严一些才行，娇惯会害了他们……"

他语气明显温和多了。

经氏夫人噘着嘴，嗔怪道：“哪里娇惯了嘛？有你这样骂人的吗，还老母鸡、小鸡仔……”

文党一愣，反应过来，忍俊不禁，“扑哧”一笑，经氏夫人也破涕为笑，轻轻捶了捶文党的背，两人对视，温柔一笑，所有嫌隙都烟消云散。

在文党日复一日的公务中，在经氏扳着指头的等待中，时间转眼就到了中秋。

没人知道自哪朝那代起，人们要在中秋祭月，男子祈求早步蟾宫，女子祈求佳偶良缘。此夕皆是家人齐聚，一同祭拜，圆月如璧，寓意团聚，蜀地也是如此。

中秋之际，亦是官吏休沐之期，文党并未到郡署，独自在书房读书。经氏里里外外盯着，文原亦将官邸男仆女婢分派妥当，精心准备好祭祀的羊肉、猪肉，多备肉食、干果、鲜果和酒水。是夜，合府上下，都要在后院中庭拜月赏月，相聚宴饮。

院子中间，摆着一张食案，中间放置一个青铜香炉，两边分别摆着祭品，一个食盘中放置烹熟的猪头、羊头，另一个食盘摆着两篮干鲜果蔬、两个铜酒樽。

月上中天，文党和经氏一起跪拜上香，敬献猪头、羊头、果蔬等祭品，以酒酹地，虔诚祈祷，三拜而毕。

祭拜之后，就是宴饮。主子的食案安放在正中间位置，文党和经氏非要文原过去一起饮酒，文原推辞再三，方才过去，与文党、经氏一起席地而坐。男仆女婢一大群人，也围着食案席地而坐，彼此摆谈，相互敬酒。士运年少，在母亲身边待了不大一会儿，就在院子里跑来跑去，不时引得大家大笑，整个太守官邸都被这笑声感染着。文党非常开心，也不拘束孩子，由着他的顽皮性子，心中却想起了士宏，想起了京师求学的那十八个学子，也不知此时在哪里干什么。

旁边男女皆放松饮酒，不时打趣春兰与张嵘。经氏悄声道：“老爷，你看春兰与张嵘如何？”

“什么如何？”文党还想着士宏和游学学子的事，似乎不知经氏所说何意。

经氏嗔怪道:"你啊,就只知道公务,其他事还真是不开窍。你看,春兰和张嵘二人倒是般配,一个男大当娶,一个女大当嫁,我想做主将春兰许配给张嵘,你觉得如何?"

文党恍然大悟,连连道好。

此时此刻,京师长安,司马相如宅院内,也是人声鼎沸,欢笑阵阵。当初远赴京师游学的蜀中十八学子,今夕都相聚在这里拜月赏月。平日里,他们都各在一方,拜师求学,这样的聚会宴饮并不多。

饮过几盏之后,年轻人的天性也渐渐释放出来,除了互叙情谊、交流学业,便是行令饮酒。长安的酒,似乎多了一份京师朔风的浓烈辛辣,少了一份蜀中山水的柔媚清雅,不及桂花陈酿甘洌芬芳。

司马相如也是极洒脱之人,也不再顾忌师生之别、长幼之序,加之乡音难改,自然相亲,当初一路相伴来到长安,大家彼此也很熟悉,便一起畅饮、闹腾开来。

月上中天,清辉如泻,院子里的树木花草,皆如水洗一般,凉风中混杂着桂花醉人的芬芳,香甜浓郁。司马相如提议道:"今夕中秋,皓月当空,牛饮何益?我们不如猜钱,猜错者以月为题吟诗,附和者饮酒,猜中者,则由对方附和者饮酒,诸位以为如何?"

当下众人同声叫好,遂由司马相如监令,未切题者罚酒。早有婢女取来令钱。令钱皆青铜铸造,与寻常铜钱无异,只是稍显厚大些,正面有图案纹饰,篆有文字,背面则光滑如镜,无任何纹饰。

首轮由张治执令,张宽与何元对猜,张宽定正,文士宏等八人附和;何元定背,孙治平等六人附和。张治开令,孙治平一方中,张宽依议赋诗。

张宽略作思忖,便不紧不慢吟诵道:

　　月色皎兮耀汉疆,播清辉兮佑高堂,别高堂兮断我肠,同浴此夕兮共彷徨,归故里兮美名扬。

司马相如击掌叫好,众人也一起喝彩,随即满饮一盏。

154

司马相如放下酒盏，颔首道："叔纪之诗起势不俗，可谓气象天成，用情极深，收束照应，显真性情，中间转承，稍显急促，可为中上之品。"

众人深以为然，纷纷祝酒相贺。

紧接着就是何元执令，文士宏与林家国对猜，众人分别相附，结果林家国中，文士宏赋诗。

文士宏举头望月，低头环顾院内，但见月色如水，无声流淌。他站起身，慢慢踱步，稍加思索，便朗声歌吟：

> 月出东林兮，星汉无光，君子如玉兮，光照四方。
>
> 月出沧海兮，蟾宫无声，美人寂寞兮，飞泪结霜。
>
> 不见君子兮，我心忧伤，天上人间兮，共饮此觞。

吟诵完毕，文士宏重新跪坐下来，大家都静静地，无人发声。一瞬之后，大家似乎才反应过来，纷纷叫好，或击掌，或拍案，不一而足。

司马相如满脸笑容道："尚贤之诗，少年老成，有大家之风！借月起势，往复咏叹，又以君子美人自况，抒发胸中之气，心驰天上人间，眼观六合八荒，情通古今，大开大合，堪为上品！"

众人又是一阵叫好，弄得文士宏很不好意思，口上谦虚，心里却有些自得，又满饮一盏。

依次下来，该张宽执令，何元与张治对猜，其余人分别相附，结果张治中，由何元赋诗。

何元走到司马相如面前，恭敬跪下，苦着脸道："司马先生，何元就只会做点生意算算账，哪里会吟诗啊？要不就饶了我吧……"

"不行！""不行！"

众人纷纷发声，乱纷纷笑作一团，打趣着何元。何元本是郫县富家子弟，与众人都交好，但他天生商人料子，一肚子生意经，在京师也是跟着桑弘羊学习经营之道，对文章诗赋不甚擅长。

司马相如笑问众人之意，都没有放他一马的意思。无奈，他只得硬着头皮上前，抓耳挠腮好半天，才扭扭捏捏道：

月至中秋兮大如盘，我见满月兮如御钱，恨不肋下兮生双翼，盗取明月兮到人间，愿为世人兮广铸钱。

"哈哈，真乃奸商啊，眼里只有钱！"

"不行，竟敢行盗窃之事，太煞风景，依律当罚……"

众人笑得前仰后合，何元也是跟着笑，虽然面色略红，并无尴尬难堪。

待众人止住笑，司马相如微微一笑道："民丰之诗，虽然用语略俗，但境界甚大，心气殊高，有心怀天下、兼济众生之志，日后若不为事工名臣，亦必为一方巨富！"

听到这里，大家都不约而同点头赞同，何元也咧嘴而笑，有些不好意思。

众人继续行令饮酒，虽无好句，但大家也不以为意，兴致极高，权当一笑助兴。直近三更将尽，月影西移，夜色渐深，秋风凉人，众学子才尽兴而罢，一个个皆大醉而归。

学子们离去之后，司马相如在大门外，静静地伫立，久久遥望隐隐约约的城郭。京师深夜的秋风，带着丝丝寒意，让他酒意渐消，想起了蜀郡城外的送别，想起了临行前太守的再三嘱托，他决意要给文党写信，告诉他关于孩子们的事情。

良久，他返身进屋。院门"嘭"地关上，所有喧哗退去，只留下一地月色、漫天光华，在长安寒凉的秋风中，微微地荡漾，说不尽的缠绵。

七

司马相如的书信送达的时候，文党和王道君已经身在湔水之畔了。

历经两年多时间，湔水治理已经接近尾声。其间，文党亲临过多少次，他自己都已经记不清了，但这里很多官吏、百姓都已经认得这位太守。文党带着几个卒吏来到工地的时候，老百姓停下手中的活，一下子围过来，恭恭敬敬地长揖施礼，争着与他打招呼。

这些祖祖辈辈生活在这里的百姓，从未想到有朝一日能让湔水改道，摆脱靠天吃饭的命运，对眼前这位身材颀长、容貌魁伟、温和而不失威严的太守，他们满怀感激与敬畏，由衷地信赖和亲近。

在繁、江源两县交界处，一大群百姓正聚在一起，吵吵嚷嚷，闹得不可开交，剑拔弩张，互不相让。众人明显分属两派，看见文党一行，都立刻围了过来，让卒吏有些紧张，欲要阻拦众人，被文党劝止。这些人中间，有的认得文党就是力主湔水治理的太守，身后的是县令王道君，便赶紧过来跪拜见礼。

寒暄了几句，文党笑着问道："你们在此吵闹，所为何事？"

一位须发皆白的老者上前，似乎在这群人中有些威望，他对着文党深深一揖，面露愧色道："禀太守，我们都是这里的百姓，分属江源、繁县，由于湔水下来，沿途分流，到此地界，水量已经不大，都想多引一些水，故而在此争执。老朽是这里的乡老，解说虽多，却始终无法说服双方众人，惭愧惭愧……"

江源人道："我们出力最多，地势也高一些，依理我们就应该多一些。"

繁县人道："我们繁县出力也不少，况且我们土地、人口要更多些，需要水量更大……"

文党听了一会儿，已然明白双方争执缘由，只得安慰大家："乡亲们，水都引到家门口了，凿峡、筑堰、开江，那么艰难的事情，我们都能做好，这分水的小事，我们还做不好吗？你们放心吧，我会责成两县令做好这件事情，给大家一个公正的解决，好不好？"

王道君也劝道，自己会跟何县令商量好，定会让大家满意的。

众人见文党与百姓如此亲近，心气早已消了大半，所说又极合情理，都大声叫好，双方心平气和地散去。

文党一路逆流而上，穿过繁、江源两县，途经天阙门，来到白龙峡。数日奔波，旅途劳顿，但兴致依旧很高。

白龙峡已经凿宽了不少，水面平阔多了，水流也较以前平缓太多，虽然依旧潭深水急，但没有了峡谷峭壁的阻拦，水流已经没有了奔腾咆哮的气势，也没有了让人心悸的轰鸣声。

文党站在崖边，俯视着脚下温驯的湔水，片刻兴奋后，却再度沉默，静静地回想过往的时光，那些匆忙的人，那些远去的事，都似乎随着山顶飘忽的白云渐渐远去，却又异常清晰。

文党放眼瞭望，目光在白鹿顶方向停下。白鹿顶，白鹿仙翁，文党一直没有忘记那个神秘老人，琴技高超，见识不凡，谈吐不俗，二人一见如故，颇为投缘。心思所至，会心一笑，对王道君道："走，我们去白鹿顶，给你引荐一位奇人。"

"奇人？"王道君有些不解，满脸疑惑。

文党笑道："走吧，你去了就知道。"

经过一个时辰的跋涉，文党一行就到了庄宅——白鹿仙翁所居的宅院。

听闻太守到访，庄宅内立时忙碌起来，却并不慌乱。很快，男女老少都赶到前院，恭迎太守。白鹿仙翁在儿子的搀扶下，来到院门口。

文党进门，白鹿仙翁和儿子都是一愣，呆立当场，一时失态，竟然忘记了见礼，觉得眼前这位年轻的太守，太过眼熟。

文党一笑，拱手道："前辈，一别两年，是否别来无恙？"

庄兴已然认出来者，这不就是两年前偶遇的那位商人吗，咋就成了蜀郡太守？

白鹿仙翁也记起往事，认出了文党，就是两年前与自己操琴论道、相谈甚是投缘的人，说是来自庐江的行贾，怎么这会儿就成了太守了……

父子俩醒悟过来，长长一揖，恭敬施礼。文党见机上前，一手扶住白鹿仙翁，连道："免礼，前辈德高望重，我们彼此也算有缘，何必拘于繁文缛节？"

父子二人将文党一行迎进客堂，分宾主落座，家中男仆女婢很快送了茶水，倒行而退，礼节周到，分毫不差。

白鹿仙翁微微颔首，拱手施礼道："不知太守莅临，老朽有失远迎，还望宽恕！先前不识真容，多有怠慢，言语不周，罪该万死……"

文党拱手还礼，笑道："前辈言重了，先前以商人之名行走，只为察访民情，并非有意欺瞒，还请前辈莫怪。"

二人相视一笑，寒暄几句后，白鹿仙翁肃然道："自从前日一别，老朽虽偏居山野，未能有幸一晤，却也屡闻太守英名，笼络富商、治理湔水、打击豪强，桩桩件件，出手不凡，深受百姓拥戴，声誉如日中天啊……"

文党爽朗一笑，谦逊道："文某履蜀以来，已近三载，虽非一事无成，却也所为不多，唯有湔水之治，勉强算得上一点微末政绩，其余皆无足论……犹记当初聆听老丈高论，可是受益匪浅，不敢相忘，今日特来致谢。"

文党说完，微微躬身，抱拳施礼，真挚而虔诚，看不出一丝一毫故作之态，并将繁县令王道君引见与庄氏父子。

父子二人赶紧与王道君见礼。白鹿仙翁似乎有些意外，面浮红晕，急忙恭敬道："太守过谦了，仅就湔水之功，已足可与李冰比肩，若论治蜀安民，鲜有人企及，全凭太守英明，老朽岂敢居功……"

文党摆摆手，微笑道："老丈学识渊博，见识高远，绝不输先贤君子，文党今日叨扰，有个不情之请，还望老丈成全……"

白鹿仙翁正色道："太守吩咐，老朽但所能及，绝不敢敷衍推辞。"

文党饮了一口茶，缓缓放下茶碗，诚恳道："不知在下能否有幸，再聆老丈琴音？"

白鹿仙翁哈哈笑道："微末之技而已，实在难登大雅，既然太守不嫌污了尊耳，老朽今日就斗胆献丑，为诸位抚奏一曲。就请太守移步后园。"

文党点头，众人一齐起身，随老人同至后园，一路有说有笑，气氛也渐渐随和起来。至园内小亭，几人便席地而坐。虽是室外，但亭内十分洁净，几乎一尘不染，显然有人时时打扫。

文党举目四顾，院子依旧，只是比上次多了几分绿意，满园竹木苍翠，空气中浓郁的桂花香气，让人忍不住深深吸上一口，令人迷醉。

很快，庄兴小心翼翼地捧出绿猗古琴，安放在亭中石案上，便躬身退下。他没有支使男仆女婢，而是自己匆匆过去捧琴，显然不想有任何意外，以示对太守的尊重。

白鹿仙翁轻轻拨弄几声，试了试琴弦，理理袍袖，微微一笑道："老朽献丑了，太守多多指教。"

文党直了直身子，伸手示意，颔首道："有劳前辈了。"

众人凝神屏气，精心以待。文党双眼微眯，琴音还未响起，就似乎已经陶醉于旋律之中了。

随着白鹿仙翁双手挥洒，十指划动，一串串琴声响起，婉婉转转，绵密不绝。琴声柔和，仿佛阵阵和风细雨，从琴弦上飘飞而来，所有人都被包裹着，浸润着，沐浴其中，洗脱凡尘。琴音让人心思宁静，忘记所有烦恼。

白鹿仙翁须发微张，衣袍流动，似乎被琴音带起，无风自动。琴音明艳，就仿佛缕缕阳光，在琴弦上飞溅，溅起点点浪花，让人感到丝丝暖意，心中一片澄澈，仿佛置身一碧如洗的天空，随风飘然而起，就要飞升成仙。

时间似乎在此刻凝固，人们只是陶醉在优美的琴音中。不知过了多久，余音渐渐消散，人们都还沉醉其中，没有醒过来。

"妙哉！"文党最先醒过来，击掌叫好，众人才一下子从陶醉中清醒，仿佛刚从神游中归来。

白鹿仙翁似乎心力透支，面容略显疲惫，稍稍喘息，微微眯着眼睛，又似乎在回味曲子的意韵。

"前辈琴技超凡脱俗，实在是夺天地造化，妙不可言，在下好生佩服！"文党拱手道谢，不吝赞叹，脸上尽显由衷之色。

白鹿仙翁摇摇头，叹息道："太守谬赞了！唉，老朽年纪渐长，心神日衰，这技艺也难免退步，倒是辜负这绿猗古琴了……"

歇息一会儿，白鹿仙翁慨然道："太守和县令两位父母官今日光临，真令寒舍生辉，更难得太守精通音律，引为知己，老朽纵然年迈衰微，亦当为太守再抚一曲，以博方家一笑。"

文党谢过。白鹿仙翁沉思片刻，拨动琴弦，琴音便汩汩流淌，如同一泓清泉从琴弦涌出，芬芳氤氲，遍地洇染，万物勃发。

白鹿仙翁双手渐快，须发飘动，衣袖翻飞。琴音也由舒缓渐转急骤，如同绝壁飞瀑，急流坠落，水花四溅，轰然作响，让人顿感紧张，仿佛就要窒息一般。循环往复之中，节律渐渐舒缓，琴音也慢慢转为轻柔，仿佛林间松风掠过，吹动潭水，微波轻轻荡漾，渐轻渐柔，终于平息下来，余音袅袅，久久缠绵。

曲子很长，白鹿仙翁弹奏完毕，众人一起击掌，赞叹不绝。他饮了一盏茶，好半天才缓过神来，微笑着致谢。

良久，待白鹿仙翁体力心力恢复，文党才缓缓道："前辈琴技，可谓神乎其技！在下虽未明曲中之意，但感觉此曲不凡，初时高昂激越，似大军征战，刀剑铮鸣，豪气干云；中段却幽远旷达，有如江海泛舟，随其波而逐其流，又如登临绝顶，临风长啸，一吐胸中幽思郁结；后段舒缓恬淡，似山川静寂，星月朗照，月朗风清，不着痕迹，自有一股超脱气息，灵动空明，杳渺飘忽，不似凡尘之境……未知此曲何来？"

白鹿仙翁看了看众人，抬头望向天空，面色平静，不见波澜，却有些怅然，慢慢开口道："太守高见！此曲乃是家传之曲，先人所创，久而未知其名，老朽习艺不精，实在辱没先人、愧对祖宗……"

文党看着白鹿仙翁，似有所感，没有继续这个话题，转而道："前辈无须感伤，人生皆由命定，事事自有天意。是非功过，冷暖甘苦，到头来皆如云烟，尽付笑谈，何必逆天而求，徒累心神？"

白鹿仙翁回味着文党的话，若有所悟，微微点头，心下暗道，枉我习《易》半生，参悟天地大道，终难超脱物外，还是太守格调高远，远非乡野之民所能及，与太守相比，能掌控蜀郡驾驭万民而举重若轻，自己终究还是远远不及。

谈论之间，庄兴前来禀报，家中已经备好酒食，请文党一行前往宴饮。众人道谢后，一起来到前厅。

八

暮色微茫，堂上早已燃起蜡烛，依礼安放食案，摆满肉食、果蔬一应佐酒之物。宾主落座之后，婢女斟上好酒。

席上，众人一边饮酒，一边摆谈，相互依礼敬酒，言笑晏晏，气氛极为和谐。

酒过三巡，皆若微醺。文党笑笑，对白鹿仙翁拱手道："蜀郡之中，文风不兴，百姓彪悍，不循先圣之学，不遵朝廷规制，文党欲效先贤修建学宫，以教化蜀中百姓，使之习圣贤之学，明圣人之理，兴教化之风。无奈才俊隐世，师者寥寥，欲延请前辈执教学舍，未知前辈可否应允？"

白鹿仙翁一怔，默然无语，愣了半晌，才举起酒盏，婉拒道："承蒙太守高看，然而老朽所学，皮毛而已，焉敢误人子弟？而况衰朽老迈，纵心有余而力不逮，尚望太守宽宥，容老朽善终山林。"

王道君望着白鹿仙翁，似乎有些难以相信，如此直截了当拒绝太守之邀，太过出人意料。

白鹿仙翁似乎看出众人心思，沉思片刻，慨然道："太守履蜀，三载而已，一力驯服湔水之患，灌溉繁、江源两县三万余亩，惠及数万百姓，泽被后代苍生，功莫大焉。太守所谋甚大、所虑甚远，意欲兴建学宫，教化民众，此乃不世之功，直追先贤之风，实乃蜀中百姓之福，亦为朝廷百官之幸，封侯拜相亦当可期……"

文党笑笑，淡然道："文党身负皇恩，代天子牧守，尽心竭力不敢懈怠，只望治下百姓富裕安平。封侯拜相，岂敢妄想？至于兴学宫化百姓，尚未见功，成败殊难预料，凡事皆尽人力而听天命，一切顺其自然吧。"

白鹿仙翁想了想，突然问道："太守兴建学宫，不知所授为何？"

文党微微侧身，看向白鹿仙翁，有些无奈道："实不相瞒，现在一切尚未定论，我想以儒家经典为主，明理遵礼，教化民风，健百姓心智，兼采道、法、兵、农诸子之学，广才智而强事工，使官民心有所畏，行有所止，身有所长，各尽其能，各安其命。然文党亦知，此事绝非一日之功……"

众人闻言，眼中精光闪烁，面色激动，独有白鹿仙翁平静如故。

白鹿仙翁捋了捋胡须，颔首道："儒家之说，偏重心性而蹩于事工，逢盛世可昌明而兴，遇乱世则无功而隐。法家之说，专务刑罚，残苛无度，秦以其忽兴，亦因其速亡，非盛世明君所取。道家之说，循天理而顺自然，小国寡民，故所愿也，三皇五霸可行，然帝王必然不喜，必行之不远。兵家之说，太过诡异，非常人所能，非百姓所喜，亦非帝王所愿，故不能广布民间。至于纵横之术、墨家之言，流弊甚广，与世间情势相悖，岂能长久……"

众人听闻白鹿仙翁之言，无不惊异。只有文党面色如常，泰然处之，并不以为奇，继而追问道："前辈以为黄老之术如何？"

白鹿仙翁思量片刻，沉声道："春秋以降，世道分聚离合乃是常态，诸子之说亦是如此，既互相抵牾，又互相借鉴，兼采众家所长，聊补一家之短，最盛行者莫过黄老之说。虽以黄老名之，实则融墨、儒、法等诸家学说，以道家之说为基，顺民意、绝贪婪；取儒家之说，驯民心、别尊卑，定秩序、固大统，以绝世人觊觎野心；取法家之术，制律例而使民畏，立天命、尊皇权，能兼济苍生之命，故为当今帝王所倚重，并非命数所归，实乃情势使然……"

院中寂寂无声，四下一片静谧，只有烛火微微摇曳。众人屏住呼吸，心中波澜起伏，久久无法平息。都没有想到，一个山野老人竟有如此见识，足以藐视天下，所言惊世之语，实乃闻所未闻。

良久，文党躬身施礼，拱手道："前辈高见，文党承教了！学宫教位，必定虚席以待，他日机缘若至，我当亲为前辈侍琴！"

白鹿仙翁哈哈一笑，直身施礼，依旧婉拒道："他日若有机缘，定当亲为太守抚琴，一效子期伯牙风雅，再续秉烛夜谈情义。"

堂上众人，心中情绪起伏最大的莫过于王道君，今日一见，方知江源境内，竟有如此高人，自己居然全然无知。当然，文党从未提及此事，故而他并不知庄氏一族，乃是故楚世家。

众人脸色茫然，似是深感可惜。王道君上前深施一礼，朗声道："太守容禀，江源偏僻乡野，竟不知有如此高雅贤士，实乃道君之过，愿举庄老为一县之士绅，择壮男为县衙之曹吏，庄氏一族为江源名望，以补不察之过。"

白鹿仙翁凝神半晌，对王道君施礼道："承蒙王县令错爱，庄氏一族，背井离乡已是有愧先祖，苟安一隅，学识浅陋，见识粗鄙，不足以为乡里表率，更难堪县令重托，但求安居乡野而已，还请王县令收回成命。"

文党见白鹿仙翁心意坚决，亦不强求，只说等待机缘，于是众人饮酒照旧，直至二更将尽，方尽兴而罢。

众人灭烛熄火安歇，山庄一团漆黑，像一只酣睡的猛兽，隐在巨大的暗影里，似乎隐藏着无数秘密，没有一点声息。

翌日一早，文党等人告辞，庄氏父子苦苦挽留，奈何公务在身，不能久留。文党和白鹿仙翁相视，脸上都有些不忍，还有些难以言喻的落寞。父子二人相送一程，直到湔水畔，才一步三回头地离开。

第六章　秋尝大典

一

随着天气变好，文党的心情似乎也好转起来。他并不是一个善于隐藏情绪的人，常常会将自己的心情直接表露出来。除了郡署日常事务，他的心思多半用在了学舍建造上。至于湔水治理收尾的事情，不用他操心，争水的事王道君与何倜早已解决：在每个堰口安放了分水石，上置刻度，根据人口、田亩数量，按照刻度确分引水径流，并无偏私，百姓自然无话可说。

这天，秋阳温煦，日暖风清。理完事务后，文党没有直接回官邸，而是驱车赶到郡城南门边。

文党的车还未停稳，在场的几个曹掾就赶紧跑过来。待太守下车，几个人一一禀报建造进度，文党一边听着属下的禀报，一边进入场地仔细察看。

学舍整个仿照稷下学宫的规制修造，不同之处是，丽春楼的大火和深不可测的神秘势力，让文党心生警惕，将墙体的木头全部换成了青石，防火防水，亦不惧虫蛀。有了湔水溃塌的惨痛教训，他似乎变得有些神经质，对任何属官曹掾都不敢完全放手，并非不信任他们，而是他对建造质量有着近乎苛刻的要求与执着。几乎每隔一两天，他都要到学舍建造工地转转，督促建造进度，察看每一处木石的大小、长短、质地，察看每一块石材的安放，每一根柱子、每一根屋檩和椽子的质量。参与建造的木石工匠，文党都非常熟悉了，还经常就建造问题与他们商量，或者主动询问他们的意见，偶尔也会同他们拉拉家常。这些工匠中不仅有郡署管理的匠籍人口，还有从各县调集的匠户，都对太守印象极佳，干起活来也格外卖力，修造进展非常顺利，只待明春，差不多就会完工了。

文党照例在工地察看一遭，并未发现什么问题，对监工的曹掾叮嘱几句，就要乘车离开。曹掾禀告文党，工地木石材料即将用尽。

回官邸时，文党歇息片刻，便来到书房读书。刚坐下来展开一卷书简，夫人经氏就进来了。文党微微皱了皱眉头，在他读书的时候，经氏一般都不会到书房，谁都知道，那是"禁地"。

"有事？"文党淡淡问道。

"张嵘回来了，还带着他侄女……"经氏好像有些犹豫，话说了一半，又止住了话头，似乎是看出文党有些冷淡。

"来就来吧，就安排做个使女吧，正好有人照顾一下士运……"文党凝视着经氏，也觉得有些奇奇怪怪的，这样的小事，怎么还要打扰他，以前可从不如此，府中的事情都是经氏和文原商量着办的。

"你说得轻巧，这前前后后几十口人，每天张口就要吃喝，你就只是吃粮不管事，眼下都要断炊了……"经氏有些委屈，噘着嘴，眼睛红红的，拼命忍着泪，却还是没忍住，两行泪水一下流了下来。

文党站起身，拉过妻子，顺手关上书房门，拍了拍她的肩膀，用手背轻轻拭她脸颊上的泪痕，柔声道："咋还哭上了呢？也不怕下人们笑话，还像个小女子样……"

经氏止住抽泣，一扭身子侧过一边，气恼道："我本来就不是什么大男人，只是个小女人，怎么了？"

文党愣了一下，继而讪笑道："是是是，小女人允许有小脾气，好好说说，断炊是怎么回事？"

经氏无奈地摇摇头，叹息一声，嗔怪道："你啊你，简直鬼迷心窍，眼里只有公务，要不就洭水、学宫那摊子事，眼见就要断炊了，还要添人，怎么办？"

文党有些懵懂，一时没有反应过来，直直地看着妻子，没有说话。

经氏看看文党，似乎更加气恼，数落道："你的禄米，每月就一百八十石，府中本也足用了，但京师那些学子，每月要支取六十石，学舍这边前后支取了两千多石，这一年来的用度，都是以前的一点积蓄，现在积蓄也花光用尽了，府中几十口吃喝怎么办？"

文党恍然大悟，沉思半天，却没有想出办法，只得安慰经氏，容自己再想想。他自己却心知肚明，哪里有什么办法，难道要自己腆着脸去告借吗？似乎他还放不下面子。

经氏离开后，文党有些心烦意乱，叫过张嵘，询问了他家中情况。原来，张嵘父亲过世后，他便回乡料理丧事，守孝期满，刚从繁县乡下返回。家中没有其他亲人，侄儿张治在京师游学，家中只剩下一个年幼的侄女，便将几亩薄田，托付给族兄照料，自己带着侄女到了成都。

文党想了想问："你侄女叫什么，多大了，是不是还那么瘦？"

张嵘似乎有些意外，想不到太守还记得当初那个瘦瘦小小的女孩。

张嵘有些激动地回道："禀太守，侄女叫杏儿，十三了，这两年长高了，也胖了些……"说完，他有些不好意思地摸摸脑袋，怯怯地笑着。

文党也想到了当初的情形，心中有些感叹，在蜀郡第一个认识的老人，如今却已作古。自己能做的有限，有很多事情，自己也无能为力，即便身为一郡太守，也管不了全郡每一个百姓，更管不了一个人的生死。

思忖片刻，文党点头道："就让杏儿在这儿待着吧，正好士运也有个伴。"

张嵘闻言大喜，赶紧跪下磕头感谢，然后高高兴兴地告辞离去。

张嵘离开后，文党又陷入了烦闷。他想起了司马相如，想起了远在京师的十八学子，两年多了，也不知现在究竟如何了。虽然文士宏几乎每月都有家书，司马相如也不时来信相报，他心中还是有些空落落的，太过关心，往往就会失去准确判断，所谓关心则乱，大抵就是如此吧。

次日，文党早早地去了郡署。经氏夫人收拾了一个包袱，叫过管家文原。

文原急急忙忙来到后院，对着经氏夫人施礼，恭恭敬敬问道："夫人，有什么事吗？"

经氏轻轻咬着嘴唇，犹豫半晌，才低声道："原伯，最近府中用度亏空，老爷支取的禄米，除了京师学子用度、学舍修造，官邸日用捉襟见肘，攒下的些许积蓄也已罄尽。我这里还有些陪嫁首饰，你先拿去质当些钱，权且对付些日子吧。”

文原愣在原地，一时有些不知所措，难为情地搓着双手，犹豫半天，喃喃道：“夫人，要不再等等吧，容主人再想想办法……”

经氏长长叹息一声，幽幽道：“原伯不用再说了，他公务缠身，时时处处身涉险境，我也爱莫能助，不能再给他添堵，你就放心去办吧。”

文原双眼通红，潸然泪落，接过经氏夫人递过来的包袱，转身慢慢离去。

日子一天天过去，文党并没有想到解决的办法，而经氏质当嫁妆首饰的钱，却日渐见少，经氏忧心忡忡，却又无可奈何。

这天，文党休沐在家，近午时分，收到一封书信。文党展开一看，不禁喜形于色，匆忙来到后院寻找经氏夫人。

经氏夫人远远望见文党，便叮嘱了几个婢女，自己擦擦手，过来迎着文党。

文党拉着夫人的手，来到书房，颇为自得地说：“夫人，老家来信了，士孝不日即将抵蜀。”

经氏有些莫名其妙，怔怔地望着文党，满眼疑问。

文党回过神来，笑着摇了摇头，拿起家书，颇为激动地说：“士孝前次从蜀郡运回的蜀布蜀刀、丝绸锦缎，赚了不少，父亲深觉我在此为官，恐致吏民生嫌，要将所赚的钱全送与我，用作学舍修造……”

文党话未说完，经氏已然明白，索然道：“你不是还借了士孝那么多钱吗？这恐怕还不足还债吧，没有本钱怎么经商？”

文党仿佛被当头浇了一盆冷水，瞬间就兴致全无。

文士孝还未到，官邸却迎来了一位意外的客人——临邛富商卓王孙。

文党与卓王孙虽只见过几次面，也甚为投缘，在湔水治理中，多赖卓王孙出面，说服蜀中富商巨贾捐资相助，才得以顺利开工。加之文党与司马相如相交甚厚，平日里经氏与卓文君亦多往来，彼此愈加亲近。

卓王孙进门，身后的仆从提着一个大包袱，文党将他迎进花厅，命人敬茶。

寒暄几句后，卓王孙施礼道：“文太守公务繁忙，王孙也就开门见山了，听闻太守修造学舍，不知进展如何？”

文党摇摇头，笑道："卓公相问，文党也不欺瞒，实在一言难尽啊！学舍修造倒是极为顺利，只是当下却遇到了一些难题……"

卓王孙浅浅地饮了一口茶，捋了捋颔下长须，笑问："太守是否正为钱发愁？"

文党大惊，讶异道："卓公如何得知？"

卓王孙哈哈一笑，慨然道："小女文君得知夫人以嫁妆首饰质钱，助太守修造学舍，甚为感佩，连夜差人送信，央求老朽相助，故而今日做个不速之客……"

文党听闻，心中泛起波澜，五味杂陈，涌起太多的自责。他一忙起来就忘记了家中窘境，妻子质当嫁妆首饰，他竟然一无所知。

卓王孙见此，微微一笑，面色恭敬道："太守无须自责，老朽闻讯，即亲到成都，为夫人赎回了一应质当物品，现如今完璧归赵，请太守检视……"

卓王孙将身边的包袱送到文党面前。

文党接过，将包袱放到一边，拱手道谢："之前治理湔水，卓公仗义援手，全郡商户云影而从，方能如期开工，蜀中官民，敬佩有加！今日又如此襄助，文党感激不尽……"

文党说得情真意切，没有丝毫虚情假意，让卓王孙也是异常感动。

"老朽冒昧，太守修造学舍，本是泽被后世之举，为何不效湔水之举，倡议全郡商贾出资，反而以一己之力独自为之？"卓王孙有些不解地问。

文党笑笑，感慨道："文党当然想过，但湔水治理，已蒙众人相助，何况商贾，外输内运，远求近沽，勤劳节用，历经数代方成家业，所谓己所不欲勿施于人，我又岂能以一己所为而损众人之利？"

卓王孙肃然道："难得太守如此体谅我等商贾小民，卓氏一族，自邯郸入蜀以来，以冶铸为业，虽非大富，亦有薄财，理当助太守一臂之力，愿捐钱百万、粮千石、良材千段……"

卓王孙似乎没有说完就停下了，望着太守。

文党两眼精光闪烁，略加思量，缓缓道："卓公高义，文党感激不尽，学舍修造，确需资财，但文党不愿强人所难，亦不愿遭人诟病，尚望卓公体谅。卓公为拙荆赎回质当之物，所耗之钱，异日再行奉还。"

文党心知，卓王孙毕竟为商，在商言商，不敢搅和太深，易遭人诽谤。还有就是钱财往来太多，让他与司马相如不好相处，他不愿彼此之间牵扯到利益上。最重要的是，他对颜面看得很重。当然，也是侄儿来信说到，不日会将家族盈利之钱交于自己修造学舍，父亲和兄长拿出了部分资财相助，文党心中有了底气，才会婉拒卓氏好意。

卓王孙并不知晓文党心思，又想了想道："既然如此，老朽与太守做个交易吧，对彼此都很公平，我将粮食、木材等物售与太守，待太守钱财筹集到后再行支付，就当暂时赊欠，如何？"

文党也深知卓王孙是真心实意相助，便同意了他的提议。

卓王孙想了想，继续道："且恕老朽冒昧，容我再提一个请求，异日学舍开张，请太守优待卓氏子弟。"

文党哈哈一笑，当即爽快道："卓公所请，亦是好事，文党定当尽力满足，让卓公如愿。"

卓王孙谢过，告辞而去。

经氏来到花厅，文党将包袱递给妻子，沉默着不说话。

经氏满脸疑惑地看着文党，不明就里，接过包袱，淡淡问道："这是什么啊？"

文党没有开腔，抬头望向屋顶，掩饰自己无以言表的情感，担心自己一开口，就再也忍不住眼中的泪水。

经氏满是狐疑地将包袱放到案上，慢慢打开，却一下子瞪大眼睛，僵立当场，满脸的难以置信，好半天才低声犹豫道："怎么回事……这是从哪里得来的？"

"你怎么什么事情都瞒着我，这些可都是你的嫁妆……"文党轻轻拉起妻子的双手，怜惜地看着眼前这个女人。这个柔柔弱弱的女人，却有着异乎常人的坚韧，始终默默为他撑持着这个家。他本当为她遮风挡雨，却不承想她却为他撑起了一片天。

经氏微微仰着头，心莫名地有些痛，轻轻为文党拭去眼角渗出的泪水，嗔怪道："还说我小女人，动不动就哭，你自己咋还女人样，不怕下人笑话啊？"

文党心头一暖，顺手揽住妻子的肩膀，紧紧地搂在怀里，闭上眼睛，任无言的情愫静静流淌，紧紧缠绕。

"你从哪里拿到这些东西的啊？"经氏轻声问道。

文党松开妻子，断断续续，柔声道："这些东西啊，都是文君父亲卓公赎回的……你看这都惊动四邻了，今后遇事可不许瞒着我。"

经氏低头看着那些失而复得的首饰，爽快道："知道了，我的太守，今后再也不瞒着你了，你就放心吧，放手去做你的事吧，家里你就不用分心了……"她顿了顿，长长叹息一声，自言自语道："唉，只是这文君，我该如何谢她呢？不过也不急在一时。"

见文党情绪渐渐平息，经氏拿着包袱，回后院去了。文党望着妻子柔弱的背影，陷入久久的沉思。

二

学舍修造一切如常，湔水治理也已全部完工。文党的心情却依然沉重，对湔水分流引水、灌溉田地的结果，似乎并没有信心，一直不敢去看看，好几次，他都忍住前往湔水的冲动，害怕自己看到另外一番景象，害怕自己想法落空，让自己和百姓失望。直到王道君、何倜禀报收成情况，才完全放下悬起的心。思虑再三，他决定举行秋尝大典，祭祀社稷之神。

祭坛很快修建完工，一切都遵循规制，并不算大。祭坛建在紧邻学舍的空地上。蜀中官吏百姓以一种异样的目光，打量和审视这个陌生的祭坛，充满了好奇，又带着某种敬畏。他们隐隐有种强烈的预感，这个祭坛或许将连结着他们的命运，主宰着他们的生死祸福。对不远处正在修造的学舍，人们怪异的目光中，更多的是疑惑与茫然，不安之中，又似乎还有隐隐约约的期待。具体疑惑着什么，期待着什么，又完全说不清道不明。

说是社稷祭坛，其实是两个紧邻的祭坛，左边一个呈圆形，右边一个呈方形，皆夯土筑坛，四向开蹐，顶上各设青石神案，两坛高低径距，常人皆难看出差异。祭坛南面有一个祭台，比常见的祭台要高一些、长一些；祭坛北面几步远处，还有两间不大的房子，乃是净庙，也是刚刚修造完毕。净庙之中，堆满了城中商户捐送的粮食、布帛等各类货物。得知太守要举办秋尝祭祀，这些商户都自发捐赠，所捐甚多，都堆放在净庙中。

在所有人的好奇与期待中，这个特殊季节里的社稷祭祀——秋尝大典，终于拉开了神秘的帷幕。

春祠夏禘，秋尝冬烝，四时祭祀各异，然皆依礼而行。春季祭祀社稷，只为祈求神灵保佑风调雨顺、稻禾丰熟、六畜兴旺，故又称春求；秋季祭祀社稷，则为答谢神灵，以所获粮畜贡献，敬请神灵首尝，故称秋尝，亦称秋报。

仲秋上戊日，正是祭社稷的日子。这是成都平原一年当中最优良的天气，阳光慵懒而暧昧，天空碧蓝如洗，仿佛一段未着一线的巨大锦绣，在天空铺展开来，丝丝缕缕的白云，像绣女精心织就的图案，恰到好处地点缀其上。

郡城内天上地下，大街小巷，飘荡着浓郁的桂子花香，挥之不去，沾衣惹带。香气缠绕往来的行人，行人不由得放慢脚步，贪婪地吸上一口这醉人的芳香。

一大早，行人们来到祭坛前，围在一起，等待祭祀大典开始。而各县应邀前来观礼的官吏、乡老、贤绅、商贾各色人等，也陆陆续续来到祭坛前静静等待。几步之外，甲兵林立，甲仗鲜明，戈矛森然，几步之外的人群，始终与甲兵保持着恰当距离，眼神中透出丝丝警惧，即使彼此偶尔交谈，都有意无意地压低了声音。

巳时刚过，乐舞入场，鼓乐在左，丝竹在右，一队身着云白锦衣、脸敷朱粉的妙龄女子，娉娉婷婷绕过祭坛，在祭坛南面居左站立；一队身着青色劲装、袒露胳膊的年轻男子，手执干戈，居右站立。又过了半个时辰，司祭才从庙内出来，一手执木鼓，一手执槌，身穿一袭满是污迹的祭袍，上面缀满饰物，腰上悬着几只铃铛，头上顶着各色羽毛编织成的祭冠，脸上戴着一个狰狞的面具——双目微微凸起，龇牙咧嘴，巨齿獠牙，年纪小的孩子不敢直视，不由自主地躲在他人身后，或是将头埋在父母怀里。

司祭一路摇动手中的木鼓，有节奏地击打着，扭动微胖的身子，跳着一种奇怪的舞蹈，一边慢慢登上右边的方形祭坛，燃起香烛，绕着神案手舞足蹈地跳着，口中唱诵着古老而神秘的祷词。两位身着祭服的陪祭，依礼将玉璧、酒樽等各色礼器和五谷瓜果安放神位前。

几个人从庙里出来，场上一片静寂，所有人停止了交流，似乎屏住了呼吸，看着文党一行。文党居中，都尉吕子善、监御史百里俞甫分列左右，长史司马轶等郡署一众属官紧随其后，大小官员，俱是一袭崭新官袍，满脸庄重肃穆。

咚——咚咚——咚咚咚！鼓声响起，声音震天，众人皆肃然而立。手执干戈的年轻男子应声起舞，步履铿锵，干戈相击，铮然有声。节奏时急时缓，鼓声时而凝邈旷远，似是远古先民呐喊，与虎豹相搏；时而高亢激越，似两军阵前对垒，箭矢纷飞，刀剑争鸣。

吕子善看着场上的舞蹈，脸色平静如常，目光左右顾盼，闪过一丝警惕。他一手握紧拳头，一手按着腰间的剑柄，心思回到了去年那场围剿豪门武装势力的战斗当中。

那天，他将郡城驻军暗中调至郡署，悄悄潜伏，将郡署围得水泄不通。夜深人静之际，吕子善和太守等人蛰伏官廨，等候追杀杜路平、纵火丽春楼的凶手自投罗网。

一切皆如所料。时至三更，凶手闯入郡署衙门，进入早已等候他们的官军包围之中。眼见凶手陷入重重包围，吕子善想全部活捉，却不料这些人凶悍至极，竟全部自刎，无一人生还。

在随后围剿豪门私人武装势力的行动中，吕子善出手果决狠辣，各豪门豢养的家丁护院、游侠死士毫无还手之力。只是他非常清楚，这些豪门势力盘根错节，与江湖游侠、甚至山林匪盗多有结交，过几年还会死灰复燃。为此，他听从了文党建议，开始在各处匪盗势力、豪门之中，悄然安插暗桩眼线，等待下一次到来的搏杀，他不敢有丝毫松懈。

约半炷香之后，鼓乐声渐渐平息。琴瑟齐奏，丝竹声开始响起。与鼓乐不同，琴瑟入耳，悠扬婉转，似乎大片大片的秋阳倾洒下来，让人沐浴其中，周身无不熨帖畅快，有如春风和煦，细雨纷飞，丝丝入怀，格外清新舒爽。那些妙龄女子登场，缓移莲步，轻舒广袖。袅袅娜娜，如弱柳扶风，送来阵阵春意，如蛱蝶翻飞，带起缕缕花香。

庄兴搀扶着父亲，站立在观礼人群之中。白鹿仙翁双眼微眯，似乎正陶醉于琴瑟之音中。只有庄兴心中清楚，父亲的内心绝非表面看到的那样宁静。

当与文党初次相遇，他直觉感受到此人绝非凡俗，气度沉稳，不怒而威，对礼乐的见解极为不凡，却万万没有想到，此人竟就是常听人说起的蜀郡太守。

再次相遇，文党从一个外地商贾，变成了太守，让他有些惊异，却又似乎在情理之中。一个天天与金钱打交道的商贾，哪有那么渊博的学识和精辟的见地，何来那么一份庄严气度？

那日入夜，文党等人俱已在庄府安歇。后院一间小屋内，白鹿仙翁端坐榻上，眉头紧锁，久久沉思。

庄兴跪禀道："父亲，今乃天赐良机，我若趁此机会进入官府，岂不更便于刺探消息，更好掌握太守行踪，不知父亲为何拒绝？"

白鹿仙翁盯着儿子，好半天才缓缓道："你只知刺探消息，想掌握太守行踪，可你时时都处于官府耳目之下，极易露出马脚，弄不好就将一切暴露了，两害相权取其轻，此时万万不可冒险。我们损失了众多死士和暗桩线人，好在主力犹在，但绝不能再冒险了。"

"可是……"庄兴还想解释，却被白鹿仙翁挥手打断。

庄兴还不死心，急切道："父亲，我们安插在全郡豪门富商府上的势力，几乎被清洗一空，都尉府还在四面紧逼，我们不能坐以待毙，如此下去，恐怕人心就散了……要不我们明日在途中伏击，擒获太守等人……"

"愚蠢！"白鹿仙翁有些生气，低声呵斥道，"这个文太守绝不简单，他能富裕一郡百姓，不过是想出政绩，异日好博取一个更高的官职，但财富永远都在蜀地，这岂不是我们期待的？若换一个昏庸的太守，搞得饥荒遍地，最终只会削弱我们在蜀中的实力，何况他对我们极为信任，于我们有利而无弊。兴儿啊，你要学会跟高手过招，才能增长才干，将来才能担起重担啊！"

白鹿仙翁想了想，又道："让那些负案在身的人都到山里去吧，到西羌那边躲一阵子，等风头过去再说。让望侯府、靖安侯府都安分一些，不要再生事端，否则就是自取灭亡。"

庄兴见此，只得作罢，恭敬施礼告辞，很快隐入无边的黑暗。他哪里知道，父亲根本就不愿他介入这些事情，这是一个父亲对儿子最好的保护。

白鹿仙翁心中纠结万分。依照常理，人活到这个年纪，早就应该顺命而为了，但他心中总有一个心结。此时他远远望着站在台阶上的文党，心中暗暗叹息。不说理政才干，也不说治水兴学，单就对乐曲、琴音理解之透彻，他与文党可谓知音，然而，惺惺相惜的二人，终究不是志同道合，这也许就是天意弄人吧？

司马轶站立在文党身后，目光从人丛中掠过，看着一群正在跳舞的年轻女子，心中一声叹息。

他叹息的，自然不是这群女子，而是另外一个女子，他一生仰慕、却始终无法得到的女子。他的脑子里浮现出了一个姿容艳丽、神情冷淡的倩影，那个葬身火海的歌伎白露。

那是一个天生丽质而又命运多舛的女子。白露原是湔氏富商白家的幼女，上使有意拉拢白家，许以厚利，却不料被拒，上使恼怒，白家一夜之间惨遭灭门，数十口人尽遭屠戮。白露年纪尚小，被卖到丽春楼，从小学习棋琴书画，几年之后，竟成了丽春楼的头牌。背后这些事情，外人不得而知，只因司马轶参与了那一夜的灭门屠戮，才知道这些秘辛。

白露俏丽脱俗，被上使居为奇货。司马轶本想染指，不但白露姑娘十分冷淡，还被上使严辞警告，只得断了心中念想。而近乎变态的欲念，却无法抑制地蔓延，折磨得他就要疯狂。

就这样，在人前，他是不苟言笑的蜀郡长史，可谓一郡之人上人，别人对他也毕恭毕敬，而在暗夜之中，他却被折磨得几乎发疯。每一个接近白露姑娘的男人，都被他视为天然的仇敌。当日踏青，郫县卿家独子卿琬调戏白露，司马轶知悉后，欲除之而后快，心中便有了一个残忍的报复计划。鉴于文党已知晓案由，便故作贪财受贿之状，从卿家诈得大笔钱财，让决曹掾王金奴释放了卿琬，然后让春梅将事情托出，他自己则遣人暗中行事，将卿琬阉了，让卿琬生不如死，更让卿家一脉断子绝孙。做完这一切，他感到一种从未有过的残忍快意。

只是他万万没有想到，原以为白露卖艺不卖身，却不想委身叶至聪，那个木讷少言、三棍子砸不出个闷屁的郡司空。自己堂堂蜀郡长史，协理太守，辖制一众豪吏曹掾，为何对自己拒之千里？这对他，简直就是奇耻大辱。他百思不得其解，长夜无眠，有一种撕心裂肺的噬骨之痛。他开始对上使心生恨意，虽然不敢表露丝毫；对叶至聪，他则嫉妒得要死，恨不得将其生吞活剥。心中暗想，今后一旦有机会，定要收拾了他，一雪前耻。谁知叶至聪在湔水自杀身亡，他竟失去了亲手报仇的机会……

丽春楼大火之后，他最早赶到现场，心中一直祈祷，希望奇迹发生。一遍遍寻找，却最终彻底绝望。

密室之中，得知是春梅纵火之后，他便拿大火说事，引得上使大怒，将春梅当场斩杀。看到春梅的尸体，在场所有人都感到恐惧，只有他，心中充满了快意，一种残忍报复后带来的快感。

在司马轶不为人知的思绪中，略显冗长的琴瑟弹奏终于结束。琴音渐渐消散，琴弦也平复如初，只有神祇般的意韵，还在所有人心中飘荡缠绵。

三

场上出奇地安静，人们似乎都沉醉在琴音余韵中。片刻，一声鼓响，把所有人拉回现实。

鼓声再起，琴瑟合奏。鼓声高亢，似雷霆乍响，电光火闪，划破无尽幽暗，在大地裂出江河沟壑，涌起高山峻岭。琴音悠远，似混沌初开，曦光微茫，穿透层层迷障，照亮大地，冰雪慢慢融化流淌，大地开始慢慢复苏，草木返青，百花吐蕊，生机在迅速弥漫。

祭坛前面的男女汇在一处，拉开另一场舞蹈。一刚一柔，一阳一阴，似乎在诠释着命运的神秘。刚者肌腱毕现，雄风扑面而来；柔者婀娜娇媚，如流水蜿蜒。仿佛日月辉映，四季轮回流转，交织生命的辉煌与落寞……

百里俞甫比文党早半年多履职蜀郡，对这位新来的太守，他一开始心中多少还有些担心，一段时间的接触后，对文党多了几分信任，逐渐引为知己。

渑水治理，他鼎力相助，其实那并非他职责，只是他对这位太守十分信任。渑水治理与否，百姓生计如何，是太守的职守，他只监察郡县官吏。但他深知，一个好的官员，并不一定要是道德圣人，但一定要长于事工，能够为百姓办些实事，既要有安民驭民之术，还要有富民化民之策。而最好的监察，就是相互配合，成就一番事业，成就别人，也是成就自己。

正因如此，当太守找到他，希望暗中查察渑水溃堤案件时，他并未多想就应承下来。然而，随着暗中查访的深入，他发现了其中的问题，叶至聪、赵贤、程维财，看似是他们从中贪墨钱粮，但他们绝非主谋，似乎背后有人在操控着他们，但苦于没有线索和证据，无法继续深入调查。为了安抚吏民人心，安定湔水治理，只能匆匆结案。

丽春楼突发大火，死士夜袭郡署，让他更加清晰地感受到一种巨大无比的压力，似乎触摸到了那股强大的神秘力量，却没有任何头绪。但太守并没有放弃，身为监御史，他也不甘就此罢手，便开始重新安插消息暗桩，布局自己的线人。身为监御史，必须有自己的消息渠道，这也是朝廷的安排，太守也知道这一点，虽然他从未问及。

太守似乎并未考虑那些神秘势力，照旧关心着湔水治理，心心念念地修造学舍，而百里俞甫却无法不管不顾，只是不知道，接下来还会发生什么？百里俞甫心中有些担忧，目光下意识地扫过观礼的人群，却没有看到任何可疑的人，也没有看出任何反常的事，只得暂时收起心思。

鼓乐声暂停下来，舞蹈的人也散去。只有司祭还在祭坛上诵唱着谁也听不清的祷词，又是焚香，又是奠酒，一刻都不停歇。

片刻之后，已至午时，一阵急促的鼓声响过，三人都理了理官袍，开始缓步走向祭坛，文党在前，吕子善和百里俞甫紧随其后，隔着半步的距离，几乎迈着同样的步子，不远也不近，不紧也不慢。三人一步一步登上稷坛最上一阶，司马轶等属官和各县令长留在第二阶，其余曹掾留在最下一阶。

文党目光环视四周，眼前的一切，仿佛并非现实，而是一场梦幻。他知道，这个梦在他心中最隐秘的角落，隐藏了四十年，至今依然如故。

没有人知晓，治理湔水，源自他儿时的梦。他出生于舒城，那是羹颉侯的食邑，他从小就在舒王墩祭拜，在七门岭上远眺，对七门三堰的起起伏伏、曲曲弯弯再熟悉不过，对刘信修造七门堰的故事，更是听过不知多少次，对这位出身垄亩、造福黎民的贤王，有着神明般的崇拜。

羹颉侯刘信，是高祖皇帝侄子，跟随高祖起兵反秦，征战四方，立下累累战功，为中郎将，却因母亲早年开罪于高祖，遂不为所喜，封赏全无。经太公相请，才得到一个极具嘲讽意味的封号——羹颉侯，许其开府建国，领食邑舒、龙舒两县。起初，两县皆十年九灾，旱涝相继，百姓极为贫苦。刘信到封地后，遍访乡里，亲率百姓于七门岭下修堤筑堰，平息水患，化害为利，条分支贯，灌田八万余亩，将苦寒贫瘠的高岗之地变为膏腴之壤，舒、龙舒两县以富庶闻名天下，刘信更是声誉卓著，深受百姓拥戴。或许是遵天意，或许是顺民心，惠帝刘盈继位后，将刘信晋为舒王，仍领舒、龙舒两县。刘信薨逝后，当地百姓为其修祠建庙，勒石刻碑，岁祭时祀。

但凡世间男儿，都有一个梦想。文党从小听惯了刘信的故事，心中早有了一个梦，立志做个刘信一样的人，生前泽被一方百姓，死后世享黎民香火祭拜。

不知是天意使然，还是命运巧合，文党履蜀后，惊奇地发现，湔水之势与舒地极为相似，便因势利导，壅江筑堰、分水别流，几乎就是再造了一个七门堰。

一阵鼓乐后，司祭挥动旗幡念叨一阵，三人净手，各自点燃三炷香，跪下三拜，直身长揖，恭恭敬敬将香插入香炉，躬身退后站定。

六个身着祭服的衙役，从净庙之中抬出三个朱红木盘，每个木盘上覆着一块宽大的青色锦缎。六人慢步走向祭坛，登上最高一阶，一齐在神位前跪下，将托盘高举过头。托盘之上，盛放着祭祀的三牲，中间是一只牛首，右边是一只羊头，左边是一只猪头，皆白白净净，上面覆盖着青色锦缎。

司祭一手摇动手中的木鼓，一手挥动着旗幡，口中还在诵唱着古老的颂词。

远远站立在人群中的杜路平，此刻的心思却飞到了几年前的春节，初次遇见太守文党与江源令王道君的时候。

彼时，他正与妻子何氏闹矛盾，何氏带着两个孩子回到娘家，本家杜乡老不怀好意，明着拿钱为杜路平说和，暗里竟要拆散二人姻缘，将何氏改嫁给自己的小舅子。眼见就要妻离子散，不意上天垂怜，遇到了私访到此的太守与县令。即便他们表示会帮助他，但杜乡老与县丞赵贤是姻亲，与县衙上下多有往来，老百姓见惯了官官相护，怎么会相信一个素昧平生的人会无缘无故地帮助自己？

令杜路平感激至深的是，春节后不久，江源令王道君竟亲至妻子娘家，说服其全家，礼送何氏返家，并给予钱粮帮助，一家人终于得以团聚，避免了家破人散的结局。

回到江源后，王道君又罢黜了本家乡老之职，责令归还贪墨的钱粮。再后来，因湔水溃堤，县丞赵贤等人贪墨案发，自杀身死，杜乡老失去靠山，一蹶不振，哪里还敢有半分歪心。而杜路平一家与县令王道君的关系，各种说法在江源几乎传遍了，谁还敢欺负他？想着法子巴结他都来不及，生怕因得罪他而开罪县令。

在湔水工地上，杜路平知名度颇高，成了一个小工头，也因此认识了专理湔水治理的郡司空叶至聪。

也许他的遭遇，正合了福祸相依的道理吧，谁知道，认识了叶至聪，竟然稀里糊涂卷入一场谋杀案，差点给他招来杀身之祸！

当日午后，湔水溃堤。作为小工头，杜路平一时傻眼，全然不知该如何办，只得跑到营地找叶司空等人。一路跑到营地时，天已经完全黑了，他知晓叶至聪的营帐所在，遂直接来到帐中。

"叶司空……"杜路平喊着，一步踏进营帐。

叶至聪正在帐内踱来踱去，焦躁不安，见到杜路平，双眼一亮，一把拉过杜路平，神情有些紧张。杜路平则更紧张，还有茫然。

"我认识你，你叫杜路平，是江源令王道君的亲戚。"叶至聪开口道，显得十分着急。

杜路平点点头，又赶紧摇摇头，嗫嚅道："是……不是……"

叶至聪摆摆手，死死盯着杜路平，不容他多说，就急切道："湔水溃堤，并非天灾，而是人祸，证据都在这里，你要保存好，一定要用性命保护好……"

见他如此慎重，杜路平有些害怕，想要退出营帐，却被叶至聪死死攥住胳膊。

"痛……叶司空你弄痛我了……"杜路平想挣开叶至聪紧攥的胳膊。

叶至聪眼神一下有些暗淡，松开了杜路平的胳膊，倏地又拉住，沉声道："这些东西你先保存着，若一年之后，文太守还在任上，还没离开蜀郡，你就把这些东西送到丽春楼白露姑娘那里，若文太守不在蜀郡了，你就把这些东西毁掉，不要给任何人看到，否则你将性命不保，千万记住！"

叶至聪一边说，一边将一个锦袋塞到杜路平手中，杜路平怕东西掉落，只得接过锦袋。

叶至聪又从怀中掏出一个锦袋，塞给杜路平道："这里有五百钱，你先拿着，就当给你的酬谢，不过千万不能声张，否则就会给你招来杀身之祸……"

叶至聪似乎还想说什么，忽然打住，凝神屏气，仔细地倾听什么，继而脸色遽变，急切道："你赶紧离开，从后面出去，先在山上躲藏一阵，待确定安全后再离开，不要再回这里……切记！"说着，一把将杜路平推出营帐。

杜路平离开后，躲藏在不远处的山上，见一队蒙面人匆匆赶到营帐。时隔不久，一行人又匆匆离开。他躲在山上草丛中，害怕极了，一直瑟瑟发抖。等到后半夜，四周一片死寂，他才借助微弱的星光，高一脚低一脚地逃离牛心山。

连夜逃回家中，杜路平小心翼翼藏好锦袋，连母亲和妻子都不敢相告，他始终记得叶至聪的提醒，生怕给自己和家人招来横祸。不久，他再次回到湔水，却得知叶司空已经自杀身亡，他有些怀疑，却不敢声张，心中充满了恐惧。好几次都差点要将东西交给王道君，但他还是忍住冲动。他后悔过，可想回头都没有机会了，因为叶司空已死，而他也拿了叶司空给他的钱，拿人钱财，就要终人所托。

一年的煎熬终于过去，他悄悄挖出埋在屋后的坛子，取出藏在其中的锦袋，翻山越岭绕道湔氐、郫县，赶往郡城，却不料在郫县境内被人发觉，遭到追杀。好不容易逃出生天，终于将东西交给了白露姑娘。

原以为就此万事大吉，却不想陷入了更大的危险，白露姑娘因此葬身火海香消玉殒。

为了答谢白露姑娘，他同意留在郡署大牢，充当诱饵，却又不料一众死士全部自杀，他感到后怕。但是，也许是骨子里的血性使然，他不再畏惧那些追杀他的人，回家后，对母亲和妻子坦然相告，家人都支持他，对周围的一切也格外警惕。

没容他多想，场上鼓乐声已经停下，已经拜祭完毕，就要献礼了。

司祭赞唱"初献"，文党起身，将盛着牛头的托盘摆在神案上，揭起覆盖在上面的青色锦缎，恭恭敬敬跪下叩首，长揖而起，居中站立。

初献完毕，祭祀赞唱"亚献"，吕子善起身，照样将盛着羊头的托盘放到神案上，揭起青色锦缎，依礼跪叩，长揖起身，紧挨着文党右手站立。

亚献完毕，祭祀赞唱"终献"，百里俞甫起身，恭敬地将盛着猪头的托盘放到神案上，揭起青色锦缎，跪叩长揖，然后起身，紧挨着文党左首站立。

三献完毕，场上众人一片静默，不闻一点人声，似乎时间都已经静止。两位陪祭接过法鼓与旗幡，祭祀举起铜爵，将爵中清酒洒奠于地，三爵清酒奠罢，赞唱"读祝"。

文党向前一步，接过祭祀双手捧过的帛书，沉着展开，高声宣读祝文：

摄提商秋，黍茂稷丰。爰我蜀郡，仓实廪盈。山川社稷，佑我苍生。兴云导雨，天地同心。宜稼宜穑，官民崇耕。花开二度，禾献双穗。地涌福运，天降祥瑞。祀享秋尝，祷谢神灵。俱备太牢，礼献神明。怜我子民，劳力劳心。风调雨顺，五谷丰登。愿神之降，同享永生。大礼告成，伏惟尚飨。

宣毕，文党将手中帛书就着烛火引燃，投进燔炉，燔炉中倏地蹿起一团火苗，一缕淡淡的青烟飘荡开来，又似乎是一个虚实交缠的梦。

四

一阵鼓乐声骤起，祭坛前的舞蹈也再次开始，众人从肃穆的静默中醒过来。没有多少人听得出繁复的鼓乐中的意蕴，也看不懂带有神祇暗示的舞蹈，但似乎感知到了天地神明的存在，似乎神明此刻就在祭坛上，在虚空之中，盯着所有人的一举一动，知晓他们的所思所想。

祭坛上，文党三人将神案上的祭品全部投入到燔炉之中，一股浓浓的青烟腾起，炉中的祭品吱吱作响，一阵炙烤的肉香味随之弥漫，蔓延至空中，被风吹送更远的地方，似乎满城都是这香味，到处飘荡着神祇的气息。

鼓乐声中，文党等人一起跪下，两手相叠置于地上，恭恭敬敬俯下身，叩首于地。所有大小官吏、围观百姓，都跟着齐齐跪下，俯身叩首，他们诚心诚意，毫无杂念，默默感谢上苍护佑，祈祷神灵垂怜。

叩首，抬头；再叩首，再抬头……如此三叩九拜之后，文党等人才起身站立，所有人也随着起身，仰望着祭坛之上众人。

祭坛之上，文党一袭大红官袍，显得更加高大。他直身而立，面若沉水，不苟言笑，像一支泛着寒光的利剑插在祭坛上，令人心生畏惧。让人们心生畏惧的，还有那一座祭坛，人们似乎看到了神祇的影子，听到了神祇的声音。

看到所有官民一起跪叩礼拜，文党心中明了，自今日起，神祇不仅在祭坛上，而且将住在蜀郡官民每个人心中，将审视着他们的言行举止，审判他们心中的欲念，从此每个人都离不开神祇的指示，也逃不脱神祇的审判。

白鹿仙翁目光深邃，眼中闪过一丝犹疑，心中暗暗叹息。他深知，文党的驭民之术，已经大获全胜。如果说治理湔水，平息水患，灌溉田地，无非利诱于民，一旦利尽，民心必然涣散。而立社稷祭神祇，则是让老百姓知晓，天地之间，除了山川河流、禽畜稼穑、恩怨情仇，还有无时无刻不在身边的神灵。人世间，除了一日三餐、趋利避害，还要感恩天地，信仰神祇，敬畏天子……此乃诛心之术。所有这些，都会让人在利益之外，在血缘之外，还要遵循天地大道，遵守朝廷规制，让百姓在内心竖起一道无形的栅栏，抑制自己的欲望，约束自己的言行。人们所做的这一切，都将由认同而成为习惯，习惯而自然，自然而神化。

祭坛矗立天地间，联结着每个人命运。每个人，或是每个生命，都如同这座祭坛上一粒微不足道的尘土，注定离不开这座祭坛，始终无法挣脱，永远无法逃离。祭坛上有神灵，也有祭品。只是，自己和文党，谁将成为神灵，谁又将成为祭品？

白鹿仙翁心头涌起一阵悲凉，似乎看到自己命运的结局，仿佛看到文党站立在祭坛上，正冷笑着审视自己、审判自己，而自己则成为神案上的祭品，在燔炉里化为缕缕青烟，随风消散。

鼓乐声渐转恬适冲淡、舒缓悠扬，场上跳起了送神的舞蹈，舞姿轻松而缓慢。又一番祭拜后，文党迈着沉稳的脚步，慢慢走下祭坛，祭坛上的一众属官曹掾，也紧跟着走下祭坛。

整个祭祀已经完成了所有仪式，所有人都放松下来，心情似乎非常愉悦，彼此交谈神色轻松，露出会心的笑意，仿佛刚刚实现了脱胎换骨，浑身焕发出一种光辉。

文党正与观礼众人见礼，却被一阵急切的声音打断。他回过头来，只见一个全身甲胄、斥候模样的男子，大汗淋漓，满面风尘，正急奔而至。

斥候单膝跪下，双手抱拳，朗声禀道："禀太守、禀都尉，西羌来犯，前锋离玉垒关已不足百里……"

文党心一沉，暗骂道："龟儿子，真来的不是时候！"言语之中，他已学会不少蜀地方言俗语。

众人皆听得清清楚楚，一时有些慌乱，彼此耳语，面露担忧。

文党对众人拱拱手，告辞而去。周围的人早已让开一条通道，文党和吕子善等人快步离开，骑马直奔大营。其余属官曹掾、商贾百姓，都慢慢散去，神态依旧悠闲散漫，并未见急促忙乱。

文党二人揽辔并行，吕子善异常沉着，似乎并不着急。文党自然知晓，西羌境内山势险峻，土地瘠硗，气候严寒，民众皆以游牧为业，不事耕种，故而常趁秋季稼禾成熟之际，居高临下快马纵掠，名为"打秋风"，成都军民皆见惯不惊。

为应对西羌打秋风，在边境险要之地，蜀郡驻军均建有卫所，担负防卫警戒、烽烟消息之责。沿平原周围关隘，亦筑城扎寨，驻军防守。依寻常而论，应该早有消息，只是不知为何这次西羌来犯没有收到烽烟消息。

驻军大营内，一派紧张匆忙气氛，空气中弥漫着一股肃杀气息。主将大帐内，文党和吕子善并肩站立，盯着堂上巨大的驻军布防图，不时指点，低声交流。堂下，将校分列两行，盔甲鲜明，剑戟森然。

其间，黑虎关、鸡鸣关先后来报，发现西羌人马逼近。

不大一会儿，二人转身。文党并未多说，吕子善遣派众人，各领甲兵，前往各处关隘卫所。顷刻之间，便排布妥当，众将校皆领令而去。中尉赵迩、陈怀仁各率本部兵马，分别前往黑虎关、鸡鸣关防守，吕子善居中，亲率大军前往玉垒关御敌，并随时策应赵陈两路。

文党和吕子善出帐，亲兵簇拥二人，一路朝玉垒关疾行。

一路上，文党心中还在反复盘算，刚才与吕子善推断，此次西羌进犯，与以往不同。西羌部族众多，并无制衡，各自为阵，甚至也会为了争夺草场而相互厮杀，对内地威胁并不大。以往西羌诸部打秋风，亦是零星小股，本次三关同时发现羌兵，不同寻常，定有缘由。看似诸部共同进犯，定是虚实相间，由黑虎关、鸡鸣关进来，必经峻岭深谷，行军不便，估计为虚扰，分散驻军兵力，使其首尾不能相顾。由玉垒关进入，即为平原，地势开阔，利于羌马纵掠，也便于迅速撤离。故而，文党和吕子善亲往玉垒关，重兵防守御敌。

文党和吕子善一行抵达玉垒关时，已是次日清晨。顾不上连夜急行的疲劳倦乏，卫所中尉屠玉敏城下迎着二人，一同匆匆登上箭楼。是时，羌兵尚未抵达玉垒关隘。

文党询问了卫所一应布置，屠玉敏坚守玉垒关多年，深谙用兵之道，了解羌兵习性，对卫所兵力、周遭地势极为熟悉。他简要向太守、都尉禀报了防守御敌、排兵布阵之法，皆是依理行事，确保关隘不失，可将羌兵拒于卫所之外。

隘口上，甲兵林立，旌旗鲜明，戈矛耀眼。箭垛后，弓箭手张弓搭箭，随时待命。关隘大门紧闭，吊桥早已收起。玉垒关关隘处并无河流，只有人工开凿的城壕，宽约丈许，壕中积水不深。壕沟前空地上，一箭之地内摆放着三排拒马桩。

文党点点头，甚是满意，又详细询问关隘附近地理地势情形，屠玉敏一一作答。

其间，有斥候不断来报，羌兵离此愈来愈近。

文党沉思片刻，笑问道："二位将军，这西羌诸部，野性难驯，年年来犯，甚是烦心，将军何不今日将其降服，可免日后之忧，立下大功一件。"

众人皆不明其意，吕子善与众将领对视一眼，方抱拳回道："恕末将愚钝，不明何意，请太守明示。"

文党环顾卫所周遭，正色道："今有三策，可降服西羌诸部：将其来犯之敌尽数斩杀，直至令其胆寒，今后再不敢东进来犯，此其一也……"

屠玉敏躬身施礼道："近年末将与羌兵多次交手，互有胜败，西羌马兵虽然骁勇，然远道奔袭，人疲马乏，我军以逸待劳，士气正旺，必能斩敌于阵前。"

文党点点头，看着屠玉敏，微微一笑道："此计虽好，却杀戮太重，何况杀敌一千自损八百，必然让更多士卒流血殒命，实非上策。"

屠玉敏尴尬一笑，低头不语。

文党继续道："关隘洞开，不发一兵一箭，容其抢掠一日，待其返回一举歼之。彼时羌人必然力竭，更兼各携钱粮，多有顾忌，歼之不难，此其二也。然而此计必将致郡内百姓折损，士卒失信，军内怨愤四起，甚至激起民变，此计亦不足取。"

吕子善、屠玉敏等一班将领俱是血性男儿，闻言皆不住点头。他们身为将领，不战而退，不但将士蒙羞，而且难逃朝廷追究罪责，甚至连累家中妻儿老小。

文党环视众人，接着道："羌兵远道而来，粮草不继，不能持久，必欲速战速退，轻险冒进。我等趁机诱其深入，或围而聚歼，或围而不攻，屈其就范，此其三也。"

吕子善抿嘴一笑，他见识过太守疾风骤雨地出击豪门势力，知晓文党必有算计，故礼敬道："太守但有所谋，我等尽当竭力为之。"

文党顿了顿，望着远处层峦叠嶂，缓缓道："羌兵骁勇而少谋，我等当以谋略胜之，以期不战而胜。屠将军率卫所之兵，多备弓弩箭矢，坚守关隘拒敌；吕都尉率所部精锐，迅疾自关隘外左侧潜出，绕道羌兵背后，形成伏击之势，但不必强攻，只需两面压缩，使其马兵无法往来冲突，无法逃离即可；两侧山林之间，只布少量疑兵，多置旌旗号角，使其惊恐不敢攀援逃散……"

文党看着各位将领，朗声道："诸位将军，建功机会就在今日，前军由屠中尉指挥，后军由吕都尉指挥，文党将驻守于此，温酒以待诸位立功归来！"

众将领皆心悦诚服，吕子善当即率队开拔，潜行出关，屠玉敏亦登上关口督战。

大战一触即发。秋风萧瑟，似乎弥漫着一股血腥味道，又有阵阵杀气躁动不安，好像期待着一场疾风骤雨洗礼。

五

午未相交时分，低沉呜咽的号角在关隘回荡。

文党快步登上城楼，望见一路尘烟滚滚而来，密集的马蹄声由远及近，西羌马兵快速抵近，关隘气氛骤然紧张起来。文党转头与屠玉敏耳语几句后，屠玉敏便转身离去，分头准备。

西羌马兵很快抵达关前，数百骑兵挥舞长剑戈矛，狂笑呐喊，高声长啸，夹杂着阵阵马骑嘶鸣，簇拥着一男二女，似乎是头领。当中马上的男子，生得十分高大健壮，裹着裘褐，袒露双臂，顶着一个硕大的脑袋，满脸络腮胡子，手提长矛，屠玉敏告知文党，此人正是熊耳部头人阿琉古马。左首一骑的妇人，身材高大，丰满健硕，面色红润，身着麻衣，外罩裘皮，手握长剑，正是鹿砦部头人忍柯穆萨。右首一位女子极为苗条，肤色白皙，两颊酡红，面容冷漠，背负箭囊，手挽长弓，正是黑河部头人姜荷霜月。

中间男子一举手，众羌兵顿时安静。男子纵马上前，将长戈横置马上，双手抱拳，高声喝道："城上守军听着，在下乃熊耳部头人阿琉古马，今日前来叩关，别无他意，更不想杀戮，只想进关借点粮草，尚望放行！"

屠玉敏拉开大弓，正欲放箭，被文党摆手阻止。

文党哈哈大笑，朗声道："哈哈，阿琉头人，你到关内借粮，这不是第一次吧？从来只见你借，不见你还，这是何道理？我们讲求的有借有还哪……"

"哈哈，我们借就是只借不还！"

"哪来这个呆子，不会真以为我们来告借的吧？"

城下羌兵古怪大笑。

文党见状，高声笑道："阿琉头人，你来的不是时候，此时是祭关之期，不宜开门，要待祭祀完毕，方才开关，要不你们改日再来，要不你们再等候一个时辰，如何？"

他不知道吕子善情况如何，必须为其争取时间，让其完成合围之势。

关前羌兵一阵鼓噪。阿琉古马回头看着两位女头人，忍柯穆萨冷笑道："哼！雕虫小技，他拖延时间，说明他们心虚，并无取胜把握，想等待援军。"

阿琉古马点点头，看向姜荷霜月，却见她一直凝望着城楼之上，似乎没有听见他们的说话。

"姜荷头人，你怎么了？"阿琉古马大声问道。

姜荷霜月回过神来，脸上一红，支支吾吾道："唔……没什么。"

两人都奇怪地看着姜荷，她白皙的脸上更红了，显得有些气恼。

阿琉古马拨转马头，在阵前转了一个圈，勒住马头，高声道："我知道你们在拖延时间，等待援军，但是我们不怕，就等你们一个时辰，时辰一到，我们可就要叩关了，哈哈哈……"

说罢，阿琉古马便让人燃起一炷香。自己跳下马，坐在地上，拿出肉干，饮起酒来。其余羌兵见状，也纷纷席地围坐，一起饮酒吃肉，高声笑闹。显然，他们并未将汉兵放在眼里。

屠玉敏气极，两眼似乎要喷出火来。城楼上，弓箭手张弓搭箭，只待令下。城下，士卒凝神屏气，随时准备出击。

阵前的那炷香刚刚燃到一半，羌兵身后响起一阵号角声。城下羌兵愣住，很快反应过来，一片慌乱，纷纷上马。

屠玉敏一挥手，打开城门，放下吊桥，一队精兵如猛虎下山，直扑过去，将羌兵围困。

慌乱之中，羌兵正欲突围，却被前后密集的箭雨压制，几人中箭落马。羌兵欲往左右两侧山上突击，却见山林之间，旌旗招展，号角呜咽，似有无数士卒逼近，顿时乱作一团。汉兵从四面同时逼近，阵形严整有序，前面步卒皆执长矛，中间士卒则执剑挽盾，后面是弓箭手，皆张弓搭箭，引箭待发。中间的包围圈越来越小，千余羌兵挤在一处，动弹不得。

吕子善骑马上前，举剑高喝："弃械下马，投降免死！"

四面士卒齐声高喊"投降免死"，声势震天，不知多少人包围了这里。片刻之间，羌兵就深陷包围，所有人茫然四顾，心生惧意，斗志顷刻瓦解。

在屠玉敏陪同下，文党骑马来到阵前，哈哈一笑道："诸位头人，我乃蜀郡太守文党，想请几位到大营叙话，绝无伤害之心，定保诸位周全。"

阿琉古马三人对视一阵，没有任何办法，便骑马上前几步，对文党道："好！我们三人随你进关，但不能伤害我的族人，否则我等拼着一死，也绝不让你好过。"

阿琉古马转身吩咐几句，所有羌兵皆翻身下马，将兵器放在地上，背靠背围在一起。他们来抢粮，原本就是为了活命，犯不着将性命丢在这里。

文党拨转马头，当先进城。阿琉古马等三人各自带着随从紧随其后，吕子善殿后。

营内精兵环伺，三步一岗，五步一哨。文党率众人步入中军大帐，帐内健卒林立，皆手持大戟，腰悬长剑，手挽强弓，面上罩着寒霜，气氛极为森严。

186

文党居中坐下，招呼阿琉古马三人就坐，吕子善右首坐下。几名健卒上前，欲要将三人绑了，文党摆手阻止，并示意帐内健卒退出帐外，让人送上茶水。三人一时有些懵懂，都不清楚文党究竟要做什么。

未久，文党笑道："文党深知，三位头人今日心里不服，但你们也看到了，我方兵精粮足，真要开战，你们除了白白牺牲族人性命，绝无任何胜算。玉垒关守军胜券在握，何况吕都尉亲率郡城驻军相助，必可轻易全歼你们区区数百人马……我说的没错吧？"

阿琉古马满脸倔强之色，眼中没有一丝怯意，朗声道："你们诡计多端，真要两军对垒交战，你们绝非我们对手。"

吕子善满面怒容，手按长剑，沉声道："若要交手，子善随时奉陪！"

文党笑笑，示意吕子善不要生气，缓缓道："阿琉头人此言差矣！兵者，诡道也，行军作战，本就讲究谋略，而并非蛮力相搏，岂不闻兵者，凶器也，乃不得已而为之，你们漫言用兵，轻启战端，乃是下下之策……"

阿琉古马梗着脖子，慨然道："我们不懂这些，今日既然败了，要杀要剐，全凭你处置，我等绝无怨恨！"

文党哈哈大笑，戏谑道："我什么时候说要杀你们了？我不但不会杀你们，还要赠予你们所需的粮食布帛，让你们满意而归，也不会为难你们的族人，尽管放心就是。"

说到这里文党似乎想起什么，唤来帐外健卒，吩咐将受伤羌兵接至大营，让军中郎中即刻为他们疗伤。

三人有些错愕，瞪大眼睛，似乎觉得有些无法理解，却也知晓文党并无恶意，便当即一齐向文党致谢。

文党笑道："你们暂且在此住下，三日之后，一应粮草就会运到此地，你们即可回家。你们的族人就在关外扎营歇息，可先遣人回部族报个平安。"

三人当即对随从吩咐一番，让其快马回去，将这边情形回报部族。

三日间，三人每日无所事事，在大营内、城楼上下皆逛了个遍，军中将士皆已得令，并无人阻止。文党每日亲往探望，询问饮食起居是否习惯，偶尔陪同三人在大营散步，边走边聊，完全不似对手，相反更像客人。

关外一众羌兵，也是每日以酒食相待，只是外围皆有汉兵把守，不得外出。

第三日，三人又在大营散步，无意中遇到吕子善。阿琉古马上前打了招呼，并向吕子善索要一支长矛。吕子善追问缘故，阿琉古马道："闲得太无聊，想操练一下武艺。"

吕子善一下来了兴趣，当即笑道："既然阿琉头人无聊，在下也习过一点粗浅武艺，不如请阿琉头人指教一二。"

阿琉古马也爽朗一笑道："能与吕都尉过招，阿琉不胜荣幸。"

吕子善当即让人取来阿琉古马的兵器，自己也挑了一支大戟，一同到校场。

听闻将军要与羌人头领比武，大营很多士卒皆到校场观看。

校场演武台上，二人也不谦让，三通鼓响，便对战在一起。阿琉古马生得健壮，兵器也较常用的长矛略粗，挥舞起来，势大力沉，招招直奔要害。吕子善身姿灵活，将手中大戟舞得密不透风，总能将阿琉的招数尽数避开，让其难以近身。

两人你来我往，忽而纠缠一起，忽而倏然分开，不分胜负。围观的士卒不断叫好，喝彩不断。忍柯穆萨和姜荷霜月两位女头人也看得起劲，不住为二人鼓掌。

文党听到大营之中动静，询问缘由，得知二人比武，也来到校场观看。

不知不觉，场上二人交战了将近一个时辰，阿琉古马满头大汗，动作渐渐迟缓，吕子善也是大汗淋漓。可是二人一直胶着，谁也不愿先认输。见阿琉古马气喘吁吁，步伐渐乱，吕子善瞅准时机，将其长矛压下，腾空而起，立身长矛杆上，手中大戟直奔阿琉古马咽喉。阿琉古马眼见大戟过来，无法躲避，下意识一退，将身一扭，躲过大戟，却不料吕子善手中大戟一转，顺着长矛划过来，眼见就要刺中阿琉古马握矛的手，阿琉古马一个侧滑，堪堪避开，手中长矛却已掉落在地。

场上士卒见己方将军取胜，高声呐喊，欢呼雷动。

阿琉古马单膝跪下，双手抱拳施礼，表示认输。吕子善也抛下大戟，上前扶起阿琉古马。二人相视一笑，并肩走下演武台。

文党上前，夸赞二人武艺不凡，便要与二人一同离去。却不料一人高喊道："慢着，我还要比试一场！"

众人回头一看，却是女头人姜荷霜月，正满脸笑意走上前来。

吕子善笑问道："姜荷头人想要比试什么?"

姜荷霜月道："我不跟你比。"她转头看向文党，又对着众人道："我只跟主将比试。"说着，一手指着文党，众人一时愕然。

文党略加思索，沉吟道："姜荷头人相邀，文党却之不恭，我见你用的弓箭，我就陪头人一试，权当助兴吧。"

场上一时欢呼潮涌，吕子善等人也饶有兴致地看着文党，心中充满疑问，也充满期待。

很快便有士卒送来姜荷霜月的雕花长弓和箭囊，文党也取过一张硬弓，试着拉开几下。

姜荷霜月对文党道："今日我们各取五支箭，立靶五十步外，射中靶心多者为胜，如何?"

文党并不多说，笑着点头同意。场上顿时欢呼一片，忍柯穆萨头人亲自上前擂鼓助威。

姜荷霜月当先登场，从箭囊中取出一支羽箭，搭箭张弓，缓缓拉开，对着远处的箭靶，射出一箭。长箭破空而去，带起一阵风啸，稳稳射中，羽箭透过箭靶，只留一半箭身在外。

场上一片欢呼。众军见一个年轻美貌的女头人箭技如此高超，也都喝彩。

姜荷霜月收弓，笑意盈盈地看着文党，眼中秋波流转，顾盼生姿，更有几分娇俏和妩媚。

文党笑笑，上前两步，瞄了瞄远处的箭靶，深吸一口气，搭箭上弦，满满拉开，长箭脱手而出，呼啸着朝箭靶而去，稳稳射中靶心。

场上顿时欢声如潮，忍柯穆萨更是擂响战鼓。姜荷霜月笑着打量眼前这位文质彬彬、俊朗挺拔的太守，眼中满是难以置信，闪烁着熠熠的光彩。

接着，二人轮番上前，皆是箭箭中的，不分高下。

最后一箭。姜荷霜月并未急着抽箭，对吕子善道："麻烦将军借马与我一用。"

众人皆知姜荷霜月要跑马射箭，便很快命人牵过姜荷霜月的坐骑。姜荷霜月轻轻拍了拍马脖子，飞身上马，绕着校场疾驰。将近演武台，姜荷霜月两腿夹住马肚，直起身来，迅速从箭囊中抽出羽箭，轻舒双臂，拉满弓弦，松开双指，电光石火之间，所有动作一气呵成，没有丝毫凝滞。羽箭应声而出，呼啸着直奔箭靶，稳稳插在靶心，箭尾还在不住地颤动。身下坐骑继续绕场疾驰，姜荷霜月松开双腿，又转了一圈，才慢慢在校场中间停下。

场上众军都一起鼓掌，跳跃起来。姜荷霜月粉脸飞霞，拨转马头，慢慢返回，轻松下马，脸颊上一片潮红。

文党摇摇头，笑着上前，依旧凝神瞄准，搭箭开弓，射出最后一箭，几乎没有任何意外，羽箭射中靶心。

场上又是一阵欢呼。

文党放下长弓，摇头笑道："姜荷头人技艺超凡，文党甘拜下风。"

姜荷霜月瞪大眼睛，浅浅一笑道："你也并未输呢……"

文党摇摇头，哈哈一笑，爽快道："姜荷头人射的是活靶，我射的是死靶，不可同日而语，若是战场之上，谁会傻乎乎地站在那里不动，等着别人射击呢？"

众人也不以为意，一阵哈哈大笑，簇拥着文党等人回到大帐。

一日之间，文太守、吕都尉和几位头人都成了士卒心中的传奇。玉垒关内外、大营之中，很快便有了新的话题，并流传到汉羌两地。

六

近晚时分，黑虎关、鸡鸣关守将赵迩、陈怀仁的军报也先后送到，两处羌兵围了两日，并未攻打关隘，已经全部退走。而从成都运送过来的粮草，也已抵达玉垒关。

看到摆放整齐的粮草车辆，三位头人皆是瞠目结舌，似乎不敢相信自己的眼睛。整整稻粮千石、蜀盐千斤、绸缎三十领。

"这是给我们的吗？"姜荷霜月瞪着一双大眼，美目涟涟，伸手紧紧抓住文党的胳膊。尽管文党知道，西羌风俗不同汉人，女子性情豪迈，并无男女授受不亲的规矩，终究还是有些难为情，面色稍稍有些尴尬。

姜荷霜月一点都没有意识到文党的尴尬，反而抓得更紧，身子靠得更近，柔软的身躯不时蹭着他的手臂。他心中微微一荡，脸上莫名一红，赶紧抽出手臂。

忍柯穆萨跑过去，双手捧起稻米，跪倒在地，不住地叩首作揖，口中不断祷告，感激上苍和神灵。

"诸位头人，现在这些物资都是你们的了，赶紧让关外的族人进来转运吧！"

关外千余羌兵，怀着忐忑的心情，跟随卫所士卒一起来到驻军大营。

三位头人简单说明事情原委后，所有羌兵都愣住了，一时没有反应过来。瞬息之后，一起跪倒在地，俯身叩首，无不泪流满面。

很快，所有马匹皆驮上物资，文党等人礼送出关。三位头人走在最后，皆双手交叉置于胸前，躬身施礼，洒泪而别。

城楼上，风吹旌旗，猎猎作响。文党几人并肩站立，举目遥望，感慨不同，各自想着心事。吕子善没有想到，一场无法避免的战事，在太守的运筹下消弭于无形，这也许就是不战而屈人之兵吧。文党则在想，年年打秋风，总不能年年如此吧。相较于军功，他更在意长久之计，可有什么办法让羌人不再到内地抢掠，让关内百姓不再恐惧于西羌马兵？然而此时没有任何头绪。

翌日，大营中，文党召来吕子善、屠玉敏等一众将领，论功行赏：自吕子善之下，屠玉敏、赵迩、陈怀仁等有功将校，俱记军功，登录在册，待奏明朝廷，再行封赏。所有士卒，无不感激涕零，感佩不已。

又过了一日，文党理完营中事务，准备启程回城，郡城驻军前期就已开拔回营。临行之际，与卫所将校免不了一番道别。

正欲启程，士卒来报，一队羌兵返回关前。

众人大惊，和文党一起急急登上城楼，看个究竟。举目望去，却见姜荷霜月带着数十羌兵，驮着物资，正在关前徘徊，一边朝着城楼上众人挥手。

吕子善下令打开大门，让他们进城。文党等人在大门内迎住姜荷霜月一行。

"你们怎么回来了？发生了什么事？"乍一见面，文党就连连发问。

姜荷霜月满脸笑意，停顿片刻，才对文党等人道出事情原委。

原来，他们遣人回部落报信，部落族人误以为三位头人被俘，便很快筹集了山货物资，要将他们的头人赎回。

姜荷霜月说完，便让人将马背上的东西卸下，堆在一起，众人一看：羔皮千张，各种山货二百捆，另有良马五十匹。

众人面面相觑，不知该如何处置。文党正色道："姜荷头人，你们部族好意，我们心领了，然西羌乃苦寒之地，生活不易，这些东西皆是部族越冬所需，还是带回去吧，异日有缘，我定当亲往部族，当面谢过。"

姜荷霜月点点头，来回走动，盯着文党，缓缓道："既然我们是一片诚心，你就收下吧。这些东西，在我们那边也并非稀罕之物。"

文党一时语塞，只得由着姜荷霜月。

姜荷霜月走了两步，忽又返回，歪着头看着文党，似笑非笑道："你我注定是对手，战场上你赢，可校场上我赢，这次就算扯平了。不过按照西羌风俗，你我校场对手，得互换一件礼物，你准备送我件什么东西啊？"

"这是啥风俗，我怎么没有听说过？阿琉头人怎么没与吕都尉互换礼物？"文党有些莫名其妙，看向吕子善，吕子善摇摇头，又看看众人，众人皆摇头。

姜荷霜月脸一红，嗔怒道："你没到过西羌，自然不知我们的风俗，再说阿琉与吕都尉是男人，可以不用互换，我是女子，必须互换礼物，你怎么啰啰唆唆。"

文党身为蜀郡太守，堂堂二千石，官署之中的人，遇见他都恭敬有加，从未有人如此对他说话，文党一时心里有些诧异，也不知如何应对，迟疑道："这，我不晓西羌习俗，也没有准备，一时之间，哪有合适的礼物……"

姜荷霜月看着文党，指着他腰间悬挂的一块玉佩，笑吟吟道："你也不必难为情了……要不，你就将玉佩送我吧，虽然不成敬意，我也不会在意……"

见姜荷霜月一脸无赖之色，文党有些招架不住，众人皆是一阵大笑，惹得姜荷霜月面露羞涩，双颊绯红。

文党笑笑，爽朗道："既然姜荷头人不嫌弃，我也就不再多说了，这块小小玉佩，就送与头人吧。"说完，文党解下腰间玉佩，递给姜荷霜月。

姜荷霜月双手接过玉佩，轻轻摩挲着，低头无语，脸上羞色更甚。

片刻之后，姜荷霜月收好玉佩，从自己腰间解下一把短剑，长约半尺，剑锋泛着寒光，剑鞘和剑柄上镶嵌着各色宝石，递给文党，低声道："这把短剑，是我最珍爱之物，就送给你吧。"

文党摆摆双手，急道："既是姜荷头人珍爱之物，我岂能夺人所爱？"

姜荷霜月有些气恼，噘着嘴，嗔怪道："唉呀，送你你就拿着嘛，真啰唆……"说完，一把将短剑塞到文党手中，一跺脚，转身跑开，飞身上马，急急离去。

行至城壕边，只见姜荷霜月又转过身来，挥了挥手，又听到一阵"咯咯"娇笑，从风中传过来，断断续续。

"你说的……到西羌……我等着你……哈哈……"

第七章　石室精舍

一

没有了"打秋风"的烦扰，深秋的成都平原，较往日里更加从容，仿佛更多了一份闲适恬淡。老百姓的日子一如既往，散漫悠闲，滋味十足，就像一坛等待开坛的桂花酿，虽然尚未启封，却早已酒香四溢，让人醺醺欲醉，欲罢不能。

其间，经氏寻着个好日子，为张嵘和春兰举办了简单的婚礼。婚后，张嵘便在外赁下一处宅子，和春兰搬出去住，只是春兰每日还是到官邸干活。杏儿平日都在文君府上，但也常常两下往来，对婶娘春兰也十分尊重，春兰也十分喜欢这个侄女。

然而，文党却似乎无缘这份悠闲。自玉垒关归来，他便一头扎进学舍修造工地，除了料理郡署公务，常常成天都泡在工地上，跟那些工匠待在一起，日日如是，乐此不疲。

眼见整个学舍一天天立起来，已经看得出雏形了，过往行人，都会驻足打量。在他们眼里，这座独一无二的房舍，不仅庄重肃穆，而且自带一份神秘，尤其是临街的高大门观，更显朴实厚重，气势恢宏，石枋上四个大篆：文学精舍。两柱相对，形似城阙，皆由巨大青石垒成，严丝合缝，雕饰精美。两柱下端雕饰的，一边是蜀民先祖望丛二帝治理水患、劝民农桑的场景，一边是前朝太守李冰斩杀犀牛水怪、修造灌口堰的史迹。中段雕饰的，皆是蜀民耕种渔猎、征战四方的往事。上段雕饰着各种奇花异草、珍禽怪兽，显出一派鸾飞凤翔、龙腾虎跃的气象，精美之中蕴涵威严，拙朴之中尽显匠心，让观者遐思无限，油然而生敬畏。老百姓不懂这些，甚至很少有人识得"文学精舍"几个字，只知晓这座学舍用石头建造，就称作"石室精舍"。郡城内，无论是谁，只要提起"石室"，皆知其所在。

学宫竣工当日，文党宴请所有工匠民夫，喝得酩酊大醉。所有人离开后，他推开正欲搀扶的张嵘，摇摇晃晃，嘴里嘟囔道："我独自待会儿。"张嵘只得由着他，远远地跟在后面。

"啊——"

文党扶着冰凉的石柱，仰天长啸，啸声在空荡荡的学舍回响，久久不绝。像一头受伤的猛虎，面对四周的弓弩箭矢，发出阵阵嘶吼，又像孤独的侠士，登临绝顶，一吐胸中郁闷。

回音渐渐消散，文党缓缓坐下，背靠着沁凉的青石，望着空空荡荡的屋宇，轻轻地，慢慢地，一点一点摩挲着石柱，双手不住颤抖，嘴唇微微翕动，没有吐出一个字，两行清泪却早已顺着脸颊滑落，像一个孤独无依的孩子，躲在无人的角落，独自倾诉着无法与人言说的委屈。

快四年了，他经历的桩桩件件，受到的种种委屈，在这一刻，都顺着泪水倾泻而出。没有人知道，这几年时间，他承受了多大的重压，即使最亲近的家人，最信任的友人，他都从未提及，也无法倾诉。

只有他自己清楚，这几年时间，恍若一场梦魇。他一直做着不同的梦，一直徜徉在自己的梦里。

小时候，他梦想成为一个贤臣，无论是县衙小吏，还是舒县县丞，都忠直耿介，勤勉事工，尽心竭力，不敢稍有懈怠。直到朝廷公车征召为蜀郡太守，景帝的一番话，似乎再度唤醒了他心中沉眠多年的梦影。

"望你不负圣恩，革除积弊，消除隐患。万石厚禄，三公九卿，俱虚位以待……"

他知道，这也许就是自己内心深处的隐秘，是一场忠臣贤相的梦，外人无从窥见，甚至自己也有意无意忽视了。

或许，每个男人心中，都有一个立功晋爵、光宗耀祖、封妻荫子的梦。当看到那些百姓温顺而卑微的礼敬，那些充满期盼的眼神，那些不乏溢美之词的赞誉，自己得到了极大的满足，又生出了一个新的梦想：不为名相，即为贤圣。

这是不是自己的初衷，他也曾无数次问自己，却一次次被自己否定。当独自剥开罩在外表的光鲜，卸下所有伪装，才骤然发现，那一串串耀眼的梦想，无非就是一团团欲望，赤裸裸的欲望。

当他一点一点沉入自己的梦里，或者说进入自己内心的欲望时，又再次发现了梦的种子，亦即心中潜藏的某种欲望。那是在稷下学宫游学时，就早已深种于内心的一粒种子，多年来，一直安安静静地沉眠，不知何时慢慢苏醒，开始抽芽。

儿时的记忆中，父亲总是长年在外，为了一家人的生计奔波，经商做生意，但每次回家，给他带回最多的是书简，会给他讲外面的见闻。后来兄长文乡成年，家中生意日渐壮大，便跟随父亲走南闯北，年少的文党，也拜辞双亲，望一路向北，到稷下学宫游学。

当此之时，稷下学宫已享誉数百年，是天下学子心中的圣地，英才云集。当初荀子执掌稷下学宫，天下无人不知。虽然诸子百家争鸣的时代已经远去，但学宫贤能志士和大师名流众多，学风开明如故，几无门派之见，儒法农兵、阴阳纵横，各家学说同台相竞。所有学子，亦可登台论辩，无论胜负，皆不许挟私报复，更不许朋比结党。要知道，稷下学宫历史上的王霸之辩、义利之辩、天人之辩、人性善恶之辩，曾闻名天下，广受追捧，这种论辩明理的传统，一直保留了下来，而且加进了新的论题，成为稷下学宫的招牌。

在临淄，在稷下学宫，文党一待就是整整四年。

四年间，文党就像一个没有见过世面的乡下小子，初进宝山，满眼皆是奇珍，饥肠辘辘，又贪婪无比，没日没夜地拼命攫取。每一堂开讲，他都用心聆听，不敢遗漏，像一尾久旱的鱼儿，游戈在一泓清泉之中，开心畅饮，尽情吞吐。每一次论辩，于他都无异于一顿精神盛宴、饕餮大餐，他从不缺席，在论辩双方唇枪舌战中，时而紧张不已，宛若骤临云端，峻险奇绝；时而轻松一笑，如峰回路转，豁然开朗，日暖风轻，繁花满眼。

四年间，更多的时候，他都待在藏书楼里，如饥似渴地研读。那一排排书架，一卷卷书简，他鲸吞牛饮；那一行行文字，仿佛活了过来，变身为窈窕美丽的女子，从书简上走出来，在他眼前翩翩起舞。他就像一个初经人事的少年，沉湎其中，难以自拔。每一卷经典，都在他眼前打开一扇窗户，呈现一个陌生又精彩的世界，他徜徉其间，穿越浩渺时空，与古圣先贤坦诚对话，与名家大师娓娓而谈。他如饥似渴，不知疲倦，沐浴着阳光细雨，在旷野上奔跑，朝着未知的远方飞奔。

四年间，他在学宫有幸结识了董仲舒、桑弘羊、儿宽等人杰才俊，亦师亦友，如父如兄。虽年龄不同，性格各异，治学分殊，但无不以诚相交，甚为投缘。闲时，则习骑射，剑术、弓箭俱有长进，在同窗之中颇有名气。他也曾偕友出行，游遍齐鲁，在临淄拜祭管子、晏子，远赴曲阜拜谒孔子，取道邹邑致祭孟子，登泰山望日出而感悟义利之别，观封禅台追索兴亡之理，临蓬莱仙山而思量天人之道……

四年后，文党离开了稷下学宫，继续游学，北上幽燕，西进三晋，遍访各地名家，交结英才人杰。四季轮回中，领略自然造化生命无常，感悟天地大道人心精微。

又历时两年，文党才回归舒县。彼时，家中遭遇变故，父亲生病，无法再外出经商，家中生意也交由长兄文乡经办。他满心歉疚，照顾生病的父亲，侍奉母亲，闲时读书，教授族中后辈子弟。好在父亲身体慢慢康复，长兄经营的生意也更大，他的学问也日益精进。

再往后几年，文党迎娶本地经氏女子，本想着夫唱妇随，侍奉双亲，养育儿女。却被乡里荐举至舒县，先做了一个衙门书吏，后做了县丞，又以才学干练被荐举为舒国功曹，兢兢业业，恪尽职守，一干就是多年，从未出过丝毫差错，直至朝廷公车征召，出任蜀郡太守。此时，文党已经不再是游学稷下的青涩少年，而是一个精于吏治、长于事工、胸有丘壑的干练官吏。

履蜀之后看到的景象，与他的想象完全不一样。百姓贫苦，豪强横行，民风剽悍，他没有畏惧，反而激发了血脉之中的天生豪气。效龚颉侯治理湔水，富裕百姓；仿秦政抑制豪强，畅通政令。接下来，他就想着如何教化百姓、驯化民风了，而景帝的训诫，让他提前谋划和布局，加快了学舍的建造，所有营建，几乎全仿稷下法式而为。自己游学的经历让他决定将张宽等十八人选送至京师游学，那是他下一步施行教化的种子。

不知过了多久，暮色渐渐降临，风也更大了，凉意更重，文党的酒意也醒了大半。他扶着石柱站起身，慢慢走出学舍，由张嵘陪着，一路回到官邸，可心中还惦记着，那十八颗种子，也不知现在如何了？

回到官邸，经氏夫人正和文原在堂上说话，见文党回来，赶紧迎了进来。

文党有些发渴，"咕嘟咕嘟"连饮了两盏茶，见文原欲言又止，便问道："原伯，有什么事吗？"

文原还未回答，经氏抢先道："你还有心思喝酒，府中又要断炊了……"

文党忽然心思一转，哈哈大笑道："这有何难？早就准备好了，原伯你们这就准备过去拿粮吧。"

文原一愣，似乎有些不信，赶紧道："主人，老奴这上哪里拿粮啊？"

文党笑道："净庙，那里粮啊、肉啊都有，你带几个人过去拿就是了。"

文党答应一声，就出去了。文党路过后院，见文原已安排几辆牛车，带着坛坛罐罐，急忙叫停，文原和众人皆是一愣。

文党笑道："你们这是要去抢大户啊？让你们去拿，适当拿点就得了，你们还真想去拿完啊？"

众人皆是一笑，文原有些不好意思，赶紧让众人散了，只由自己和另外两个年轻男仆赶着一辆牛车前去。

二

文党又开始了日复一日的忙碌，似乎总有理不完的公事。

忙碌之中，他也在急切地等待，等待游学京师的儿子，等待十八个蜀郡学子归来。

为学舍荐举学子的告示，郡署已发至各县，但一直到现在，并没有荐举多少人。老百姓都在算账，耕种收获，都需要青壮男丁，家中年轻男丁进了学舍，就少了一个劳力，就会直接影响收成。而青壮男丁进了学舍，一去就要几年，就算学有所成，对耕种收获又有何助益？

那些豪门大户、巨贾富商也在观望。官府建的学舍，会不会是一个陷阱？先前，那位看起来文质彬彬、丰神俊朗的太守，就借丽春楼大火一案，打压豪门世家，抑制巨贾富商，让他们势力损失不小，这次会不会又是一个圈套？他们更为精明，就算学舍不是圈套，家里世代都是经商，经营赢利，似乎并不需要那些圣贤之书。

郡县官吏也在观望。多少年来，蜀郡并无学舍，亦无乡学，更无多少人读书，他们不是照样为官？至于书牍文简，自有书吏办理。他们都十分清楚，郡署衙门的属官曹掾，有一半的人大字不识几个，就是各县令、长，也有人同样如此，还不是当得好好的？为官并不是非要读书进学，重要的是要朝廷官员荐举，重要的是要有点手腕、获得上司赏识。只要朝廷有人罩着，一切都好办，反倒是那些识文断字的卒吏，没有几个升迁的。

与此同时，京师长安县，阿房宫旧址。秋风飒飒，寒意逼人，一派苍茫萧瑟，远山近水，都笼罩在寒烟之中。

枯树荒草间，掩埋着大片残垣断壁，倾塌的墙壁上长满荒草，干枯的藤蔓爬满焦黑的柱子，驳杂的落叶鸟粪覆在残缺的石雕上。一片荒芜之中，几级完好的石阶上，落满厚厚的尘土，几朵不知名的小花，在干枯的荒草落叶中独自瑟瑟颤抖，像一张张绝望的脸。

文士宏、张宽一行人此刻正穿行在残砖断瓦中，每个人的脸色都十分凝重，似乎感受到了不同寻常的寒意。

到处是残破的瓦砾，极为硌脚，行走格外吃力。很久，大家才登上近旁的一座浅丘，都感觉有些累了，便在枯草落叶间散坐下来。都静静地看着脚下的废墟残迹，没有人开口说话，似乎生怕打破眼前的沉寂。

"这就是昔日的天下第一宫？想当初，以骊山为廓、代沟为壕、崤函为户，檐牙相接，宫殿相连，遮天蔽日，不可言状，如今竟成一片瓦砾，早已改朝换代，物是人非……"

孙治平触景生情，生出一番感喟，自言自语间，流露出淡淡的悲凉。也许，这种情景最易让人感伤，思量历史也罢，反观现实也罢，都触及大家内心深处的某种东西，而他的话似乎引起了众人的共鸣。

"这也许就是天意吧？"何明乾拜师轩辕门下，深研易学，对世间万事万物的认知，都离不开天地大道之理。

"何为天意？太过玄乎了！"

显然，他的说法，引起了部分人的质疑，并不认同他的天命之说。

"早年，秦本化外小邦，自穆公始而奋起自强，昭穆相继，六世而霸，此乃乾卦之相。始皇帝奋六世余烈，驱虎狼之师，御强弓硬弩，横扫六国，六国皆莫能敌；一文字、定度量、同车轨，灭诸侯而立郡县，履至尊而一统宇内，煊赫至极而不自止，岂知盛极而衰，物极必反，上雷下乾，工师得利，天下大势已然逆转，遂二世而亡，正应天道循环之理……"何明乾侃侃而谈，口若悬河，面露得色。

杨安兵搔了搔头，皱眉道："六国之时，无不思富国强兵之策，诸子登场，然管子以法兴齐，李悝变法强魏，商君立法而成秦，皆务法而施，方成霸业……可世人皆言秦亡于严刑峻法，可谓成亦法败亦法，莫非果如三省所言，乃天命使然？"

张治在一旁听着，脸上忽红忽白，似乎有些激动，终于按捺不住，倏地起身，慨然道："你们都说天命，同时而生，为何有的人命贵如金，一辈子锦衣玉食，有的人命贱如泥，穷尽心力而温饱犹不可得？是天道嫌贫爱富，还是命运厚此薄彼？法家所宗的势也罢、术也罢、法也罢，无非弱民、贫民、疲民、辱民、愚民而已，法在他们手中，就是谋财害命、欺压良善的利剑，还假借天命，无非要草民百姓认命，心甘情愿顺从他们，甘于奴役、甘于凌辱，让他们高高在上、敲骨吸髓而心安理得，无须任何负罪愧疚……"

张治越说越激动，声音哽咽，泪如泉涌，竟至泣不成声。他想到了强秦的土崩瓦解，也想到了一家人的艰难，想到了父亲的冤屈，唤起了他心中的隐痛，无法自抑。

张宽了解张治的遭遇，也知道他的不容易，更理解他心中所思所想，轻轻拍了拍他肩膀，轻声道："俊峰，克制，大家就事论事，探寻秦亡原由，皆是一家之言，并无是非对错之争。"

张治的一席话，似乎让大家都有些尴尬，一时都沉默下来，不再开口，气氛瞬间变得有些沉闷。

张宽让张治坐下，自己踱了几步，仰望天空，半晌才缓缓道："所谓兵无常势，水无常形，天下大势亦然。以三皇五帝之道，临当下之势，乃舍本逐末之举，必致劳而无功。以一家之说而治天下的时代早已过去，世道人心各异，利求纷乱如麻，无论三公九卿，还是郡县小吏，都须审时度势，顺势而为。世情变，道亦变，不可尽取先人之学。诸子之说，皆可为用，采其长而补其短，方能收事半功倍之效……"

大家都不住点头，张宽也宽厚一笑。

文士宏站起来，接着张宽的话说道："叔纪之言，甚是有理，太守将我们送至京师游学，并非是定要学到什么治国之道，而是要我们都成为明理之人，明世间万物盛衰之理，晓天地运行自然之理，知世间人性善恶之理。短短三年时间，我们不可能学到万世之法，亦不可能建立不世之功，我们亦不可能就所学而治国平天下，但我们应该知晓，最好的人、最好的世道是什么样子，并竭尽所能做一个好的人，再做一个好官，建一个好的世道，至少也要尽自己之力朝着这个方向走，方能不辜负京师三年，不辜负父老乡亲的期盼……我相信，只要大家一起，从每一件小事做起，世道一定会慢慢好起来，至于是非成败、得失荣辱，就交给上天吧！"

何元第一个站起来鼓掌，由衷感概道："尚贤说得太好了！诸位，我们京师三年，情同手足，返回蜀郡后，我们仍需戮力同心，各展所学，成就一番事业，造福桑梓父老，否则我们就白学了……"

张宽打趣道："民丰，你别忙着说尚贤，你也说说你的想法吧。今日游咸阳故都、观阿房古迹，你有何见教？"

何元有些夸张地皱皱眉，翻了个白眼，一脸苦相，急急道："咳，叔纪，你这人咋这么不厚道啊？非要逼我丢脸露丑，你才甘心啊？我一个商人，能有什么好算计……"

"不行！民丰必须说说……哈哈哈！"

众人一阵大笑，习惯了拿何元开心，何元也不以为意，与众人相处皆十分融洽。他家道殷实，家中给他的钱财颇多，他并不乱花，经常暗中接济他人，大家对他亦十分友好。

文士宏笑笑道:"民丰,你就不要藏着掖着了,说说吧。"

何元抓耳挠腮,沉思半天,慢慢道:"大家都知道,我家世代经商,不懂得为官之道。我只是想,咸阳古都也好,阿房宫也好,得耗费天下多少钱财,老百姓得付出多少血汗,可西楚霸王付之一炬,可惜!我只想世上再无秦始皇,再无西楚霸王,就是太平盛世了。做官也好,经商也罢,都要杜绝杀人放火……"

众人原本一脸戏谑的笑意,却渐渐严肃起来,代之的是满脸凝重。何元也许所学并不精进,但他所说却是至理。

何元似乎并未注意到众人的变化,一会儿搔搔头,一会儿摸摸耳鼻,还是一脸苦相,继续道:"返回蜀郡后,我若有机会进入官府,定当助主官理财,若没有机会,我定当经营生意,像尚贤说的那样,做一个好人足矣!"

何元说完,所有人都沉默不语,他左瞅瞅右望望,一时不知如何是好,脸上写满尴尬,自顾苦笑着。

"好!民丰说得在理,我们首先都要做个好人,然后再想想如何为官做事,正如司马先生所说,若假以时日,民丰不为事工能臣,必为一方巨富!"好半天,文士宏才击掌而起,高声说道。

众人也跟着叫好,不住鼓掌,脸上再无一丝戏谑之意,代之全是佩服与崇敬,眼中充满火热。何元咧嘴大笑,满脸绯红,显得有些难为情。

夕阳西下,暮色四合,天地一片苍茫。一行人涉过荒草废墟,走向一旁的官道,那一群年轻的身影,在苍茫的暮色中,显得那么突兀,却又朝气蓬勃。

三

很快就临近岁首,正是过年的时候,郡署也将封印,一众属官、诸曹掾吏又要开始一年之中最长的休沐。

十月丙寅日,一场大雪不期而至,密密落了一夜,整个郡城都积满厚厚的雪,一眼望出去,白茫茫一片,整个郡城都似乎成了一座巨大的雪雕,偌大的平原都变成一个粉妆玉砌的世界。

蜀人素来喜雪，郡城中人也不例外，一大早就起床带着孩子在雪地上奔跑嬉戏。文士运虽然见惯了下雪，终究童心未泯，恰逢杏儿过府来，文士运便跟杏儿和几个年轻的下人在院子里堆雪人。

文党起床后，经氏拿过一件皮裘给他披上，望着院子里屋顶上厚厚的积雪，叹息一声，不无担忧道："这雪下的真不是时候，也不知宏儿他们到哪里了……"

文党看了一眼经氏，笑道："你啊，就是操不完的心，宏儿又不是小孩子了。"

一个月前，他们就已接到文士宏的家书，知道他们即将返蜀，不禁大喜过望。就要见到阔别三年的儿子了，也不知儿子长高了没，胖了还是瘦了……

而文党更想知道的是，那些孩子究竟学得如何了？他隐隐怀着期待，又难免有些担忧。

似乎又是等待与失望交织的一天。下雪天，黑夜来得更早一些，眼见就到城门关闭的时候了，城内远近的窗户都透出星星点点的烛光。

"宏儿该不会被大雪阻在路上了吧？"经氏在屋内走来走去，不停唠叨，好像是在对文党说，又似乎是自言自语。

文党对经氏道："你且莫急，我到东门去一趟，说不准孩子们到了城门口呢。"

一辆马车从太守官邸出来，咿咿呀呀，在雪地上画出两道长长的车辙。

看守东门的小吏，骤然看到太守从车上下来，吓了一跳，赶紧上前。文党询问了城门关门的时辰，随后淡淡道："今天就晚点闭门。"小吏一听太守的话，就赶紧让人重新打开已经关闭的大门，自己则在一旁陪着太守。

雪还在继续下，漫天雪花，时而飘飘洒洒，时而随风乱卷，空气中似乎还夹杂着一股浓郁的梅香，充满诗情画意。

文党谢绝了城门小吏的好意，一动不动地站立在风雪中，眺望着城外官道。吕子善路过东门，也索性陪着文党，并肩站立在那里等候。

约莫一个时辰，官道上似乎传来一阵轻微的车马声，由远而近。文党心中一喜，眼中满是烛光般的色彩。过了一会儿，借着雪地反射的微光，远远看见一溜马车从官道上缓慢而来。

文党搓了搓早已冻得通红的双手，踱了踱早已麻木的双脚，脸上满是暖暖的笑意，似乎足以融化那些厚厚的积雪。

文士宏坐在车内，随手挑开车帘，望着高高的城门，不由流下两行泪水。整整三年了，也不知父母现在如何，也不知士运长高了多少，会不会还是那么黏人。下这么大的雪，父母也许安歇了，也许父亲还在秉烛读书，母亲也许还在操持家务……

临近城门，文士宏有些意外，早应该关闭的城门，此时还大开着。咦！城门口有人，他眯了眯眼，看到了并肩而立的两个人影，其中一个身影，他太熟悉了，三年间在梦里见到过无数次的身影。那不是父亲吗？为何此时还在这里？

片刻之间，车马驶过吊桥，便停了下来，文士宏跳下车，朝城门走来，脸上挂着微笑，还有两行泪水，也顾不得擦去。后面的马车，也随之停了下来。

"父亲！"文士宏紧跑几步，赶紧给父亲行礼，却被父亲一把拉住。

文党端详着眼前的儿子，满脸笑意，连连道："你终于回来了，回来就好……"

文党又看向身旁的吕子善，笑道："过来见过吕都尉。"

文士宏赶紧上前，恭恭敬敬站定，长揖道："士宏见过吕都尉。"

"哈哈哈，贤侄免礼，我道太守雪夜等谁，原来是你啊。"吕子善打量这个小伙子，开心笑道。

后面一群人也紧走几步上前，对着太守和都尉恭敬施礼。文党也庄重地还礼，笑呵呵看着这群人，个个不卑不亢，气度沉稳，一一指着他们道："嗯，不错，都不错，个个都变得如此沉稳，张治、何元、邓过、杨安兵、何明乾、孙治平……"

所有人的脸上都露出诧异和感激，想不到三年了，太守居然还能记得他们每个人，叫得出他们的名字，他们心中莫名地有些感动。

"咦？怎么少了一个，只有十七人？"文党忽然惊问道。

文士宏上前，施礼道："禀父亲，叔纪得太子赏识，已进入太子宫随伴，无法随我等返蜀，这里有他给父亲的书信。"

文士宏一边回答，一边从怀中掏出几封书信，双手递给父亲，庄重道："这儿还有两封书信，一封是司马先生给父亲的，一封是彭邸长的。"

"好！好啊，大家一起回驿馆暂歇吧。"文党开心大笑，招呼众人上车，并与吕子善告别。

文党将众人送至驿馆，叮嘱驿官，务要备好酒食、热汤。叮嘱再三，才与文士宏回官邸。

正如文党所料，经氏果然还在等候，文士宏赶紧上前拜见母亲。经氏愣了一下，两行泪水先自流了下来，拉住儿子的手，抚摸儿子的脸庞，一时竟说不出一句完整的话来，喃喃道："高了，瘦了……也更精神了……"

文原往火炉里添上炭，文士宏扶着母亲靠近火塘坐下。

文党也靠火塘坐下，一边烘烤着冻僵的双手，一边打趣经氏："平日里就你话多，这会怎么反倒没话了？"

经氏嗔怪地白了他一眼，眼都不眨地看着儿子，拉着士宏的手在火上烘烤，久久不愿放开。

刚说了几句话，士运也被吵醒，一骨碌爬起来，跑到大厅，一下跳到士宏怀中，抱着哥哥的脖子流下眼泪来。杏儿也忙着拿来衣服，给士运披上，一边偷偷打量着眼前这位大公子。

文党赶紧道："这是怎么了？士宏从京师回来，一家人团聚，这是好事儿，怎么都泪眼婆娑的？也不怕人笑话。"

众人都是一笑，擦干眼泪，只有士运赖在哥哥怀里，悄悄道："我今晚要跟哥哥睡，不要跟杏儿姐姐睡……"惹得众人一阵大笑，杏儿羞得满脸通红，低着头跑了出去。

半晌，文党道："今后天天都在一起，可以慢慢聊，士宏还是说说京师这几年游学的事情吧。"

"禀父亲母亲，京师三年，我先跟司马先生学习诗赋，后跟随董夫子习《春秋》，亦曾跟随子文先生习过《尚书》，至于《论语》《诗》《礼》等经典，亦不曾抛却，故而所学甚是驳杂，皆不敢妄言精益。"

文党点头道："嗯，我当年也曾涉猎儒、道、法、农各家之学，然终选攻《春秋》。各家学说，皆可互参，其理多有相通，亦有相悖之处，学不可全信，亦不可不信，博学而善思，方是治学之道。为学不可耽于一家之说，亦可在某一学说多下功夫，方能有所获……嗯，其他几人如何？"

"禀父亲，其余诸人，皆各有所长，民丰习农家之学，崇武习兵家之学，安民习儒家之学，俊峰习法家之学……"

文士宏将诸人所习之学，一一回禀清楚，文党一边聆听，不时点头，一边沉思，不时轻轻叩击几案，似乎在想着心事。

父子二人还未说完，经氏走了进来，文原跟在后面，用大盘托着酒肉饭食。

"你是害怕天不亮了不是？只顾着你自己，儿子一路车马劳顿，肚子还饿着呢。"经氏数落着文党，让儿子赶紧用饭。

文士宏举盏，先敬了父母，自己才用饭。也许是旅途疲乏真的饿了，也许是许久未曾吃过母亲做的饭菜，文士宏虽然保持着矜持，不至狼吞虎咽，却也很快将酒肉饭菜一扫而光。

文党夫妇二人靠着火塘，一直看着儿子吃饭，直到儿子吃完，经氏才露出笑容，柔声道："士宏饿坏了吧，这是我为你做的，可还合你胃口？"

文士宏谢道："母亲辛苦了，孩儿好久没有吃过这么香的饭菜了，母亲做的饭菜，就是世上最好的美味。"

经氏笑吟吟地看着儿子，眼里满是浓得化不开的情意，火塘里的火光不停跳跃闪烁，哔哔剥剥地响着。

经氏轻声道："你看，火焰在笑呢，家里有喜事。"

四

一连几日，文党都没有到郡署料理公事，而是到驿馆同每个学子见面，单独长谈，对每个人的游学情形有了详细了解。又将十七人带至城南学舍，讲述了自己开办学舍、教化蜀中百姓的想法。众人一边观看新建造的学舍，一边细听着太守的讲述，心中充满了震撼。震惊于眼前这座气势恢宏的学舍，震惊于太守近乎异想天开的想法。

游学三年，他们见惯了京师的高墙、厚垒的城郭，见惯了法度森严的宫室殿宇，却被眼前这并不壮阔的屋宇所震撼，感受到一种凝实厚重，旷远深邃，还有一种难以言喻的神秘与威严。

而郡署的又一份告示也快马送抵各县，严令各县查察荐举学子，年后进入郡学读书，凡入郡学者，一律免除本人租赋、徭役，所需衣食用度，皆由郡署支取。学满三年，优良者，皆可授职郡县；次者，亦可荐举。

几日之后，众学子均各自回家过年，离家三年后，他们还是第一次与家人团聚过年。封印闭衙后，文党没有再去郡署，整日在家读书，与家人享受一份难得的闲适。也少有人来拜访，履蜀第一年过年，文党就为躲避"岁例"而潜行私访，接连几年要么闭门谢客，要么绝不收受例钱，风气也就慢慢改变。众人习惯了太守的做法，也没有了过年奉送例钱的习惯，只是至交友好往来拜贺，亦是简单应酬，来去轻松自如。

经氏常带杏儿去文君住处，对这个精灵勤快的小姑娘，卓文君甚是喜欢，将她收为义女。平日里，杏儿在文君府上，既随文君学琴，也习刺绣。杏儿极是聪明，学琴虽未见多大长进，对刺绣女红却极有天赋，一手刺绣手艺颇为不凡。

文士宏也在府中读书，偶尔指点一下文士运的学业，或与父亲探讨一些学业问题，偶尔带着文士运到街上闲逛，亦是了解民俗风情。他在蜀郡滞留的时间不长，对蜀地风俗亲身了解并不多，父亲希望他能多多了解蜀地的民风民俗，对为学多有助益。文党从书橱后取出一只锦袋，取出两卷书简，欲交与文士宏，想了想，又将书简放回锦袋，放到书橱后的隐秘角落。

年关很快过去，文党休沐亦告结束。郡署照例要举行开印仪式。开印当日，郡署官吏有不少人私下耳语，都发现今年的开印仪式似乎有些不一样，来了不少陌生面孔，且十分年轻，个个面色平静，举止沉稳，气度不凡。

开印仪式之前，郡署一众属官齐聚大堂，文党高坐堂上，朗声道："诸位，今日我要引荐几位新人，日后会分派诸曹，协助公务，望诸位戮力同心，共启新元……"

随即，文党开始点名，众学子分别登堂，一一与众人见面，恭敬施礼。

"孙治平！"

"何元！"

"张治！"

……

"文士宏!"

文士宏最后出场，随即十七人分列三排，站立堂上。

文党继续道："诸位想必知晓，这十七位年轻才俊，正是三年前赴京师游学的学子，如今学成归来，或将协理公务，或将充任学宫经师，自今日始，皆入吏籍，秩禄暂为二百石……"

堂下一众属官曹掾心中骤起波澜，虽不敢议论，只有相互侧目，眼神交流，但无不深感意外。要知道，郡署诸曹掾秩禄，也不过年二百石而已，远高于署衙的一般卒吏。何况，一入吏籍，皆免租赋徭役，家中租赋，亦可减少或蠲免。

文党没有理会众人的议论，语速依旧不紧不慢，说出的话更让他们惊异。"诸位学子四季冠服，一律依例定制，所需物料皆从郡府官仓支取，出入郡署、各县府衙皆无需通禀，进出郡署官廨、太守官邸，亦无须通禀……"

众人讶异更甚，文党素重礼仪，即便郡署属官，非请亦不得擅入太守官廨，有事相请，也要舍人、书吏通禀，方能进入，私下被称为"小禁"，意即郡署之中的禁地。这些学子今后皆可随意出入，岂不是乱了礼制？

文党哈哈一笑，提高了声音，继续道："诸位或许还记得，三年前，我们一起欢送十八位蜀中学子远赴京师，今日归来十七位，还有一位是原郡署主簿张国忠之子张宽，并未一同返蜀。此子学业大成，深得太子赏识，已为太子中庶子，常侍太子左右，秩六百石……实乃蜀郡荣幸。"

众人皆是大吃一惊。令他们吃惊的，并非张宽学业大成，而是羡慕张宽命中机缘，年纪轻轻即入职太子宫，陪侍太子左右。谁都知道，太子将来必继承大统，到那时，张宽或许就会一飞冲天。

京师、太子宫毕竟离蜀郡太过遥远，似乎与他们不大相干，但这堂上的十七人，却会时时出现在他们左右，甚至一来秩禄就比他们还要高，这让他们心中多少有些酸，还有隐隐的担忧。

随后的开印宴饮，众人都似乎没有了往日的兴致，最喜欢的肉食都毫无滋味，上好的陈年桂花酿，入口也觉得寡淡如水，似乎还带着一丝别的味道。

几日后，十七名学子皆分派妥当：

八人入郡署衙门诸曹协理：何明乾入议曹，何元入计曹，张治入法曹，杨安兵入兵曹……

文士宏、邓过、林家国等七人愿治学，入郡文学，掌学舍，授业讲经。

孙治平、刘彪二人，赴京师游学前，原本就是县衙小吏，还是愿回县衙，分别入江源、繁县衙门。

十七人皆各有职守，协助诸曹曹掾。一些人心中虽有想法，却知太守所为并不违制。要知道，彼时郡县属官任用权柄，全操于太守一人之手，即使县道令长，虽是朝廷任免，亦需太守荐举。

郡府属官们似乎感受到了从未有过的危机，他们知道，自己公事若有差迟，或无大过，但都可能被太守罢黜，由这些年轻学子取而代之。在此之前，他们仗着在郡署时久，对一应事务俱为熟稔，人际关系极为明白，故而对诸多事务并未尽心，凡事只求过得去而已。如今这些学子入郡署，显然太守已有裁撤罢黜之心，故而感到沉重压力，凡事小心翼翼，尽心而为，更不敢私下枉纵，逾雷池半步，生怕一步走错，即会招来灾祸。

一旦诸曹曹掾用心，对公事格外严厉，下面各曹卒吏日子就难过了。这些卒吏身处最底层，大多老练油滑，极为惫懒，倘在之前，即使偶有差错失误，无非遭属官或本曹曹掾斥责而已，全然不会放在心上。可如今曹掾催逼得紧，自然就多出很多事来，浑浑噩噩已难适应。丢了差事事小，可丢脸就是大事了。这些小吏，皆是本土人氏，平日里仗着在郡署衙门行走，对诸曹掾吏皆极为熟悉，免不了受亲戚邻居请托，相互帮衬，谋点小事，赚点酒肉尚可，亦赚得能干的好名声，在一家一族、左邻右舍，皆有好口碑。可一旦丢了差事，自己很难面对众人的眼光，想想都心烦意乱。

署衙这些微妙的变化，文党看在眼里，自然乐见其成，还经常将这些学子唤至官廨，询问公事办理情形，指点办理要诀，这些学子也很快上手。

见此，那些原本有心为学子挖坑刁难的掾吏，也赶紧收拾起自己的一点小心思，哪里还敢为难他们。

年后开印之日，各县荐举的学子也陆续抵达郡城，只有三十余人，文党也没有说什么，待所有人到齐，举行了简单的仪式，学舍就算是开张了。学舍一应事务，皆由文士宏等三人署理，文党亦时常过问，隔三差五就会到学舍察看。

五

时序很快就临近清明，气温回暖，草木复苏。水畔垂柳已经长出浅浅眉芽，清风轻拂，绵枝微荡，如女子舞动婀娜身姿，曼妙无比。远远望去，淡烟笼罩，若隐若显，似远还近。几只早归的燕子，在柳烟中穿飞，轻盈而灵动，带起阵阵遐思。各色杂花似乎已经等不及，争先恐后地恣意绽放，或是羞涩地吐出点点花蕊，散落在田间路旁，把偌大的平原点缀得格外俏丽妩媚。

从山上到平原，杜鹃鸟一声紧似一声地鸣叫着，似乎在提醒着农人，又到了春耕播种的时节。

"望帝爷又在催我们播种了——"一位老农仰望着天空，喃喃自语。

相传，蜀人先祖杜宇开疆辟壤，号为望帝，建都于郫，始有古蜀之国。时逢成都平原水害频发，故遣蜀相鳖灵，率众开江凿峡，平息水患，由是而成膏腴之地。是时，望帝自感德薄，禅位与鳖灵，号为丛帝。杜宇禅位后，隐居西山，见丛帝沉湎淫乐，蜀国子民不务农事，心中忧愤，触宫墙而亡，化为杜鹃鸟。每到春耕时节，杜鹃鸟便号呼悲鸣，催促子民及时耕种，莫误农时，并呕出鲜血，浇红杜鹃花，始有望帝化鹃、啼血催耕的传说。故蜀人每逢清明，皆有拜杜鹃、祭望帝的习俗。

"该祭堰了……"老农一边整修农具，一边低声嘟囔。

祭堰，是蜀郡的一件大事。先秦郡守李冰建造灌口，分水引灌，丰枯相济，蜀郡由是而富庶。每年冬季水枯，百姓闲暇，均要举行岁修，在江水中放置杩槎和石龙，截断内江之水，清淘水中淤泥，修补损毁渠堰。到了清明时节，江水未涨，岁修已毕，则要斩断杩槎，放逐石龙，将水流分至内江，引至平原，灌溉田亩，以利耕种。祭堰既是农耕需要，也是借清明祭祖举办大典，拜祭蜀地历代治水先贤，历来均由太守主持，是蜀人十分看重的节日。

文党心里暗暗盘算着，也许，祭堰那天是个吉日。

清明前一日，文党同吕子善、百里俞甫一行，启程前往湔氐灌口。与往年不一样的是，随行除了属官曹掾，文党还带上了刚入郡署衙门不久的八位学子，分骑骏马，跟随在三人车马之后、一众属官和曹掾之前，文党只是交代，要以备随时顾问，所有人皆不敢再问。

更为异常的是，文党之前出行，力主轻车简从，极少动用仪仗，而此次赴湔氐，文党动用了全套仪仗。旌旗招展，戈矛森严，鸣锣开导，威风凛凛，一路沿官道朝灌口进发。沿途百姓，躬身施礼，在后面议论纷纷，议论的除了太守仪仗的威严，还有就是那几个骑着高大骏马的年轻人，其中有他们认识的乡邻，感叹才几年不见，如今有了出息，竟然跟随太守办差。

这正是文党想要的结果。

抵达灌口岸边，湔氐、繁、郫等县官员早已迎候在此。文党等人下车，相互见礼完毕，湔氐令将仪典筹办情形，向太守一一禀报。完毕，文党笑道："诸位辛苦，祭堰仪典乃蜀郡盛事，我与吕都尉、百里御史前来，主要是观礼，一睹蜀中盛事。"稍稍停顿，看了看身后，指着八位学子继续道，"后面郡署众人，想必诸位都还熟悉，这八位年轻人，大家可能尚不相识，皆是蜀郡才俊，近日才从京师学成归来，刚入郡署办差，诸位多多关照……"

孙治平等八人一起躬身施礼，一众官员赶紧还礼，心中暗暗称奇，迅速打量八位年轻人，见个个行止有度，气质不凡，这八人身上，似乎有种与众不同的东西，一瞬之间，心中了然。他们似乎没有郡署衙门的霸气，更看不到一丝戾气，给人如沐春风的感觉，极为宁静舒适，让人顿生好感，极愿与之亲近。

太守与一众上司在场，他们来不及多想，便将太守等人迎至驿馆暂歇。

稍后，文党等人便依例一同前往先贤祠，祭拜历代先贤。这也是蜀中有别于别处的习俗，别处都是先行祭祀天地神灵，再祭奠先祖，而蜀中则先行祭拜历代先贤，或许是他们居功至伟，后人莫敢相忘的缘故吧。

祠中祭祀的蜀中历代先贤，大殿上供奉着他们的塑像，居中的正是开蜀地治水先河的望丛二帝，陪祀香火的，有蜀地立郡建县的前朝丞相张仪、首任郡守张若、修建灌口的郡守李冰等人。虽然先秦早已覆灭，然而先贤祠并未改变，依旧让这些有功于蜀的贤能之士，身后在此享受香火，接受百姓祭拜。

祭拜完毕，启程回驿馆，路程并不远，众人并不着急，一路交谈，十分随意。文党笑问："望丛二帝，固为蜀人先祖，却早已亡故，为何后人今日仍愿祭拜？三省你说说看。"

何明乾知道太守是在考验他，并无怯意，略一沉思，便随即应道："血缘相因，世代相传，敬天祭祖，乃人之本性，亦乃一家一族之传承。蜀人能有今日之盛，肇始于二帝功业，后人莫敢相忘，虽历万代亦不敢懈怠。"

文党点点头，微笑道："三省说的没错，但要知道何为祖宗，所谓祖有功宗有德，开启先河有至功乃敢称祖，立身行事有至德方能立宗。敬祀祖宗，除血缘因袭、不忘功业外，最重要的是不忘其艰辛、传承其精神，后人当饮水思源，时时警醒，方能不败。若背祖离宗，轻侮怠慢，终不会长久，不管一家一族，或是一国一朝，莫不如此。"

何明乾甚是折服，躬身施礼，由衷道："太守高见，三省受教了！"

文党摆摆手，哈哈一笑道："此乃纯粹草野俚语，哪是什么高见？你们所学皆圣人经学、诸子典籍，遇事当深究根本，虑谋久远，不可以意气放纵，亦不可有腐儒之气。"

众人闻言，皆交口称善。文党继续道："还有一问，先秦倾覆已逾百年，为何先贤祠里还供奉着其丞相郡守？民丰你说说吧。"

何元脸一红，却不敢不答，苦笑一下，索性心一横，沉声回道："何元以为，张仪、李冰等人，固然是先秦旧臣，然而于蜀地长治久安俱有大功，黎民百姓莫不感戴，前朝虽然早已倾覆，但灌口犹在，故其功不随其政倾覆而湮灭，纵历千万年，民亦不敢忘其至功大德。"

文党脸上笑意更浓，击掌道："好！民丰之见甚高，灌口犹在，其功不灭。前朝之败，败在严刑苛政，民怨盈天，然始皇帝平争战、一文字、定度量、同车轨，岂非无功？我等虽为汉臣，对前朝亦不可抹灭其功，秦之覆灭，唯在民心。古往今来，圣贤毕生所逐，君子舍身所求，无非大道而已，何谓大道，众说纷纭，莫衷一是。我意以为，民心若水，固能兴鱼米之惠、舟楫之利，亦有洪涝之害、覆舟之险。民心若聚，则万事不难，民心若崩，则千里沃野荡然无存，高城厚墙土崩瓦解，虽神仙临世亦难挽回。故我等官吏享朝廷俸禄，自当恪尽职守；受百姓拥戴，自当以民为本，谋福祉聚民心，不可一日懈怠，方能俯仰无愧，只有胸怀孝子心，才堪为父母官，践微履实，方能致远……"

众人默然，内心波澜涌动，一如身边的江流，连波迭浪，绵绵相接，涛声不息，看似平静的水面，激起簇簇白浪。尤其随行的县道令长，他们从未思量过这些问题，公事也算尽心尽力，不乏自得，亦不乏自负。今日听闻太守与诸位学子的交谈，他们似乎突然开窍，明白了一些道理，不禁为自己种种过往心生惭愧，对自己曾经的所作所为顿感羞赧。

六

翌日，文党慢慢走近鱼嘴岸边，这里是举行祭堰仪典的地方，他被深深震撼了，尽管他也几次主持清明祭堰仪典，仍感觉到了一些此时的不同寻常之处。

灌口两岸，田间地头、山上山下，到处都是聚扎在一起的人群。祭堰本是蜀中盛事，加之连续两年水旱从人，湔水引灌，惠及十数万人，百姓收获日多，湔氐、江源、繁、郫等县百姓，对天地神灵心怀感恩，对这位太守感激不尽。而文党斩恶蛟、祭社稷、抑豪强、退羌兵等诸多事情，早已在百姓中间传开，玄之又玄，几近神仙，他们都想借祭堰仪典，一睹太守风采。

岸边，宽阔的祭台早已搭建好，依山而建，分为三层。最上一层是拜祭台，摆着一个神案，案上放置着祭拜用的一应礼器，三面旌旗翻卷，戈矛森严。中间一层是祭乐弹奏的，中间摆放着埙、篪、琴、瑟各式乐器，两旁各置大鼓数面、钟磬数架。最下一层最为宽阔，是祭祀舞蹈的地方。

不一会儿，祭堰仪典就开始了。随着三通鼓响，两岸百姓一齐将目光聚焦到了祭台，瞬间安静下来。主祭官文党在司祭引导下，登上最上一层，站到主祭位，而八个身穿礼服的学子，跟随太守登台，手捧香烛，站立在太守身后的陪祭位。陪祭的八个年轻面孔，在众人心中引起了不小的疑问和震惊。

两个身着铠甲的堰兵，托着一个双耳铜罐，从江水中取来一罐清水，送至祭台上，注入盘盂之中，然后退下。司祭手执柳枝，自盘盂中蘸水，朝四方挥洒，口中唱诵着迎神的祷词。

乐师奏起祭乐，埙篪合奏，乐音低沉幽远，满是哀婉和苍凉的韵味，似老妪在风中呜咽，如泣如诉，与脚下涛声应和……一队脸罩面具、袒胸露臂、腰着兽皮的男子，手执干戈，缓慢迈动步伐，沉郁而凝重。乐舞似乎将人们带回久远的上古洪荒，蜀人先祖与天争命，他们餐风露宿，茹毛饮血，与猛兽搏斗，与天灾抗争，与外族拼杀。他们伤痕累累，步履蹒跚，但目光坚毅，迎着风雨，踏着族人的血迹，相互搀扶前行，劈山开路，追星逐月，寻找栖息之地……

乐声渐止，很多人眼中隐隐有泪光闪动。执帛官送上丝帛，文党接过，躬身上前，双手敬献于神位前，退后站定。随后吕子善献爵，百里俞甫献食，三献完毕，二人分立太守左右。

一阵密集的鼓点，将众人从遐思中惊醒。余响尚未沉寂，乐声骤然响起，钟磬齐发，笙箫和鸣。乐声高亢激昂，浑朴醇厚，悠远沧桑中带着一股激越阳刚，浑厚中亦有清奇，叩击着众人心弦。台上舞者，伴随着乐音，手举锸耒，脚步急繁，身影穿梭，时而昂首挥锸，时而俯身划耒，摹状耕种劳作。青山隐隐，江水滔滔，鹃声起伏，与台上乐舞应和。他们似乎看到了先祖们渔猎耕作的场景，日升月落，春去秋来，周而复始；似乎看到先祖们开山凿峡的艰辛，叩石垦壤，导水别流，建造家园；似乎看到望丛二帝、李冰、自己先祖的身影，他们栉风沐雨，备尝艰辛，命运多舛但绝不屈服，灾难深重却永不放弃。乐舞挑动着每个人的心，点燃了众人血液中的倔强，那亦是与生俱来的血性……

乐舞暂歇，司祭躬退一旁，文党上前一步，展开丝帛卷轴，唱诵祝文：

> 时维季春，普天瑞祥，施降甘霖，恩泽十方。蜀郡太守文党，备圭璧玉帛、少牢醴酒、花果清泉，虔诚祷告于天地神祇、山神冯夷、历代先贤前曰：惟天爱民，奉天辟壤；江水西来，润我蜀疆。先祖奋志，凿峡开江；先贤相继，矢志不罔。风调雨顺，沃野无殃；稻禾咸丰，禽畜兴旺。膏腴万里，阡陌城邦；生齿繁盛，万民寿康。官商吏民，位设筵张；刑牲蠲醪，礼乐宥享。伏望诸天神灵，历代先贤，佑我子民，恩德无疆。沃土清流，风雨时襄；稼穑丰登，民畜无殇。珠玑广集，麟趾呈祥；天灾永息，世代荣昌。伏惟尚飨！

唱诵完毕，文党虔诚捧樽，将酒洒奠于地，继而将祝文帛书投至燔炉中焚化。

燔炉中一股青烟腾起又迅即消散，融入四周山水，仿佛已经被山水神祇受纳。随之乐声又起，琴瑟合奏，乐声悠扬，宛若晴空万里，瑞鸟翔集，云淡风

214

轻；又如碧水千顷，微波荡漾，锦鳞畅游，怡然自得。场上一队窈窕女子，缓移莲步，轻舒广袖，翩翩起舞，令人心旷神怡。

未几，乐终舞止。文党缓步上前，理了理官服，正了正高冠，虔诚跪下，双手交叠置于地，恭恭敬敬叩首。身后陪祭的八位年轻学子，也一同跪下，双手捧香，恭敬叩首，三拜而起，将手中的香端端正正插入香炉，转身归位。

"开——堰——啰——"文党拖长声调，高声宣告放水。

吕子善上前，左手叉腰，右手挥动令旗，一时鼓声再起，阵阵大鼓，由缓渐急，声势煊赫，激荡耳鼓。

两队身着铠甲的堰兵，手握锋利长剑，从两岸行至江心杩槎，挥剑断绳。数根大索相连岸上，两岸精壮士卒，一起用力拽起断开的杩槎，杩槎轰然而溃，被阻挡的石龙也随之被水流冲散，江水清流卷起簇簇白浪，一起涌入导江别流，激起层层叠叠的浪头，汩汩滔滔，倾泻而下。

两岸百姓一起欢呼，脸上满是笑容，在和风暖日下，洋溢着温馨与惬意。人们并未散去，他们还在等候，等候祭堰仪典最后一项仪式：打头水。

随着水流涌进导江别流，一些年轻力壮的百姓沿着水岸拼命向前奔跑，不时将手中的卵石扔入涌起的浪头，一群小孩跟在后面，依样捡起卵石，投入水中，这就是打头水。

右岸大道上，早已清空行人，每隔数十步，便有一名士卒警戒。官方悬赏的打头水已经开始，数十名精悍骑手，向下游纵马疾驰。文党放眼望去，骑手之中，一个身影身形清秀，毫无精悍之气，反而有些单薄，似乎有些眼熟，却始终记不起究竟是谁。想了半天，暗自哑然一笑，自己在蜀郡并无故旧，也许就是跟某个故人相像而已。

在下游二十里地，有官吏守候于此，骑手到此，停马领取竹筹，上面分别注明先后名次顺序，从甲至癸，对应天干之序，共计十人，皆有彩头。最先抵达者，夺得甲字号头筹，还有一笔不菲的犒赏。每年祭堰仪典上，打头水、拔头筹，历来相争都异常激烈，并非因为犒赏，而是为了荣誉。

"驾！"

"嘚儿——驾！"

"哈哈哈——"

伴随着阵阵放肆的狂笑，数十骑骏马一齐奔驰，卷起一团烟尘，一阵紧似一阵的马蹄声，渐渐远去，消失在众人视线中。

文党等人在祭台上欣赏乐舞，倒也不至无聊，偶尔低声交谈，会心一笑，不似先前庄肃，显得极为随意，众人也格外放松。

很快一个时辰过去，打头水的骑手也开始返回，最先返回的竟然就是那个身形有些单薄的骑手，成功抢得甲字号头筹，让不少人深感意外。去年拔得头筹的，乃是湔氏杨氏子弟，从小习武骑马，骑术相当精湛，家资甚厚，良马数匹，是今年呼声最高的人选，哪知竟然被一个陌生的年轻清秀后生所获。众人皆不认识这位年轻人，都在四处打听，究竟是哪家的孩子？

十个领得竹筹的骑手，皆已回到祭台旁，有卒吏一一验明竹筹字号，分别登记在册，并分发彩头——每人金错蜀刀一把。最后到了最令人兴奋的时刻，主祭官将亲为拔得头筹的骑手授予赏赐。今年郡署的赏赐，是上等锦缎一领。

清秀的骑手站在祭台一旁，气喘吁吁，热汗淋漓，满脸通红，胸口微微起伏，脸上挂着开心的微笑，几缕发丝黏在脸上。乐师奏起喜庆的鼓乐，两岸百姓尽情高呼，欢声如潮。即使没有夺得头筹的骑手，也对胜者表达着真诚的祝贺。这是对对手的尊重，对强者的倾慕。

文党笑着走到祭台中央，手中托着一领锦缎，织工奇巧、经纬绵密、花纹精致。伴随着鼓点节奏，年轻清秀的骑手疾步上前，对着太守躬身施礼。

文党看着眼前的骑手，瞬间瞪大眼睛，嘴巴微张，饶是以他的定力，也一时失神，呆立当场，满脸的难以置信，心中掀起滔天巨浪。

怎么会是她？

骑手施礼毕，也是微微一笑，慢步走到文党面前，抬头看着尚在发愣的太守，微不可查地眨眨眼，嘴角微微上翘，露出顽皮的意味。

文党很快回过神来，将手中锦缎递给骑手，似有深意地看了一眼，随即转身归位。年轻骑手双手高举锦缎，原地旋转，兴奋不已。随风一吹，头上发髻散开，秀发散落下来，随风扬起。此时，众人方才发现，这位年轻清秀的骑手，竟然是一位妙龄女子，一时引起两岸阵阵惊呼。

吕子善也恍然一惊，认出了眼前的骑手竟然是西羌黑河部头人姜荷霜月！去年他们才在玉垒关打过交道，她与太守比试射术，他印象极深，只因她换了一身男装，与男子并无二致，才没有认出来。见是姜荷头人，吕子善也大感意外，不经意地看向太守，但文党脸色平静如常，看不出丝毫波澜，似乎并不认识眼前的骑手。

姜荷霜月似乎有些害羞，快步回到人群之中，转眼间便隐入人群，再也看不见。

文党扭头看向热闹的人群，搜寻半天，依旧没看到姜荷霜月的身影，心中轻声叹息，微微有些失落。

从灌口回郡城的路上，文党一直在想，怎么会是她呢，她如何到了成都，莫非西羌有什么变故……众多疑团，在他心中纠缠，让他感觉有点头大。

七

回到官邸，文党径直进入书房，掩上房门。府中的人皆已习惯，知道太守寻常喜欢独处读书，没有觉得任何异样。

文党端坐书案后，案头堆放着几卷书简，却无心展读，拿着一把短剑，反反复复抚摸着剑鞘上繁复的纹饰，眼神深沉，脸色凝重。过了许久，他长长叹息一声，轻轻放下手中短剑，摩挲着脸颊，心中有些担心：她现在去了哪里，为何再也找不见……

郡署属官大都下到各县巡察农事，督劝耕种，一直要到谷雨之后、立夏之前，才会全部回郡署。这是每年春季的惯例，文党无须操心，早有长史、功曹等分派妥当，何明乾等八人也一同下乡劝农，郡署的事务也省了不少，甚至略显清闲。

文党早早回到官邸，正展卷读书，就看见文士宏匆匆走来，眉头紧皱，心事重重的样子，与平日的沉稳从容大相径庭，觉得有些意外。

"嗯，什么事？匆匆忙忙的这个样子，简直有失体统。"文党放下书简，叫住了文士宏。

文士宏赶紧上前，躬身施礼，沉声道："父亲容禀，孩儿确实遇到一件难事，尚需父亲决断。近日，各县来学舍的学子骤然增多，学舍恐难全数接纳，钱粮供给亦难支撑，故而……"

文党"哦"了一声，眼中闪过一丝诧异，赶紧问道："共有多少人？"

文士宏回道："回父亲，近日已有百余人前来，请求入学舍，不过还有人陆续到来，最终会有多少，恕孩儿愚钝，一时尚难预料。"

文党点点头，沉思半晌，盯着文士宏，缓缓问道："你准备如何办理？"

文士宏似乎早有打算，当即道："孩儿已同修明等人商议过，拟对所有人进行考察，择优录用，但学舍钱粮资费所缺甚大，我等一时尚无善策……"

文党道："嗯，如何考察，你们商量着拟个方略，除学识、天资外，人品、心性亦不可少，至于钱粮资费，待我回郡署商议后再定不迟。"

文士宏当即答应，迟疑片刻，又道："父亲，钱粮资费之事，不妨问问民丰，孩儿游学之时见识过，于理财一事，他确有天赋。"

文党点点头，文士宏随即告退。

几日后，下乡劝农的一众官吏俱已回到郡署，禀明各地春季耕种情况，文党甚是满意。

立夏刚过，郡署官廨，文党召长史、主簿、功曹、文学等属官曹掾，商议学舍之事。百里俞甫、何明乾、何元等人俱在座。

商议半天，最后说到钱粮资费，气氛一下变得沉闷，大家不约而同地选择了沉默，学舍师生众多，耗费不小，且容不得半点疏忽，大家都觉此事甚是棘手。

功曹王继看看众人，犹豫着没敢开腔，自从何佣出任繁县令，他一直兼署少府事。好半天，他才迟疑道："下官以为，当下郡府尚无力支撑学舍所有耗费，可否每亩地加租一斛，口赋每人每年加五十钱，学舍资费压力或可缓解。"

文党看了看王继，没有说话，依旧面色平静。

长史司马轶看了一眼王继，又看了看太守，缓缓道："王功曹之言有理，但对家有学子入学舍者尚好说，对于无人入学舍者，则有失公允，故下官认为此议尚待商榷。"

文党笑道："司马长史既然有此一说，想必一定有不同的应对之策，不妨说出来，大家一起参详。"

司马轶略作沉思，拱手道："下官以为，凡进入学舍求学者，需交纳衣食耗费，郡署只负责经师资费和一应杂支，由此郡署压力自可缓解。"

文党沉吟片刻，缓缓道："诸位所言，俱为有理，此事不可操之过急，改日再议。"

众人告辞出去，何元正欲离开，文党忽然记起文士宏之言，便叫住他。

众人离开后，只剩下文党、百里俞甫与何元三人。文党笑问道："越之兄，司马长史与王功曹之言，你以为如何？"

百里俞甫想了想，颔首道："二人之言，看似有理，但均非善策。王功曹之言，看似长久之计，但实施起来却绝非易事，县衙、乡里难保不会借机加码，从中渔利，原本的利民之举，极易成为祸民之害。"

文党点头，面色有些凝重，显然他也考虑到了这一层。

百里俞甫继续说："司马长史之言，则有悖初衷，开办学舍，本意在于教化百姓，若要学子交纳资费，势必将诸多寒门子弟拒于门外，成为豪门大户、富商巨贾子弟专享。何况之前文告已出，尽人皆知，若朝令夕改，则有损太守威信，甚至失去民心，还需谨慎为之。"

文党站起身，来回踱步，沉思良久，方叹息道："越之所虑甚是，与我不谋而合。然而学舍所需钱粮资费，却是棘手之事……"

说到这里，文党停住脚步，转头看着何元，问道："民丰，依你之见如何，可有解决之法？"

何元没有立即回答，笑问道："下官敢问，之前学舍资费，是如何解决的？"

文党微微一愣，哈哈一笑道："之前湔水治理之时，朝廷赏赐千万钱，学舍建造皆悉数用罄，又幸得临邛卓氏赊欠部分木石料材，方能顺利竣工。开张以来所需资费，一部分为郡署裁减日常开支，一部分自本人秩禄之中支取，如今学子骤增，再也难以为继……"

何元点点头，躬身道："禀太守，诚如百里御史所言，司马长史与王功曹之法，贻害甚大，皆不足取。之前资费支取之法，终是有限，亦非长久之计。下官协理财税事务，知悉各县隐瞒公田逾千亩，湔水分流引灌，亦增公田数千亩，以这些公田之租，当足以解决学宫所需资费……此乃下官愚见。"

文党和百里俞甫二人对视半晌，同时点头，会心大笑，眼中尽是赞赏之色。

文党击掌道："好啊！皆言民丰乃理财奇才，果然如此。司马长卿曾言，民丰若非事工能臣，必为一方巨富，依今日观之，此言非虚啊！"

百里俞甫亦点头称善，感慨道："假以时日，此子必为肱股！"

文党笑笑，慨然道："越之啊，你还是落俗了，既可为肱股，何须假以时日？"

何元在一旁显得有些局促，面露腼腆之色，显得手足无措，引得文党和百里俞甫二人又是一阵大笑。

文党兴冲冲地回官邸，似乎格外高兴。刚踏进大门，文原就禀报有人在客堂相候。

文党来到客堂，见到一位锦衣华服的老者，赶紧躬身施礼。文党打量来客，心中甚是诧异，眼前这位老者，圆脸细眼，颌下一缕花白长须，看着十分眼熟，却记不起对方究竟是谁。

老者施礼完毕，急忙自我介绍，十分谦卑道："文太守可能记不得老朽了，老朽郫县夏同，湔水捐资之时，社稷祭祀大典上，老朽都目睹过太守风采。"

文党恍然大悟，记起眼前这位老者，就是郫县夏家主事之人，当初捐资颇多，与卓王孙极熟，捐赠时就在一块儿，但祭祀大典上自己却没有注意到。虽从未有过私下往来，但来者是客，便热情招呼老者就坐。

夏同谢过，再次恭敬施礼，微笑道："老朽今日拜访，实属唐突，太守公务繁忙，冒昧叨扰，情非得已，尚请太守宽恕。"

文党笑道："夏公过谦了，夏公仗义捐资，热心乡里，文党感佩不已，在此谢过。"

夏同顿了顿，拱手道："文太守多礼了，些许小事，不足挂齿。实不相瞒，老朽今日过府拜访，实有一事相求，恳请太守援手，老朽感激不尽。"

文党不知夏同何意，淡淡一笑道："夏公有事，但请开口，无须客气，若有所能，文党绝不推辞。"

夏同笑道："不为别的，只为老朽膝下有两个孙子，为长的年十五，幼者年十二，读过几卷书，听闻太守开办郡学，均想入学舍读书，尚望太守成全，老朽感激不尽。"

夏同稍稍一顿，继续道："老朽亦知郡学开办不易，愿为太守略尽绵薄之力，捐出钱百万、稻粮千石，襄助郡学……"

文党笑笑，他心知夏同次子供职内廷兰台，却并未以其施压，显然是爱惜羽毛，却也算厚道。当即正色道："如今想入郡学者甚多，文党今日方与同僚议定，凡入郡学者，唯需考察，令孙既然有些底子，又立志为学，当与众人一起应考，只要人品心性无碍，自有机会，我亦会鼎力支持。至于捐资，郡署已有定论，不收取一钱一粮，所有用度，皆由郡署衙门支取，夏公大可不必耗费心神钱财。"

夏同闻言，心中略感失落，脸上却不便表现出来，只得暗自安慰，笑笑应道："太守心意，老朽明白，先在此谢过，老朽这便返郫，让他们即日进城迎考。"

送走客人后，文党略感疲惫，正欲稍事歇息，文原来报："吕都尉来访。"

文党只得前往门外相迎，心中却有些纳闷，吕子善行伍出身，生性执拗，平日里军务较为独立，郡署日常政务参与并不多，有事往来也皆在官署，今日第一次来官邸，莫非有什么军务大事？

不容他多想，吕子善已经过来，疾步上前见礼，着急道："太守总算回来了！"

文党一惊，疑惑道："哦，莫非吕都尉有什么要紧之事？"心中暗自揣测，究竟是什么事情，看似如此着急。

吕子善不善言辞，一时语塞，似乎不知从何说起。犹豫了半天，才面带羞色道："唉，都是末将拙妻，不胜其烦，她娘家侄子，想入郡学读书，唯恐有失，便再三央求，要末将来恳求太守关顾……"

"哦，都尉荐举，文党敢不从命？敢问令内侄心性如何，为何想起入学舍求学？"文党心中已然明白，却依旧有些不解。

吕子善苦笑道："拙妻娘家，原本繁县小康之家，妻兄离世后，家道中落，膝下只有一子，甚得拙妻怜爱，末将亦视若己出。此子生性醇良，天资不俗，原本欲让其投身行伍，哪知日前祭堰仪典上，偶见诸位学子风光，就像中了魔魇，整日里缠着我，非要入学舍读书，拙妻也一再央求，末将只有腆脸相求……"

文党心下了然，当即诚恳道："你我同僚之谊，何须如此礼谦？令内侄既然有心为学，我自当鼎力相助，凡有志为学者，绝不至屈才埋没，吕都尉但请放心。"

吕子善闻言大喜，对文党再三感谢，正欲离去，却再度转身，对文党道："还有一事，末将尚未禀报，日前祭堰仪典上，打头水拔得头筹者，乃西羌头人姜荷霜月，不知入关所为何事。"

文党微微一怔，诧异道："吕都尉可敢确信？"

吕子善道："末将确信无疑，但事后却未发现她的踪迹，我已叮嘱玉垒关守将屠玉敏留意，斥候已经回报，西羌境内并无异样，就怕她另有图谋。"

文党点点头，道："嗯，一切暗中留意，暂时无须打草惊蛇。"

说罢，吕子善告辞而去。

文党走进书房，掩上房门，坐到书案前，却无心开卷，仰头望着屋顶，心事重重的样子。

远处，几声杜鹃的啼鸣断断续续传来，仿佛叫得有气无力，声音悲切而哀婉。

第八章　霜月寒星

一

约一个月之后，郡城学舍引起了一次不小的震动。郡学学子全数入学，新录学子共计一百二十八名，名单悉数榜示于学舍外，引来无数人围观，有人兴高采烈，有人垂头丧气，可谓几家欢乐几家愁。

榜上的一百二十八名学子，有吕子善内侄孙元海，有夏同长孙夏浩然，也有前郡司空叶至聪之子叶安邦，也有繁县杜路生之子杜林森，亦有一些富家豪门、郡县官吏子弟。进入郡学者，十之六七皆是平常百姓子弟。有富商花钱请托，而未能如愿者，也有官吏故旧相托，而最终失意……一时风传颇多。

差不多同一时间，在蜀郡引起震动的，还有郡署官衙。官衙内的这次震荡，源自郡署人事的变化。几乎没有任何征兆，署衙就开始了一轮曹掾曹吏调整：罢黜曹掾二人、曹吏三人，裁撤诸曹卒吏十余人。何明乾擢升郡主簿，跻身郡署大吏，兼署官廨事；何元擢升郡少府，成为一曹之掾，兼署郡学事，而功曹王继不再兼署少府事；张治擢升法曹史，杨安兵擢升兵曹史，皆辅佐曹掾，节制诸史卒吏，成为二曹的实际话事人，取代曹掾似乎只是迟早的事情……文士宏、林家国三人擢升郡文学史，署理学舍事务，邓过等四人充任郡文学经师，秩禄同文学史……当初游学京师返蜀之人，在返蜀历练近半年后，尽皆充任郡署曹掾曹吏，或补遗填缺，或替旧换新，无一人落下，一时风头盖过一众属官曹掾。

同时擢拔的还有孙治平和刘彪，刘彪擢升江源县丞，孙治平擢升繁县丞，并未引起什么风波。赵贤死后，江源县丞一直空缺，得县令王道君力荐，刘彪补缺县丞一职。

郡署内，从曹掾到卒吏皆人心惶惶。对这样的情形，很多人虽然早有预料，却没有想到来得如此之快，除了无奈接受现实，似乎也没有更好的选择。

衙门之中，选择的权力从来都只存在于上位者手中，下位者永远只有接受选择的命运。或许，这就是无数下位者拼命挣扎攀爬，想要成为上位者的缘故吧。有的人天生亲近权力，他们追逐权力并乐此不疲，钩心斗角、尔虞我诈、薄情寡恩……他们唯一的生存技能，就是玩弄手中权力，换取一点可怜的利益，他们享受权力带来的虚幻快感，一旦失去权力，他们就失去了一切……

午后时分，郡城西北某个街巷，一家名为"醉春风"的酒肆楼上，天字号包房内，几案上、地上，到处歪歪斜斜地堆满了酒坛，上首位却空着。几个买醉的男子，饮了两个时辰，已经口齿不清，醉眼蒙眬……但这并不影响他们发泄心中的情绪，又哭又笑，似疯若癫……满屋子愁云惨淡。

据说，这里是司马相如与卓文君曾经当垆卖酒的地方，好多人慕名而来，欲一睹芳容，哪知才子佳人早已离去，留下无数惆怅遗恨。而一些商户却打起了文君市酒、相如涤器的招牌，引来无数酒徒浪子，遂成了酒肆密集的买醉之地。显见，对客人借酒浇愁、酒后疯癫的情况，商家店主早已见惯不惊，对几个已有醉意的客人，并未过多理会。在这里，即便偶尔相斗，都无人在意，只要不聚众斗殴、不出人命，官府也懒得管。

一位身材高大、身着云白锦袍的客人，悄无声息地出现在酒肆。来人最引人注目的，是颌下一个指头大的暗红瘊子，此人正是望侯府邴管家。年轻的店小二引着客人来到二楼包房门口，便转身退下。

推开房门，邴管家身上的云白锦袍似乎将包房照亮。众人眯眼望去，都一激灵跪下，嘴里含混不清地告礼。邴管家眉头微皱，满脸不屑，眼神中闪过一丝鄙夷，并未理会房内众人，径直走到上首位置坐下。

邴管家直身跪坐下来，眼神犀利地看了一眼众人，冷冷道："看看你们，一个个的，哪里还有一点体面可言？好歹也在郡署衙门待了多年……"

众人都不敢吱声，一味地叩头，满脸通红，也不知是酒意还是羞愧。

"都起来吧，我一个小小的侯府管家，哪受得起郡署曹掾的大礼。"邴管家眼神阴鸷，话中满是讥诮，众人却恍若不知，起身跪坐，大气不敢出。

一个人似乎稍微清醒些，对着邴管家长长一揖，低头道："谢过邴管家，我等都是君侯的人，君侯可要为我等做主……"

"是啊，我们好歹也在郡署衙门多年，没功劳也有苦劳啊！"

"几个小崽子，毛都没长齐，咋能掌控诸曹，还不是全赖太守给他们撑腰。"

……

众人你一言我一语，乱哄哄地，有的竟然泪流满面。邴管家一拍几案，众人赶紧闭嘴。

邴管家满脸嘲讽，冷厉道："鸟尽弓藏、兔死狗烹的道理，你们不懂吗？不是我说你们，平日里一个个哪像办差的样子？对君侯和狄相的话，全没放在心上，现在被扫地出门，也是咎由自取。"

"邴管家教训的是，可现在怎么办，只有你才能帮我们，我们对君侯都是忠心的……"

邴管家语气缓和了些，笑道："大家也不要太着急，诸位的事，狄相都已知晓，也已禀明君侯，君侯不会不管，你们暂且候着。不过，这地儿不要来得太频繁，小心被人盯上，可不能再搞出一个丽春楼……"

"我等谨遵教训，誓死追随君侯！"众人面露感激，众口齐声道。

随即，邴管家压低了声音，说了几句，其他人都静静听着，不住点头。

邴管家环视一眼众人，举起酒盏，一饮而尽，然后重重放下酒盏，站起身来，昂首而去。

众人一齐起身，躬身施礼。

待邴管家离去，众人才又坐下，各自想着心事，也无心再饮酒，很快便纷纷离去。

此时，隔壁包房的门也打开，一个客人走出屋子，戴上一只竹笠，也跟着下楼。出门左右望了望，迅疾跟上。

"竹笠"远远地跟着邺管家，不紧不慢。邺管家径直来到望侯府，进入大门，"竹笠"在街对面站了一阵，也慢慢转身离去。

初夏的太阳，透过葱郁的树荫，在地上投下斑驳的光影，给人一种奇奇怪怪的感觉，像是一幅杂乱而深奥的画图，明暗交织，似乎是一种隐喻，又像是某种暗示。街上来来往往的行人，脚步依然随意而散漫，悠闲如故。

二

郡署内的人心动荡并未持续多久，新上任的年轻人处理公务皆循规蹈矩，做事有板有眼，众人都很快适应了新的情势，适应了新的办差风格，整个郡署运行更为顺畅有序，他们甚至对这些新任曹掾曹吏皆颇有好感。

日子平静如常，十分惬意。文党虽然平日照常在郡署办理公务，但明显轻松多了，尤其是何明乾执掌主簿，把郡署一应事务皆料理得井井有条，自己难得从琐屑事务中解脱出来，将更多心思放到了郡学上。

文党现在最焦心的，就是郡学经师奇缺，文士宏等七人要教授一百六十名学子，已倍感吃力，何况还有学舍日常事务缠身，难免力不从心。何元虽然要兼署学舍事务，但主要精力放在筹集资费，并无多少精力介入学舍其他事务。

文党正在沉思，恰遇百里俞甫过来，便赶紧把他迎进官廨。

刚坐下，百里俞甫就笑道："看你愁眉苦脸，莫非仲翁又有什么奇想？"

文党苦笑，叹息道："郡学初立，经师不足，士宏等人疲于应付，我正为此伤神，越之可有善策？"

百里俞甫略加思索，笑道："自商君始，皆言以吏为师，郡署一众官吏，岂非皆可充任经师？"

文党摇摇头，感慨道："我也想过，但你也知道，如今郡署之中，有几人能充任经师？"

百里俞甫自然知晓，郡署之中原有属官曹掾，别说讲经，就是识字也不多，便点点头道："嗯，但以七人之力，学舍确难应付，何不让何元等八人兼署学舍事，登坛讲经，亦可暂缓学舍压力……"

文党轻轻击掌，缓缓道："越之此言倒可一试，不过三省与民丰二人，估计一时还脱不开身。"

二人谈兴正浓，何元兴冲冲进来，见百里俞甫也在，赶紧过来见礼。百里俞甫笑道："说神神到，说人人到，正说到你，你就来了，是不是生有顺风耳啊？"

文党大笑，何元看着二人，不知何故，也跟着笑，似乎显得很开心。

"民丰，有什么事吗？"文党问道。

何元似乎一下来了精神，满脸兴奋，一边递上卷册，一边回道："禀太守，何元查清楚了，各县隐匿公田一千二百余亩，渝水增加田地四千二百余亩，尚有千余亩河滩低地，未纳入计集。"

文党展开简册，迅速看了看，问道："民丰刚才所言，这千余亩地是怎么回事？"

何元道："回禀太守，这千余亩地，皆是河滩低下之处，极易遭洪水所淹，亦无人耕种，一直荒芜，故而纳入计集。"

百里俞甫白了一眼，责备道："你就说说，你为何要纳入计集，是不是有什么好法子？"

何元咧嘴，嘿嘿一笑，随即道："凡事都瞒不过监御史，我察看过，与繁、渝氏、江源几县令亦商议过，洪水之后，这些低地皆十分肥沃，但确实不适于稻禾，但可以用于栽桑，亦是一笔不菲的收入……"

何元话还没说完，文党击掌赞道："好！如此甚好啊。"

百里俞甫也笑道："哈哈，民丰简直就是天生财迷！"

文党也大笑道："嗯，确是财迷，不过我喜欢。"

三人一阵大笑。何元又道："禀太守，何元还有一个大胆想法……"

文党嗔怪道："有什么事，你就讲吧，就别吊胃口了，啰啰唆唆。"

何元歪头想了一下，拱手道："禀太守，何元以为，所有公田共计六千余亩，若种稻黍，收成虽然不少，但皆不及栽桑，若将公田全部栽桑，收获更为可观……"何元说到这里，忽然停下，看了看文党，才继续道，"太守知晓，何元家族，原本经营丝绸锦缎，利润颇为丰厚，若将六千余亩地全部栽上桑树，养蚕缫丝、织锦刺绣，获利必然不菲。何元亦知晓，蜀布本就誉满天下，何愁不能带来丰厚之利？若由官府经营，则获利更丰……"

文党和百里俞甫对视一眼，皆同时点头。

文党当即道："我以为，此法可行，民丰你亲自操办吧，若人手不足，还可增加一人，专门协助你办理此事。"

待何元告辞离去，百里俞甫喃喃道："若非事工能臣，必为一方巨富，诚哉斯言！看来这司马长卿，不仅眼光毒辣，断人亦是毒舌啊！"

百里俞甫告辞后，文党也离开官署。回到官邸，刚刚坐下歇息，文原便前来通报，有客来访。

文党并未在意，随文原信步来到前厅，跨入前厅的那一刹那，文党就愣住了，呆立当场。前厅，一位客人正站立堂下，背对门口，看不清面容。这背影，文党太过熟悉了，端庄清秀，略显单薄，那不是姜荷霜月还是谁？

"主人——"文原在一旁提醒。

姜荷霜月闻声，转过身来看向文党。

婢女送上茶水，文原也识趣离开，只剩下二人，四目相对，似乎一时不知如何开口。

姜荷霜月看着文党，娇俏一笑，歪着头问道："没有想到吧？"

文党轻轻揉了揉鼻子，招呼道："确实有点意外，不知来此有何贵干？"

姜荷霜月噘着嘴，嗔怪道："哼！难道没事就不能来看你？"

"唉……"文党不知如何应答，一时有些发窘。

姜荷霜月眼珠一转，看着文党的窘态，似乎有些开心，低声娇笑道："我好歹也是羌部头人，来见你自然有事，而且是大事，你想不想知道？"

文党淡淡道："哦，什么大事？姜荷头人说来听听。"

姜荷霜月面色骤然变得严肃，想了想，正色道："有人图谋不轨，我怀疑他们可能会针对你……"

"哦，谁图谋不轨？你怎么知道的？"文党接连问道。姜荷霜月的话虽然突兀，却也让文党心生警觉。

姜荷霜月沉思片刻，讲出一段密辛，让文党惊愕不已。

原来，去年秋，姜荷霜月等带三部人马至玉垒关打秋风，得文党赠粮释放，回到部落后才得知，还有两路人马在分头进袭其他关隘，且隐隐听说，这些都有人在暗中谋划，谋划者皆是汉人。

姜荷霜月觉得事情太过蹊跷，便暗中留意，却发现有不少汉人藏身西羌各部，和一些部落头人暗通款曲，十分神秘。

为了搞清楚这些人究竟在谋划什么事情，姜荷霜月便带着可靠之人从西羌一路暗中追踪到了成都。

不承想，在郡城，这些人却失去了踪迹，消失得无影无踪，仿佛人间蒸发了一般。

文党听后，沉默不语，陷入久久的思索。如果姜荷霜月所言当真，这些人是不是就是那股神秘势力，或与这股神秘势力有牵连？这些人究竟在谋划什么？不管如何，他们一定所谋甚大。

文党有些头痛，使劲揉了揉眉心，实在想不通，也就暂且放下吧，转头问道："这几个月来，你一直在暗中追查这些人？"

姜荷霜月满不在乎地笑笑，爽朗道："当然，要不你以为呢，当真我是想要祭堰仪典上拔得头筹的奖赏吗？"

文党心头微微一动，莫名地有些感激。他还来不及说话，姜荷霜月又道："前几日，我在一家叫作'醉春风'的酒肆还另有发现。你们衙门的一拨官员，跟侯府的人暗中联络，颇为隐秘，提到什么君侯、邴管家、丽春楼……我也没听太清楚。嗯，那个人进入了侯府，就再也没有出来，不过很好辨认，下颌上有一个指头大的暗红瘰子，很容易认出的……"

文党面色凝重，缓缓点了点头。她所说的这个人，正是望侯府的管家，随国相狄云到过太守官邸，他们跟郡署官吏往来，本是寻常之事，为何要做得那么隐秘，又刻意掩饰什么？姜荷霜月追查的人，绝不会从郡城凭空消失，他们一定躲在某处隐秘的地方。而在郡城，这样的地方并不多，但侯府算是一个不错的地方。若无宗正府官员领皇帝圣旨，没有人能够随随便便进入一个列侯府第，这牵涉到皇室尊严。

文党更头痛了，虽然望侯领成都县，只是一个列侯，却是皇室贵胄，如果真有什么事情，还相当棘手，一不小心就会得罪皇室，给自己招来弥天大祸。更何况，望侯深得皇帝与太后信任，与太子也极为交好，在朝中势力盘根错节，其地位几乎无人能够撼动。如果望侯府跟神秘势力有瓜葛，那几乎就是一个死局！可这样做侯府又有什么好处？

文党暗暗叹息一声，想起当初离开京师返蜀之际，邸长彭丰年提醒自己的事情。

"太守且要小心望侯……试想一个皇亲贵胄，如此苦心孤诣作伪，到底是为什么？除非另有所图，而且所谋甚大……"

是不是彭丰年发现了什么？可惜彭丰年不在身边，这一切也都无法求证。

文党暂时放下心中所有的想法，看着姜荷霜月，关切地问道："你接下来有什么想法？"

姜荷霜月叹息一声，面露惆怅，若有所思，踌躇道："我能有什么想法……我还得回西羌，难不成我还能到石室精舍读书啊？出来太久了，也不知那边怎么样了。"

姜荷霜月走了，像一阵风，无声无息来，又无声无息离开。

文党心中泛起丝丝微澜，隐隐有些担忧，炎暑逼人的季节里，他却感到了阵阵逼人的寒意。

三

几日之后，细心的人慢慢发现，郡城似乎发生了一些细微的变化，郡城四门驻守的甲兵增加了一倍，一队队全身甲胄的兵卒，出现在街头巡逻，对陌生面孔加强了盘查，郡城宵禁也更严了……不过，这对寻常百姓并无什么影响，似乎与他们毫不相关，日子照常过得有滋有味。

文党也一切如常，除了到郡署办理公务，还要到郡学为学子讲经授课，百里俞甫、司马轶等官吏，也不时到郡学讲授。除了讲授，郡学还要定期会讲，或邀请贤能名流讲授，或学子之间公开论辩，一切皆仿效稷下学宫期会之制。

一时间，周围巴、广汉、汉中等郡名流贤达，纷纷应邀至蜀郡讲授。蜀郡各县，无论豪门大户、富商巨贾，还是官吏百姓，皆以入郡学为荣。文士宏等人从学舍学子中选出优异者二十余人，亦送往京师游学。文党依旧备下锦缎、金错刀、桂花酿若干，为拜师之礼。

各县年轻学子纷至沓来，到石室游学。广汉、巴郡等地学子亦慕名前来求学。成都街头随处可见外来游学的学子。蜀郡石室声名远播，郡内风气亦悄然为之一变。

临近中秋，节庆气氛日渐浓厚，满城桂花弥散出浓浓花香，带着丝丝缕缕的香甜，甜蜜的除了花气酒香，还有人心。

醉人的香氛中，郡署官吏有些陶醉之感，不是陶醉于花氛酒香，而是陶醉于皇帝陛下的圣旨。

莅蜀宣旨的是宫掖近臣、御史中丞周昱，乃故汾阴侯周昌曾孙，刚直清廉，虽然年轻，却颇有贤名，甚得景帝赏识，故而郡署一切皆依礼循制，迎接前来宣旨的使臣。

文党亲率吕子善、百里俞甫及一众属官跪拜，将周昱迎进郡署公堂。大堂之上，早已摆好香案，文党等人再次跪拜迎旨。周昱请出圣旨，朗声宣道：

> 蜀郡太守文党，晓经明理，深体朕心，广布诗礼，教化黎庶，开启昧蒙，醇厚风俗，其志可嘉，朕心甚慰。着赐金五百斤，锦缎百领，稻粟万石，望务节忠孝，恪尽职守，止骄戒满，勿负朕恩。钦此。

文党俯身跪拜于地，浑身微微颤抖，心中五味杂陈，太多悲苦辛酸，一齐涌上心头，不禁落下两滴热泪。

不容他多想，周昱已宣旨完毕，文党叩首谢恩，恭恭敬敬接过圣旨，供奉于案上，然后才转身与周昱交谈。

周昱见文党泪痕犹在，似乎有些诧异，温言道："文太守治蜀有功，治下百姓感戴，皇帝陛下更是欣慰，今日一见，果然不凡，对皇帝感激涕零，周昱定当禀明陛下！"

文党心下微微一愣，当即道谢，便欲邀周昱至驿馆歇息。

周昱摆摆手，抱拳道："文太守不仅长于事工，治水惠民，且虑事周全，所谋长远，教化有方。周昱平日身处兰台，难得出行，今日定当亲往郡学拜访，方不虚此行。"

文党赶紧道:"文党早有此意,唯恐周御史旅途劳顿,且文党还有一不情之请,恳请周御史为众学子讲授经典奥义,则蜀郡学子感激不尽!"

文党久闻周昱贤名,心下颇为敬重,今日一见,一时心有灵感,故而相邀。

周昱再三推辞,见文党坚请,便应允下来,笑道:"周某才疏学浅,岂敢登坛讲经,就当与众学子推心置腹一谈吧。"

文党哈哈一笑,爽朗道:"周御史谦逊了,想令曾祖辅佐高祖皇帝,建树奇功,深孚众望,皇帝倚为心腹,周御史勋贵后裔,家学深厚,贤名远播,倘能为蜀中学子传道授业,则实乃学子之幸,蜀中之幸。"

众人皆一致称赞,周昱虽然依旧逊让,心中却甚是满意,脸上庄肃之色稍减,笑意更浓。

翌日,周昱亲往石室学宫巡视,并为众学子授课,学宫众学子皆前往聆听,周昱少不得对众学子嘉勉一番,盛赞郡学之举、文风之盛,嘉勉众人专心治学,修身性、广才干,以期异日效命朝廷,造福一方百姓,方为正途。

午后,周昱便谢绝文党再三挽留,回京复命。文党送至十里长亭,二人执手交谈良久,方告辞而去,颇有相惜之意。

太守官邸内,文士宏与文士孝二人正相谈甚欢。平日里,文士宏忙于学宫事务,回来较晚,今日却早早回家。文党有些奇怪,问:"士宏今日怎么回来这么早?"

文士宏赶紧躬身道:"禀父亲,今日周御史来学宫讲授,嘉勉诸位学子,众人皆极为兴奋,恳请休沐半日,宴饮相庆。孩儿尚有事在身,亦不善饮酒,故早早回来,恰遇士孝兄从舒城来,正与兄交谈。"

文党点点头,淡淡道:"饮酒并非不可,但切勿滥饮生事,不仅伤身,且有失斯文体面。"

文士宏道:"父亲放心,孩儿业已嘱托。"

文党点点头,心情十分高兴,笑问道:"适才见你二人相谈甚欢,什么事如此高兴?"

文士孝赶紧施礼道:"禀叔父,士孝正与士宏正谈到叔父兵不血刃、智退西羌诸部的事,令其骄悍堕地,不敢再轻生觊觎之心,可惜无缘见识叔父威风。"

文党哈哈一笑,叹息道:"什么威风,都是权宜之计,西羌隐患尚未根除。"

文士孝略一思索，慨然道："禀叔父，侄儿有一策，或可消除西羌威胁。"

文党似乎有些意外，打量了一下文士孝，爽朗道："在家中不必拘礼，有什么好法子，说来听听。"

文士孝拱手施礼，忐忑道："侄儿长年奔走各地，深知大汉幅员辽阔，物产风俗各异，各地商旅往来甚密，相互交通，各输丰裕，互补歉缺，无不获利。西羌盛产畜牧山珍，所歉者无非粮食，何不与之交通商旅，以各自丰裕弥补歉缺，互利相济，长久以往，必能和睦相处，再无兵燹之灾，而有商贾之利……"

文党沉思半晌，忽地拍案，文士孝被吓了一跳。却见文党大笑道："商贾中亦有治国之道啊！士孝聪慧过人，所言甚是有理，且容我再斟酌，将来必有可为。"

文士孝长长呼出一口气，面露羞色，文士宏忐忑的心也平静下来。

文党转头对文士宏道："禀告母亲，今晚添菜加酒，士孝远道而来，又献良策，必须犒劳！"

文士宏离去，文党又问起家中父母及兄嫂之事，感慨良多，心生愧疚，唏嘘不已，徒呼奈何。文士孝多方劝慰，文党方才有所缓解。

四

接连几日，文党一直思考着文士孝的提议。直觉告诉他，这或许真是解决西羌问题的绝妙之策，若真能让西羌诸部与内地易物互通，无疑会以利益将双方合在一处，相互依赖，和谐相处，避免流血冲突，实现一劳永逸。

文党深知，天生万物，无论一人一物、一草一木、一水一沙，皆有价值，却只有在被需要的时候才得以呈现，此是定数，亦是天地间至高大道。孟子有言，"一箪食，一豆羹，得之则生，弗得则死"，人皆借圣贤之言明辨义利，文党却从中悟到了世间万物存在所值。只有被需要，世间万物才得以存在，一旦不再被需要，就失去了存在所值，就会走向衰落、消亡。而相互被需要，无疑是最好的状态。

汉羌两族若能易物互通，彼此需要，彼此被需要，则蜀郡可成一体，汉羌形同一家。汉羌和睦，化干戈为玉帛，则边患消弭，除却朝廷心腹大患，亦解黎民于倒悬，实乃顺天应道之举。文党虽然晓明其中道理，但也深知知易行难的道理，无论治水，还是兴学，无不用尽全力，心神交疲。与西羌易物互通，也绝非朝夕所能，何况羌人久居羌地，两族之间的隔阂，也绝非一时半会儿就能冰消雪融。

郡署官廨，文党坐在上首，吕子善、百里俞甫、司马轶、何明乾、何元等人环坐一周，人人脸色凝重。在座诸人各执一词，似乎陷入僵局。

何元脸色微红，似乎有些激动，长长一揖，慨然道："若言儒家抑商，何元以为实乃大谬！昔日孔子入卫，见卫都之繁华，亦盛赞其富庶，何以如此？乃通商惠工之故也。其嫡孙子思，亦有言'来百工则财用足，柔远人则四方归之'，倘无商贾之输，百工何以足财用，君子何以柔远人？先贤孟子更是重商，曾对弟子彭更言道，'子不通功易事，以羡补不足，则农有余粟，女有余布；子如通之，则梓匠轮舆皆得食与子'，皆言士农工商，各得其所，倘若抑制商贾，绝塞商途，实乃南辕北辙，背道而驰矣！"

何元稍稍停顿，继续道："蜀郡膏腴沃壤，水旱从人。高祖以来，休养生息，百姓富庶，得天时地利人和，湔水治理，灌田万余亩，稻粮丝帛有余而其余不足，西羌诸部畜禽众繁，山珍无数，所歉者稻粮丝帛而已。若以我之余换他之多，皆各得其所，互利互惠，实有百利而无一害。"

何元似乎越说越激动，站起身来，朗声道："何元曾偶读前人《六韬引谚》，其有言'天下熙熙皆为利来，天下攘攘皆为利往'，诚哉斯言！世间之人，无不趋利，岂独商贾？坐商行贾获利不假，而朝廷市税关赋更甚，若绝塞商途，税赋何来，朝廷百官、边塞军旅何以给养？眼下治水兴学、边军给养、孤弱抚恤，哪一桩不需耗资费财？何元以为，当速与西羌通商，早开一日，便早一日获利，迟开一日，则弊患多增一分。"

说完，何元坐下，饮了一口茶，胸口微微起伏。

司马轶眼神有些阴鸷，脸上似乎有些挂不住，奄拉着双眼，缓缓道："若依民丰所言，骤开商贾，其利必厚，民必蜂拥而至，田地抛荒恐难避免，日久恐难保生计所需。再者，骤开商贾，羌人往来必多，倘若遽然生变，何以应对？

若流民骤增，一旦酿成民变，如何处置？"

何元正欲起身，却被何明乾以眼神阻止，便又重新坐下。

何明乾起身施礼，微微一笑道："自前朝以来，诸羌亦朝廷所患，平息羌患，自是我等职守所在，义无推辞之理。太守所虑甚是周详，开通商贾，互为交通，各得其所，和睦共处，实乃上上之策。民丰言之在理，我等以为，当推详斟酌，尽早实施。然司马长史所虑周全，开市通商固然极好，但对西羌诸部也不得不防。故明乾以为，可先行择点试行，开市通商，让西羌诸部获利，后必趋利而至，待共利之势既成，则必然依附于我，长此以往，边患自可消弭于无形。至于流民之弊，自有约束之法，羌人往来，皆有关隘卫所查验，可保无虞。"

文党轻轻点头，看向左首，吕子善朗声道："西羌屡屡犯境，年年劫掠打秋风，皆因食粮匮乏，若能开市通商，出其所余补其不足，对双方都是天大好事。一旦边患平息，尚可裁撤关隘卫所，减少驻军之数，郡府耗费亦将削减。末将建议可在渝氏、临邛等地先行一步，择玉垒关、黑虎关、鸡鸣关等卫所试行，既便于官府管理，亦便于驻军警戒，一旦有事，卫所驻军即可弹压，以保万无一失。"

百里俞甫点点头，高声道："吕将军所言有理，开市通商势在必行，而选择关隘卫所而行，又能确保诸事周全，并无不妥。"

文党环视众人，皆眼睛盯着地上，闭口不言。他笑了笑，沉声道："诸位之言，俱各有理，就依诸位所说，在玉垒关、黑虎关、鸡鸣关三地开通榷市，三个月后即可开市通商，成败在此一举，文党当与诸位齐心戮力，共同进退。"

入夜，更深人静，万籁无声，星月无踪，整个郡城笼罩在一团漆黑之中。望侯府后院，密室之中，却是烛火通明，人影幢幢。众人不时望向门口，似乎有些焦躁不安，又望向空空荡荡的上首，眼神中满是惊惧与畏怯。

焦急漫长的等候中，司马轶匆匆而来，依旧周身黑色夜行衣靠，脸上罩着一层寒霜，却并无黑巾。

众人眼中满是疑惑，司马轶却并未解释，自顾在下首坐下，没有理会他人。

此时，一个浑身上下罩在黑袍里的人影倨坐到主位上，没有人注意到，这个人是什么时候出现的，他似乎像一团漆黑的影子，凭空出现在那里，又好像一直都坐在那里。整个密室一下子黯淡了下来。

"司马长史，为何姗姗来迟？"黑衣人的言语中泛着一股森冷的寒意，仿佛室内的烛火都被这股寒意所迫，微微颤栗。那些瑟缩的烛火，像一双双充满恐惧的眼睛。

司马轶打了个冷颤，赶紧道："禀上使，因郡署议事，人多眼杂，属下便稍稍延迟了些时辰。"

"哦？司马长史当真忠心、恪尽职守啊，所议何事？"黑衣人讥诮道。

司马轶身子微微一颤，躬身道："郡署近日将在玉垒、黑虎、鸡鸣三地设立榷市，与西羌诸部通商，属下虽竭尽全力阻止，奈何势单力薄。现在郡署之中，几个年轻后生甚是嚣张，成天围着文党转，进出官署、行县巡察，都被几个小子前呼后拥，眼中完全没有我这个长史了……"

"你休要扯那些没用的！文党、吕子善他们早早就离开了郡署，你在哪里议事，跟谁议事，议什么事？你是在万花楼跟小桃红在卧榻上，议白露的事，我说的没错吧？"

司马轶惊骇不已，浑身冷汗喷涌而出，双膝一软，不由自主地趴在地上，不住磕头告饶："上使饶命，属下知错，再也不敢了……"

狄云和司马泓大为惊异，看着趴在地上的司马轶，满眼疑惑。他们皆知晓，司马轶自视甚高，一贯眼过于顶，桀骜不驯，今日这是怎么了？

只有司马轶自己明白，今日郡署议事，自己被何元几个年轻人压服，心中郁闷烦躁，出来后就到了万花楼跟小桃红发泄一番，卧榻之上，他不住喊着白露的名字。不想这等床笫隐私之事被黑袍人随口说出，岂非自己一举一动全在别人眼中，万一触怒对方，自己小命难保，因而吓得半死。

黑衣人看着瘫软在地的司马轶，继续冷冷道："哼！别以为你那点小伎俩瞒得了我。你暗中垂涎白露，我不许你染指，你一直心怀不满。卿家小子调戏白露，你便派人阉了他；白露委身叶至聪，你一直想除掉他，可惜叶至聪为湔水溃堤自杀；春梅放火害死白露，你就借我之手杀了她……我杀春梅，并非因为白露，而是她不遵上意，大胆妄为，罪不容赦！我说的这些没错吧，司马长史。"

司马轶瘫软如泥，死狗一样趴在地上，口中喃喃自语，含混不清，听不懂他说的什么。

黑袍人没有再理会司马轶，自言自语道："开办榷市？这个太守还真够折腾，不过对我们也是一件好事……"

他转头看向狄云和司马泓，二人赶紧低头。黑袍人厉声道："你二人趁设立榷市之机，尽快遣人进入，有了这个榷市，我们与西羌那边往来就方便多了，注意搜集一切消息，不许出现分毫差池，否则……哼！"

二人哆嗦了一下，赶紧躬身应答道："谨遵主上旨意，我等定当全力为之！"

黑袍人说完离去，二人赶紧擦了擦额头的汗水。

翌日，郡署传出消息，长史司马轶疯了！一时成为郡城百姓茶余饭后的谈资，言者皆摇头叹息。

五

几日之后，江源令王道君接替司马轶出任蜀郡长史，县丞刘彪暂署江源令；繁县令何倜出任郡署功曹掾，为郡署诸曹之长，县丞孙治平暂署繁县县令。数十名石室学舍学子进入郡署各曹，协助诸曹掾吏办理事务。司马轶疯癫引起的震荡，很快平息下来。

这一日，文党召吕子善、百里俞甫、王道君等人至官廨议事。文党告诉众人，他欲亲赴西羌行县，巡视诸部。或许太过突然，众人愕然，满脸疑惑地看着文党。

看到众人的表情，文党淡淡一笑，慢慢道："诸位皆已知晓，三个月之后，三地榷市即将开市，但西羌诸部反应如何，我等皆不得而知，尚需与其商议。只有西羌诸部认同参与，方能事成，倘若他们不来，开市后可能会无物可沽，榷市又有何益？因此，我欲亲往西羌，与诸部头人商议开市通商事宜。"

王道君急切道："此事遣人前往即可，何须太守亲往？"言语之中满是担忧。

文党淡淡道："此事我亦想过，但恐羌人多疑，以为诚意不够，权衡再三，还是我亲往最合适。何况行县乃太守职责，我履蜀近五年，数次行县，尚未到西羌巡视，说来还是有失职之嫌。"

吕子善本是行伍，从来果决，此时却不无担忧道："西羌诸部反复无常，不少部落心怀异志，太守以身涉险，实非明智之举，倘若突生事端，我等何以区处？还请太守另选精干之员前往，万不可轻易涉险。"

众人你一言我一语，力劝文党改变主意，不可轻易踏入险境，被文党一一说服，只有百里俞甫静静坐在那里，一言不发，也不知他心里想着什么。

待众人离去，只有三人在场，百里俞甫满脸庄肃，气哼哼道："仲翁，你知道你在干什么吗？简直就是在玩火！"

文党微微一笑，并未解释。他当然知道，百里俞甫心思缜密，又怎能不懂得他的心思。

百里俞甫继续道："你一说是照例行县，一说是为开市通商联络诸部，都是掩人耳目罢了，你的真正目的，是为了那看不见的神秘势力吧？"

吕子善眼神中忧虑之色更浓。文党一直感觉，蜀郡之中有股神秘势力，此前，在查办丽春楼大火案之时，太守就跟他提及过，自己也暗中遣人追查过，却没有丝毫进展。太守此次行县去西羌，难道他们与西羌有勾连，还是说他们本就潜藏西羌？倘若真的如此，那太守此行就极为凶险……

文党踱了几步，沉思片刻，沉声道："越之所言不假，此行目的有三：一是惯例行县，巡察羌地；二是为开市通商，联络西羌诸部；三是暗中查访背后的神秘势力。日前，姜荷头人发现有汉人藏身西羌，行踪诡秘，我担心他们会挑动西羌诸部，对内地有所图谋，故而必须想法先行说服西羌诸部，否则，一旦他们阴谋得逞，不仅榷市通商难成，且必然再起战端，殃及无辜百姓。你们说，我该不该去？"

吕子善与百里俞甫对视着，没有开口说话，似乎都已知晓，无论说什么也无法改变文党的主意。

吕子善正色道："既然太守此行非去不可，我安排边军随行护卫，确保太守平安无事。"

文党心中有些感动，来自同僚的关心让他心生感激。他笑道："吕都尉不必如此大费周章，若大军相随，就是示弱，显得我们底气不足，在气势上就先输一着，且容易被羌人误会，心生抵牾，一旦有心之人从中挑拨，反而容易坏事。"

吕子善急道："那太守安危如何周全？"

文党还没开口，百里俞甫接着吕子善道："或许这样可行，吕都尉调遣部分驻军，前移至西羌险要卫所，万一情形有变，可以迅速赶至，以防其中生变……"

文党笑道："嗯，此事务必谨慎为之，多遣斥候打探消息，以备不虞即可，切勿调遣大军，以免引起羌人恐慌，不仅于事无益，反会生出敌意。"

文党想了想，又道："至于此行凶险，我不是没有想过，但身为朝廷命官，享受朝廷俸禄，总不至于有凶险就不去吧？我处西羌之际，吕都尉暂署太守之职，百里御史从旁协助，郡署之中，王道君、何偶、何明乾、何元诸人，足可信任，皆可放心使用，若我真的出事，你二人……"

"唉，不许说不吉利的话，你且放心赴羌，我二人暂时帮你看守郡署，等着你回来。真拿我二人当苦力啊？休想！"不等文党话说完，百里俞甫就赶紧打断了他的话。

三人相视一笑，一切尽在不言。文党心头暖暖的，被人关心，总是一件美好的事情，何况远在异乡，让他不至太过孤单。他早已见惯了官场的口蜜腹剑、尔虞我诈，对同僚的这份难得的情义，他格外珍视。

三日后，文党率队前往西羌，吕子善、百里俞甫同郡署一众曹掾相送，洒泪而别。随行的只有几名督邮曹史和二十名卫卒，其中十人是吕子善选送来的，俱是勇猛精悍、忠诚可靠之人。除此之外，还有十多名赶马的驿卒，驮着数十领锦缎、数石稻黍和数十坛上好的桂花酿，好似贩运货物的商帮。

马队出西门，上官道，一路望汶山而去。马上，文党面色平静，一言不发，不知想些什么。一班卫卒，个个目露精光，满脸骄悍。

马队行至郫与湔氏边界，文党似乎想起什么，吩咐折转江源，沿湔水岸一路往上游进发。行至白鹿山下，就地扎营歇息，文党带着张嵘往白鹿顶而去。

见太守亲临，庄兴赶紧把他迎进院内。庄兴不知文党来意，告知父亲在后山垂钓，就欲吩咐下人相请。文党阻止了他，与庄兴、张嵘一同步至后山一处陂池。陂池不大，池水清洌，四周竹木掩映，显得格外幽静。白鹿仙翁正独自在岸边垂钓，骤见文党，十分高兴，就要起身施礼，却被文党双手扶住。

待二人席地坐下，文党微笑道："老丈通晓易学，善卜筮预测、逆料天机，故今日登门求教，望指点一二。"

白鹿仙翁哂笑道："文太守言重了，老朽粗鄙浅陋，都是江湖微末之技，诓骗常人而已，怎敢在太守面前妄言天机？"

白鹿仙翁捋了捋白须，看了一眼文党，笑笑继续道："既然太守屈尊登门，老朽也不敢拂了太守雅兴，就权当戏谑，博方家一笑吧。就请赐一字，老朽为太守助兴。"

文党从一旁捡起一截树枝，在地上写出一个"姜"字。

白鹿仙翁盯着地上的字，沉思半晌，慢慢抬起头，肃然道："敢问太守所问之事，可是与西羌有关？"

文党心中大惊，脸上却不见一丝波澜，反问道："老丈此言何意？"

白鹿仙翁脸色凝重，缓缓道："此地与汶山相接，比邻西羌，这'姜'与'羌'音近形同，故知太守所思之事，与西羌有关。"

文党点点头，又问道："那敢问老丈，此事最终如何？"

白鹿仙翁盯着地上的字，平静道："羌人素来悍勇如虎，'姜'字头上为'羊'，羊入虎口，以身犯险，甚是不妙。然而姜下为'女'，与'儿'不同，一儿一女，阴阳相济，却有转机。从字上看，事情转机全系于一女，两字相叠为'美'，能成一段佳缘，因而太守所问事之，虽有波折，亦有凶险，结局却甚是圆满，太守不必担心。"

文党目含笑意，爽朗道："多承老丈吉言，文党在此谢过。"

白鹿仙翁哈哈一笑，道："太守多礼了，不过此去西羌，山高路陡，风寒露冷，尚望太守珍重。"

文党淡淡一笑，并未在意，当即辞别白鹿仙翁，与张嵘匆匆下山回营，继续一路向西。

一行人翻山越岭，晓行夜宿，速度极为缓慢，沿途与几个小部落交往，皆对太守礼敬有加，加之文党馈赠锦缎稻黍，告知在卫所将开设榷市，易货通商，各得其利，皆愿意以禽畜、皮毛、山珍换取稻黍一应货物。

往里走，山越来越高，山势也越来越陡峭，气候也变得更加寒冷，行进越来越慢。河谷里树木茂盛，稀稀落落地散布着几块田畦，种着一些粟黍。山上只有连天荒草，可以看到牧人在放牧牛羊。再往上，就只有零星苔藓，像深深浅浅的伤疤，偶有动物在上面悠闲觅食。而在极高的山巅，却是白雪皑皑，在阳光下闪着寒光，显得神圣而威严。

沿途并未遇到什么凶险，大家紧绷的心情也慢慢放松下来。文党不时与向导交谈，了解西羌的一些山川地理、民俗风情。宿营之时，文党也给大家讲一些逸闻趣事，这些兵卒闻所未闻，皆被逗得开心大笑，也缓解了一路的疲乏劳累。

向导在与当地牧人交谈中，得知几日之后就是羌人秋季的祭山会，周围十多个部落头人将在熊耳部举行会盟。当向导转告文党时，文党不由开怀大笑，高声道："真乃天赐良机！去祭山会，见一见诸部头人，省去我们很多麻烦……天助我也！"

文党问道："此去熊耳部还有多久的路程？"

向导禀道："回太守，此去熊耳部不远，单骑或可一日即到，我们最多两日就能抵达，赶上祭山会，绝无问题。"

众人闻言大喜，不想一路如此顺利，眼见大功即将告成。

六

这日，一行人心情格外轻松，已经远远望见山腰平缓处高耸的碉楼，放牧的牧人和牛羊，在草地上奔跑的孩子，还有飘荡的炊烟。

向导忽然停下，文党望去，只见前面路上放着一块白色大石，石头上摆放着一个牛头，鲜红的血珠不住滴落。向导提醒这是祭路的祭品，千万不要碰触。众人纷纷下马，小心翼翼绕过。

前行约一里，又有一块白色大石，上面摆放着一个洗剥干净的猪头。众人依前下马，谨慎绕行。眼见大半人马已经通过，众人心中正自庆幸，一只响箭从路旁树林疾射而出，带着刺耳的呼啸声，直奔马队。马匹顿时受惊，狂乱起

241

来，一匹马一脚踏翻白石，将石头上的祭品踢到路旁水沟中。就在此时，树林中冲出一队羌人大汉，或执长矛，或持弓箭，将文党一行团团围住。

文党心下一惊，暗道糟糕，知道遇上麻烦了。众卫卒全无惧色，纷纷拔剑，围在文党身边。

文党拨开卫卒，上前一步，拱手抱拳道："在下蜀郡太守文党，专程前来拜访阿琉古马头人。"

对方相互看了看，嘀咕几句后，一个手执长矛的大汉高声道："你们这些异族人，冲撞了山神，山神会降下灾祸，有事你们跟头人说吧。"

文党转身宽慰众人，就随他们去部落见他们的头人。那些大汉押着文党一行，来到一处开阔的平地。只见平地中间挖开了一个圆形大坑，一堆高高的木料堆放其间，平地四周搭起数十个白色帐篷。临崖矗立着一座高大雄伟的碉楼，周围挂满各色旌旗，彰显着碉楼主人不凡的身份。旗上皆以黑丝绣着一个熊首，两只硕大的耳朵尤其夸张，显得怪异而狰狞。

此时，碉楼的顶楼上，几个人在窗户边瞭望，对文党等人看得一清二楚。其中一人，高大健壮，满脸络腮胡须，正是曾率人攻打玉垒关、与吕子善交手比武的熊耳部头人阿琉古马。其余几人，虽然身着羌服，却是能一眼认出，均是汉人。

阿琉古马面露难色，一个鹰鼻细眼的汉子低沉道："阿琉头人，你绝不可有妇人之仁，只要你助我们抓获文党，我们会全力助你一统西羌各部，让你成为当之无愧的羌王，机会千载难遇，成败在此一举……"

阿琉古马似乎还在犹豫，又似乎有些不甘心，考虑半晌，面露果决，爽朗道："好！不过得有一个合理的交代，不然其余诸部会有异议，一旦朝廷怪罪，大兵降临，就悔之不及了！"

不久，一大队羌兵过来，一拥而上，将文党等人捆绑起来，押至最偏僻处一座帐篷内，外面重兵把守，将帐篷围得水泄不通，不许任何人靠近。

日落西山，彩霞漫天，天色尚明，羌人们似乎已经等不及了，篝火已经燃起，架上的烤羊香味弥漫开来，一坛坛美酒堆放各处。各部头人也先后抵达，阿琉古马亲至迎接，携手步入平地上，彼此交谈，欢笑一堂。

待宾客齐至，阿琉古马走到平地中央，举起酒盏，高声笑道："感谢各位头人光临熊耳部，在此共祭山神。感恩山神保佑他的子民，赐给我们水草牛羊，让我族六畜兴旺、子民安康，让我们一起感谢山神吧！"

说罢，阿琉古马双膝跪下，一手按在胸膛，一手举盏向天。场上所有人都一齐跪下，一手按在胸口，一手高举酒盏，满脸虔诚，齐声高喊："感谢山神！"

喊声未平，众人将盏中之酒一饮而尽。随即，大家围着烤架，品尝着美味的烤羊，相互敬酒，欢笑不断。

过了很久，大家都已有醉意，一队穿着羌服的年轻女子，轻盈地步入平地中央，围着篝火，挥舞广袖，扭动细腰，跳起羌舞。那些头人皆一阵大笑，纷纷加入舞蹈，有人唱起古老的羌曲，一些老人击节相和……大家都沉浸在一片欢乐之中，似乎没有人知道，或是已经忘记，帐篷中还有文党一行。

吃肉饮酒，欢歌狂舞，直到后半夜，许多人已不胜酒力，才各回帐篷安歇。

翌日一早，所有人都聚集到平地上，等着祭祀山神仪式，一个个龙精虎猛，似乎昨夜的海饮狂欢，丝毫都未影响他们的兴致。

一块巨大的白石被当成临时祭坛。一个老祭司赤裸上身，身上涂满各种颜色，画着各种奇怪的图案，下身罩着黑色麻裙，外面围着一件白色兽皮，围着白石摇动手中法器，口中念念有词。众人满脸肃穆，恭恭敬敬地站立四周。

随着一阵鼓声响起，号角交鸣，声音呜呜咽咽，低沉凝重，回荡天地。一队袒露上身、涂满色彩的男女走上前来，脸上戴着虎豹狼鹿等各式面具，手中各执五彩羽毛，跳起祭祀的舞蹈。一众头人跪下，口中念叨着祷词，几个人抬上牛头、羊头、猪头，摆放在白石上。众头人手执酒盏，列队环绕祭坛，将盏中酒慢慢倾洒在地上，跪叩于地……

约莫一个时辰后，整个祭祀仪式结束。众人也席地而坐，正待享受美味的烤羊和醇厚的美酒。

阿琉古马大步走到祭坛前，朗声道："诸位头人，熊耳部主持本次祭山会，意欲邀诸位头人会盟，推举一位盟主，使各部同心协力，共御外敌，护佑各部子民。"

底下头人们相互交谈，窃窃私语，脸色凝重，眼神中充满疑问和忧虑，似乎大家都隐隐感到不安。

"阿琉头人说得好，多年来，我西羌屡屡遭受外族欺负，皆因诸部各自为阵，如今诸部结盟，共御强敌，我神犬部第一个赞同！"一个红脸汉子首先起身响应。

"我鹿野部也赞同结盟！"

"我天马部也赞同结盟！"

场上几个部落头人当场响应，但更多的人却保持缄默，跟身边的头人低声耳语。阿琉古马站立在那里，脸色阴沉无比，场上气氛一时有些尴尬。

"西羌诸部各守本土，子民安居乐业，我野狼部无意与各部相争，也无意结盟……"一个矮胖头人的话，引起场上一阵骚动。

"我鹿砦部只愿与各部相安无事！"

……

场上更多的头人当场拒绝了阿琉古马的结盟提议，一些小部落头人则在静静观望，有些惶恐不安。

阿琉古马见状，尴尬一笑，高声道："结盟之事暂且按下，祭山会还有一日，我们慢慢商议。现在，我部要活祭山神，请诸位头人观礼。"

场上又是一阵窃窃私语。他们皆知晓活祭之意，那是以活人献祭山神。以前，都是将抓获的战俘献祭，但熊耳部并未与人交战，何来活祭？况且，大家亦觉活祭太过残忍，有伤天和，西羌诸部已多年没有见过活祭了。

这边阿琉古马说完，大手一挥，就见两个羌兵架着一个人，走上前来。那人一身大红长袍，头上笼着一个黑色头罩，虽然头上笼着头罩，但从身形打扮看得出，活祭之人是一个汉人。

祭坛边的老祭司，似乎也有些愕然，眼神中满是疑惑，之前并没有人告诉他，今日还要活祭。

大家正在低声耳语，阿琉古马又高声道："这位异族，昨日故意纵马毁坏祭品，惹怒山神，今日必须活祭了他，以祈求山神原谅，保佑各部子民！"

"活祭！"

"活祭！"

场上很多熊耳部族人振臂高呼，其他部落头人并无多少人响应。阿琉古马眼神阴骘，却装出一副义正辞严的样子，脸上浓浓的笑意显得有些僵硬。

忍柯穆萨也觉得活祭之人似乎有些眼熟，却一时想不起是谁，与旁边的姜荷霜月目光对视了一下，又瞬即分开，两人都在记忆中拼命寻找，寻找与眼前相似之人。

一通鼓响，两个手持长剑的大汉走上前去，站立在那人两旁，随时准备割下活祭之人的人头，献祭给山神。老祭司开始走到活祭之人面前，以酒奠地，口中念念有词，似是吟诵着古老的祭乐。场上的乐师也鼓起两腮，号角声声激荡，满是萧瑟哀婉的韵味，漫天洒落的阳光，似乎也浸透着缕缕寒意。

"是太守！"姜荷霜月和忍柯穆萨同时失声惊叫。

也许众人心思都在活祭上，也许场上号角声掩盖了二人的惊叫，都没有人注意到她们。

"怎么办？"姜荷霜月急急问道，眼中泪水一下滚落下来，此时，她已经全没有了头人的样子，只是一个柔弱的小女子。

"不要急，我们静观其变……"忍柯穆萨轻轻拍了拍她的手，低声安慰道。

"可是，他们马上就要害死他了，你要帮帮我，我们一定要救下他……"姜荷霜月声音哽咽，泪水怎么也止不住。

号角声停下，鼓声一声紧似一声。行刑的壮汉转身，欲伸手取下黑色的头罩。

阿琉古马满脸堆笑，两只大眼眯成了一条线。

鼓声停下的时候，场上一片寂静，每个人似乎都听见自己的心跳。

七

"慢着！"

突然，一声大喝打断了行刑大汉的举动，他放下举起的胳臂，也打断了场上所有人的思绪。众人回头一看，却见鹿砦部头人忍柯穆萨站起身来，满面怒容。

阿琉古马讪笑道："不知忍柯头人还有什么要说？"

忍柯穆萨没有理会阿琉古马，快步走上前去，推开大汉，一把扯下活祭者的头罩，取出堵在口中的东西。

文党眯了一下眼睛，似乎尚未适应明亮的阳光，也看清了场上的情形，认出了眼前的忍柯穆萨，长长地舒出一口气。

忍柯穆萨盯着阿琉古马，怒气冲冲喝问："阿琉头人，你知道你在干什么吗？你是要让各部遭受灭族之祸吗？"

众头人不明其故，均不解地望着忍柯穆萨。她并未理会场上众人的目光，"刷"地拔出腰间长剑，吓得阿琉古马往旁边一跳。场上众人皆知，忍柯穆萨是出了名的泼辣，斗起狠来更是不要命，没人敢轻易招惹她。

忍柯穆萨挥剑割断文党背后的绳索，对着众人高声道："诸位头人，你们知道阿琉头人要活祭的人是谁吗？就是眼前这位朝廷命官、蜀郡太守，就是曾经送给我们粮食锦缎的恩人！"

场上一片哗然，众人对阿琉古马指指点点，表现出明显的不满。去年，阿琉古马等人到玉垒关打秋风，被朝廷军队伏击逼降，但他们不但没有戕杀羌人，而且善待疗伤，又赠送大量稻黍锦缎，这事各部人尽皆知。万万没想到，阿琉古马要活祭的人，竟然是他们一直心心念念要感激的恩人。

忍柯穆萨环顾场上众人，高声道："各位头人，我们羌人虽然被视为蛮夷，但我们讲究忠义，恩怨分明，知恩图报，这样活祭我们的恩人，今后我们如何自处？再说，我们活祭了朝廷命官，朝廷会坐视不理吗？一旦朝廷震怒，大军压境，恐怕天下之大，也没有我们的容身之地了。"

众人惊惧不已，又暗暗有些庆幸，幸亏忍柯穆萨出面，阻止了阿琉古马的愚蠢行为。

"阿琉头人，忍柯头人所说是不是真的？你得当着面给大家伙儿一个说法！"一个头顶精光、一蓬花白长须的老者站起来说话，大家都安静下来，他就是野狼部头人苏拉文，性格极为耿直，处事公道，平日里喜欢结交各部，在羌人中威望极高。

"各位头人不知，上年打秋风，虽然我们失利，但那些粮食布帛，都是我们用马匹、皮毛、山货换回来的！"阿琉古马满脸通红，双手挥拳，高声嘶吼，眼中仿佛要喷出火来，他看着场上众人，满脸讥讽，继续道，"就算他送我们粮食不假，但他们毁坏祭品、得罪山神是真吧？要不活祭了这些异族，山神降下灾祸，你们谁来承受？"

阿琉古马声嘶力竭，状若疯癫。各位头人却低下头，面面相觑，不知如何
是好，羌人确有这种说法。

看到众人畏怯的样子，阿琉古马得意地哈哈大笑。

"除非有族中女子，愿意为活祭者赎罪，并以三日生的牛羊代祭……"一
直沉默的大祭司，此时突然发话。他说话的声音虽然不高，但场上众人皆听得
一清二楚，纷纷点头。

阿琉古马眼神像两道冰冷的剑光，似乎要将他活剐了一样。大祭司耷拉双
眼，盯着地上，脸色平静如水。他的小儿子在打秋风时中箭受伤，幸得文党遣
人及时救治，方才保住一条腿。

阿琉古马环视一周，阴森森道："有谁愿意为这个异族人赎罪啊？"他心中
早已盘算好了，在熊耳部没人敢出面为文党赎罪，这里是他的地盘，谁敢与他
作对？

数息之后，阿琉古马狂笑道："大祭司，你看到了，无人愿意为这个异族人
赎罪啊……"

"谁说无人，我愿为他赎罪！"阿琉古马的话音未落，场上一道声音突兀响
起。众人闻声回头，见一个苗条俏丽的身影走上前来，脚步缓慢，但看不到丝
毫犹豫，正是黑河部头人姜荷霜月，满面怒容，脸上还残留着泪痕。

众头人皆是一愣，他们都知晓赎罪意味着什么。这个女子为有罪之人赎罪，
就要以完璧之身嫁给罪徒，并放弃所有的财产，甚至被逐出部落。姜荷霜月要
为文党赎罪，就意味着她不再是黑河部的头人，还要离开自己的部落，离开
西羌。

"你在说谎！你黑河部族人是万万不会答应的……"阿琉古马声嘶力竭大
喊，他已方寸大乱，完全没有料到，姜荷霜月会在此刻站出来。

姜荷霜月走到文党身边站定，脸上挂着两道明显的泪痕，痛惜地看了看蓬
头垢面、嘴唇干裂的文党，转过身，双手交叉搭在胸前，微微躬身，高声道：
"诸位头人，羌人虽然身居僻远之地，但我们不能没有信义，不能丢了老祖宗的
脸，姜荷愿意以身赎罪，报答恩义。"停了片刻，她继续道，"不仅如此，我姜
荷还要借熊耳部的宝地，就今日在此嫁给他，也请诸位头人见证我的婚礼，我

请诸位喝喜酒……"

场上众人一齐高声欢呼，击掌相庆。姜荷霜月转过身，与忍柯穆萨拥抱在一起，两行热泪不住滚落，忍不住轻声抽泣。忍柯穆萨拍拍她的后背，轻声安慰着。

姜荷霜月转过身，对着文党羞涩一笑，脸色苍白，面容惨淡。

众人将文党与姜荷霜月围在中间，手挽手跳起羌舞，姜荷霜月扶着文党，正欲说话，文党却昏厥过去。

文党醒来的时候，祭祀早已结束了。一睁开眼，只见帐篷内有几名卫卒，还有忍柯穆萨和其他几位头人，并没有见到姜荷霜月。先前的事，他当然记得一清二楚。

正午时分，众人才簇拥着文党与姜荷霜月二人分别从两个帐篷中出来，在平地中央举行婚礼。羌人的婚俗并不烦琐，祭拜山神后，就是拜贺父母。双方父母均不在场，只有遥遥拜祝。二人对拜后，就被簇拥进入帐篷。随后，各部头人就围坐一起，开心地饮酒，欢快地跳舞。

文党与姜荷霜月携手来到众头人中间，一起敬酒，众人酒兴更盛，纷纷举盏，更有一些豪放的头人，抱起坛子豪饮……张嵘及一班卫卒，没有饮酒，皆手握长剑，瞪大眼睛守在一旁。

月色如瀑，倾泻流淌，把周围的山峰照得如同白昼。地上篝火熊熊，映红周遭，头人们笑语欢歌，随兴起舞。整个宽阔的平地，变成歌舞的盛会……只有极少几个头人，跟随阿琉古马在碉楼上郁闷饮酒，个个脸色阴沉。

文党借着敬酒的时机，将自己进羌地的目的一一告知众头人，表示出极大的诚意，送上带来的粮食、锦缎，言明今后汉羌开市通商，只需将他们富余的牛羊、皮毛、山货运往内地，就可以换回他们所需的粮食、丝帛麻衣、蜀盐等一应物资，再也不用年年打秋风，也不会再有流血伤亡。两族百姓，就像亲兄弟一样，世世代代和睦相处。

"好啊，我们是兄弟，要和睦相处……"

"永远都是好兄弟，要世世代代友好，永远都不用再流血……"

听到文党的话，众人皆一时没有反应过来。他们习惯了彼此仇视与争斗，见惯了杀戮与流血，从未想过有朝一日还能成为兄弟，像家人一样和睦相处，世代友好。此时，他们血液中的善良被唤醒，内心对争斗与杀戮的厌恶被唤醒，一如在漆黑的漫漫长夜中，见到明亮的星光，在冰天雪地中找到了火种。他们满怀期待，也充满向往。

众人虽然对文党所说的榷市并不很懂，但却对他的话深信不疑。他们纷纷表示，回部落收集富余的货物，约定一月之后，一起运送到最近的榷市，交换粮食、蜀盐等物资。

不知是连日奔波劳累，还是身心的突然放松，文党有了醉意。忍柯穆萨等人一边打趣着，一边把文党和姜荷霜月送回帐篷，他们则在帐篷外继续饮酒，唱歌跳舞。

"老虎打盹也要睁着眼，大家都盯紧了，绝不能让他们伤害太守……"看着文太守和姜荷头人走进帐篷，野狼部头人苏拉文低声叮嘱其他人，众头人都轻轻点头，表情有些凝重，眼神充满果决。

姜荷霜月搀扶着文党，踉踉跄跄走进帐篷，把文党放到卧榻上，自己紧挨着他在一旁坐下，静静地盯着摇曳的烛火，独自暗暗出神，满脸温柔的笑意，却掩饰不住内心的紧张与羞涩。文党嘴里低声嘟囔着，伸手抓住姜荷霜月的手，紧紧地，没有松开。

不一会儿，文党醒来，睁眼望着还在出神的姜荷霜月，不禁怦然心动。她光洁柔和的脸庞上，露出几分动人的羞怯，宛若花朵含苞欲放，让人喜欢，让人怜惜。姜荷霜月见文党醒来，扶着他起来，执手凝视，四目相对，眼神中满是关切与爱意。

透过帐篷，依稀看到外面跳动的篝火，与帐篷内的烛火辉映，天上如瀑布般倾泻的月光，在帐篷外慢慢流淌，仿佛将冰雕玉砌的雕塑消融。似水的柔情，慢慢氤氲开来，将二人慢慢淹没。他们彼此紧紧相拥，将自己完全敞开，渴望着，放任着对方，一点一点进入，一点一点将自己融化……

翌日一早，文党和姜荷霜月二人携手走出帐篷，众人过来又是一阵打趣，开心大笑。只是，没有人提起，他们昨日整夜都在饮酒，与众卫卒一道，为二人守护了一个通宵。

众头人簇拥着文党同姜荷霜月，一起离开了熊耳部。自始至终，阿琉古马再也没有出现。

直到腊月中，文党才携着姜荷霜月，带着马队，在西羌各部一路护送下，顺利回到玉垒关。

八

回到官邸，经氏见到文党，长久的担心在这一刻终于放下，揪心的焦虑化成满脸娇笑。但当看到他身后的姜荷霜月时，面容骤然僵住。文党见状，顺势将她拉过，与经氏道："她叫姜荷霜月，是西羌黑河部头人，现在也是文府小夫人……"

姜荷霜月上前，怯怯地与经氏见礼。她本是羌族女子，生性豪爽，也知晓汉人礼仪繁多，心中颇为不安。

经氏愣了一下，冷冷地回了礼，就转身离开了。留下姜荷霜月，满脸尴尬与羞涩，紧紧地跟在文党身后，紧张得像做错事的孩子。

入夜，文党与经氏并躺在卧榻上，文党抚摸着经氏隆起的小腹，柔声问道："什么时候怀上的？"

经氏白了文党一眼，气恼道："你做的好事，未必自己不知道吗？"

文党咧着嘴，呵呵一笑，低声道："夫人辛苦了。"

经氏嗔道："哼！哪有太守辛苦，到西羌也不曾闲着……"

文党望着屋顶，想了一会儿，才缓缓道："夫人，你哪里知道，姜荷嫁与我，皆是情非得已，只是为了救我一命啊……"

他慢慢讲述起自己此次入羌的遭遇，被阿琉古马暗算，幸得姜荷霜月以身相救，自己才得以死里逃生。若非她拼死相救，自己也许真的就回不来了。

文党语气很平淡，但经氏却听得心惊胆寒，心都提到嗓子眼了，慢慢转过身，紧紧搂住文党，喃喃道："我又没有怪你，我也不恨她，只是，今后不许再轻易犯险了……要是你出事了，我跟孩子们如何是好？你不为自己着想，总得为我和儿子着想吧……"

文党长长地吐了一口气，叹息道："这哪能由得了我呢？有的事情，明知凶险，我也要去做啊，我是太守，总不能遇到凶险让别人去吧？只要你善待她，我们一家人和和睦睦的，一切都会好的……"

经氏紧紧抱住文党，久久不远松开，两行泪水无声落下。

接下来的日子，文党不是忙榷市的事，就是忙学舍的事，还有就是何元提议的蜀郡锦绣盛会。虽然很忙，却并不乱，一切都有条不紊。

早在推行郡署公田植桑之际，何元就在筹谋锦绣之事。他要将蚕桑、缫丝、织锦、刺绣连在一起，让所有百姓都认同并从中获利。

他筹谋每年举办一场锦绣盛典，由郡署出面，无论官民商贾，也无论男女老幼，皆可参加盛会，将自己织绣的最好织品、绣品展呈，由官府选评，优异者将获得郡署颁赐的一笔不菲的赏金。

蜀郡原本就有织锦刺绣传统，工匠刺绣技艺极为高超，尤其经营丝绸锦缎的富商巨贾，专门建造有织绣作坊，养有织工、绣工，但大多为商贾豪门所有，民间并未盛行。何元意在借锦绣大会，让民间百姓栽桑养蚕、织锦刺绣，培养技艺精湛的织工、绣工，养成织锦刺绣的风气。

首度锦绣大会在郫县何家举办，也就是何元家，他家是蜀郡经营丝绸锦缎的最大商户之一。当日，文党率郡署几位属官曹掾亲临现场。整个郫县城冠盖如云，车水马龙，经营丝绸锦缎的所有商户、所有织坊绣坊主事人尽皆云集于此，心怀好奇的百姓成群结队地前来观看。

偌大的前院，中间摆放着两行木架，形成一个长长的通道，一侧木架上挂满织品，另一侧木架上挂满绣品，五光十色，异常壮观。织锦有祥云纹、缠枝纹、水波纹、凤鸟纹等，不下十余种；刺绣则有花鸟虫鱼，不一而足，不仅讲求布局巧妙，而且丝线纤细，针脚绵密，色彩绚丽，令人眼花缭乱。

文党一行穿过长长的甬道，在每一幅织品、绣品前驻足观赏，早有选送人过来介绍技法，讲述与众不同之处，几乎各有特异，无不令人叹服。

费了很长时间，文党才看完所有织品绣品，随后被迎进何府，郫县大小官员恭迎。用完饭后，文党并未停留，匆匆返回了郡城。

翌日，何元兴冲冲来到官廨，禀报了锦绣盛会情形，织绣皆决出优异者，分别获得郡署颁赐的赏金，所有商家坊主均甚为满意，获胜者满意而归，其余的虽口上祝贺，心中却暗自懊恼，暗下决心，誓要在明年的角逐中获胜。

文党笑着点点头，慰勉何元几句。何元道："下官还有一个好消息，太守没有想到吧，卓文君的义女，也就是张嵘的侄女杏儿姑娘，她绣的《蜂蝶戏牡丹》胜出，得到一笔赏金。"

文党点头道："嗯，真没想到，小姑娘居然还有这等天赋。"

忙完公务，文党回到官邸与一家人用饭。文党上位居中，经氏坐在下首，文士宏陪着，对面是姜荷霜月，文士运紧挨着。突然，姜荷霜月放下碗筷，干呕几下。文党关切问道："怎么了，是不是病了？"

经氏看了看，没好气地道："什么病了，是有了。"

文党一愣，瞬即明白。文士运好奇问："母亲，什么有了？"

经氏道："你又要有弟弟了。"

文士运睁大眼睛，天真道："父亲，我不要弟弟，要个妹妹好不好？"

文党哈哈一笑，打趣道："嗯，弟弟妹妹都要。"

经氏又白了文党一眼，拿声拿调说："弟弟妹妹都要，看把你能的，哼！"俨然一个蜀地女子的口吻。

姜荷霜月早已羞得满脸通红，低头不语，却难掩满心喜悦，脸上浮起浅浅的笑意。文党望着她，有些惊讶，也有些感动。

文士宏似乎有些不好意思，赶紧对文士运道："你快点吃饭，饭都凉了。"

文党爽朗笑道："哈哈，真是双喜临门啊！"

经氏和姜荷都白了他一眼，又微微一笑，低着头慢慢吃饭，脸上挂着喜悦与知足。

就在这个时候，朝廷诏令至，王道君出任蜀郡长史，孙治平出任繁县令，刘彪出任江源令。

一切都在朝着文党所想的方向走，学舍声誉日隆，榷市生意兴盛，官衙风气大变，百姓逐渐归心。

第九章　蜀山巍峨

一

这年正月，景帝驾崩，举国居丧，蜀郡亦然。一时间，礼乐皆禁，宴饮尽绝，户无新火，整个郡城都似乎停滞了下来。

文党依制在郡署设祭，所有人等尽皆缟素，于灵位前跪伏拜祭，哀号痛哭，昼夜不绝，三日方止。依礼制，为天子居丧守孝甚久，而自孝文皇帝始，皇帝驾崩一律以日代年，三日即止，以不伤长幼之志，不断饮食礼乐，不绝鬼神之祀，亦不废朝政事务。

三日后，文党依制亲拟上表，追思先皇至功至德，极陈臣下悲痛哀思之苦。

天色渐渐晦暗，文党也不燃烛，屏退左右，全身缟素，满脸哀容，独自跪坐官廨，案上的笔，始终不敢提起。他想起了五年间的困顿艰难，泪水就怎么也止不住。当初被公车征召入朝，出任蜀郡太守，先皇在宫中召见训示，对其期望甚高。湔水治理之际，不意触怒先皇而被驳回，后又嘉奖赏赐，帝王恩威展露无遗。开办学舍，晓谕天下旌表其功，人王襟怀令其心悦诚服、感佩至深。桩桩件件，点点滴滴，都在文党的脑子中一一再现、起伏纠缠……

深夜，文党独自回到官邸，面容枯槁，步履踉跄。几天下来，已让他身心俱疲，倒头便睡。经氏挺着腹，一脸心痛地望着文党，她知道，景帝驾崩，也许他的前程又会增添新的变数，入京为官的希望变得更加渺茫了。她长长地轻叹一声，转身熄灭了蜡烛。整个郡城，都沉陷于茫茫黑夜中。

翌日一早，文党草草用过饭，匆匆赶到郡署。依制他还要上表，太子刘彻登基，继承大统，臣下均要上贺表。文党又记起司马相如所言，现在的天子年少老成，城府极深，却又心怀大志，有仁君圣王之相。文党略略思量，便一气草就贺表，吩咐书吏誊抄，然后用印题封，遣人星夜送往京师。

不到一个月，文党收到京师来信，暗示新皇年少，朝廷大权尽归窦氏之手。他暗暗叹息，一切果如所料，太皇太后窦氏性格强势，欲效吕后独揽朝纲；太后王氏性格懦弱，既无心、也无力介入朝政；新皇年纪尚轻，一切都是未知之数，自己唯有按部就班、亦步亦趋，万不可做出头椽子。身处权力场，他早已洞悉天机，虽非长袖善舞、八面玲珑，更厌恶首鼠两端的奸滑之徒，但不乏自保之智。

随后的日子，一如既往地平静。文党照例每日前往郡署，或是偶尔到郡学，亲为学子讲授经学，只是似乎变得有些沉默，较往日少了些爽朗与机趣。

唯一例外的是，武帝遍赏百官的诏书抵蜀后，文党去了一趟军营，与吕子善议事。文党身为太守，依照惯例，有事当召吕子善至郡署官廨相商，这次却破例去了军营。在军营面见何人、所议何事，外人皆不得而知。只是几日之后，郡城驻军一部开拔，前移至西羌熊耳部就近卫所，让好事之徒们生出种种猜想。

三个月后，接到新皇诏书，召蜀郡太守文党立即进京面圣。接旨后，文党虽心有疑虑，却不敢怠慢，辞别经氏与姜荷霜月，忐忑不安地启程前往京师。

文党特意在京城外滞留半日，直到城门关闭之际，才急急忙忙进城，悄然前往郡邸彭丰年处。

骤然见到太守，邸长彭丰年异常高兴，赶紧将文党迎进邸舍，安排酒饭。文党却一把将彭丰年拉进屋内，与之低声耳语好半天，才出来用饭。文党兴致不高，吃得很少，似乎有些心不在焉，洗漱罢，就早早歇息了。

一夜无眠，未至五更，文党便早早起来，梳洗一番，彭丰年便驱车送太守急急赶往黄门候诏。

原本以为要等候多时，不想到了宫门，彭丰年禀明值事宦官，当即便安排一名小宦官领文党进宫。彭丰年颇为诧异，平日里进宫面圣，皆要在此等候很久，除非宫里言明勿需等候，但这种事情极少遇到，皆是皇帝陛下亲自召见问事。

小宦官领着文党，一路进宫，行至未央宫外，却遇到迎面而来的公孙弘，在另一名宦官引导下正要出宫。文党游学稷下学宫时，曾聆听过他的会讲，也曾登门拜会求教，故而相熟，不意在此相遇，便上前执弟子礼。公孙弘还礼，并未言语，只是微微点头，便匆匆离去。文党只得亦步亦趋地跟在小宦官后面，不紧不慢地朝宫内走去，心中虽然惶恐不安，却并无惧意。

小宦官领着文党走了很久，才到建章宫外候下，片刻之后就被领到议事房。进入屋内，文党紧趋几步，上前赞拜武帝。年轻的皇帝端坐丹墀之上，堂下上首一人，年纪稍长，凹脸凸额，容貌丑陋，文党并不认识。下首一人，十分儒雅，脸色苍白，面露病容，正是董仲舒，人称"董夫子"，也是文党游学稷下学宫的旧识，蜀郡学子亦有多人投于董氏门下。见到文党，他微微点头，算是招呼。

文党挨着董仲舒站下，暗中偷偷打量年轻的新皇。只见新皇正襟危坐，生得鹰鼻鹞眼，阔嘴厚唇，目光炯炯有神，此刻却显得忧心忡忡，也不知是因先皇驾崩哀伤，还是朝政劳累过度所致，稍显稚嫩的脸上，确有与其年纪不太相称的老成持重，还有一丝淡淡的、掩饰不住的倦容。

未容文党多想，武帝沉声道："不瞒各位，如今父皇殡天未久，朕继承大统，然逊龄加冠，皇室勋贵多有异议，朝中权臣均在观望，北有匈奴虎视眈眈，南有诸夷心怀异志。今日召见诸位，欲寻万全之策，破危局、安人心，固根本、振朝纲，以告慰父皇在天之灵。"

董仲舒躬身施礼，垂首道："禀陛下，仲舒以为，皇帝陛下乃帝胄嫡出，上承大道天命，下尊先皇旨意，实乃天命所归，只需发德音、下明诏、彰礼乐、化黎民、举人才，则大汉根本可固。至于蛮夷之危，疥癣之疾而已，只需心怀仁德，广施教化，怀柔抚远，必四海宾服，无须过分在意。"

武帝面色平静，转头看了看上首之人。却见他微微欠身，朗声道："回陛下，田蚡以为，董博士之言，虽然有理，却未免迂腐。朝廷权臣居功，手握重兵，实为心腹大患，太尉一职空缺已久，当早下决断，简拔心腹，控甲兵以卫宫廷，禁绝内患。至于北蛮、南夷之祸，宜徐图而不可操之过急，当大练精甲，广积粮草，待机而动，分而破之，外患可御。为今之计，当不拘旧制、不循先例，广举贤能，稳住朝廷大局，方能号令天下，宾服四夷。"

文党闻言，方才恍然大悟，原来此人乃太后之弟、新皇母舅、郎中田蚡。

董仲舒又道："回陛下，田郎中之言，固然可行，然皆短视，无助于朝廷根本。自周室东迁，诸侯纷起，门派杂流，兵法纵横崛起，其余不显。而孔氏以降，诸学相扰，各挟私心，孔氏之学日渐式微，人心动荡，大道渐隐。前朝纵有精锐士卒，兵利甲坚，亦不免二世而亡，此其故也。仲舒以为，陛下集天命民心于一身，当效尧舜之举，绝桀纣之行，尊天令而威服四海，修礼乐以教化黎民，轻刑法而厚美习俗。抑黜百家异说，彰明孔氏之学，渐民以仁，摩民以谊，节民以礼，此帝王之道也，而权谋机变，严刑威服，皆不过悖道之举、操术之器，陛下万勿以器废道。"

田蚡脸色微微一沉，冷冷道："真腐儒之见！若内失权柄于朝堂，外失威仪于四夷，虽欲效桀纣犹不能也，更遑论尧舜之举？"

武帝淡淡道："二位不必各执一端而伤和气，且听文太守之言如何？"

文党赶紧奏道："禀陛下，田郎中与董博士之言，各有所取，为陛下筹谋，忠心可表，文党才疏学浅，不敢相提并论。依文党愚见，当并糅两家之言，重建三统之制，厚固大汉根基：

"一曰正本清源，定正朔、明血统。陛下乃先皇龙裔，立储数载，国富民安，天下祥瑞频现，皆兆天命所归。余者诸王，虽皆为高祖血脉，同种同宗，然富贵之命而已，非人君之相。陛下宜复周礼，以殊贵贱、别尊卑、定正朔、固名分，削后宫之权，抑诸王之势，强天子圣威，绝诸王非分异想，保皇位永固。

"二曰刚柔并济，整朝纲、建政统。如今满朝皆为先皇旧臣，或立有大功，或承袭祖荫，或豪门世家，其踯躅观望，居功傲慢，亦在所难免。陛下宜内借两宫之势，外倚心腹大臣之力，择干练英才，分居朝中权力要津，伺机取代权臣，此事当徐徐图之。当务之急，宜擢拔将校，制约诸军，安抚兵卒，固守边塞，内挟天威以掌兵权，外强守备而御蛮夷，当机立断，雷霆而出，一举而定乾坤，此事固为紧要，迟则恐生腋变。

256

"三曰广施教化，抚民心、立道统。天命所系，唯在两端，一在帝皇，一在黎民。皇帝居海内之大，顺天应命，雄踞万仞之巅；黎民顺流处下，虽为泥石，乃雄峰峻岭之基。数百年来，诸子之说流布甚广，民心纷乱不知所向。前朝动辄以严刑峻法加身，天下骤起相抗，泥石溃散而雄峰崩塌，何故？实乃道统缺失之故！百姓虽不言，然民心早已离散，但有振臂一呼，则天下云集响应，纵有精甲劲旅、崤函之固，旦夕之间，土崩瓦解，终不免二世而亡。陛下欲成千古霸业，宜早建道统，笼络人心。道统之建，固不可交托民间，各由所解，其谬千里。当由朝廷筹谋，官府掌控，教义定例，经籍析解，皆有遵循，方能教化黎民、宾服四海。可大兴郡县官学，择礼乐诗书教化百姓，使其明礼制而尊上，行礼仪而待人，循礼法而知敬畏。民之敬畏，当敬畏天道神祇，敬畏皇命诏令，敬畏朝廷规制；知敬畏则心归服，心归服则行遵循，行遵循则成习俗，习俗成则天下定。此事固非朝夕之功，今日即可施行，待陛下弱冠亲政，则天下皆只敬天子一人，天下大势尽在陛下掌握矣。"

　　武帝依旧面色平静如水，缓缓道："蜀郡今日情形如何？"

　　文党长跪禀道："回禀陛下，蜀地膏腴沃壤，天下少有，百姓殷实。文党兴举郡学，教化百姓，已然见功，民风大变。以往西羌诸部年年进犯，驻军疲于应付，故于关隘卫所开榷市、通商贸，民相往来，各取所需，共利相依，干戈渐息，稍假时日，必能使西羌宾服，陛下但请宽心，文党自当竭心尽力，不负陛下隆恩。"

　　武帝轻轻叹息，缓缓道："若天下郡县皆如仲翁，朕又有何忧？"

　　文党涕泪横流，叩首道："禀陛下，蜀郡之势，全赖先皇隆恩、陛下盛德，文党万万不敢居功。"

　　适逢太皇太后召见武帝，故议事并未持续多久，几人皆拜辞出宫。文党丝毫不敢停留，便匆匆出宫，同彭丰年回到邸舍，一刻也不愿久待，迅速离开了京师，离开了波诡云谲的是非之地，急急赶回蜀郡。

二

文党前脚刚回蜀郡，皇帝与太皇太后的圣旨，后脚就抵达了郡城。田蚡封武安侯，官拜太尉，执掌军务。董仲舒授博士，加给事中，可进出掖廷。文党仍为蜀郡太守，加中大夫，许便宜行事、密折专奏之权。

不久，朝廷再次下旨，盛赞蜀郡兴办学舍之举，并赏赐蜀郡太守文党金百斤、锦缎五十领，诏令天下效蜀郡之举，大兴郡学，广授五经，以网罗人才，教化百姓。优异者逐级荐举，或入太学就读治学，或充任本土郡县官吏，或荐入朝廷，一律量材录用。一时之间，天下学子皆慕名而至，蜀郡文风劲盛，直比齐鲁，亦不逊京畿。

此间，官邸之中也迎来了一桩喜事，经氏诞下一子，起名士廉。一众属官曹掾、富商巨贾，皆欲前来礼贺，文党以先皇驾崩，依制当守孝为由，一一婉拒。

一晃两月过去，文党正在官廨办理公务，繁县令孙治平到来，恭恭敬敬施礼，文党笑呵呵道："治平啊，看你喜形于色，是不是有什么好事？"

孙治平一愣，哈哈笑道："本想给太守一个惊喜，却不想被一眼看出来了，治平确有喜事相禀。"

文党也是哈哈一笑，假意嗔怪道："你小子是不是欠罚了？有事竟敢故意欺瞒，且说来听听，要是我不满意，小心罚你俸禄……"

孙治平笑笑，赶紧道："禀太守，繁县之北，两向皆为山地，湔水、江水皆无法灌溉，治平出任县令以来，踏遍全县各地，发现山中多有山泉，遂亲率百姓，依势垦田，引山泉灌溉，今年增灌三千余亩，目前稻禾甚好，丰收已成定局，山民俱大欢喜，特前来禀报，未知太守可否满意？"

文党并未做声，静静地盯着孙治平，眼神凌厉，孙治平不知为何，一时心中有些慌乱。

好一会儿，文党才厉声道："我告诉你，我不满意，很不满意！如此之事，为何迟迟不见禀报？"

孙治平赶紧施礼，颤声道："回太守，成败与否，治平心中尚无定数，唯恐有伤太守之明，故不敢轻易禀报，如今事成定局，才敢禀报，是治平之过……"

文党见孙治平唯唯诺诺，额头急出汗来，忍俊不禁，笑出声来，随即哈哈大笑道："嗯，虽不满意，亦可免罚。"

孙治平见状，方放下心来，用手背擦擦额头的细汗，也咧嘴一笑。

回到官邸，文党十分高兴，刚刚踏进大门，文原就喜滋滋地上来禀报，姜荷霜月诞下一女。文党闻讯，快步走到后院，一路不住大笑。文原看着，轻轻一笑，不住摇头。阖府上下，都洋溢着喜庆。

文党到卧房，见姜荷霜月躺在卧榻上，双眼微闭，脸色苍白，婢女正在一旁照顾。文士运正在一旁目不转睛地盯着小妹，满眼的兴奋，见到父亲，大声道："父亲快看，我终于有个妹妹了。"

文党笑吟吟地看着姜荷霜月，俯身抚摸了一下她的脸庞，满眼怜惜。姜荷霜月睁开眼睛，微微一笑，又皱了皱眉，似乎无力说话。文党柔声道："辛苦你了，好好歇息就是……"姜荷霜月淡淡一笑，疲倦地闭上双眼。

文党转到卧榻另一侧，眼中满含柔情，看着襁褓中那张粉嘟嘟的小脸，心都快被融化了。看了一会儿，便拉着士运走出去，士运噘着嘴，很不情愿地离开，不住回头张望。

文党又到经氏夫人屋内，抱起士廉，刚抱在怀里，就被撒了一身尿，逗得文党哈哈大笑。经氏故意笑道："也不注意点，哪像个太守，嘻嘻哈哈的，也不怕下人们笑话。"

文党只顾逗孩子，一边轻轻晃动，一边嗤笑道："太守在官署呢，这里只有父子罢了，哈哈……"

孩子被晃醒了，大哭起来，文党手足无措。经氏忙道："瞧你笨手笨脚的，给我吧，孩子是饿了，该喂奶了。"

文党将孩子放到经氏怀中，独自在一旁咧嘴笑着。经氏白了一眼道："没见过孩子吃奶啊？还不过那边看看去。"文党搔搔头，应了一声，便出得门来，去往姜荷霜月屋内。

接下来的日子，文党除了照常每日到郡署料理公务，就待在官邸，享受着另外一种乐趣。院内不时传来婴儿的哭声，此起彼伏，若唱和相应，带来新生的喜悦。文党这边瞅瞅，那边望望，时常不是被撒一身尿，就是弄了一身屎，文党却毫不在意，乐此不疲，似乎很享受这份天伦之乐。

这一日，文党无事，正抱着小女儿紫薇逗乐，士运也黏在身边，不时抚摸肉嘟嘟的小手，不时在脸上亲一口。管家文原来报，何元有事禀报。文党将女儿交与姜荷霜月，来到前厅。

见太守进来，何元赶紧起身，躬身施礼道："禀太守，公田桑蚕之事，已大见成效，今年收成极好，百姓亦效仿栽桑养蚕，如今蜀郡桑蚕之业大盛，亦有一忧心之事，尚请太守定夺。"

"哦？什么事让民丰忧心？"文党有些诧异，何元禀报多为利好消息，很少以难事相求。

何元稍稍犹豫，迟疑道："蚕茧虽丰，然缫丝不足，况且民间缫丝，成色各异，生丝品质难以保证，势必影响织锦刺绣品级，故而忧心。"

文党思索片刻，正色道："蜀郡本来盛产丝绸，蜀布名扬天下，不可以量而废质。你立即设立蜀布曹，专理栽桑养蚕、缫丝织锦之事，由你暂署曹掾，亦可从学宫擢选优异，襄助事务。技艺卓越者，皆可入匠籍，蠲免一应租赋。"

何元点点头，似乎有些顾虑，犹豫半晌，方沉吟道："还有一事，何元不知当讲不当讲……榷市开通以来，生意尚好，只是望侯府、靖安侯府皆提早介入，如今两家几乎独占近半，何元亦不知如何区处……"

翌日，郡署官廨。文党与吕子善隔着书案对坐，二人脸色有些凝重。

吕子善往前略倾，压低声音道："三处卫所暗桩均有密报，望侯府邴管家频频出入榷市，与羌人联络颇为频繁，且极为隐秘，这些羌人大都来自熊耳、冉駹等部……因所涉过大，卫所不敢妄动。"

文党紧皱着眉头，一手摩挲着下颌，喃喃道："他们到底在干什么，究竟有何图谋？"

吕子善又道："还有，日前郡署、各县所裁撤官吏，十之七八皆进入了望侯府与靖安侯府，行踪极为诡秘，一概不知这些人究竟在干什么，侯府中的暗桩亦无从知晓，子善唯有遣人暗中跟踪，不敢轻举妄动，恐打草惊蛇。"

文党面色一沉，疾言厉色道："侯府究竟意欲何为？这些官吏熟知郡县官署内外事务，与上下官吏亦多有往来，裁撤之后难免心怀忌恨，不可不防，倘若发现违制乱法，即刻缉拿。暗中跟踪追查之事，务要小心谨慎，不可令其觉察。"

吕子善点头道："子善知晓。"

吕子善刚刚离开，文党独坐案前，正苦苦思索。张治进来，双手捧给太守几卷书简，压低声音道："禀太守，属下在核查积案中发现，之前湔水溃堤一案，赵贤、程维财等人，其间皆与望侯府郧管家过从甚密，部分钱粮亦流入望侯府。二府原本豢养部分带剑游侠，后突然消失，不知去向，但最近有人却出现在西羌……因事关重大，张治不敢轻易妄为，故请太守示下。"

文党眉头一皱，紧盯着张治，疾言厉色道："你将一应文书交过来，我自会妥善处置，这件事你也不用再管，亦不可与他人言说。"

张治一愣，有些不解，几乎低声吼叫："为什么？侯府纵然是皇亲贵胄，乱法胡为，也当依律查办，太守为何袒护？"

文党也是一怔，没有想到张治敢如此顶撞，怒目圆睁，沉声喝斥道："即日起，你不准插手这件事情！难道我还没有说清楚吗？退下吧！"

张治也骤然呆立当场，简直不敢相信太守所说，觉得眼前的太守太过陌生。他愤怒起身，大步走出官廨，眼泪大滴大滴地滚落。望着张治离去的背影，文党脸色阴沉，低低叹息一声。

张治离开不大一会儿，文党将张嵘叫进官廨，低声耳语一番。张嵘频频点头，随即迅疾离去。

三

郡城大街上，一个高瘦的年轻男子，正漫无目的地游逛，衣袍上满是污迹，长发散乱，脚步趔趄，手里提着一只酒坛，满身酒气，目光呆滞。郡城中很多人都认得，此人正是郡署法曹史张治。

张嵘和侄女杏儿迎面走来。杏儿上前，一把夺过张治手中的酒坛，一手扶住他，眼中充满幽怨，大声责怪道："唉，哥，你怎么又醉了？"

张嵘紧皱眉头，满脸怒气，恨恨道："不用管他，让他醉死算了，反正也是废物一个!"

张治踉跄着要拿回杏儿手中的酒坛，却被妹妹推开，差点摔倒。张嵘大步上前扶稳，架起侄子就往家里拖。

两年前，张治被太守叱责后，几乎日日如此，仿佛从未酒醒过，幸得有叔父和妹妹照顾，才不致流落街头。何元等人也时常照看，想到昔日众人游学京师，张治也是意气风发，不想今日竟然沦落至此，心中皆惋惜不已。

两年间，蜀郡平静如常，仿佛一潭死水，没有丝毫波澜。学舍首批学子皆已学成离开，有的经举荐进入太学读书，有的充为郡县吏，更多的被举为茂才、孝廉、力田等，亦有诚意为学者，留在学舍为经师。最为得意的是何元，丝帛锦缎之业日盛，行销天下，连年入贡，甚得武帝及后宫妃嫔喜爱，少府获利颇丰，锦绣坊匠籍人口增至千余。关隘卫所榷市，也增至十余处，汉羌之间易物通商，极为顺畅，"打秋风"也没有再发生过。孙治平的泉水稻田受到朝廷嘉奖，蜀郡各处山区，凡有水源之处，皆大造泉水稻田，稻禾播种猛增，百姓日殷，生齿日繁。

入秋后，司马相如再次奉旨入蜀，取代唐蒙为中郎将，开夷道，欲连通诸羌，前往滇地，直达身毒。

来到蜀郡，司马相如少不得到石室精舍为学子讲授文学，广受学子追捧。夜晚，文党邀其至官邸宴饮。席间，司马相如告知，张宽即将外放，如果所料不差，应该出任扬州太守。文党闻言极为高兴，却又感到有些太快，深感武帝用人之大胆。

司马相如看着文党，哈哈一笑道："是不是有些意外，陛下知人善任，若非如此，相如何敢奢望中郎将?"

文党举盏，与司马相如相贺。相如一饮而尽，低声道："叔纪出任扬州太守，也是天意……"

文党奇怪，不知他所言何意，静静等着他的下文。司马相如继续道："日前，陛下出游，御驾行至水畔，见一妇人裸浴水中，双乳长大如瓠，陛下甚异之，众人皆不知。武帝下车相询，妇人言'七车之中，有人识得我'。陛下遣人相寻，乃叔纪所乘之车，前往视之，禀告陛下，此乃天星，主祭祀者，若斋戒不洁，则以女身现于人间。说也奇怪，叔纪言毕，妇人倏忽不见，陛下深以为异，对叔纪另眼相看，更为倚重。未久，扬州太守年迈致仕，陛下欲以叔纪代之。"

文党笑道："长卿所言，如志怪鬼异之说，我岂敢相信？"说完，二人皆哈哈大笑。

不久，文士宏回府，见司马相如，赶紧上前拜见，执弟子礼敬酒，相谈甚欢，月上中天，方尽兴而去。

因皇命在身，司马相如不敢滞留，三日后便辞别卓文君，带着使团与众多礼物，启程前往临邛，由临邛前往邛、笮、冉駹等羌人诸部。

刚好一月之后，文党回到官邸，不意收到司马相如来信。展开信函一看，文党脸色大变。原来，司马相如入羌后，一开始极为顺利，所到部族，皆以厚礼相赠，各部皆愿与大汉交好，协力打通前往滇国之路。谁知到了冉駹部，其酋长不仅不愿臣服大汉，还欲联络诸羌，攻打蜀郡边境，并趁机扣押了使团诸人，作为人质要挟汉军。

文党丝毫不敢延宕，立即遣人召吕子善、百里俞甫二人过官邸商议。

吕子善和百里俞甫二人到来，文党将司马相如书信交与二人，二人看罢皆大惊。

三人商议许久，吕子善道："如今情势急迫，可一面调遣蜀郡驻军，前临冉駹，待命行事，一面飞报朝廷请命。"

百里俞甫缓缓道："之前仲翁亲涉险境，开通榷市，方才平息诸羌敌意，好不容易才止戈息武，和睦相处，一旦开战，都将化为乌有，汉羌势必再度流血对峙。"

三人皆沉默无语，显然，百里俞甫所言属实，但一时没有好的处置办法。

文党沉吟半晌，沉声道："若有人能够前往西羌，说服诸部头人，或是善策，可惜……"

"可惜什么，你们怎么忘了我呢？"

三人抬头，见姜荷霜月进来，怀里抱着女儿，脸色平静，眼神清澈坚决。她正过来找文党，听到了三人交谈。

三人没有言语，脸上尽是狐疑。

姜荷霜月慢慢踱进，一边轻轻拍着怀里的孩子，一边道："西羌各部虽有争斗，但若遇外敌临境，各部必会放弃分歧，联手抗敌。若贸然进军，极有可能引起西羌诸部误会，定会激起联手相抗。汉羌和睦来之不易，绝不能轻易出兵……"

三人点头，他们皆深明此理，亦不想轻易出兵，却没有更好的办法。

姜荷霜月继续道："皇帝陛下登基未久，北方匈奴屡屡犯境，朝廷应付犹感吃力，倘若西羌诸部再起纷争，不仅让朝廷顾此失彼，而且会将蜀郡官吏陷入不义，故而当务之急应安抚西羌诸部，平息纷争，而不宜轻启战端。"

吕子善叹息道："姜荷头人所言甚是，但眼下无可靠之人，可以斡旋诸羌，化解危机……"

文党站起身，缓缓道："或许我可再赴西羌，说服诸部。"

"不行！"姜荷霜月等三人几乎异口同声道。

百里俞甫率先道："依眼下情形看，冉駹部既然敢扣押使团，必有所恃，详情不明，凶险未知，倘若太守贸然前往，万一身陷险境，反而束缚手脚。"

文党笑笑道："凶险当然有，可我们有别的选择吗？没有，我们别无选择，只有我熟悉西羌情形，相对而言，风险最小。"

吕子善慨然道："不，太守绝不能去！倘若扣押使团本就是陷阱，他们引诱的猎物会是谁呢？无疑最好的猎物就是你……"

姜荷霜月打断吕子善的话，皱眉道："要说了解西羌情形，有谁比我更熟悉？何况我本是羌人，与诸位头人交道颇多，更熟悉民情风俗，我既是西羌黑河部族头人，亦是太守的女人，我若前往，他们应该会相信我，想必诸位也知晓，没有人比我更合适。"

文党盯着姜荷霜月，急急道："可是，你有孕在身，怎能长途奔波？"

吕子善与百里俞甫愕然，方明白文党顾虑，也当即摇头。

姜荷霜月面带羞涩，哂笑道："唉呀，我们羌族女子哪有那么娇气啊，哪个怀孕不是成天在马背上？再说，我会小心的……"她的声音越来越小，侧过身子，似乎有些害羞，想避开他们的目光。

文党沉思半响，长长呼出一口气，怅然道："也罢，就由姜荷代我前往，晓以利害，说服诸部头人，万勿轻启战端，边军亦要做好准备，等候朝廷旨意。"

吕子善与百里俞甫相互对视一眼，欲言又止，面色凝重地点点头，心情有

264

些沉重。

姜荷霜月离开后，百里俞甫道："仲翁是怕背后那些人趁机作乱?"

吕子善沉声道："说不定此次冉駹作乱，就是他们联手布下的一个陷阱，如果真的如此，背后那些人一定会跳出来。"

文党望着屋外漆黑的夜幕，脸上一片忧色，喃喃道："也许他们等不及了……"

同一时间，郡城望侯府，后院密室中。一人端坐上首，周身罩着黑袍，狄云、司马泓二人站列堂下，还有几个陌生面孔，均是神色恭敬，小心翼翼。

"冉駹部已经扣押了司马相如带领的使团，只等蜀郡发兵，其他部族群起响应，必能围歼蜀郡边军。且郡城必然空虚，诸位要准备周全，我们等了这么多年，成败就在此一举……到时诸位皆是有功之臣，封侯拜相、三公九卿，俱不在话下……哈哈哈!"黑衣人声音有些刺耳，在密室中发出嗡嗡的回音。

待黑衣人止住笑声，司马泓躬身道："启禀上使，我们在郡署之中的耳目皆被清洗一空，现在郡署的一举一动，我们皆不知晓，如同瞎子聋子，需尽快在郡署中安插耳目才是。"

黑衣人点点头，似乎在思索着什么。狄云上前一步，抱拳施礼道："禀上使，属下有一人荐举，可保成功，且不为人怀疑。"

"哦? 你所说何人?"黑衣人似乎颇感兴趣。

狄云微微一笑，恭恭敬敬道："禀上使，郡署法曹史张治，原本备受赏识，后不获重用，分道扬镳，郁郁不得志，终日酗酒滥饮，可利诱拉拢，为我所用。"

"那张治是什么来头，可曾清楚?"黑衣人似乎格外谨慎。

狄云朗声道："属下已查访清楚，张治原本繁县人氏，贫苦出身，父母双亡，曾至京师游学三年，返蜀后入法曹。有一叔父充郡署卫卒，关系一般，往来不多，有一妹乃卓文君义女，兄妹二人均未婚配，俱无特别之处。"

黑衣人沉吟半晌，方缓缓道："此事你可试探一二，务要小心谨慎，若不可为，绝不可强求。不是还有之前裁撤的那些人吗? 也该让他们出去活动活动了，整日里白吃白喝，身子骨都快僵硬了吧。"

众人分散离去。侯府后院，一间屋子内，黑衣人悄无声息地出现，脱下黑袍、除下黑巾头罩，露出一张惨白的脸，颌下一个暗红瘊子，显得特别醒目，正是侯府郏管家。

翌日，姜荷霜月带着几名卫卒，悄然出城，启程前往西羌，郡城内外皆无人知晓。

四

等待是一种煎熬，未知结果的等待，更是一种艰难而痛苦的煎熬。

整个郡城都在等待，等待桂花酿开坛的日子，等待一场开心的盛宴。

吕子善、百里俞甫也在焦灼不安中等待，等待西羌的消息。

自然还有文党，也在焦急等待中，扳着指头数着日子，等待姜荷霜月的回音，等候朝廷迟迟未到的旨意。

回到官邸，文党独坐书房，手中把玩着短剑，鼻子酸酸的，心中充满悔意。经氏抱着紫薇进来，蹙眉道："你倒好，一个人躲在这里清闲！两个小家伙太磨人了，都快把我这身骨头都折腾散架了……"

文党起身，从经氏怀中抱过孩子，满眼痛惜，在粉嘟嘟的小脸上亲了又亲。

经氏埋怨道："真是的，现在才知道心疼，难道不知道她有孕在身？要是出了事，看你怎么办。"

"不要再说了！"文党似乎有些生气，打断了经氏的话，脸色极为难看，罩着一层寒霜。

经氏一愣，从未见过文党如此发火，也闭上嘴，眼圈红红的。怀里的孩子似乎被吓到了，"哇"的一声大哭起来。经氏一把抱过孩子，转身离开，眼中泪珠也倏然滚落。

经氏离开不久，张嵘匆匆过来，警惕地看了看周围，才进入书房，并顺手掩上房门。

张嵘靠近书案，压低声音道："他们出动了，许以重利，要张治跟他们干。"

文党问道："出来的人是谁？"

张嵘轻声道:"是原决曹掾王金奴,他说现在跟着狄国相,在侯府做事,具体干什么,他没说。"

文党点点头,冷笑道:"哼!看来他们还够谨慎的,他们没说要张治干什么吗?"

张嵘摇摇头,低声道:"他们没有说,但一直在打听郡署最近有没有大事……"

文党哂笑道:"看来,我们得给点好处。"

翌日,吕子善亲到城门口送行,中尉赵迩率本部兵马开赴西羌。旌旗招展,戈矛森严,盔甲鲜明,一路望汶山进发,郡城百姓驻足围观,目睹大军出城。

郡城西北,醉春风酒肆楼上包房内,张治与几个男子正在豪饮,彼此正在兴头上,频频举盏。主位空着,张治坐在下首,众人围着他,脸上堆满笑容,不住地恭维,仔细一看,皆是原来郡署裁撤下来的诸曹掾吏,原决曹掾王金奴也在座。张治似乎有些醉意了,两颊染上红晕,眼神有些迷离,说话也有些结结巴巴,含混不清。

正在此时,楼梯上响起一阵脚步声,虽然并不重,却不紧不慢,异常清晰。王金奴几人一惊,脸上多了一份凝重,似乎这脚步每一下都踩在他们的心上,让他们承受着巨大的重压。

包房的门无风自开,一个高大的身影出现在众人眼里,挡住了外面的光线,众人回头,眼睛皆是一眯。来人一袭白色锦袍,让屋子一亮。众人立即起身,躬身施礼,只有张治跪坐案旁,身子靠在食案上,身子软绵绵地挣扎了几下,依旧没有起身。

郗管家迈进包房,走到上位,并未立即坐下,冷冷地扫视屋内众人,眼神在张治身上稍稍停留了一瞬,微不可查地皱了下眉头,眼中掠过一丝鄙夷。

郗管家落座,看着张治,微微一笑,缓缓道:"张曹史年少英俊,才情兼具,可惜不获时赏,明珠投诸暗室,金玉埋于瓦砾,真是可惜了……"

张治眯着双眼,举起酒盏,断断续续道:"今朝有酒……且为乐,哪管明朝……春与秋,你饮酒,好酒……"说罢,一饮而尽,酒液洒落一身。

郗管家哈哈一下,举起酒盏,一饮而尽,继续道:"不瞒张曹史,这里的酒,皆是上品,既然你喜欢,尽管来取,不收一钱……"

张治咧嘴一笑，问道："邴管家，你我非亲非故，为何对我这么好？"

邴管家又浅饮一口，淡淡道："邴某虽然一介布衣，但喜欢结交青年才俊，我知道你在郡署不获赏识，极为同情，在座诸位，哪个不是怀才不遇？邴某何曾亏待过各位？"众人闻言，皆连声附和，感激不尽。

张治揉了揉双眼，哈哈大笑道："郡署之中，尽是阿谀奉承之辈、趋炎附势之徒，想我张治，堂堂大丈夫，岂能与宵小为伍？"

邴管家摩挲着下颌，正色道："邴某当然知晓，张曹史才是真豪杰，岂能寄人篱下？眼下就有一场大富贵，事成之后，不愁封妻荫子，光宗耀祖，不知张曹掾是否有意？"

张治饮下一盏酒，将酒盏掼于地上，愤愤道："只要不再受那狗官之气，什么事我都愿意……"

邴管家哈哈大笑，竖起拇指，赞叹道："张曹史真乃少年豪杰，邴某敬佩，我再敬你一盏。"

众人赶紧重新拿来酒盏，为张治续上酒，恭恭敬敬捧给他。张治接过酒盏，仰起脖子一饮而尽，慷慨道："只要邴管家不嫌弃，张治今后全听你吩咐，赴汤蹈火，绝不推辞……"

邴管家爽朗一笑，递给张治一只绣着金丝的锦袋。张治打开锦袋，双眼一亮，发出精光，假意道："邴管家这是……"

邴管家微笑道："区区一点薄礼，张曹史勿要嫌弃，这是给你的一点见面之礼，今后但有所需，勿需客气，哈哈……"

"哈哈哈……"邴管家和张治相视大笑，其余人也跟着大笑。

众人也是满脸谄笑，不住点头，围着张治敬酒。张治似乎有些飘飘然，一副志得意满的样子，享受着众星捧月般的恭维。

翌日，张治一早就出现在郡署，身着一袭崭新的长袍，精神似乎好多了。进入郡署后，他径直来到官廨，书吏见到他，犹豫着不敢相阻。太守早就有令，孙治平、张治等学子出身的掾吏，可自由出入官廨，勿需通禀。

不大一会儿，张治出来，对书吏道，等太守到来，自己再过来禀报事情，便自顾离去，书吏依然没敢说什么。

一个时辰后，文党才来到郡署，刚刚坐下，吕子善和百里俞甫匆匆进来，吕子善递给文党一封帛书，两眼放着精光，满脸笑意，急急道："哈哈，西羌来信了，冉駹的事情解决了……"

文党展开帛书，细细阅看，目不转睛地盯着帛书，心中涌起一种不祥的预感。既然冉駹事情圆满解决了，为何姜荷霜月没有来信，难不成出了什么事？

文党正在沉思，军营斥候来报，玉垒关、黑虎关等几个卫所出事了！

吕子善心一沉，似乎有些意外，又似乎早有预感，冷冷问道："出什么事了？"

斥候抹了一把汗水，咽了一口口水，才详细禀报。原来，玉垒关、黑虎关等几处榷市，汉羌商贾因生意争执，相互聚集斗殴，挟持了何元等一众官吏和部分商户。由于正值双方易物通商旺季，西羌人聚集较多，双方互有伤亡，当地驻军弹压不住，故遣人前来告急。

吕子善与百里俞甫对视一下，似乎确定了某些事情，心头隐隐有些担忧。自榷市开张以来，汉羌商户都较为友好，纵偶有争端，都很容易和解，并未引起过冲突。此次冲突，似乎有些不同寻常，又恰逢冉駹部扣押使团，究竟是巧合，还是有人谋划？

三人商议，均觉得此事太过蹊跷，十之八九是有人在背后操控。文党面罩寒霜，果断道："终于出场了，我也该去会会他们了！"

吕子善决然道："不可！对方既然从幕后走到前台，必然有所准备，目前我们尚未知晓对方情形，若太守贸然前去，太过凶险。"

百里俞甫道："仲翁身为主将，需要坐镇郡城，在下愿前往榷市，安抚商户，遣散双方，或可不用劳师动众。"

文党笑笑，淡然道："如果对方真的有所图谋，你们俩去了也无济于事，只有我前去，或许事情尚有转机。倘若他们意在调虎离山，意在郡城咋办？故而你们俩必须固守郡城，保护郡城百姓，尤其是郡署官吏、学舍学子，绝不能有任何闪失，否则我们百死莫赎，无法对朝廷交待，你们俩责任可不轻啊……"

半晌，文党似乎记起什么，肃然道："他们如果在郡城有所行动，你们一定要保护好张治，必要时就让他回来，不能让他犯险。"

百里俞甫似乎明白了什么，有些恍然大悟，沉声道："他就是你安插的暗桩？"

文党点点头，叹息道："这事没有告诉你俩，都是为了他的安全，你们也不要放在心上。"

张治的事情，他一直没有告诉过吕子善和百里俞甫。

三人沉默，望向西边的天空。远处，汶山耸立，莽莽苍苍，层峦叠嶂，苍茫中，似乎涌动着阴谋，正孕育着一场席卷天地的大风暴。

五

抵达玉垒关后，中尉屠玉敏将文党迎进卫所，详细禀明了眼下情形。

暮色渐深，来不及多想，文党就匆匆离开卫所，只带着几名卫卒前往羌人占据的商铺院子。

见只有区区几人，羌人便将文党他们放了进去。院子被一群羌人看守着，何元等人俱在，并未受到伤害。见到太守进来，何元眼圈一红，哽咽着说不出话来。他聪颖过人，哪还不明白此时的情形？文党对众人笑笑，一副满不在乎的样子，关切地询问起事情的缘由。

何元告知，不知为何，几家汉人商户偷换了羌人的货物，羌人商户讨要未果，发生斗殴。羌人商户本就团结，闻知此事，便与汉人商户爆发冲突，并听到传言，说驻军要驱逐商户，屠杀羌人，致羌人扣押榷市官吏和汉人商户……

话未说完，一群羌人冲了进来，个个手持长剑，将文党、何元等人押到另一所院子。院子中间燃着一堆篝火，照得如同白昼。一人背对着门口，身材高大，穿着一袭白色丝袍，腰悬一口宽大的长剑，头上却罩着一个黑色头罩。

听到身后动静，白袍人慢慢转过身来，背着双手，盯着文党，发出一阵刺耳的大笑，高声道："文太守别来无恙，想不到你竟敢孤身来此，当真英雄了得。"

文党盯着对方，看了很久，淡淡一笑道："呵呵，托邴管家的福，一切尚好。你苦心孤诣布局，倘若我不来，岂不辜负了你的美意？"

白衣黑巾人愣住，摇了摇头，大笑道："有趣，文太守果然是高人！"说罢，干脆取下头罩，露出白皙的面容，颔下暗红痦子格外醒目。

郖管家慢慢踱步，双臂环抱胸前，一手摩挲着颌下的瘊子，好奇地问道："文太守如何认出在下的？我不相信你是猜的。"

文党淡淡笑道："可我要说，我就是猜的呢？我原本不敢确定，但现在确定了……"

郖管家笑道："我想，我身边有你的人吧？让我也猜猜，会是谁呢？应该是张治吧？不过，这已经不重要了，因为很快羌兵就会来此集结，很快就会攻打郡城……哦，忘记告诉你，郡城现在或已易手……哈哈哈！"他话未说完，就忍不住狂笑，满脸得意。

郡城内，街上巡逻的甲兵较平日里增多了些，学舍学子到郡署，城中百姓皆不以为意，平日里，学子经常进出郡署，协理公务。不一样的是，此次学子到郡署却由一队甲兵护送，但也并未引起百姓关注。

暮色四合，郡城已经闭门，陈怀仁站立城楼上，一手按着腰间剑柄，望着远处，脸上一片肃穆，不知心中在想些什么。

郡署外，望侯府国相狄云从府中出来，带着一队黑衣人，携着兵器，一路疾行至郡署前，见大门紧闭，便高声喊道："吕都尉，狄云听闻城中有人作乱，特带府中卫士前来相助，还请开门。"

吕子善一身铠甲，站在高墙之上厉声喝问："狄国相，你如何得知城中有人作乱？你为何直呼本将军，而不呼叫太守？"

狄云急道："城内贼人作乱，狄云知晓都尉必在郡署，故而……"

狄云一边与吕子善说话，一边大手一挥，身后黑衣死士就往前冲，欲攀上墙头。吕子善一挥手，郡署四周屋顶，冒出一队队弓箭手，"唰唰唰"一阵密集箭雨，黑衣死士便倒下大半。

同一时刻，太守官邸外，靖安侯府国相司马泓请求拜见太守。文原没有开门，隔着大门告知，文党在郡署，尚未回家，请其到郡署见面。司马泓一挥手，几个黑衣死士就要攀墙进入官邸，院内卫卒一阵密集箭雨，还有男仆以开水浇头，几个黑衣人跌落墙头，或中箭倒地，传出阵阵惨叫。院内，经氏带着几个孩子到后院躲藏，文原和几个下人燃起大火烧水，年轻壮实的男仆与卫卒一起，都手持戈矛弓箭，藏身墙后御敌。

郡城外，一阵疾风骤雨般的马蹄声，打破了向晚的静谧，一队人马风驰电掣地驶来，卷起一团烟尘。城门上，陈怀仁高声喝问，守城兵卒皆张弓引箭，待命而发。城下人马燃起数支火把，城上守军看得一清二楚，来者俱是羌兵！城头上一阵短暂骚动，被陈怀仁喝止，一边下令打开城门，一边步下城楼。兵卒没有犹疑，迅速放下吊桥，打开城门。

陈怀仁步下城楼，满脸堆笑站立道旁，朝着进城的羌兵抱拳施礼。羌兵马队飞驰而过，马队中几匹快马朝着陈怀仁直冲过去，陈怀仁反应不及，甚至根本来不及反应，就被马兵斩杀当场。他睁大双眼，身子慢慢倒下，满眼惊疑。他至死都不明白，也永远没有机会得知真相了。

马队中一人回首，有人才骤然发现，那竟是身着羌服的姜荷霜月。

太守官邸外，羌兵马队直冲过来，司马泓率领的人马还未明白怎么回事就被冲散，瞬间折损大半，被团团围住。姜荷霜月满脸冰霜，怒目圆睁，长剑一指，人马突进，就是一阵砍瓜切菜。

"饶命……"司马泓还没来得及求饶，就早已身首异地。

府中众人见姜荷霜月归来，赶紧打开大门，姜荷霜月一人踏进府中，一把拉住经氏的手，急切道："没事儿吧？孩子呢？"

经氏轻轻拍拍姜荷霜月的手背，告诉她府中没事，只有几个男仆受伤，正在处理，孩子们都在后院。

姜荷霜月快步跑到后院，从婢女手中抱过紫薇，紧紧搂在怀里，在小脸上亲了又亲。

很快，姜荷霜月从后院出来，对经氏低声耳语几句，便出了大门，带着人马迅疾离开。

郡城上空，一支响箭冲天而起，拖着长长的呼啸，划破入夜的寂静。

郡城大街小巷，各处仿佛凭空涌出大队甲兵，围住郡署，黑衣死士如困兽犹斗，挟持着几个百姓，与吕子善等人对峙着。马蹄声骤然响起，众人循声望去，只见一队羌兵旋风般卷过来。

狄云突然哈哈大笑，对吕子善道："我们的援兵到了，你们完了！"

张治躲在暗处，哆嗦着出来，慢慢向狄云靠近，浑身不住颤抖。

见羌兵越来越近，狄云心情大好，仰头大笑，他们一直等待的援军终于到来，眼见情势瞬间逆转。黑衣死士都自动散开，让出道来。张治躲到狄云身后，不紧不慢地一挥衣袖，像是要扶住狄云的后背。

狄云突然停止了大笑，闷哼一声，慢慢转过身来，抬手指着张治。此时，死士才发现，狄云后腰上插着一柄短剑，只露出一截剑柄，鲜血正顺着剑柄流淌。

他们反应过来，正欲上前救援，羌兵马队疾驰而至，剑起头落，众黑衣死士还没有看清来人，就稀里糊涂地做了剑下之鬼。

郡署大门打开，百里俞甫等人走出来，脸色十分凝重。姜荷霜月上前与他简单交谈几句，便脸色骤变，姜荷霜月与众羌兵简单吩咐几句，便飞身上马，率众离开。吕子善转身走进署衙，调兵遣将，连夜向卫所进发。

玉垒关，榷市一处院内，文党与邴管家等人围着篝火，静静地取暖驱寒，没有人开口说话，或是有些累了，或是在等待。

时过四更，一支响箭破空而起，带着凄厉的呼啸。榷市外传来阵阵呐喊厮杀声，院内众人倏地惊起，侧耳倾听，满脸惊惧。突然，邴管家哈哈大笑，对文党道："太守请听，外面都是羌兵……"

文党满脸严肃，不由紧皱眉头，心下暗暗叹息，眼中充满决绝。

未久，一名浑身是血的羌兵跑进院子，对邴管家道："他们来了，他们反了……"连同文党、邴管家，众人皆不知其意。

不待追问，门外又拥进大队羌兵，将院内众人团团围住。邴管家镇定自若，对来人拱手道："大家不要误会，我们……"

"谁误会了？拿的就是你！"人群后面传出冷冷的声音。文党闻声，心头一喜，转头望去，见姜荷霜月一身羌服，手握长剑，快步走来，两眼泛着冷光，让人不寒而栗。

邴管家一见姜荷霜月，心下大慌，并未恋战，转身逃进屋内，似乎还要做最后的争斗。

姜荷霜月走到文党跟前，淡淡一笑，脸色有些苍白。四目相对，无语凝噎，泪水无声滑落。

"啊——"屋内传出一声凄厉的惨叫，听声音，惨叫的是邴管家。

大家正在惊异，"吱嘎"一声，房门缓缓打开。众人循声望去，却见一个苍老的身影出现在门口。看到这道身影，文党仿佛遭到雷击一般，脸色大变，呆立当场，瞪大了双眼。

六

白鹿仙翁身穿一件崭新的青色锦袍，在屋檐下站定，淡淡一笑，朝文党拱手道："文太守别来无恙，可否借一步说话？"

姜荷霜月紧紧拉住文党，文党笑笑，轻轻拍了拍她的手，示意她不要紧张，笑着走进屋子。房门一下关上，姜荷霜月的心一下提到嗓子眼。

屋内，白鹿仙翁与文党相对而坐，几案上摆着绿绮古琴，庄兴远远站立，朝文党微微拱手，面色恭敬，异常平静。邴管家倒在一滩血泊中，似乎已经没有了气息。

白鹿仙翁用素帛擦去手上的血迹，叹息一声，平静道："我知道太守心有疑惑，且容老朽慢慢道来……"

文党心中泛着一股酸涩，静静听着白鹿仙翁道出一段秘辛。

原来，秦楚相争之际，楚王预感秦军太过强悍，心知不可敌，便遣王室将领庄蹻率兵远征滇国，留作后路。庄蹻不负所望，收服古滇诸部，自称滇王，实为楚之一支。后楚国果然不敌，遭遇亡国之祸，庄蹻麾军救援，却被秦军阻断，最后只有退守滇国。

此后多年来，楚国王室一直暗中图谋诛灭强秦、复兴楚国，分遣王室后裔，潜伏各地，暗中培植力量，待机而动。哪知秦朝短短十五载就覆灭，楚国潜伏各地的势力，心思大仇得报，也就慢慢消磨了复仇之心，却也有少数人心有不甘，还企图有朝一日复国。白鹿仙翁原本是楚国王室后裔，几代人潜伏蜀郡，暗中联络朝野势力，网罗江湖豪侠，外联西羌以为接应，不意所有作为皆被文党所破。

"为我所破？老丈为何如此说？"文党大惑不解。

白鹿仙翁苦笑道："蜀郡百姓原本并未宾服朝廷，多有反意，但文太守治理湔水，百姓日渐富裕，后又兴办学舍，百姓渐知礼法，敬畏皇帝，遵守朝廷规制，哪里还有反意？安插在官府、豪门内的游侠暗桩，也遭太守清洗一空，蜀郡之中已无倚靠，只有寄望西羌诸部。却不想太守开榷市易物通商，西羌诸部获利，也渐渐离心离德，苦心经营数十年，竟被太守无意中一一化解……唉，也许这就是天意吧？"

白鹿仙翁长长叹息一声，似乎苍老了许多。

文党问道："本次冉駹滋事，也在你们谋划之中？"

白鹿仙翁歇息一阵，指了指邴管家的尸首，慢慢道："邴管家本名庄丙，乃庄蹻嫡孙，老朽等皆听他差遣。他隐姓埋名，投身侯府，知晓望侯、靖安侯二人皆有不臣之心，便鼓动两位君侯占据蜀郡，割据西南，其实不过相互利用而已。老朽虽隐居乡野，但略知天下大势，眼见朝廷兵强马壮，百姓安居乐业，早知事不可为，便多次劝谏庄丙收手，然而此人性极偏狭，联络几个西羌头人，意在调离守军，故意在榷市挑起事端，欲趁机攻占郡城，却不料全遭败北，老朽父子力劝庄丙罢手逃离，他执意要诛杀犬子，老朽只得亲手弑主。"

白鹿仙翁停顿片刻，指了指一旁的庄兴道："犬子庄兴，一直不曾参与诸事，亦无反叛之心，还请太守看在与老朽琴瑟之交面上，饶他一命，让他终老山野，也不至断了香火，这是老朽最后求太守的事……"

庄兴欲上前搀扶父亲，却被阻止。白鹿仙翁咳了咳，嘴角溢出一丝鲜血，随意用手背擦了擦。文党欲上前，白鹿仙翁也摆摆手，艰难挤出一丝笑容，惨然道："我与太守交往一场，也算是惺惺相惜，就让老朽再为太守抚琴一曲吧。"

白鹿仙翁撩了撩衣袖，轻轻拨动琴弦，琴音顿时响起。文党静静地坐着，微微闭眼，琴声呜咽，如泣如诉，幽怨缠绵，似是在诉说国破家亡的痛苦，又似在倾诉壮志难酬的惆怅，愁怨百结，暗恨顿生，秋风飒飒，寒意漫卷。

吕子善已经到来，与姜荷霜月并肩站立在屋外，听着琴音，眉头紧皱，皆是一脸茫然。

似乎有些体力不支，白鹿仙翁双手越来越慢，嘴角的鲜血滴落在锦袍上，溅落在琴弦上，他恍若不知，脸色越来越苍白。

"嘭——"琴弦断裂，琴音也戛然而止，白鹿仙翁扑倒在琴案上。文党与庄兴上前扶住他，只听到断断续续道："琴送……有缘人……送与……太守……"

白鹿仙翁看着文党，慢慢合上双眼，脸上挂着一丝淡淡的笑，眼角残留着两行泪痕。

庄兴用丝帛拭去父亲嘴边的血迹，将父亲慢慢放平，将古琴双手捧与文党。文党接过古琴，用指头轻轻拭去琴身上的点点血迹，两行泪水断线般滚落。

文党双手捧琴，走出屋子，一脸茫然。庄兴抱着父亲的尸体，慢慢走出屋子，一众甲兵上前围住。文党心中疼痛难止，淡淡哽咽道："让他走!"众人闻言，让开一条路，看着庄兴慢慢走远，身影消失在无边夜色之中。

屠玉敏与何元留下打扫战场，文党与吕子善、姜荷霜月一同返回郡城。一路上，姜荷霜月少言寡语，脸色煞白。文党从随行的羌兵头领口中得知，姜荷霜月抵达西羌，联络苏拉文、忍柯穆萨等头人，诱捕熊耳部头人阿琉古马。随后，她亲率诸部羌军，连夜奔袭冉駹，里应外合，解救出朝廷使团，并当场斩杀挑动叛乱的冉駹部酋长。经突审叛军，得知郡城有人暗中策应，担心文党等人误入陷阱，便星夜疾驰，赶回郡城。陈怀仁本为内应，误以为羌军来援，被当场斩杀。随后以雷霆之势平息司马泓等人的叛乱。

见姜荷霜月精神不振，文党便与吕子善分手，先送姜荷霜月回官邸。刚踏入官邸大门，姜荷霜月便一下晕倒，文党急忙叫人将其扶进卧室，并让人请郎中为其诊治。

得知文党回府，百里俞甫、王道君、何倜等人均前来探望，文党亦将事情经过简略介绍，并吩咐拟表上奏朝廷。

送走百里俞甫等人，文党转至后堂看望姜荷霜月。老郎中见到文党，便上前施礼，歉然道："禀太守，小夫人太过劳累，动了胎气，腹中胎儿已无脉息……老朽已经尽力了，实在无能为力，恐怕小夫人日后再也无法怀孕了……"

文党一句话都没说，快步走到姜荷霜月卧房，见姜荷霜月还在沉睡，眉头微皱，满脸倦容，脸上没有一丝血色。文党呆呆看着，轻轻抚摸着姜荷霜月的脸，泪水滑落，溅落在她的脸上，他赶紧轻轻用手背拭去。

姜荷霜月醒来的时候，已经过去了两个昼夜。看到文党守在一旁，微微一笑，但瞬间面容就僵住了，泪水奔涌而出。她声嘶力竭喊道："孩子呢? 我的孩子……"

府中男仆女婢均暗自神伤，对这位小夫人，他们均极为敬佩，却不想遭此大难，俱各自垂泪。经氏也听到姜荷霜月的声音，将两个孩子交给杏儿，叹息一声，快步走到姜荷霜月的卧室，轻声安慰。

接连几日，文党都没有去郡署料理公务，幸得王道君、何倜等人干练可靠，每日到太守官邸禀报请示。

当晚，混乱之中，张治遭羌兵马队踩踏，左腿受伤，亦在官邸养息。几日后，伤势好转，可以走动了。他拖着伤腿，一瘸一拐地来见文党，见到太守，咧嘴一笑，却什么话都没说。文党安慰一番，张治便拜辞文党，由杏儿搀扶回自己的住处去了。

入夜，文士宏从学宫回府，文党将经氏夫人和儿子们都叫至大厅，并让文原在一旁候着。经氏带着两个孩子进来，文党将紫薇抱起，脸上浮现出一丝笑意，眼中却满是泪水。几日来难得一见的笑意，却充满酸楚与忧伤。

见所有人都到了，文党让经氏夫人抱着士廉，挨着自己坐下，并让士宏、士运下首坐下。经氏盯着文党，心中揣测着，不知他要说什么。

文党迟疑半天，方才道："我自年少离家，长年在外游学，后入蜀赴任，未能上奉双亲，下体家人，实为不孝。好在夫人不辞辛劳，操持家事，你们兄弟三人渐渐长大……"说着，文党看向经氏，微微欠身颔首。

经氏夫人心头一暖，眼圈微微一红。

文党继续道："当初姜荷于险境之中为了救我，下嫁于我，对我文氏一家有大恩。日前代我再赴西羌，平息叛乱，闻知我有凶险，便星夜兼程，由西羌直奔郡城，又连夜赶至湔氐搭救我，却不幸小产……连续十多日，她就没有合过眼……"

文党说着，鼻子一酸，泪水再也难禁。经氏也低声抽泣。怀中紫薇不知何事，伸出小手，为文党拭泪，文党更是满面涕泪，难以自禁。

半晌，文党止住泪水，看了一眼经氏，对两个儿子道："今日把叫你们来，是想要告诉你们，今后对母亲、姜荷，都要一样尽孝，我决意将士廉寄在姜荷名下，奉姜荷为母。士宏你为长子，我百年之后，由你扶灵柩回舒城安葬，陪伴你祖父母。士廉奉养姜荷，终生不得离开蜀郡……此事我自会禀告双亲，在文氏家庙中为姜荷立位，原伯今日在此，当知今后当如何区处……"

文原难为情地搓着双手，连连点头应承。这边经氏夫人早已哽咽失声，文党拍拍经氏的肩膀，轻声道："我知你舍不得士廉，可姜荷都是为了救我，文家岂能负她……"

经氏抽抽嗒嗒道："我是舍不得孩子吗？都还在一家，都是姓着文呢……你怎么说那些断头话，什么百年之后，你是想要抛下我们娘儿几个吗？"

文原闻言，也在一旁暗自垂泪。

七

京师，望侯府。望侯刘肇正在屋内徘徊，婢女送来茶水，被他一手打翻，婢女赶紧跪下，哭着求饶。刘肇高声怒骂道："你这贱人，成心晦气我？去死吧！"他似乎还不解气，使劲一脚将婢女踹翻在地，恨恨而去。

靖安侯刘承非满脸慌张过来，也不等下人通报，快步跑着进了望侯府，与刘肇撞了个满怀。

刘肇正欲发作，见是刘承非，没好气地道："你这是赶着去投胎吗？"

刘承非满脸惶恐，拉住刘肇的衣袖，一副哭腔道："蜀郡事情全败了，君侯你可要救我，不然我的小命就保不住了……"

刘肇鄙视地看了刘承非一眼，冷冷道："真晦气！慌什么慌？什么事情败了，我们一直在京师皇城，蜀郡跟我们有什么关系？"

刘承非一愣，转而明白，破涕笑道："君侯高见，君侯高见！"

刘肇转身进屋，刘承非跟随着进去。刘肇冷哼道："事情没你想的那么简单，蜀郡弹劾你我的奏章，只怕如今已经送到内廷。我得赶到宫里去一趟，你要尽快往交好的王府走一趟，求他们在太皇太后面前斡旋一二，要以重礼相送，不要吝啬，这个时候了，舍不得钱财就得舍命。"

刘承非赶紧点头哈腰道："我定给王爷们备一份厚礼……"他一边说，一边在心中盘算，脸上露出一丝肉痛之色。

刘承非离去，刘肇看着他的背影，眼中露出一丝厌恶，冷哼一声，也自顾上了马车，朝皇城疾驰而去。

此时，皇城内，太皇太后寝宫中，太皇太后窦氏正大为光火，一众宦官宫女都垂首站立，大气不敢出，生怕一不小心给自己招来无妄之灾。

太皇太后使劲将一卷竹简掼在地上，怒骂道："一个小小太守，竟敢弹劾皇室列侯，他是什么东西，都没有一点规矩了吗？"

众人噤若寒蝉，连奏章都不敢去拾。

太皇太后一拍几案，吼道："去把皇帝陛下和太后都叫来，我要看看谁给了他这么大胆子，我老婆子还没死呢！"

一个年长的宫女和一个老宦官迈着碎步，一路小跑出去了。

皇帝和太后还没到，望侯刘肇先一步进来了。刘肇给太皇太后跪下磕头，继而大哭道："皇祖母，孙儿今后再也不能侍奉您了，他们陷害孙儿，是要孙儿的命啊……"

"我的孙儿，你且起身，到皇祖母身边来，我看谁敢动你……"太皇太后安慰着望侯。

刘肇一边爬起身来，擦干眼泪给太皇太后轻轻捶背，不住地偷偷察看太皇太后的脸色，一边还装作伤心抽泣，心中却早已乐不可支。

不一会儿，太后与武帝一起到达昭阳宫。太皇太后见二人同至，心中很是不喜，脸色阴沉，冷哼一声，将头扭向一边，假装与刘肇说话。

给太皇太后施礼毕，武帝见刘肇在此，一时颇觉意外。刘肇也赶紧上前给太后、武帝大礼跪叩。

太皇太后指着地上的奏章，厉声道："这个文党，仗着先皇恩宠，略有微功，竟然弹劾皇室宗亲，这是哪门子规矩？皇帝年轻，太后你得教导，要让这些臣子懂得规矩，让他们知道这天下姓刘！"

太后接过奏章，很快晃了一眼，便递给武帝。武帝心中早已知晓，仍细细阅看，脸上看不出丝毫情绪。刘肇偷偷看着皇帝，心中甚是不安，尽管从小看着他长大，这么多年了，对这个年纪较自己小许多的同辈兄弟，一直看不透，见面总有些犯怵，如今更是心中没有一点底，甚至有些恐惧。

太后道："都是儿媳教导无方，惹得太皇太后生气了，这个文党，定要严加责罚，以儆效尤。"

太皇太后心中的气似乎消了一些，淡淡道："你们也别怪我老婆子话太多，这天下是刘氏的天下，不管三公九卿、王侯将相，还是士农工商，都要知道敬畏，今天弹劾刘氏宗亲，明天是不是就要弹劾我了？此风断不可长，这个文党，既然要跳出来，就让他尝尝出头鸟遭打的滋味！"

皇帝和太后什么都不说，只是不断应诺。太皇太后思索片刻，缓缓道："着即拟旨，罢黜文党太守之职，由都尉吕子善暂署蜀郡太守，着御史大夫遣人入蜀，查明西羌诸部叛乱真相，待查明之后再行处置。"

从昭阳宫出来，皇帝脸色阴沉，太后扯了扯皇帝的衣袖。她心知，这哪里是文党与刘肇的事，是两宫之间的事，文党不过就是卷入其中的牺牲品。皇帝自然洞悉其中奥妙，渐渐平息心中怒气，脸色恢复如常，看不出一丝情绪。

远在千里之外的蜀郡，一切恢复了往日的宁静，文党照例每日到郡署办理公事，回到官邸就是读书，或是陪着士廉、紫薇玩耍，享受着天伦之乐。姜荷霜月也渐渐恢复，每日在院子里走动，或是陪着经氏照看孩子，料理家务，更多时候则是照顾紫薇。

随着两道圣旨抵蜀，蜀郡的平静再次被打破。一道圣旨是御史大夫府遣御史中丞周昱、侍御史韦钰入蜀，详查西羌诸部叛乱一事，由百里俞甫协助。周昱一行前脚刚刚离开，又一道圣旨到来，遵太皇太后懿旨，着即罢黜文党蜀郡太守，由都尉吕子善暂署太守之职。

送走使臣后，吕子善、王道君等郡署一众属官都聚集在大堂之上，个个义愤不已，群情汹汹。

文党解下印绶，交与吕子善，淡淡一笑道："诸位好意，文党心领，但你们皆朝廷官吏，自当遵守朝廷法度，依太皇太后旨意行事，切不可恣意妄为。文党居蜀已逾七年，能与诸君共事，乃平生幸事，就此告辞，诸位珍重！"

回到官邸，文党召集家人，简单说明情由，让众人收拾东西，尽快搬离太守官邸。经氏夫人与姜荷霜月带着男仆婢女收拾行装，文党独自在书房整理书简。

文士宏来到书房，一时不知说什么，只是默默帮着父亲收拾书简。文党从书橱后拿出一只锦袋，取出其中的几卷书简，正欲递给文士宏，想了想又收回，叹息道："晁错之论，原本想交与你，又恐学舍学子非议，今日就焚了吧，权当祭奠晁君了。"

文党将书简就着烛火引燃，越烧越旺，最后置于地上，渐渐化为一团灰烬，缕缕青烟渐渐消散。文党凝视着淡淡的青烟，似乎正看着晁错的亡魂越来越淡，最终消失在夜空中，心头没来由地一阵轻松。

翌日，郡城之中人心惶惶，百姓大都听说了太守被罢黜的事情，一时皆难以接受，纷纷前往郡署请愿。学舍学子更是群情激愤，一同相约到郡署和驿馆，面见使臣陈情。王道君、何元等人分头联络各县，赶制万民伞，前往京师请愿。吕子善、百里俞甫亦连夜草拟奏章，快马飞送京师。司马相如关于西南诸夷的奏章也送达内宫，言及平息冉駹叛乱之事。

对外面这一切，文党毫不知情。此时，他真正感受到了一种轻松，无官一身轻的随性，尽管不免有些失落与遗憾。吕子善过府看望文党，只道天寒地冻，不必立即搬离官邸，待春季回暖再搬离不迟。卓文君亦过府看望，说自己在城中尚有宅第，已遣人打扫干净，如不嫌弃，可随时搬过去住。

京城太学，太学生们听闻文党之事后，皆聚集一起，联名给太皇太后、太后和皇帝上表，皆言文党有功无过，请求收回成命，善待文党。

京师，皇城，太皇太后寝宫。太皇太后正大发雷霆，将几份奏章扔到地上。拍案道："就算这蜀郡都成了文党的天下，难道京师也是文党的天下吗？这些官员、学子都来请命，是要本宫低头认错不成？"

太皇太后好不容易平息胸中怒火，又厉声道："请皇帝过来！"

"回太皇太后，皇帝三日前已经离开皇宫，出城狩猎了。"底下宦官小声应道。

太皇太后一怔，冷冷道："那请太后过来吧！"

"回太皇太后，太后病了，太医正在太后寝宫问诊。"

太皇太后脸色有些难看，大声道："那就请丞相进宫！"

底下宦官已经满头大汗，浑身颤抖，结结巴巴回道："回太皇太后，卫丞相已经告病多日……"

太皇太后仿佛噎住了，好半天一言不发，冷冷问道："那田太尉、公孙大夫是不是也告病了？"

"回太皇太后，田太尉与公孙御史大夫没有告病，正在宫外候旨。"

太皇太后沉默片刻，吩咐道："宣太尉田蚡、御史大夫公孙弘觐见。"

很快，太尉田蚡、御史大夫公孙弘一同进到太皇太后寝宫，大礼拜见太皇太后。

见礼毕，太皇太后冷冷道："蜀郡太守文党弹劾望侯刘肇、靖安侯刘承非，又与西羌诸部扣押朝廷使团、图谋叛乱纠缠在一起，究竟是怎么一回事，本宫想听听你们的说法。"

公孙弘跪禀道："遵太皇太后懿旨，日前遣御史中丞周昱、监御史韦钰入蜀详查，现已查明，望侯与靖安侯，皆与前楚余孽、滇国之间暗中往来，勾结西羌诸部，网罗江湖游侠，囤积粮草兵甲，二府确有不臣之意，臣公孙弘不敢隐瞒……"

太皇太后倒吸一口凉气，面色一会儿阴，一会儿阳，似有满腔怒火无处发泄，恨恨道："两个不成器的东西，竟敢如此大逆不道，枉费高祖皇帝恩典和本宫对他们的恩宠……"

田蚡接着道："禀太皇太后，冉駹滋事、西羌诸部叛乱，亦是前楚余孽与望侯府国相狄云、靖安侯府国相司马泓暗中唆使，所幸文党与吕子善已平息叛乱，西羌诸部亦愿归顺朝廷，目前并无太大隐患，还请太皇太后放心。"

太皇太后淡淡道："看来这个文党还真是个人物，太学学子为之请命，太尉和御史大夫也竭力帮他说话。"

田蚡、公孙弘应声跪下，不住磕头，带着哭腔道："禀太皇太后，臣等只是禀明实情，并无偏私之意，请太皇太后明鉴。"

太皇太后冷冷地看了二人一眼，叹息道："本宫也是随口感慨而已，并无责备之意，起来吧。"随后便闭上眼睛，一手支在案上，似乎有些疲倦。

二人磕头谢恩，才战战兢兢起身，恭恭敬敬站立一旁，不敢再吱声。

太皇太后闭着眼道："差人请皇帝即刻回宫，请太后病愈后来宫议事，你们去吧，本宫有些累了……"

田蚡与公孙弘跪叩告辞，从太皇太后寝宫出来，二人长长舒出一口气，擦了擦额头的汗水。一阵风过，二人同时打了个寒战。

几日后，宫中传出消息，太皇太后与皇帝共同下旨，靖安侯刘承非被褫夺爵位，削去封邑，交由宗正府羁押；望侯刘肇被降为关内侯，封邑削减至三百户，终生禁足侯府，不得外出；同时遭削减封邑、严令禁足的还有三位王爷。文党治蜀有功，官复原职，加太中大夫，赏金五百斤、锦缎三百领。吕子善平息西羌诸部叛乱有功，赏金三百斤、锦缎二百领，其余有功将校亦各有赏赐。

当此之时，蜀郡官民对此皆一无所知。

天气渐渐回暖，郡城内的积雪开始融化，文党一家早已收拾妥当，准备离开。家中书简经卷，皆交由文士宏，送至学舍藏书楼。文士运到郡学读书，跟长兄文士宏暂住学舍，只有经氏夫人、姜荷霜月和年幼的文士廉、紫薇，随文党一同离开，文原不愿离去，也跟随文党一起。

得知文太守将要离开，郡署官吏、学宫学子、郡城百姓早早来到东门等候，备下酒肉菜肴，为文党饯行。

此时，文党车到西门。雪地上，一个人身着破烂单衣、头发散乱、满身泥泞，大步赤脚走来，挥舞着竹杖，似唱似哭地高喊："今日早朝，为何不见白露爱妃接驾？哈哈哈……"

文党掀开车帘，认出此人正是司马轶。司马轶似乎也看到了文党，嘻嘻笑道："你也要去早朝吗？"

守门兵卒赶过来怒斥道："你这疯子，再敢胡言乱语，就把你抓进大牢，还不快滚！"

司马轶没有理会，自顾朝城门外雪地上走去，依旧不住嬉笑，挥动竹杖。

东门外，料峭春寒中，蜀郡官民静静站立在冷风中，等候文党的到来。直到正午时分，文党的车马却始终没有出现。城中有人来说，文党一早携家眷从西门出城了。

一群人赶到西门时，官道上早已一片静寂，看不到任何车马。寒风呼啸，众人翘首相望，只有官道渐渐隐没于原野上，远处，只有高耸的蜀山，一片莽苍，山巅的积雪清晰可见。

文党撩开车帘，望着渐渐模糊的城郭，两行泪水倏然滑落。这不是故土，自己却为此倾注了七年的心血，早已将这里当成了自己的故土，对这里的山山水水、一草一木，都早已无法割舍……可惜天不遂人愿，如今，却要以这样的方式告别，心中怎能没有依恋？他害怕见到昔日的同僚，更怕见到那一张张陌生又熟悉的脸，不如就此安安静静地离开。也许，这就是最好的告别，虽然只需半日就能离开，但内心的告别，也许需要一辈子的时间。

车马渐行渐远，已经望不见郡城，文党拉下车帘，似乎回到多年以前，自己独自一人离家游学的时候，抑或是最初入蜀的时候……现在，自己终于可以回家了。

车马渐渐隐没在一片苍茫之中，辚辘声渐渐远去，像迷雾之中那一声苍凉的叹息。